一億円のさようなら

白石一文

一億元的分手費

邱香凝——譯

關於這本小說（台灣版限定專序）

白石一文

在寫下這本《一億元的分手費》之前，我寫了名為《於記憶之濱》這本對我來說貫注了前所未有的力氣，精心鑽研技巧，自認呈現劃時代內容的小說。然而，日本讀者彷彿將這本書當作空氣般幾乎沒有任何反應。此外，這本書也招來日本出版界與各媒體、編輯、評論家及作家們的厭惡。到最後，從來沒有存錢習慣的我，終於失去在房租與生活費高得不像話的東京繼續生活的經濟能力，不得不搬離東京，移居靠近日本海的古城。住在那裡的兩年期間，我寫下了這本《一億元的分手費》。

在此之前，我每創作一部新作品都會逐步提高作品水準，然而，就在某一時期過後，讀者的反應不但沒有隨之成長，反而顯得愈來愈薄弱。

這雖然是某種程度能夠預測到的事，我還是強烈相信只要繼續努力，讀者慢慢也會發現我默默提高作品水準的事，總有一天能夠理解我寫的東西。換句話說，我期待著讀者跟上我的腳步。

不料，事態完全沒朝我期待的方向發展，反而每推出一部作品，我和讀者之間的距離就更背道而馳，漸行漸遠。

為了縮短與讀者間的距離，我做了最大限度的考量，同時也將作品水準設定為最高等級，絞盡腦汁推出的作品，就是開頭提到的《於記憶之濱》。

花了整整八年的歲月才完成那部作品。

即使如此，結果之慘澹輕易超乎我的想像。

我茫然失落，詛咒現實，感覺自己對讀者的信賴與期待都被連根拔起，不復留存。

在這樣的失意下，我們夫妻帶著四隻愛貓，搭上從東京出發的新幹線，搬往冬季大雪紛飛的城市。在這座城市裡，我開始執筆《一億元的分手費》。故事舞台自然決定為我剛搬來的這座古城，而懷抱苦衷遷居這座城市的主角則設定為步入後中年期的落魄男人，以我出生成長的城市福岡為起點，展開他的驚人命運。

在《於記憶之濱》一敗塗地的我，並非期望以這本新創作的小說翻身。

老實說那時的心境是連一行都不想再寫，但我只是一個沒有積蓄的平凡人，又沒有其他謀生能力，為了生活所需，寫作小說是我換取收入的唯一途徑。

我下定決心書寫，也只能書寫，就在這時，一介俗人如我不免萌生邪念。

——至今每創作一本新作品就提高一次水準，衷心期盼著讀者能跟上我的腳步。儘管如此，讀者這種生物似乎是無法值得期待的對象，好像也沒拜託我一定要提高作品的水準……既然如此，雖然既不快樂也非出於我願，何不乾脆與讀者視線齊高，配合他們的品味嗜好，只要寫一本單純有趣的小說就好？

我這麼想。

如果只是寫本「單純有趣的小說」，不管多少我都有自信寫出來。

至今也是一樣，如果只是要有趣或暢銷的小說，我閉著一隻眼睛都寫得出來。只不過是刻意不做那種小家子氣的事，致力挑戰更困難也更有意義的創作罷了。

於是如上所述，我輕輕鬆鬆行雲流水嘩啦嘩啦寫下的「單純有趣的小說」，就是這本《一億元的分手費》。

我對這本書有著與《於記憶之濱》完全不同種類，但毫不遜色的滿滿自信。

然而，結果依然吃了一場嚴苛的敗仗。

和前一部作品一樣，本作推出後也幾乎沒有釀成話題，淪落書店角落蒙塵，兩年過後的現在，大概只有在圖書館才找得到這本書了。

這沒什麼。一切只是我對自己評價過高。我大概既不是個持續書寫高水準作品的作家，也不是想寫多少「單純有趣小說」都寫得出來的作家吧……

對一翻開本書就得在序文裡讀到我通篇怨言的台灣讀者感到非常抱歉，可是，在得知必須為《一億元的分手費》寫點什麼放在卷首時，我腦中浮現的只有上面那些內心話。

身為作者，現在我只能一心祈求，台灣讀者能夠有別於日本讀者，喜歡這樣的一部作品。

二〇二〇年二月二十九日

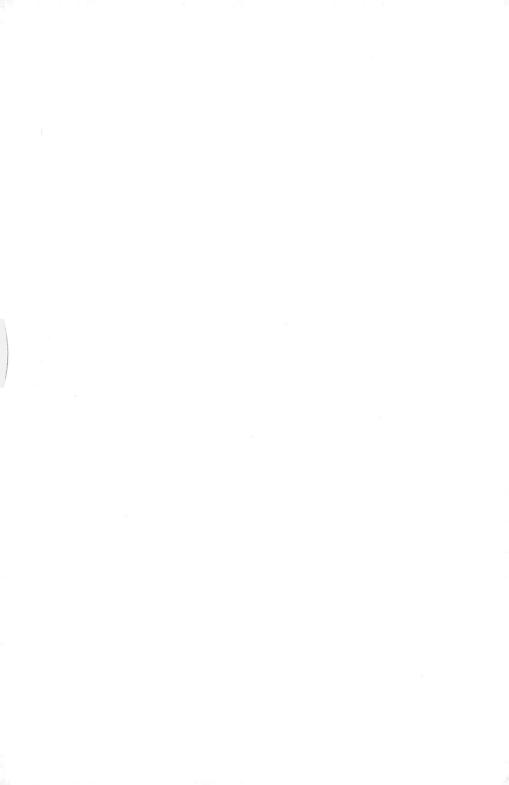

第一部

1

進入十二月的第一個星期天，久違地和夏代去了灣岸兜風。

在博多灣東側一間小型飯店裡的餐廳提早吃了晚餐，回到家時已經開始有點覺得全身發燙。為了小心起見刻意不洗澡，一過十點就上床，半夜兩點起來小便時，不但發燒的感覺依然不變，連喉嚨都有點刺痛。試著量了體溫，三十六點七度，比正常體溫高了一點。

難道真的感冒了嗎？擔心地重新躺回床上。

隔天早上，不到七點就醒了。

因為星期一訂便當的人數總是最多，夏代早就出門去工廠了。一如往常自己起床，折好棉被，直接穿著睡衣走進盥洗室。雙手才剛碰到水龍頭裡嘩啦宣洩的水，全身便瞬間起了一股惡寒。

差不多一星期前，從電視上看到今年已出現流感，提醒本縣民眾注意的新聞，比往年還早了一個月。

第一個閃過腦中的擔憂是：會不會傳染給夏代？

雖說她工作時一定戴上口罩，全身都包在白色工作服下，就算被自己傳染，也幾乎不用怕病毒會摻入便當，即使如此，還是難免擔心。

打從看到那則電視新聞之後，內心就有一股說不出的焦慮。

這是因為，去年正是在看到流感新聞之後不久，自己就得了流感。連續發了三天的四十度高燒，加上已經好幾年沒得過流感，很久沒病得那麼難受了。

記得上次，也是就寢前先感到喉嚨刺痛，隔天早上起床洗手時受惡寒襲擊。剛開始還不當一回事，沒想到不出兩天就發起了高燒。

放棄盥洗，匆匆返回寢室，取下吊在衣帽架上的刷毛絨外套穿上，再拉開衣櫃最下層的抽屜。家用市售藥品和之前醫院處方吃剩的藥，都收在這層抽屜裡。拿出想找的那盒藥，走向客廳。

客廳約莫七坪多大，兼做餐廳使用。

廚房呈半開放式，四人座餐桌靠著廚房櫃台較短的那側擺放。

孩子們還在家時，餐桌放在客廳正中間，家裡只剩夫妻倆之後，才搬到靠廚房那邊放。

送長男耕平到博多車站搭車前往鹿兒島那天晚上，和夏代一起搬動了餐桌。回想起來，像這樣家中只有自己和夏代，夫妻倆聯手合力改變家具的位置，已經是睽違幾十年的事。

「感覺好像回到新婚時代喔。」

還記得夏代不知為何以有點興奮的語氣這麼說。

那是去年三月的事了。

拆開小盒子，取出裡面的藥。

治療流行性感冒的「克流感」。十顆膠囊裝成一排。

上次勉強趕在過年前退了燒，心想再也不要有第二次這種經驗了，一過完年立刻從認識的醫生那裡買來克流感。為自己和夏代及耕平各準備一份，總共三人份。長女美嘉那時在長崎念護校，就沒特地準備她的份了。至於耕平那一份，一拿到手立刻寄去了鹿兒島。

現在離冬天還有一段時間，沒想到這藥這麼早就派上用場……

話雖如此，只要在發燒前服用，藥效發揮即可妨礙病毒增生，症狀幾乎可以完全壓制。就算已經感染，也不用擔心傳染給別人，更不用承受發高燒的痛苦。

這就是事前在家備妥這藥的好處。

醫生說，若是已經感染，一次得吃一顆膠囊，一天吃兩次，必須連吃五天。如果只是預防，一天只要吃一次就夠了。

姑且先吃一顆，今天觀察一天身體狀況，看看有什麼變化再說吧。要是惡寒狀況增加，或是有發燒的疑慮，十二小時後再吃第二顆就行。沒什麼大礙的話，明天、後天再各吃一顆，觀察狀況即可。

倒是沒有特地去打流感預防針。

儘管長年從事醫療相關工作，鐵平從小就最討厭打針。再者，聽說預防針無法完全預防流感，既然如此，不如在家備妥抗流感藥還合理得多。

進廚房裝了水，回到桌邊，從藥排上取下一顆「克流感」，將那顆黃白雙色的小膠囊放在掌心。

——萬事拜託了啊。

默默嘀咕之後，和著開水吞下去。

大大喘口氣，背緊靠在椅背上挺直。感覺惡寒殘留的渣滓瞬間從身上蒸發。

這麼一來就可以放心了。

有種完成一件任務的成就感。

朝陽台方向望去，明亮的陽光隔著窗戶照進來。放在廚房櫃台上的電子時鐘顯示「7:16」。天已經全亮了，即使如此，四下還裹在寧靜的氛圍中。

七年前買下這間公寓時，建築本身已經有二十年歷史了。要是還住在東京，大概不會買這麼舊的房子吧。正因住的是不那麼擔心地震的福岡，才會買下這個家。

位於五層樓建築的四樓，這個家最大的優點是採光。一方面因為周圍沒有任何高樓建築，陽光能充分地從朝南陽台照射進來。公寓坐落博多區靠山的住宅區一隅，環境也很清幽，附近還有兩座大型公園。

面積多達九十平方公尺，寬敞的三房兩廳，一家四口生活起來綽綽有餘。

十年前還住在東京時，原本曾打算買下位於北區赤羽的公寓，那間房子雖然是全新建築，但卻只有七十五平方公尺的兩房兩廳，鐵平夫妻原本計畫拿只有一坪半且沒有窗戶的儲藏室當寢室。

雖說是中古屋，相較之下現在的家寬敞多了，價格也還不到赤羽那間公寓的三分之一。

遭長年任職的醫療儀器公司裁員，落難似地來到福岡不過短短兩年，就能擁有自己的房子，說起來也得拜這便宜到驚人的房價所賜。

「抱歉，不是新房子。」

這是決定買下時，鐵平說的第一句話。

「怎麼這麼說呢，這間房子寬敞多了，住起來也更方便。」

夏代當時看起來非常開心。

聽得出這句話是她的肺腑之言。

然而，住了七年，這棟蓋好將近三十年的公寓也開始浮現各種毛病。公共設施的設備經常故障，最嚴重的是電梯，儘管都有定期嚴格檢查，搭乘時還是會發出奇怪的聲音，聽來詭異極了。更別說這座電梯還有速度太慢這個缺點。這兩、三年來，除非真的搬太重的東西，鐵平都寧可走樓梯了。夏代和孩子們也一樣。

眼前最大的煩惱是家裡的浴室。不知是否熱水器出了什麼問題，幾個月前就開始燒不出超過四十度的熱水了。浴室的磁磚有不少地方裂開，浴缸也很舊。曾請業者來估價過一次，若要全部換新得花上七十萬，這數字教人不得不猶豫。去年春天耕平才剛上大學，雖然上的是鹿兒島的公立齒科大學，考慮到今後學費等負擔，實在不太可能砸七十萬整修浴室。

2

服用克流感後，鐵平決定睡個回籠覺。再次睜眼醒來已是上午九點多。他急忙聯絡公司。

接電話的是青島雄太。

「我好像感冒了，也有點發燒。抱歉，今天讓我休假一天。」

對著接電話的他這麼一說。

「明白了，請多保重。」

青島才用鬆了一口氣的語氣回應。

青島雄太今年九月剛調到鐵平擔任總部長的「實驗機械調度總部」來，原先還有個叫上西的部下離職了，青島是來接替上西位置的。青島和上西一樣，原本都隸屬總務部，在調過來之前也都處於暫時停職的狀態。上西的情況是，因為到最後憂鬱症都沒有改善，為了專心治療而離職。來告知鐵平接任者名字時，總務部長金崎這麼說：

「青島的病情和上西比起來輕多了，他自己也很有工作意願，請加能先生務必盡力讓他振作起來。」

就是這麼回事。

然而，實際一起工作後才發現，青島的症狀和共事了一年又幾個月的上西沒什麼差別。

已離職的上西進公司第三年，青島是第五年，兩人都是接下來才正要開始拚工作的二十幾歲青年。這麼年輕的員工心生了病，停職一年半載後就算勉強復職，早晚也會面臨被迫離職的命運。近年來這類案例，不分男女都在持續增加中。

當然，雖然不能直接歸咎於現任社長加能尚之的經營手法，但和前任社長在時相比，公司裡的氣氛變得教人喘不過氣，也是顯而易見的事實。大家都很清楚，年輕員工離職人數增加的問題背後，這件事肯定是原因之一。就連公認愛拍現任社長馬屁的金崎也說：

「真懷念孝之社長的時代。」

青島畢業於九州大學理學部研究所，原本很有可能成為公司重要幹部。聽說他進公司不久便結了婚，還有個兩歲的女兒。年紀輕輕才二十八歲就得了憂鬱症，今後究竟如何養活妻女呢？一想到他的未來，鐵平就無法把金崎那句「請加能先生務必盡力讓他振作起來」當作單純的場面話，心想必須真誠面對這問題才行。

然而，和上西那時一樣，工作時還得時時顧慮部下心理狀態，老實說，連自己的精神都受到損耗了。

「實驗機械調度總部長」這頭銜聽來響亮，其實只是有名無實的閒差。

調度實驗機械時，決定預算和選擇機械的權力，當然掌握在製造主力商品如醫藥品原液的「製造總部」手上，調度總部只是單純配合製造總部行動的組織罷了。說好聽是總部，整個部門包括總部長鐵平在內只有三個人，由此可知這個部門的不受重視。除了鐵平和帶病復職的青島之外，就只有另一個年輕的行政人員峰里愛美了，這個部門就是這麼小。

鐵平任職的「加能產業」以製造、販賣醫藥品原料為主業，此外也販售各種有機、無機的化學品、健康食品原料、食品添加物和觸媒等，是一家經營品項眾多的化學製品綜合製造商。規模當然比不上東京或大阪等地的大型藥廠或綜合化學中心，但也是在福岡腳踏實地經營多年的知名企業。

包括關係企業在內，員工多達五百多人，是縣內數一數二的在地製造商。

從公司名稱也可看出，「加能產業」是鐵平的祖父加能昇平創辦的公司，前一任社長加能孝之是鐵平父親俊之的弟弟，現任社長尚之則是孝之的長子，和鐵平的關係算是堂兄弟。

總公司和公司生產醫藥品原液的主力工廠「第一工廠」同樣位在福岡市東區的箱崎，此外還有第二、第三工廠，分別位於鄰接福岡市的糟屋郡久山町和北九州市戶畑區。前年六月，就在鐵平即將升任董事時忽然遭到貶職，轉派到現在這個部門。在那之前，鐵平原本待的是總公司裡的銷售總部醫藥品事業部，在這個負責銷售第二、第三工廠製作的醫藥品原液及化學反應中間體的部門中擔任事業部長，手下率領了數十名業務。

鐵平經常想，無論上西或青島，若是能在自己還是事業部長時成為自己的部下就好了。

鐵平本身也曾在不合理的組織變更下遭前公司放逐，痛切明白組織這種地方有多麼自私無情。更重要的是，他太能理解在公司內被烙上「無用之人」的烙印是一件多教人不甘心的事。正因為是過來人，鐵平更不願拋棄只因精神上的暫時失調而失去工作意願的他們，相信這樣的自己一定能運用各種管理法幫助他們重新振作。事實上，在擔任事業部長時，他就曾好幾次讓陷入這種狀況的部下重新站起來。

然而，想做到這個，需要一定數量的人手，業務內容也得夠廣泛到足以分配不同種類和份量的工作給部下才行。

侷限在現在這個小部門，想實踐這件事非常困難。這個部門的工作單純，只需製作簡單的資料，代替製作總部將資料送往各政府機關審核即可，此類工作內容簡單，負擔也輕，問題是能輪替的人手少，不但很難請假，一旦請了假，看在其他部門的人眼中又特別醒目。最重要的是，員工很難在現在這個部門中找到讓自己逐漸重拾成就感與幹勁的工作。

陷入憂鬱的人光是身體休息，病情也不會好轉。康復的重點在於重拾身心的平衡，不只肉體，也必須要能再次獲得精神上的韌性。為此，最不可或缺的是在公司裡面對各種不同人際關係，以及適度承受工作上的壓力。

「罹患心病的人多半是在人群中發病的，因此不能只是讓患者遠離人群，終究還是要重回人群中順利生活才行。這一點是和骨折、外傷之類真正的『傷口』最大的不同。換個說法，受傷痊癒後的復健，對心病來說才真的是要開始治療的時候。」

還在東京時，與鐵平交情甚篤的心理醫生經常這麼說。

青島和之前的上西一樣，繼續這樣下去只像是活著等死罷了。被當成公司的累贅，硬塞進毫無前途可言的部門，總有一天一定會被當作礙事的東西無情攆走。一想到公司竟如此忍心將年輕有為的人逼上絕路，鐵平不由得一陣憤慨。

強調競爭第一主義，一年到頭不斷要求員工拿出看得到的成果，尚之這種經營方式不但不符合潮流，以結果來說，也只是造成員工失去工作意願，致使產能低落罷了。

尚之從前任社長手中接班掌舵已經邁入第六年了。六年來，公司主要業績數字一路下滑，現狀是每年勉強靠著變賣股票和不動產等資產才不至於淪為赤字。苦無起色的業績肯定讓尚之更加焦慮。

3

人有時會像做了奇怪的夢醒來時一樣，暫時活在一段不知自己身在何方的時間裡。如果只是做夢，很快就能重回現實，然而對辭職的上西和現在的青島來說，或許每天每天都活在這種不確定的感覺中吧。

鐵平過去也曾經歷過好幾次活在這種心理狀態的時期。

在前公司被裁員前的幾個月就是如此，除此之外，也曾有過幾次差點失去自我的經驗。

失去立身之處，幾乎等於失去自我。人類堅固且精密的社會性在其他動物身上很少見，對於養成這種社會性並據此成為萬物之靈的人類而言，一旦無法在群體中確認自己的存在，就代表自己不但已經在社會上死去，也意味著個體的死亡。

就連生活在鬧區角落或河邊、車站及公園一隅的遊民，一定也不會跑到深山原野之類的地方求生存吧。

因為他們知道，在那種地方，只要過個幾天就活不下去了。這就是人類與其他生物不同的決定性特質，人類放棄了在大自然生存的力量，選擇踏上在社會這個群體中活下去的道路。

這麼說起來，上西和青島的境遇只能以悲慘來形容了。

事實上，鐵平經常在想，其實尚之陷入的狀況和他們兩人也差不多。

不但指揮不動員工，尚之自己也看不到今後的展望，身為一個經營者，說他已失去了自己的立足之處也不為過。

不只是對周遭的不信任，尚之最無法信任的不是別人，正是這個不中用的自己。這就是為什麼，他連本該視為最大得力助手的堂弟鐵平都能毫不掩飾地剷除。一個無法相信自己的人，因為不願正視這個事實，只能把值得信賴的對象當作叛徒。不僅拒絕鐵平的建言，還把一切過失推到提出建言的人身上，試圖轉嫁責任。到最後，內心喪失所有虛懷，只剩下陰鬱的猜疑之心。

4

好好睡了一覺，感覺神清氣爽。

大概是克流感迅速發揮了效用吧。直接穿著睡覺的刷毛絨外套領口微微汗濕。鐵平脫下外套，走向洗臉台，先試著把雙手泡在水龍頭流出的冷水中，也不像早上那樣起惡寒了。雖然有點想淋浴，為了保險起見，只改用溫水擰一把毛巾擦拭身體代替。即使脫下睡衣和內衣，裸露的上半身也沒有任何不適，把汗擦乾後舒服多了。燒似乎也退了。

——這就是所謂「懲羹吹虀[1]」吧……

即使如此也沒關係，鐵平心想。

流感是貨真價實的傳染病，一想到病毒有四處散播的風險，少上一天班也不算什麼。

這麼一想，心情坦然多了。決定按照睡回籠覺前的計畫，今天就一整天待在家裡觀察狀況吧。

兩年前的春天，美嘉離家前往長崎就讀護校不到三個月後，鐵平就面臨了貶職的命運。經過一段怒火中燒的日子，直到耕平也順利考上牙醫學院，必須想辦法籌措學費時，才終於擺脫那股恍如惡靈附身般糾纏自己的怒氣。

美嘉與耕平都找到自己該走的路，也名符其實地離巢了。

雖然還要一段時間才能完全自立，身為父母，總算是把該做的事都做完了。

——往後，孩子們眼中的我們就不再只是「家長」了吧。

鐵平對照自己的成長經驗這麼想。

這念頭一浮現，彷彿聽見內心響起「什麼時候死都無所謂了」的聲音。

今後的人生，再也抓不住任何「唯有這個非做不可」的事了吧。令自己再怎麼想死也不能一死了之的事，發生這種事的可能性近乎於零。

——剩下的人生大事就是死亡了。

不帶多餘感情，很乾脆地這麼想。

不是沒有想過，要是前年自己當上了董事，人生又將變成怎樣？

假設當上董事，站在必須為員工和他們家人的人生負起責任的立場，或許又會產生不同的感慨也說不定。

只是，反正都已經沒有那回事了。只要公司繼續在尚之的經營下，自己絕對無望回到第一線。可想而知，今後直到退休，都只能在看不到希望的部門之間輾轉輪調了。

換上家居服，一邊喝保溫壺裡的焙茶，一邊看晨間八卦新聞。夏代每天早上都會把焙茶裝進保溫壺，平常鐵平都是帶到公司喝的。

耕平離家後，原本一直在家附近購物中心當計時人員的夏代立刻辭了這份打工，開始去機場附近消費合作社體系的便當工廠上全天班。從前跟她一起在購物中心打工的年紀相仿女友人早一步換到便當工廠上班，聽說從耕平還在準備考大學時就一直邀夏代也去。

「還有耕平的學費要付，我想不如乾脆換份工作吧。」

去年四月夏代跟自己提這件事時，她已經跟工廠人資主管面試過，事情幾乎可說拍板定案。加上她又祭出「學費」這張王牌，鐵平就算想拒絕也說不出口，更沒有拒絕的理由。

「好不容易可以過過睽違幾十年的兩人生活，我卻說要去工作，對不起啊。」

夏代還先發制人地這麼道歉，讓鐵平連提出異議的時機都找不到。

要說這就是夏代做事的風格也沒錯，雖然鐵平年長夏代兩歲，打從初識至今，夏代的個性一直都比自己

1. 懲，警戒。虀，同齏，用辣椒醃的鹹菜。意思是說被熱湯燙過後，即使吃冷菜也要先吹一下。比喻人戒懼過甚或做事過分小心。

靠得住。無論是交往還是決定結婚時，始終都由夏代掌握主導權，這點直到婚後也未曾改變。

夏代開始開車上下班，鐵平就改成搭電車通勤。還在醫藥品事業部時，就算早上開車出門，晚上應酬喝酒後往往只能搭計程車，一星期有一半天數得請代理駕駛幫忙開車回家，要不然車子就得一直停在總公司的停車場。調職後，過起按時上下班的生活，正開始深感開車通勤的方便時，車子就被夏代拿去開了。只是關於這一點，夏代也有夏代的說法。

「我在想，既然如此，不如再買一輛吧。如果是輕型中古車的話，價格不貴，公寓的停車場也還有空間。」

她先是如此提議。

「那樣太浪費了。我現在朝十晚六，工作輕鬆，搭電車通勤也沒問題。還可以順便散散步，對身體健康也有幫助。」

事實上，從離家最近的車站「東比惠」到位於箱崎埠頭的總公司，搭地下鐵確實要不了四十分鐘。搭到地下鐵箱崎線「箱崎宮前」站，從這裡走路到公司要將近十五分鐘，說是散個步也不為過。

「這樣說也有道理，再說鐵平哥你最近有點發胖，搭電車通勤或許真的對身體比較好。」

夏代打蛇隨棍上，立刻附和了鐵平的意見。於是，降職那年夏天以半發洩心理買下的速霸陸Levorg新車，就這樣變成了夏代的愛車。

5

八卦新聞結束，開始播放氣象預報時，鐵平關掉電視。

今天一整天，不管天上下的是雨還是矛都跟自己無關了。這麼一想，那股解脫的感覺更強烈。

可惜了這冬日裡的晴天。今天一天，就要把陽光拋在腦後，鎮日關在屋內散漫無為地度過了。長大成人之後，很少有機會把時間拿來如此浪費呢？就連小時候，真正的無所事事也沒想像中容易。除了嬰兒時期，要在沒有生病的情況下懶懶散散睡過一天，頂多是大學時代和每年正月那三天假才有這種機會了吧。就連過年那三天，在為人父母之後，別說睡懶覺了，忙著帶家人出去玩都來不及。

從椅子上站起來，走進廚房。

夏代平常到家時間大約七點多，連固定一大清早出門的星期天也一樣。勤務時間雖長，加班費也會跟著增加，她本人倒是很樂意接受。工廠產線二十四小時無休，製造各種便當、飯糰和配菜，提供給消費合作社各通路銷售。夏代不是計時人員，而是以約聘員工的身分獲得錄用，不像計時人員只需要站在流水線上協助烹調或裝便當，除了上述工作之外，夏代還得幫忙做協調班表和商品企劃等工作。領的不是時薪而是月薪，也享有社會保險和獎金等福利。這樣的待遇，就連鐵平看了也覺得高出一般標準，難怪夏代一聽到以前那位同事邀請，就迫不及待想過去上班了。

每逢夏代上班時間最長的星期一，晚飯不是兩人一起吃外食，就是吃夏代從公司裡買回來的配菜或便當打發。到了最近，連星期一以外的日子，餐桌上也常出現工廠帶回的菜餚，關於這一點，鐵平從未表示不滿。

他從年輕時就對「吃」這件事不怎麼感興趣。學生時代，一天裡有一餐吃得像樣已經算不錯，其他幾餐不是用點心就是零食解決。沒錢的時候連續幾天只吃法國麵包配起士也無所謂。還是單身時，每天都和客戶或同事喝到半夜才回家，總覺得自己攝取的熱量大多來自酒和下酒菜。直到和夏代結婚之後，才知道什麼是「好好吃飯」。

雖然孩子們一離家，餐桌上就多了湊現成的菜，倒也頗有種回到年輕時的新鮮感。

鐵平從冰箱最下層拿出紅色包裝的冷凍食品。袋子本身並不大，拿在手上卻頗有份量。包裝上印著「香噴噴蝦仁炒飯」的大字，盛在盤子裡的炒飯照片旁還有知名廚師的大頭照。

這是鐵平近期很愛吃的冷凍炒飯。

這個牌子的冷凍炒飯，是聽青島雄太介紹才知道的。青島剛調派過來時，鐵平、峰里愛美和他三人一起在員工餐廳吃中飯。那天，青島一邊大口吃著餐廳當天提供的炒飯一邊說：

「總部長，最近我發現了一款跟這種炒飯口味一模一樣的冷凍炒飯喔。」

他這麼說。

順帶一提，員工餐廳賣的炒飯和中華丼飯並列為菜單上的招牌料理，只要當天有賣炒飯，幾乎超過半數的員工都會點來吃，是廚房自豪的餐點之一。那天，三人當然也都選了炒飯。

「是叫什麼名字的商品呢？」

峰里愛美立刻詢問。

「是城島食品出的『香噴噴蝦仁炒飯』。」

青島這麼回答。

「不過，美中不足的是，這款商品超市裡買不到，只能在他們的購物網站上買。」

最後這句話反而引起鐵平好奇，吃完中飯後，立刻用公司電腦下了訂單。一袋兩包，要價六百日元，和市面上其他冷凍炒飯比起來差不多，只是還得另外加上運費，如果不一口氣買多一點，就不太划算了。於是，鐵平決定先買個五袋，也就是十包，加上運費六百日元，除起來一包大約比同類商品貴個一百二十日元左右。

兩天後，商品送來了。才吃一口「香噴噴蝦仁炒飯」，鐵平就知道青島說的一點也不誇張。可以說是不輸員工餐廳炒飯的絕品美味。

吃起來完全不像冷凍食品，連一起吃的夏代都說：

「和我們公司出的冷凍炒飯相比，簡直有天壤之別。」

她似乎很佩服的樣子。

「可以給我一包帶去公司嗎？想讓商品開發部的人吃吃看。」

這麼說著，隔天夏代真的帶了一包去工廠。

此後，每星期至少有一天會吃這種炒飯。

把平底鍋放在點了火的瓦斯爐上，預熱後淋上一點油，再將開封後的「香噴噴蝦仁炒飯」直接以冷凍狀態放入平底鍋。接下來只要迅速拌炒一下就行了。

也可以使用微波爐加熱四分鐘，光是這樣就夠好吃了，只是吃慣之後，鐵平還是喜歡用平底鍋加熱，總覺得這樣更能吃到顆粒分明的飯粒。

配飯吃的是醃漬白菜。在醃好的白菜上加入足量的味素、麻油和醬油。從以前到現在，這是鐵平吃醃白菜時最喜歡的吃法。

把裝在盤子裡的炒飯和白菜放到餐桌上，坐上餐椅，再將保溫杯裡的焙茶倒入茶杯。雙手合十，說聲「開動囉」，便拿起湯匙。

舀一口炒飯放入口中。

——這說不定比員工餐廳的炒飯還好吃……

鐵平當真這麼想。

窗外明亮得讓人以為春天來臨。和東京不一樣，福岡的冬天很少出現大晴天。搬來這裡十年了，到現在還會想念東京那萬里無雲的晴空。

轉眼吃完一盤炒飯和滿滿一小碟的白菜，洗淨碗盤，擦乾後收進餐具櫃。從夏代開始上全天班之後，洗碗就成了鐵平負責的家事。

時間才剛過十一點。

好吧，接下來該做什麼？

還在醫藥品事業部工作時，把公事帶回家處理是常有的事，週末例假日也常外出參加活動或接待客戶。然而現在，就算想找些工作在放假日做，也怎麼都找不到了。

再次打開電視，手中遙控器不斷轉台，看著各種節目。沒看到值得注意的新聞或話題，不到十分鐘又把電視關了。

因為好好睡了個回籠覺的關係，已經一點也不睏了，四肢無力和發燒的感覺也沒有了。吃完飯後，身體狀況似乎已完全恢復正常。看來，甚至沒必要再吃一顆克流感。

不如悠哉地看個書吧，鐵平從椅子上起身，走向寢室。

美嘉的房間和耕平的房間還維持原樣。屬於鐵平的空間依然只有夫妻倆的寢室。寢室就在一進大門玄關後右手邊，約莫三坪大的空間裡擺了一張雙人床，夏代和自己的私人物品全都收放在這間房裡，狹小得連個坐的位子都沒有。就連書櫃也是，只能利用放了斗櫃後的牆角細長空間放書櫃，而且得和夏代共用。上面擺滿了以前買了捨不得丟的書，沒有多餘空間再買新書回來放，所以這幾年，鐵平多半只買文庫本，等夫妻倆都讀完便立刻丟棄。

今年三月，耕平離家整整一年時，鐵平對夏代提議，看是不是把耕平的東西移到美嘉的房間收納，這樣就能空出一間房了。

「不如就這麼做吧，對他們兩個來說，只要有床就行了吧？」

夏代表示贊成，但打電話給美嘉和耕平討論這件事時，耕平毫無異議地同意了，美嘉卻激烈反對。

「意思是我以後得一直留在長崎工作嗎？」

夏代說，當時她被美嘉問得一時無言以對。美嘉確實說過日後想回福岡工作，可是就算那樣，她也可以自己租房子啊。

「那孩子，是不是還想回來家裡住啊？」

夏代嘴上雖然這麼嘀咕，內心顯然樂意接受。

鐵平卻很反對孩子們一直賴在家中。

對他而言，年滿二十歲就得脫離父母羽翼，這才是做人的道理。鐵平自己就是在上大學時離開和父母一起生活的家，開始在大學附近租屋生活。學費固然還依賴父母資助，四年間的房租都靠自己打工支付。

結果，這個提議沒能實行，最後商量的結果是，如果有寢室放不下的東西，就先放到耕平房間去。

那之後過了八個月，至今鐵平夫婦連一次都沒有把東西放進耕平房間過。

鐵平帶著上星期買的一本小說回到客廳。

坐在電視機前的沙發上，翻開那本厚厚的文庫小說。剛買回來時已經讀了幾頁，但他決定從頭開始讀。

話雖如此，密密麻麻的文字一映入眼簾，鐵平就不想讀了。

最近一直這樣。跟逐漸加深的老花眼或許也有關係，總之就是無法專注在閱讀上。從前工作還很忙碌時，利用閒暇時間讀書正好可以轉換心情。還在東京的時候，通勤電車上，鐵平閱讀的往往不是報紙而是書，來到福岡之後，即使忙於業務，還是經常利用工作空檔，就算只有三十分鐘也好，坐在公園或咖啡店裡閱讀文庫本，靠這樣重拾內心的悠閒與從容。

鐵平從學生時代就愛讀小說，紀實類作品也不討厭，唯獨沒讀過散文。或許是對閱讀那類不足為奇的日常小事感到厭煩吧，此外，就自己的狀況來說，和電影或音樂比起來，總覺得小說更能深入作品的世界。

不知為何，現在工作清閒了，閱讀量反而大幅減少。

原因其實並不確定，猜想大概是因為被貶職的打擊太大，加上忽然多出大把時間，反而不知道該如何運用了吧。

——原來對我來說，閱讀只不過是用來打發時間的工具啊……

正因過去曾自以為稱得上是個愛好閱讀的人，現在才無法不陷入這種窩囊的情緒中。

6

闔上文庫本，朝陽台落地窗轉頭。

充滿明亮日光的屋內甚至還有些許暖意，根本不需要開暖氣。

——不如出去散散步吧。

幾天前，車站附近開了一間新的咖啡店。鐵平還沒進去過，想想，去那裡喝咖啡看看書好像也不錯。

才剛要站起來，又重新坐了回去。

——不對不對，今天已經決定好要整天待在家了。

將背靠上沙發椅背的同時，口中輕聲嘆口氣。

想到退休後的生活，不由得有點毛骨悚然。

一旦不去上班，生活就會成為一連串這種無所事事的日子。

從來沒想過自己會有不再工作的一天。直到兩年前被貶至現在這個部門，鐵平才首次被迫面對這個事實。

今年九月十三日就要滿五十二歲了。

加能產業的規定是六十歲生日當天開始算退休。倒數回來，還有七年九個多月。當然，按照法律規定，企業有延長退休年限的義務[2]，加能產業也已經實施了二次僱用制度，對屆齡退休者再延長僱用五年。只不過，和大企業不一樣，現狀是加能產業付給二次僱用人員的薪水低得令人難以置信。

直到兩年前，鐵平從未想過自己會是二次僱用制度的對象。以前總認為，要是真有那一天，寧可立刻辭掉工作找個打工。

但是現實是，事到如今也只能緊抓著二次僱用制度不放了，除此之外別無其他選擇，否則過了六十歲生日後，隔天起自己將何去何從？

就算在公司只能接受有如打工仔的待遇，肯定也好過真的去給人打工。

一旦失去職場這個容身處，每天都將過著像今天這樣的生活。頭幾個月或許會感到解脫，一年半載過後，等著自己的就是茫然的每一天了。

這麼說來，現在自己所能做的，也就只有姑且先將那天的來臨再往後延個五年而已。

即使是那種公司，光是有個能去的地方，說來也該感恩了。

儘管現在的收入絕對稱不上優渥，至少在付完兩個孩子的學費和生活費後，夫妻倆還能勉強維持生活。雖然是沒有任何奢華享受的生活，終究能安然待在遠離「貧窮」兩字的地方平凡度日。

手上仍握著文庫本，嘆了更大一口氣。

—為什麼會變成這樣的人生？

鐵平這麼想。

——究竟從什麼時候開始變成這樣的？

自從遭貶職那天起，他動不動就會這麼喃喃自省。

他在意的並不是「剩下的人生大事只有死亡」。或者，與其說是無所謂，不如說把那視為無可奈何，只能接受的事。然而，就算一方面對人生已如此不抱期待，另一方面還是會感到不解，為什麼自己的人生會走到這麼一個無滋無味的無聊結局？

命運之流是怎麼流的，怎會把自己帶往這種窘境？

真的無法改變命運之流的流向了嗎？

會不會有一條完全不同的命運之流就在自己身邊並行？

轉而投身跳入另外那條命運之流，真的是不可能的事嗎？

雖然都只是些毫無益處的怨言與幻想，現在鐵平真的經常這麼想。

他自認把美嘉和耕平教養得不錯，兩個孩子都不曾提出任性的要求，也都很貼心。

他們從來沒對鐵平或夏代做出稱得上頂撞的事。

真要說有的話，頂多就是兩人各自對升學就業做出的決定吧。

美嘉說出想當護理師時，曾任護理師的夏代堅決反對。

耕平說不想考醫學院，想改考牙醫學院時，鐵平也態度強硬地要他回心轉意。

---

2. 按照日本現行《高年齡者僱用安定法》規定，企業有義務僱用六十五歲以下有意願繼續工作的人員。

然而，兩件事都塵埃落定後再回頭想想，那種程度的爭執連摩擦都談不上，更別說是親子衝突了。夏代並不是討厭護理師這個職業，只是自己過去當護理師時的痛苦回憶還殘留心頭，才會反對女兒也走上這條路。鐵平也一樣，只因年輕時在醫生面前矮人一截的自卑感作祟，才會一直懷抱兒子考上醫學院的夢想。

孩子們大概打從一開始就看出父母的反對理由站不住腳吧，他們兩人對自己的決定連一次都沒有妥協過。關於耕平的升學，還有經濟層面的考量。升任董事的事泡湯後，鐵平也無法再像原本那樣強硬表示「就算考上私立醫學院也沒關係」。當然，他並沒有收回原本說的話，只是從小貼心又擅長察言觀色的耕平自然察覺得到父親心境的變化。正因如此，為了避免考不上公立醫學院的風險，他才故意選了現在這條路吧。

身為父親，鐵平為自己的無能感到慚愧，也覺得真的很對不起他。

不過，像這樣，某種程度已經能看到兩個孩子的未來之後，鐵平內心倒是浮現了出乎意料的感慨。

無論是對美嘉還是對耕平，鐵平從來沒認真想過自己希望他們從事何種行業，或是長成什麼樣的人。彷彿一覺醒來忽然察覺似的，仔細想想，鐵平發現自己根本沒有對孩子們的未來抱過任何期待。

當然會想把女兒養成一位善解人意的女性，或是希望兒子成為生活不虞匱乏的醫生，但這些都只是籠統的念頭，沒有真的非得這樣不可的執著。就這點來說，那些為了把孩子栽培成拳擊手、棒球員或高爾夫球選手，有自己一套厲害教育論的知名虎爸虎媽，或是那些想盡辦法把孩子送進大型演藝經紀公司、職業足球員養成團隊，再不然就是從小讓孩子上補習班，考升學名校的父母，看在鐵平眼中簡直就像另一個世界的人。

——就算是身上流著自己血緣的孩子，和陌生人又有多大不同……？

總覺得自己內心深處，一直以來都有這個想法。

對鐵平來說，所謂教養孩子，只不過是不讓自己的孩子成為犯罪者或病人，在學校社會裡不要落於人後太多，能平安無事成人就好。

目前看起來，美嘉和耕平確實都這樣養大了，既然如此，自己在教養孩子這件事上，也已沒有其他能做或想做的事了。

——簡單來說，對我而言，生養小孩這件事從頭到尾就只不過是義務。

送耕平去鹿兒島後，立刻感到「這麼一來什麼時候死都無所謂」的那一瞬間，鐵平察覺了這一點。

在為好不容易卸下長久以來肩上的負荷而感到解脫的同時，鐵平也再次深深體認到一個事實：自己只是擺脫了義務的束縛，而不是因為達到任何成就而滿足。

——為什麼會變成這樣的人生？

這麼一想，也難怪鐵平會沉浸在那種感慨之中。

7

人生沒有「如果」，不過，若是只能選一件人生中最重要的事來做假設，鐵平第一個想到的就是「如果沒有遇見夏代的話……」

當然，其他還有幾個想得到的「如果」，不過，第一個想到的終究還是與夏代的相遇。如果沒有認識她，自己的人生肯定和現在完全不同。退一百步說，就算認識了她，如果不是和有那種過去的她結婚，現在的自己肯定也會成為另外一個人。

如果是和夏代之外的女人，娶妻、生子、成家……這些事恐怕都不會做了吧。在前一個公司任職長達二十年，如果不是娶了夏代，大概也不會在那裡工作這麼久。

那麼，如果沒有認識夏代，自己又會擁有什麼樣的人生呢？

雖然無法具體想像，但也能描繪出個大概的樣子。

鐵平身體裡，一直關著另外一個自己。總覺得如果沒有和夏代在一起，現在的自己就會被另外那個自己取代。

所謂身邊還有另一條命運之流，指的就是這個意思。

有個不是自己的另外一個自己存在，只要他想，隨時都可能成為那個「另外一個自己」——從小鐵平就懷抱著這種毫無根據的自信和衝動。

而結婚後，總覺得這份衝動被夏代的力量封印起來了。

——如果解除了這個封印，自己究竟會變成怎樣？

去年春天，送耕平前往鹿兒島後，鐵平經常這麼想。

那樣或許也有那樣的可怕之處，不過，如果那樣的話，說不定就能脫離「只剩死而已」的窒息感了。鐵平內心確實有著這樣的期待。

8

放棄散步，決定自己沖咖啡。

把偏濃的手沖咖啡裝進大馬克杯，回到客廳。坐在餐桌前的椅子上，才剛關掉的電視又再度打開。

正好開始播ＮＨＫ的午間新聞。

放空腦袋盯著電視螢幕好一會兒，窗邊櫃子上的電話忽然響起。

拿起遙控器關掉電視，走向電話機。

這具電話很少響起。不管是公司、夏代或孩子們，聯絡時總是打手機。

鐵平常跟夏代說，是不是乾脆停掉家用電話算了。

拿起聽筒，放在耳邊。

「喂，請問是加能公館嗎？」

一個感覺頗年輕的男人聲音。

「是的，請問您哪裡？」

「敝姓北前，是東京兵藤中野律師事務所的律師，一直以來承蒙照顧了。請問加能夏代女士在家嗎？」

對方說話的語氣莫名恭謹。

東京？兵藤中野律師事務所？

鐵平完全想像不到是什麼事。

「內人目前外出，不在家。」

「這樣啊……」

那個叫北前的男人聲音聽來有些為難。

「找內人有什麼事嗎？」

夏代怎麼可能跟律師事務所扯上關係。

鐵平悄悄提高戒備。

該不會是假扮成律師的詐騙手法吧？

「是這樣的，關於我們幫夫人保管的東西，想跟她商量一下今後的管理方式……」

幫夏代保管的東西？

是什麼啊。

「您或許也已經從新聞報導看到訃聞，由於前陣子兵藤新吉律師過世了，今後的保管工作由我負責接手。」

見鐵平沒有回應，對方又再這麼說。

「喔，原來是這樣啊。」

試著裝作知情的樣子回應。

「是的，抱歉，請容我再次自我介紹。我叫北前隼人，是一名律師。今後也請多指教。」

鐵平迅速思索了一番。

這位北前律師，幫夏代保管了某樣東西，為了跟她本人討論今後的管理方式，所以打電話來。這麼說來，如果夏代根本沒有請律師事務所保管過任何東西的話，也就絲毫無從詐欺起了。

——這表示，這件事是真的嗎……

還有另一個增添北前律師話中真實性的關鍵。

那就是「兵藤新吉」這個名字。

沒記錯的話，上週確實看過關於兵藤新吉訃聞的報導。兵藤新吉曾為許多冤案擔任辯護律師，還曾當過日本律師聯合會會長，是個知名的大牌律師。法律系出身的鐵平當然熟悉這個名字，記得看到訃聞那天，還驚訝得想著「原來那位兵藤新吉律師活了這麼久啊」。

「我們看到兵藤律師的消息時也吃了一驚，我和夏代還討論了一下那樣東西接下來不曉得會怎麼處理呢？」

「原來是這樣啊，我太晚聯絡了，真是非常抱歉。」

北前律師誠惶誠恐地道歉。

「那麼，您今天打來要商量的是什麼事呢？」

為了維持住這個話題，鐵平小心選擇遣詞用字，誘導對方進一步說明。

「從兵藤手上交接到我手中的這個案件是多年前的委託案件，我這邊有幾個不太明白的地方想請教。另外，也想趁此機會和尊夫人打聲招呼，盡快安排見個面。」

「原來如此，這麼說也有道理。畢竟兵藤律師已經過世了。」

「是啊。其實是這樣的，我後天正好臨時要去福岡參加律師會，想說如果方便的話，這段時間前後是否能跟您們相約碰面呢？」

「後天是嗎？」

「很抱歉聯絡得這麼臨時，所以如果您們正好沒空的話，我當然會另外再找時間拜訪。」

「如果是後天的話，中午十二點到一、兩點左右這段時間，我和夏代應該都有空……」

「真的可以嗎？」

「是的，只是星期三我們兩人都要工作，能不能約在博多車站附近飯店的咖啡廳呢？」

「當然可以，我要參加的律師會從下午三點開始，您提的時段對我而言正好方便，真是感恩。」

「這樣啊。博多車站離機場也近，那就這麼說定了。夏代那邊由我來知會。」

鐵平將車站前常去的飯店名稱告訴對方，並表示自己會用「加能」的名字預約咖啡廳。

「麻煩您了，真不好意思。」

「舉手之勞，沒什麼。那麼後天中午十二點見。」

說完，鐵平趕緊掛上電話，以免露出馬腳。

9

掛上電話後，從寢室裡拿出平板電腦，搜尋「兵藤新吉」。

搜尋結果，果然從第一條開始跳出許多訃聞報導，日期都是十一月二十八日，星期天。正好是一週前。根據這些報導，兵藤新吉享年八十九歲，除擔任過日本律師聯合會會長外，也曾歷任國家公務員倫理審查會長等職務。

鐵平怎麼也想不通，這種重量級的律師怎麼會跟夏代扯上關係。

繼續往下確認搜尋結果，找到了「兵藤・中野律師事務所」的官方網站。

首頁尚未發表兵藤逝世的消息。

點開介紹旗下隸屬律師的頁面。

上面確實列出名為「北前隼人」的律師介紹及大頭照。這麼一來，剛才那通電話是詐騙的可能性幾乎可以說是零了。見到本人後，只要對照這張照片就能確定對方是不是真正的北前律師。

根據網站介紹，北前隼人出生於昭和五十一年，平成十三年畢業於早稻田大學法學部。隔年的平成十四前在東京登記為執業律師。另外，網頁上也記載他擅長的領域為「公司行號相關訴訟、遺產繼承、離婚調停、醫療糾紛、勞資相關案件、一般民眾案件」等。

昭和五十一年生，今年就是四十歲，也算有點資歷的律師了。

假設打電話來的是北前本人，按照這位北前律師所說，夏代曾在「很久以前」委託兵藤新吉律師，請他代為保管某物，而那東西一直「保管」在兵藤律師手中。

夏代委託兵藤律師保管的，到底是什麼呢？

「很久以前」又是多久以前？

北前也說他「想請教保管的東西今後如何處理」看來，那東西至今一直採取某種形式的管理？

不管怎麼說，結婚二十多年來，從沒聽過夏代提起這件事。鐵平推測，她委託兵藤律師這件事時應該尚未結婚。否則的話，再怎麼說自己都不可能沒察覺。

北前律師一定是因為突然有機會來福岡，一時之間太急躁了。

就算誤以為身為夏代丈夫的自己熟知內情，做為一個律師，也該和客戶夏代直接約定見面才是道理。說的不客氣一點，他連接電話的人是不是夏代真正的丈夫都沒確認過。

打電話來時，北前問「請問是加能公館嗎」，這代表他知道夏代已婚。雖然婚前就委託兵藤律師保管東西了，婚後她一定也和律師事務所有過聯繫，要不然律師不會知道這個家的電話號碼。既然會打來家裡，是否表示夏代沒有提供對方手機號碼？這麼說來，很可能是搬來福岡後聯絡過一次，之後就沒再聯繫了吧。因為夏代和鐵平都在搬來這裡後不久換了手機電信業者，連門號都改了。

在沙發上坐下，腦中浮現各種推測。目前手頭的情報不多，即使如此，腦中依然接連湧上各式疑問和推理。

可以肯定的是，夏代隱瞞了某件很重要的事。

那究竟是什麼？

只要和北前律師碰面，問出委託保管的東西，應該就能得到答案了。

問題是，要是將今天這通電話的事轉告夏代，提議自己後天中午和她一起去博多站前飯店赴約，她會怎麼說？

夏代會二話不說同意嗎？如果那樣的話，今天晚上就可從她口中聽到真相了。

然而，鐵平總覺得，事情的進展不會這麼順利。

專程委託知名律師保管，對結縭二十多年的丈夫絕口不提的事。

就算丈夫因為碰巧接到電話而得知部分內情，她說不定會想盡一切藉口含混帶過。

既然瞞了這麼多年，她應該預測得到會發生這種意想不到的事。連鐵平都從報上看見兵藤的訃聞了，夏代很可能也已得知消息。她之所以沒有馬上聯絡律師事務所，大概是料想不到兵藤才過世一星期，接任的律師就來提出會面要求了吧。

加上時序接近年底，夏代最近連續加班，回家時總是很晚。自從改成上全天班後工作忙碌，她也無暇顧及這麼多了吧。對她來說，這通電話恐怕完全是半路殺出的程咬金。

「這次先瞞著她，我自己去和那律師見面好了。」

鐵平喃喃自語。

只要跟北前律師說夏代有急事來不了就好。

對了，就說她得了流感吧。只要說是她拜託自己去聽律師要交代什麼，北前律師一定不會起疑。

今天早上在洗臉台前感到惡寒，懷疑自己得了流感所以請假。乍看之下好像是杞人憂天，但若不是拜此之賜，這時間也不會在家，如此一來，就不會聽到平時很少響起的家用電話鈴響，也就不會接到這通電話了。

——這就叫誤打誤撞吧。或者該是說是天注定呢？

這麼一想的瞬間，不由得打了一個哆嗦。

——難道封印即將就此解開？

忽然出現這個念頭。

10

「這件事我真的是第一次聽說呢，一直以來我都跟她說難得有資產就拿去運用，內人總是一副興趣缺缺的樣子。沒想到，原來她早瞞著我拿出部分資產去投資了啊，我一點也不知情。更沒想到投資的竟然是外國企業，真是嚇了我一跳。」

「這樣啊。」

「今天我出門前，內人也沒說什麼。話說回來，那時她已經在發高燒，燒得滿嘴囈語，也不是說這些事的時候。」

鐵平刻意用半開玩笑的語氣一說，北前律師那張好好先生的臉上也跟著浮現笑容。

第一眼看到他時，鐵平就確定不但瞞得過這個人，說不定還能從他口中套出真相。等到遞上自己的名片，聊了幾句之後，更加深了這份確信。

別的不說，一碰面就告訴他夏代得了流感不能來時，北前律師不但沒有露出為難的表情，反而像是鬆了一口氣。

「福岡這邊已經發布流感警報，公司也有好幾個部下得了流感。我自己這幾天一直有吃克流感預防，也勸夏代吃，但她就是那種打死不吃藥的人。」

鐵平聳聳肩這麼附帶說明，北前律師看看他，再看看手上的名片，似乎更放心了。

真沒想到總部長這個頭銜能在此時派上用場啊，鐵平暗忖。

接下來，鐵平完全主導了兩人的談話內容。

「內人說，因為好一段時間沒和兵藤律師聯絡了，要我今天先來問問託管物品的現狀如何。」

鐵平用這種模稜兩可的口吻先發制人，立刻輕易從北前律師口中套出真相。

「關於尊夫人從加津代亨德森夫人那裡繼承的遺產，基本上一直都原封不動存在瑞穗銀行的無息活存帳戶中，聽說當初尊夫人的意思就是完全不動用這筆錢。」

「這樣啊，那至今一直都沒有變化囉？」

「是的，基本上可以說是這樣。」

「那我明白了。」

努力不讓對方察覺內心的驚訝，鐵平裝出理解的表情點頭。

所謂無息活存帳戶，指的是就算銀行破產也保證能拿回全額，但完全不產生利息的存款帳戶。

「對了，您剛才說『基本上』，指的是……？」

強裝平靜提出疑問。

北前剛才說了兩次「基本上」。

鐵平快速翻尋腦中的印象。

夏代有一個叫加津代的阿姨，這件事鐵平是知道的。這位阿姨是夏代母親道代的姊姊，夏代的父母在她三歲時離婚，之後便由道代一手撫養夏代長大，至於父親，父母離婚後夏代就沒見過他，也從來不曾有過他的消息。

不料，唯一的家人道代在夏代還就讀護校一年級時猝逝，享年不到五十歲，死因聽說是蜘蛛膜下出血。夏代說過，她在母親的葬禮上第一次見到這位加津代阿姨，也只見過這麼一次。加津代二十歲時離家出走，和當時交往的美國青年私奔，此後一直住在美國。

亨德森一定就是這位加津代阿姨現在的姓氏了。

但是，不管是阿姨已經過世，或是嫁給姓亨德森的人，這些事鐵平都沒聽夏代說過，更別說是從阿姨手中繼承遺產的事了。

「之所以說是『基本上』，其實是因為大約十年前，尊夫人曾拿出兩億日元投資加拿大的某企業股票，近來該企業股價超乎預期上漲，若將這筆投資的獲利算進去的話，資產額會和當初尊夫人要求的處理方式稍微有所牴觸。」

北前律師口中說出令人難以置信的事，夏代十年前不但做了投資，那筆投資金額竟然還高達兩億日幣。兩億這個數字，遠比夏代從阿姨手中繼承遺產的事更令鐵平吃驚。

這下內心的震撼大概都寫在臉上了吧，鐵平只好用「這件事我真的是第一次聽說」來緩頰。

「話說回來，夏代投資的是加拿大什麼樣的企業呢？為什麼她會突然想這麼做啊？」

盯著北前那張好好先生的笑臉，鐵平提出疑惑。

「尊夫人投資的是總公司設在多倫多的『多倫多生技』，這是一家做生技開發的新創企業。二〇〇六年該公司創立時，尊夫人就拿出了兩億日元投資。自從一九八六年繼承了加津代亨德森女士的遺產後，從來不曾動用這筆資產的尊夫人，為何會在事隔二十年後忽然出手投資，說來確實不可思議。只是兵藤留下的資產管理紀錄中，並未留下關於投資原因的記述，我也無從稟告起。」

「這樣啊……」

鐵平一邊喃喃低語，一邊想著這麼說來，夏代從二十歲那年起，就已繼承了至少兩億日元的遺產了。

「這間多倫多生技公司研究開發的是人類大腦掌管各種機能的神經細胞人工製造技術，大約三年前，該公司領先全球，第一次成功製造出分泌多巴胺的人工神經細胞，現在已成長為廣受世界藥廠矚目的企業了。分泌多巴胺的神經細胞是與帕金森氏症及憂鬱症有很大關聯的細胞，全世界都在期待多倫多生技公司的技術，因為在開發治療這些疾病的新藥時，將可能提供很大的幫助。」

「原來如此。」

十年前。正好是自己遭前公司裁員，不得不放棄即將簽約買下的赤羽那棟新築公寓，跌到失業者灰心喪志谷底的時期。為什麼夏代會在那時選擇投資國外這間毫無淵源的新創公司呢——姑且不管她至今對遺產的事絕口不提，鐵平實在想不通她為什麼這麼做。

「然後……」

北前律師稍微往前探出身子。

博多站前克里歐花園飯店一樓寬敞的咖啡廳內，儘管白天人還是很多，不過鐵平和北前周圍仍有幾個空位。

「根據調查，這兩年來多倫多生技公司的股價已經上漲八倍。」

「八倍？」

「是的，尊夫人投資的兩億日元，現在資產價值達八倍以上，換句話說，她的持股價值已超過十六億元。」

「十六億嗎？」

鐵平倒抽了一口氣，說不出其他話。

家裡那個夏代，現在手頭竟然有高達十六億的資產？

「還有……」

北前律師重複剛才說明過的事：

「根據兵藤律師的紀律，尊夫人繼承的所有財產一直全額放在同一個無息活存帳戶至今。現在由我接手這份保管工作，我想趁此機會詢問尊夫人意見，看是否需要改變到目前為止的處理方針。此外，關於已經增值到超過十六億日元的多倫多生技公司股票，是要繼續以股票形式保留，還是有其他考量。這些都想跟尊夫人做個確認，本次才會前來請求會面。」

「也就是說，您想跟她確認今後這筆財產是否維持原狀不做任何運用，加拿大那間公司的股票也維持原狀不出售？」

「就是這個意思。」

北前律師用力點頭。

鐵平輕聲嘆了口氣。

目前只知道夏代從繼承自阿姨加津代亨德森的遺產中拿出兩億投資了加拿大的公司。可是，繼承的遺產總共有多少呢？這最重要的一點，現在鐵平還無法確定。

「北前律師。」

說完，鐵平頓了一頓。

「內人只有要我來跟您說，今後也保持原本的處理方式就好。只是說來丟臉，關於加拿大公司那件事，內人從來沒告訴過我。因此，現在我實在無法判斷是否該直接照內人所說，把話帶到就好。接下來，我想先回去把目前股價增值的狀況告訴內人，商量接下來的做法，再請她本人跟您聯絡，這樣好嗎？」

「當然沒有問題，這樣也可以的。」

既然客戶都這麼說了，北前自然不會有異議。

「對了，律師先生。」

鐵平又頓了一頓。

「為了保險起見，我想再確認一下。也就是說，十年前投資的兩億現在變成了十六億，這麼算起來，內人繼承的遺產總計變成多少了呢？我們先釐清這點好嗎？」

鐵平用力吞了口口水，等待北前律師回答。

「我算算喔……三十年前從加津代亨德森女士那裡繼承的遺產換算為日幣是三十四億多，拿出其中兩億買下加拿大生技公司股票，現在這些股票的價值增加為十六億左右，遺產總額就是三十四億減兩億再加十六億……大約等於四十八億日元。」

北前律師說得雲淡風輕。

11

和北前律師見面一小時左右後道別。

留下說想在咖啡廳裡打發時間的他，鐵平獨自走出飯店。

時間剛過下午一點。

實在提不起勁回公司，朝站前的公車站牌走去，一邊拿出手機，點開辦公室的電話號碼，按下通話鍵。

接電話的是峰里愛美。

「原本預定兩點後回公司，但我現在要跟坂上社長去拜訪幾家盤商，今天不再進公司了。」

「好的，明白了。」

離開辦公室前，在白板上寫的是「中午與坂上社長聚餐」。坂上先生經營本市一間專營實驗機器的公司，是鐵平長年來的知己。

「辦公室有什麼事嗎？青島還好吧？」

不在公司時，鐵平一定會詢問青島的狀況。

「青島先生的話，剛才和製造總部的人出去了。」

「又去久山？」

「好像是的樣子。」

「這次又是什麼問題？」

「聽青島先生說部分設備出了狀況，但不是太嚴重。」

「這樣啊。」

讀理工的青島，對化合物的製造過程自然熟悉。久山工廠是他停職前待的部門，那邊遇上機器設備或化學反應過程出問題時，製造總部的人常來拜託他去支援。

位於久山的第二工廠，與設有各種醫藥品原液製造設備的總公司工廠不同，這裡製造的是各種有機化合物。主力商品是塑膠袋及塑膠水管的原料氯乙烯單體。為因應震災後災區重建的需要，氯乙烯單體的訂單增多，久山工廠也出動所有老舊設備努力增加產量。因為如此，最近設備經常出毛病。

——和平常狀況差不多，看來暫時沒回公司的必要。

鐵平這麼判斷。

「那這樣吧，等青島回來，請轉告他如有要事聯絡，隨時可打手機給我。」

「好的，我會轉告他。」

聽完峰里的回應，鐵平掛掉電話。

一走到公車站，往天神方向開的百元循環公車正好抵達。已有幾個人排隊等上車，鐵平排進隊伍末端，搭上公車。這裡是起站，車上空蕩蕩的，鐵平選了靠近下車門的一人座位。

坐下那一瞬，情不自禁嘆了一大口氣。

這兩天一直在思考，夏代專程請律師保管的到底是什麼。是書畫古董，還是貴重金屬呢，也可能是現金或有價證券，只是若牽涉到財產類的東西，她應該不會瞞著身為丈夫的自己，所以鐵平原本判斷這個可能性很低。最有可能的，大概是某種重要文件或有紀念價值的寶貴紀念品吧。只是，從北前律師並未拒絕鐵平陪同這點看來，那又不像是什麼祕密物品。這麼說來，可能是沒有重要到需要特地告知丈夫，但又不方便自己保管的東西吧。

誰能料到，那竟然是總金額高達四十八億的龐大遺產……

現在即使腦中浮現「四十八億」這個數字，也只覺得荒謬無稽，感覺一點也不現實。家裡那個夏代竟然是億萬富翁，而且從二十歲那年起就一直是了。這教人怎麼能夠相信。然而，除非剛才和北前律師見面的事只是一場白日夢，否則，這就是毫無爭議的事實。

隨公車搖晃，鐵平反覆回想北前律師說的話。

——確實沒錯……

確實沒錯，北前律師的確說了「遺產總額就是三十四億減兩億再加十六億……大約等於四十八億日元」。絕對沒有聽錯。

循環公車從博多運河城橫過中洲地區，不到十分鐘就抵達天神三越前的公車站了。幾乎所有乘客都在這裡下車。

十二月已過了一週，儘管不是假日，百貨公司及購物商場林立的天神一帶還是人潮洶湧。

幾年前由現任內閣展開的通貨再膨脹政策雷聲大雨點小，似乎將以失敗收場，九州長年來的不景氣也沒有改善的徵兆。儘管如此，還在醫藥品事業總部時，即使每天都在煩惱如何提升業績，每年看到歲末時節的熱鬧景象，還是不免對新年度抱持期待。

——過去一到這時期都有參加不完的忘年會，每晚喝得醉醺醺呢？

看著熙來攘往的人群，鐵平發了一會兒呆。

驀地回神，環顧四周。

人群走過之處，盡是鐵平懷念的景色。自己有多久沒和部下、同事或客戶一起在這條鬧街上喝酒續攤了呢？

自從被貶到現在的部門，就開始過起沉潛低調的日子。

——對了，不如去那間店吧。

腦海中忽然浮現某間店荒僻的外觀。穿過岩田屋百貨本館與新館之間的地下聯絡道，上來後就是「閃耀大道西口」。正對面是博多拉麵「一蘭」的大看板，過馬路後往左走，在掛著「一風堂」招牌的轉角右轉。

順著單行道直直走，道路左右兩旁建築物擁擠，大小參差不齊。

這一帶的地名叫「大名」，說來就像天神地區的後廂房，有各式各樣的店面林立。除了餐飲店，還有服飾店、鞋店、賣小東西的店、美容院，偶爾還可看見幾間這個時代已經很少見的訂製西服店。

還在事業部工作時經常來這附近走動，現在要去的店，就是當時常去的店家之一。

往前繼續走一百公尺左右，左轉進一條小巷子，再走個五十公尺，左手邊出現一間小教堂。對面約莫兩公尺左右的地方，就是那間默默開在這裡的老店了。

代替招牌的門簾上，用片假名寫著店名「大久保」，也不知道為什麼要用片假名。早已過還曆之年的老爹和孫子兩人一起經營，老爹的姓氏就是大久保。順帶一提，他的名字叫做彥左衛門。起初還以為是開玩笑，後來看了他的駕照才知道，這真的是他的本名。

上次掀起這裡的門簾，已經是差不多一年前的事了，鐵平也記不太清楚最後一次來是什麼時候。他總是興致一來就一個人造訪，直喝到醉醺醺才回家——一直以來，這間店都是這樣的存在。

掀開門簾，拉開拉門。和入口給人的感覺不同，店內意外地寬敞，視野清爽。正面是一道短短的吧檯席，前方有四張桌子。左邊往裡面去，有個一坪半左右的和室小包廂。從中午開到隔天凌晨的這間店雖然位置偏遠，卻是幾乎每晚客滿，有時想進都進不去。白天雖不至於這麼誇張，但每次來，店裡也必定有幾個常客。

今天也是，吧檯邊坐了兩人，另外還有個三人組佔據了一張餐桌。

「歡迎。」

吧檯裡的小老闆打著招呼。他是老闆老爹的孫子，常客都稱三十歲左右的他「小老闆」。

「好久不見啦。」

鐵平這麼說。

「那邊有空位。」

小老闆指著包廂的方向。

「可以嗎？」

他微微點頭。

脫下鞋子，走上小包廂。幾年前改成坐式暖炕之後，小包廂坐起來就更舒適了。腳下鋪的電毯似乎已打開電源，今天雖然不算太冷，但腳下暖暖的，感覺還是有鎮定情緒的作用。

小老闆拿了濕毛巾上來。

「先給我一杯啤酒。」

鐵平這麼說。

又對著正要離去的背影問：

「社長最近有來嗎？」

「偶爾。」

和老爹一樣沉默寡言的小老闆，只說了這兩個字便走回廚房。白天因為要進貨和備料的關係，老爹很少出現在店裡。

老爹昔年曾在九州大學旁那間拉麵名店「白龍」工作過。博多賣那種扁麵的店家相當罕見，聽說繼承名店「白龍」手藝的，現在只剩老爹一人了。

第一次帶鐵平來這裡的人是堂哥尚之。尚之還在讀九大時就結識了在「白龍」工作的老爹，打從老爹自己開了這間店，他就是這裡的常客。

下酒菜和裝在啤酒杯裡的啤酒一起送上來。

今天的隨桌小菜是涼拌芝麻鯖魚和涼拌青蔥蛤蜊。

「乾杯。」

舉起啤酒杯，兀自輕聲乾杯。一口氣喝完半杯生啤，這才發現自己喉嚨早已乾渴得很。

芝麻鯖魚是用芝麻醬油和著鯖魚生魚片涼拌而成的一道菜，搬來博多之後，鐵平才第一次吃到這道料理。還記得初次吃到時，那鯖魚滋味之新鮮，令他為之驚訝不已。

這間店不接受酒類之外的點餐。老闆老爹會配合當天進貨的食材擅自決定端上什麼菜。只是，每次不管吃喝得再多，結帳時也總是五千元有找。

講完四十八億這個金額之後，北前律師又告訴鐵平，根據兵藤律師的管理紀錄。夏代投資加拿大生技公司兩億元是二〇〇六年三月的事。二〇〇六年三月，正好是鐵平收到前公司第一次裁員通知的時期。鐵平在公司任職多年，向來擁有傲人的業績，正因如此，當他從業務部長上條那裡聽到自己的名字也在裁員名單時，實在難以置信。

「一定有哪裡搞錯了。」

聽到他這麼抗議，上條也說：

「我也以為是搞錯了，所以去找人事單位確認過，對方回答確實是加能鐵平無誤。」

直屬上司上條這麼說時，表情顯得非常過意不去。

接獲通知後，鐵平打探了一番內情，證實自己真的在名單上，也馬上查出計畫裁掉自己的人，是常務董事兼業務總部長種田。

鐵平和種田在他還是業務部長時曾起過爭執。怎麼也沒想到，都那麼久以前的事了，他竟然還懷恨在心。但是除了這個原因之外，也想不到其他理由了。

當時，鐵平找夏代商量過這件事。

「種田常董一定對你產生很大的誤會，你好好去見他，把誤會說清楚吧。我覺得這是最好的方式。」

在夏代這樣的建議下，鐵平也直接去找種田攤牌了。

攤牌後，當年三月的裁員通知雖然取消了鐵平的名字，三個月後，六月時再度接到裁員通知，最後還是難逃六月底被趕出公司的命運。

即將簽約買下的赤羽那間公寓，也只能取消。

就在自己上班族人生最痛苦的那段時期，夏代竟暗中對加拿大的新創企業投資了兩億元？

這究竟是怎麼一回事？

畢竟是超過十年前的事了，當時夏代表現出的反應和言行舉止，已經無法鉅細靡遺地回憶起來，但也還記得她對丈夫事實上遭到解僱的事感同身受，既憤慨又沮喪的模樣。還差一點就能買下赤羽的公寓，擁有自己小窩的夢想就此消失，她看起來也和鐵平一樣大受打擊，心情溢於言表。彼此既然是夫妻，這些反應說來也是理所當然。然而現在，忽然得知事實是她當下正拿出一筆高達兩億的資金投資，想想簡直就是懸疑小說，甚至是怪談的情節了。

相守超過二十年的妻子夏代，如今看在鐵平眼中卻像個完全的陌生人。

只要是人，或多或少會有不能對另一半說的祕密。鐵平自己也有這輩子絕對不能揭穿的祕密。只是，在夏代這個祕密面前，鐵平的祕密只能說是小巫見大巫。

更何況夏代的祕密是這樣的祕密。鐵平的祕密再怎麼說也已是過去的事，夏代繼承的四十八億遺產，卻仍對彼此今後的婚姻生活具有影響力，重大的程度就算說是能改變人生也不為過。

——有這麼多錢的話……

只要這麼一想，心情就無法冷靜下來。

根據北前律師主動提供的情報，夏代的阿姨加津代嫁入的亨德森家，是美國中部的富豪家族。她的丈夫派翠克亨德森在家中排行老三，年輕時夢想成為攝影師，在世界各地流浪時認識了加津代，與她墜入情網。聽說，派翠克帶她回美國後，與兄弟一起繼承了父親的事業。夫妻倆沒有孩子，派翠克五十多歲與世長辭，加津代年紀輕輕便守了寡。派翠克留給加津代龐大的財產，依照加津代的遺囑，其中大部分捐給了美國的慈善機構，一小部分則留給唯一的親人夏代。

那「一小部分」就相當於日幣三十四億元。

12

一杯生啤酒，瞬間就喝乾了。

因為沒吃中飯，芝麻鯖魚和涼拌青蔥蛤蜊也一下就吃完了。叫來小老闆，加點了芋燒酌。平常都兌熱水喝，今天改成不兌水，直接加冰塊。總覺得不喝點烈酒大概醉不了。

沒有自信能在清醒的狀況下面對夏代，話雖如此，要是喝得要醉不醉，又擔心自己不曉得會說出什麼難聽話。

除了今晚把自己喝到回家時變成一灘爛泥之外，沒有其他方法了。

純燒酌加冰塊、充當醒酒水的溫開水以及炸天婦羅和沾醬一起端上桌。

「今天的炸天婦羅是長槍烏賊和紅薑魚板。」

小老闆輕聲告知菜名就離開。

享用沾了滿滿沾醬的炸長槍烏賊，雖然很燙，但烏賊處理得很軟，一咬便在口中散開。啜一口冰涼的燒酎，天婦羅的酥脆麵衣和彷彿入口即化的烏賊與烈酒渾然融合一體。美味。

今明兩天，姑且什麼也不說，就這樣讓時間過去吧。愈是重要的事愈該謹慎應對，不宜急躁。

審慎思考了一會兒，決定先整理自己的想法。

——那麼，該怎麼看待這件事呢？我今後該採取什麼樣的態度呢？

鐵平如此自問。

夏代為什麼多年來始終隱瞞自己繼承了龐大遺產的事？

為何只將繼承的遺產委託律師代管，自己幾乎完全不去動用？

只要能妥善安全地運用這筆三十四億元的財產，這輩子肯定能過上奢侈的生活，夏代為何不這麼做？

二十歲時就繼承了這麼大一筆錢，她為什麼還繼續當護士？

最重要的是，夏代為什麼和自己這樣的男人結婚？

別說整理想法了，鐵平腦中浮現的盡是疑惑。

和夏代是在她任職的港區大學醫院認識的。當年鐵平二十八歲，小自己兩歲的夏代則是二十六。鐵平在大型醫療器械製造廠當業務，平常跑東京都內幾間大學醫院推銷自家產品。因為這樣的緣故，一天到晚在夏代任職的醫院裡出沒。

話雖如此，鐵平當時負責推銷的，並非診斷或治療用的醫療器材，而是檢查與實驗用的精密分析儀器，因此，鐵平幾乎不曾去過夏代值勤的病房大樓。鐵平的銷售對象是病理學方面的學者，他們平常在醫院裡負責病理診斷及病理解剖，同時持續進行醫學研究。

其中和他交情最好的，是神經病理學研究室的主任研究員木內正胤。夏代當時是這位木內醫師的外遇對象。

點了第三杯酒，這次小老闆送上來的是四合瓶[3]的燒酎、冰塊及裝了熱水的保溫瓶。意思大概是：想怎麼喝就自己調吧。

開瓶後，先在保冷杯內注入幾乎滿杯的酒，放進少量冰塊，再將尚未涼透的燒酎灌入喉嚨。

遲遲無法喝醉。

就在即將喝完第四杯時，小老闆端上加了吻仔魚一起煎的蛋捲。這種蛋捲不像一般加入高湯的煎蛋捲那樣鬆軟，反而煎得有點硬，但砂糖份量拿捏得非常絕妙，很好吃。

配著煎蛋捲，又喝了第五杯。

店裡最有名的鹽烤豬腳端上桌時，已經醉得暈陶陶了。

看到眼前大盤子裡堆成一座小山的烤豬腳，不由得食欲大增。

這道菜是在汆燙過的豬腳上撒粗鹽後仔細炙烤而成，只要吃過一次就會上癮。

幾年前還常跟尚之一起來時，兩人偶爾也會對坐痛快暢飲，大口吃這道烤豬腳。

震災那年，叔叔孝之退居會長職位，尚之就任社長之後，兩人還保持良好關係，不時會來這裡用餐。沒想到，三年前的正月，孝之因腦梗塞病倒，尚之的態度就為之丕變。

兩年半前，鐵平在當上董事前遭貶後，兩人就連話都很少說上幾句了。

話說回來，直到現在，鐵平都還不知道為什麼尚之的態度忽然判若兩人。

轉職進入加能產業後，自認跟尚之相處得滿不錯，也相信對方有相同想法。不料叔叔病倒後，尚之馬上翻臉不認人，或許當初他只是在父親面前裝乖而已吧。

——人心真的很難懂，不能掉以輕心。

心中如此嘟囔，又想到這話不只限於尚之或夏代，看在別人眼中，自己說不定也一樣難懂。

——接下來該怎麼做才好呢？

雙手抓起豬腳啃，一邊自問，一邊用醉醺醺的腦袋重啟思考。

還是該去質問夏代比較好嗎？可是，這麼做的話，就得先承認瞞著她去跟律師見面的事。話才剛起頭，肯定就會惹夏代不愉快。話雖如此，想在這件事上打馬虎眼更是不可能。

不過，只要拿出北前律師的名片，夏代就非自己招出實情不可了吧。

——該在什麼時機提起這件事才好呢？

想著想著，鐵平忽然發現，這件事對夫妻倆而言，實在是一個嚴重至極的問題。

3.四合：相當於七百二十毫升。

面對懷抱如此天大祕密多年的妻子，今後自己究竟還能像往日一樣接納她嗎？

無論出自任何理由，關於自己擁有的龐大遺產，結婚至今夏代連一句話也沒提過。姑且不論這件事本身的對錯，對於身為丈夫的自己及美嘉和耕平這兩個孩子的人生來說，她所做的這個選擇未免影響太大。

舉例來說，去年耕平放棄原本想讀醫學院的強烈希望，改考進牙醫學院就讀。之所以這麼做，是考慮到家裡的經濟問題，為了進入學費便宜的公立學校，只好放棄私立的醫學院。

如果當時夏代能提供一小部分遺產，耕平就能抱著不惜重考也要考上醫學院的心情，挑戰真正的目標了吧。

美嘉也一樣。她原本想上的是東京的護理大學。之所以改成位在長崎，學費較便宜的護校，正是因為她知道小自己一歲的弟弟以進入醫學院就讀為目標。夏代強烈反對她當護理師時曾說：「絕對不能讓妳一個女孩子自己去東京。再說耕平明年也要考大學了，我們家手頭沒有那麼寬裕。」結果，美嘉像是為了抗議這麼說的母親一般，故意不留在福岡升學，選擇了長崎的護校。

如果夏代願意支付孩子們的學費與生活費，美嘉說不定會做出不同於當初的選擇。

——還有去年……

掃光盤子裡的豬腳，鐵平拿起濕巾擦拭雙手黏膩的手指。只剩下最後一碗拉麵了，肚子不飽也不行。

——去年夏天，看到整修浴室業者遞出的「估價單」上寫著七十七萬時，夏代那驚嚇又失落的表情究竟是怎麼回事？

連每天要用的浴室都沒能力好好裝修，鐵平打從心底對如此無能的自己失望。

被上一個公司裁員時，鐵平才四十一歲。要是那時夏代能從三十四億中分自己一千萬也好，那時肯定就不用淪落到福岡這地方來了。在前公司裡業績向來頂尖的他有很多死忠客戶，如果能自己創立公司，說服客戶放棄前公司的商品，陸續換成其他公司的產品，是非常有可能辦到的事。

如果能這麼做，也算是對種田常董還以顏色，出口惡氣。

按照計畫買下赤羽那間公寓，踏出身為業務員的第二人生，或許也不是難事了。

然而，夏代選擇的卻不是把錢投資在丈夫身上，反而給了加拿大的新創企業兩億元。

13

一月四日，星期三。

美嘉和耕平都搭早上九點多的電車離開，各自回學校去了。

耕平搭的是九點九分發車的「櫻花五四一號」，美嘉搭的是九點十五分發車的「海鷗十一號」。因為在來線和新幹線的月台不一樣，鐵平和夏代就不分別送孩子上月台，只站在剪票口目送兩人進站。

美嘉搭的是特急電車，到長崎要兩小時八分鐘，耕平搭新幹線，只花一小時四十一分就能抵達鹿兒島。因為九州新幹線直達鹿兒島中央車站，以距離來說比長崎遠一百多公里的鹿兒島，時間上倒近得多。

過完年後送兩個孩子離家，這已經是第二次了。

去年才剛放寒假就馬上回家，一直待到正月十日都過了，還拖拖拉拉不願離開的耕平，今年也和美嘉一樣，說自己「四號就要回學校」。

美嘉聽了馬上調侃弟弟：「是不是在那邊交女朋友了？」耕平既不否認也不承認。

回到停在車站前停車場的車子旁，上車後直接開往筥崎宮。

每年正月初三過後，夫妻倆都會來筥崎宮參拜，已經成為慣例了。原本想更早一點來，但正月頭三天的人潮實在太多，就改成等到四號、五號才來做新年參拜。

今年，鐵平公司和夏代工作的便當工廠都是明天開工，要來參拜的話，只剩下今天了。

把車停在沿博多灣設置的臨時停車場，下車踏上長長的參道。參道兩側擺出不少攤販和露天商店，吸引著路過的香客。每年九月舉辦放生會時，筥崎宮附近擺出的大大小小攤販數量超過五百家，新年前後的規模僅次於那時。

公所和銀行應該是今天開工，即使如此，參道上還是摩肩擦踵。

從三座鳥居底下穿過，排了將近三十分鐘的隊伍，好不容易才來到油錢箱前。

想說新年嘛，鐵平闊氣地投下了千元鈔，夏代一如往常只丟下百元硬幣。

即使如此，她向神明祈願的時間卻是鐵平的兩倍。

順利結束參拜，繳回去年求的平安符，再為今年買下新的平安符後，這才離開神社。

即使元旦當天已經全家出動，去了家附近的神社參拜，總覺得還是得像這樣來一趟筥崎宮，新的一年才算正式展開。或許和公司位於箱崎埠頭，最近的車站又叫「箱崎宮前」有關吧[4]。

附近攤販全都擠滿人，喧嚷得無法好好說話。

海上吹來的風潮濕溫暖，今年大概會是個暖冬吧，新年前後幾天都不怎麼冷。

「要不要去飯店咖啡廳坐坐？」

鐵平提議。

「也好。」

夏代表示贊成。距離這裡只要走幾分鐘，就是鐵平偶爾會和客戶開會聚餐的飯店。那是幾年前新開的飯店，飯店咖啡廳裡的座位全都是沙發，坐在裡面頗感放鬆。

和夏代並肩走在濕暖的海風中。

站在飯店大廳往內看，寬敞的咖啡廳已大概坐了五分滿。

服務生帶領兩人到靠窗的四人座，窗外正好是飯店中庭。鐵平想起秋天來時，庭院裡的吊鐘花全都轉紅，非常美麗。

「一杯咖啡竟然要八百元。」

打開桌上的菜單，夏代發出驚呼。

「有什麼關係，難得過年嘛。」

叫來正好經過的服務生，點了兩杯咖啡。

夏代望著鐵平，表情不知為何有點無精打采。

在博多站前飯店和北前律師碰面是上個月七號的事，算算已經過了將近一個月。

4.日語中「筥崎」讀音同「箱崎」。筥崎宮也位於箱崎地區。

鐵平還沒對夏代提起那件事。那天晚上，喝成一灘爛泥回到家，連句話都說不完整，就那樣睡了。第二天、第三天，盤算了兩天後，鐵平漸漸整理出自己的想法。

無論出於何種理由，那都是夏代持續隱瞞了超過二十年的祕密。換句話說，自己和夏代的婚姻完全成立於這個重大祕密之上。在不知道這筆多達三十四億遺產存在的前提下，鐵平和夏代結了婚、生了小孩、打造了一個家庭。要是現在揭穿這個祕密，會不會因此將維繫夫妻及家庭關係的基礎整個推翻？

根據北前律師的說法，那筆遺產，夏代連一分錢也沒有用在自己身上。雖然十年前拿出兩億投資新創公司，當時買下的股票也直接交給兵藤律師保管，這幾年來，夏代連股價的變化都沒問過。

這筆三十四億日元的財產，完全不用在自己和家人的生活上——這似乎是遺產繼承人夏代明確的意志。

——這麼說來，現在再提這件事，質問她真正的想法，又有什麼意義？

鐵平開始這麼想。

總覺得，找不到質問夏代「究竟打什麼主意？」的正當理由。

就算彼此是夫妻，夏代繼承的東西再怎麼說也屬於夏代，要怎麼運用或根本不運用，完全不關丈夫鐵平的事。真要這麼說的話也有道理。當然，夏代如果比自己先死，事情可能又不一樣，但那就另當別論了。財產繼承人夏代的想法，已經清楚表現在這二十年的婚姻生活中。現在再把這件事翻出來追究，就算今後仍然能作夫妻，也只能說有百害而無一利。

因為有了這個結論，在與北前律師碰面的隔週，鐵平就打了名片上的電話。

「我和內人商量過了，還是麻煩您按照至今的方法處理。內人說，想讓律師先生明白這是我們夫妻的共識，所以還是由我來打這通電話。」

這麼告訴了北前律師。

「這樣啊，那我明白了。」

北前律師毫不起疑地接受了鐵平的說法。

咖啡送上來了。

「一杯八百還是太貴。」

喝了一口，夏代這麼說。

「沒關係啦，難得過年嘛。」

鐵平重複了跟剛才一樣的話。

夏代端著杯子，觀賞中庭的景色。庭院裡種了不少茶花樹，其中有幾棵樹上開滿了紅花。她已經五十歲了，卻一點也看不出年紀。端正的側臉，依然令鐵平想起年輕貌美時的她。

「話說回來，今年耕平這麼快就回鹿兒島了啊。」

沒話找話說的鐵平這麼嘟囔。

「說是說要回去參加成人式，其實，那傢伙是交女朋友了吧？」

「應該不是喔。」

夏代放下杯子這麼說。

「是嗎？」

「對啊。」

「妳怎麼知道？」

「母親的直覺。」

夏代的語氣充滿自信。

「那美嘉呢？」

美嘉今年也要二十一歲了，就算交個男朋友也不奇怪。

「那孩子應該有吧，喜歡的對象。」

夏代這句話也說得充滿自信。

「真的嗎？」

「應該。」

「美嘉跟妳說的？」

「是有說過類似的話啦。」

「什麼時候？」

「很久以前囉，那孩子會選擇長崎的學校，應該也和這個有關。」

鐵平大感意外。美嘉去長崎讀書，都已經是將近三年前的事了。

「這話怎麼說？」

「那孩子高中時，不是擔任籃球隊的經理嗎？」

這件事鐵平也知道，於是點了點頭。

「籃球隊裡有個大她一屆的學長，畢業後去念了長崎大學的醫學院，她之所以放棄東京的護理大學，一部分是因為注意力都放在學長身上了。那孩子，好像和那位學長交往過一陣子。」

「不會吧？」

「真的啦。」

高中時美嘉就交男朋友了，真是難以置信。不過，既然做母親的夏代都這麼說了，那應該是真的吧。

「妳怎麼都不跟我說。」

「女兒的這類消息，當爸爸的過段時間再知道不是比較好嗎？」

夏代笑了。

不甘願的鐵平喝了一口咖啡。

「這麼說來，美嘉是為了追那個學長才去長崎的？」

「只能說這是她選擇長崎護校的原因之一啦。」

「嗯唔……」

鐵平再次嘟嚷了幾聲。

男朋友讀了長崎大學，同樣在長崎讀護校的美嘉，就不用躲著父母，可以光明正大談戀愛了。

「不用這麼擔心啦，那孩子和我很像。反而是像你的耕平比較需要人操心呢？」

夏代滿不在乎地說。

美嘉的確和夏代很像，不只五官立體的長相像她媽媽，連個性也很像。

不過，要說耕平像自己的話，鐵平又不這麼認為。

14

不管是美嘉也好，耕平也好，和夏代比起來，自己對孩子知道得實在太少，簡直愧對為人父母這個稱號。

但他也很清楚，父母雙親原本就會有這種差別，身為父親的自己對此感到不滿是沒有意義的事。

不過，在育兒這份屬於夫妻的共同事業上，鐵平又不太想承認「只有母親是主要關照者」的一般觀念，總覺得這說法有哪裡不合理。

當然，一直以來，在育兒最前線親身面對孩子們的肯定是夏代無疑，但是，在經濟層面奠定基礎，支撐她養兒育女的人卻是鐵平。在社會中打拚的鐵平，自認也用著自己的方式親身面對了養育兩個孩子的責任。

即使如此，父母雙親對孩子的理解還是產生了資訊上的落差，這究竟是為什麼呢？

與其說是做為一個父親，不如說是身為一個人的疑惑，會感到無法釋懷也是理所當然的事。

鐵平想起從前公司裡的前輩曾說過一番有意思的話：

「母親說起來就像聖誕老人，而父親則是在聖誕老人揹著的大袋子裡裝禮物的幕後人員。收到禮物的孩子對聖誕老人心懷感激，卻誰也沒想過聖誕老人從那個大袋子裡拿出的禮物是誰裝進去的。」

這個形容真是恰到好處。

前輩這番話是鐵平聽過的言論之中，為近年流行的「母性乃虛構論」做出的最簡單明瞭的詮釋了。孩子們之所以愛母親，是因為年幼的孩子只能理解「清楚易懂的愛」，而母親比父親更快提供給孩子們數十倍這種愛，用「母性」這個意識形態洗腦了孩子們。然而，這個對父親而言極端不利的育兒機制，卻是維持人類社會最方便也最有效率的機制。

在育兒這份事業上，打從一開始就制定了一套父親不可能勝過母親的規範。

15

「我全都聽北前律師說了噢。」

當鐵平一邊看著中庭裡的茶花，一邊想著美嘉交男朋友的事發呆時，夏代忽然這麼說。

倏地拉回現實，鐵平錯愕地望向夏代。

這人剛才說了什麼？

「年底最後一個上班日，我打了電話去兵藤．中野律師事務所。因為聽說了兵藤律師過世的消息。」

原來是這樣啊，鐵平心想。

不是沒有預料到夏代也會察覺兵藤新吉的訃聞。只是，沒想到她會自己聯絡律師事務所。事到如今，鐵平也很奇怪自己為何這麼大意。和北前律師碰面，隔週謊稱代理夏代聯絡時，為什麼會以為只要自己不說，這件事就不會曝光呢？

「這樣啊……」

也只能這麼說了。

「抱歉哪，我一直瞞著你。」

夏代說完，把剩下的咖啡喝光，杯子放回杯碟。

「可以再點一杯嗎？」

臉上硬擠出笑容。

「當然。」

離中午還有一段時間。

「不好意思。」

夏代叫來附近的服務生。

「請給我一杯熱可可。」

說完，她望向鐵平。

「那，也再給我一杯咖啡吧。」

急忙端起杯子，把剩下的咖啡喝光。

「好的。」服務生把空杯和碟子一起收到托盤上帶走。

「剛才明明還在抱怨一杯八百太貴的。」

不假思索地這麼說。熱可可也是一杯八百。

「仔細想想，一樣都是八百的話，喝熱可可好像比較划算。」

夏代又硬擠了一個笑容。

好久沒看過她臉上出現這麼緊張的表情了。

「你很驚訝吧？」

夏代探出身子這麼說。

就算她這麼問，鐵平也不知道還能說什麼。

「你一定很想問為什麼吧？」

面對她直率的視線，鐵平歪了歪頭。

她說的為什麼，指的是什麼呢？

「我的意思是，為什麼一直瞞著你，又為什麼明明有那筆錢卻不動用之類的。」

夏代這麼解釋。

「是人都會想問吧。」

鐵平終於開了口。

「我想也是。」

這時，夏代低下頭，沉默了好一會兒。

「鐵平哥。」

加點的熱可可和咖啡端上桌時，她才抬起頭。

「那些錢啊，不是我的錢。」

夏代這麼說。

鐵平不明白這話的意思。北前律師不是說，那是夏代從唯一的親人加津代亨德森那裡繼承的遺產嗎？

「不是妳的錢，那是誰的？」

「是我阿姨的錢。」

阿姨？不就是因為那個阿姨死了，所以這筆遺產才會到妳手中的嗎？

「那位阿姨過世了，妳才繼承了遺產不是嗎？三十多年前的事了……」

「形式上是這樣沒錯。」

「形式上？」

「就形而上來看，我是繼承了遺產，可是，我連一次都沒把那筆錢當成自己的。」

「但加津代亨德森早已過世，既然如此，這筆錢就是妳的了吧？」

「不是的。」

夏代說得斬釘截鐵。

「不然那是誰的錢？」

「那些錢，一定是不屬於任何人的錢。」

「不屬於任何人？」

「對，至少我是一毛錢也不打算用。繼承那筆錢時，我已經在心中發過誓了。不管遇到任何事，都不會用那筆錢。我也一直都跟兵藤律師這樣說。無論好事還是壞事，遇到任何事都不會用那筆錢，我已經決定了。」

鐵平腦中快速思索夏代說的話。這將近一個月來，他一直用自己的方式思考著夏代為何不動用這筆龐大遺產。因此，夏代說的話並不令他太吃驚。只是，還是有太多不明白的疑惑。

「妳的意思我不是不懂，但是，我不明白為何在一繼承這筆錢時，就能得出這個結論。當時妳才二十歲左右，人生才剛要開始，有了三十四億這麼多錢，不管多少夢想都能實現。至少，在我的想法中，一個普通的二十歲女孩應該會積極向前看才對。」

「我當然也想了很多。這麼大一筆遺產，究竟要怎麼運用才好，在運用之前，又該如何保管才好。阿姨生前就將遺囑交給兵藤律師了，她一過世，兵藤律師就以遺囑執行人的身分和我聯絡。所以我很認真地請教兵藤律師『繼承了這麼大一筆錢，我該怎麼辦才好？』於是律師跟我說『這些都只能由繼承人的妳自己思考，我什麼都不能說，只能給妳一個建議，那就是——繼承了這筆遺產這件事，最好不要告訴任何人，就算是再親密的對象也一樣。至少保持沉默五年，等妳自己好好想過，判斷這筆錢該怎麼用了，到時候想跟誰說再說比較好』。所以我遵從律師先生的建議，沒有告訴任何人這件事，只是不斷自己思考。思考要怎麼樣，才能讓這筆錢在我的人生中派上用場。」

夏代的每一句話都說得鏗鏘有力。

看似隨意提起的這件事，其實她一定早就想了很久，一直衡量該在什麼時機開口說這件事吧。

「不過啊，就在我這樣不斷思考時，發現自己只要一想到錢的事，內心就會冒出各種任性的念頭。讀護校的時候，只要一覺得我不適合護士這份工作，就會開始想『對了，既然有那筆錢，那就退學也沒關係啊。花幾年時間做點別的事，如果還是想當護士的話，再回來重讀一次護校就好』。死去的母親曾經那麼努力幫我籌措學費，我卻把那些都忘了。即使後來順利讀完護校，開始在大學醫院工作了，一旦工作太辛苦，或是遇到嚴厲的學姊時，我也會立刻就想辭職。反正只要我想辭，隨時都能辭。

就在我當護士的第三年，那年正好是兵藤律師說的五年期限的第五年。當時，我親眼目睹一個感情很好的病人過世。那位女病人和我同年，在我剛進醫院，被分發到呼吸器病房大樓時，她也正好住進那裡的病房。她才二十二歲就罹患肺癌，手術雖然很難，但主治醫生醫術非常高明，第一次的手術很成功。她也恢復到驚人健康的程度，順利出院了。兩個多月後，我們在新宿的小型演唱會場重逢，很快變成好朋友。沒想到過了兩年，她的癌症復發，必須再次住院接受手術，這次因為癌細胞轉移的關係，不只醫生，連我們護士都感覺得到很難完全康復。話雖如此，她才二十四歲，要是得知這種事，對她一定會造成太大的打擊，若病人失去存活希望，可能會加快死亡的腳步。

於是，在她父母的授意下，醫生只告訴她不好的部位都切除了，所以已經沒事了。最後，我成為手術後負責照顧她的護士。聽說是她提出的要求，既然手術成功，一定很快就能出院，大喜之下的她，強烈希望這段時間由我擔任她的護士。在那種情況下，醫生也無法拒絕，只好來拜託我說『總之會先讓她出院一次，在那之前就好，請妳先接下這個任務吧』。」

這件事鐵平第一次耳聞，只能默默傾聽。

「老實說，我早有預感那會是非常艱難的任務。不過，我還是說會盡力看看。結果，因為年輕，症狀惡化得也快，她不斷衰弱下去，原訂可以先出院一次的事泡湯了，她自己也開始察覺不對勁。從那時起，日子就真的很痛苦了。面對不斷詢問『為什麼、為什麼』的她，我也只能說『別擔心，沒問題』，後來她甚至對我說『拜託妳了，如果我們是好朋友，就請妳跟我說實話』。現在回想起來，當時我或許該把事實告訴她才對。只是我也還太年輕，只懂得遵照醫生指示和尊重家長心情。最後，我完全失去她的信任，她連話都不肯跟我說，還提出要換其他護士的要求。老實說，那時我心中偷偷鬆了一口氣，認為那樣對她比較好。畢竟。有些學姊甚至會說『和病人做朋友的人一定哪裡有問題，沒資格當護士』。

她的病情突然惡化，是我卸下照顧她的任務後，當天深夜的事。那天晚上我剛好值大夜班，聽說她忽然無法呼吸，人很痛苦，我立刻趕往病房。她抓著我說『為什麼不告訴我實情，我們不是朋友嗎？』我只能不斷道歉，不停地說『對不起、對不起』。可是，當她父母趕到之後，她也在不是那麼痛苦的狀態下靜靜嚥下了最後一口氣。

那時我究竟該怎麼做才對，直到現在還找不到答案。一方面覺得繼續當護士的話，總有一天能找到答案，一方面又覺得終究不可能。或許原本就沒有答案也說不定。只是啊，親眼目睹了她的死，讓我完全喪失自信。打從心底認為自己無法從事這份工作了。

就在我一心想辭職時，不經意想起了阿姨留下的遺產。

現在不就正是依賴那筆錢的最好時候嗎？如此一來，人生就能從頭來過了，對我來說，這一定是運用那筆遺產最好的方式。該怎麼說才好呢，當時的我，感覺就像在失去一個答案後，又找到另一個答案似的，發現原來人生可以過得這麼順遂，我有種成為大人的感覺。

我決定去拜訪兵藤律師，想請他把一部分遺產轉入我的戶頭。也沒打算過多奢侈的生活，只是想講好一個一年不用做事也能生活無虞的金額。我從宿舍出門，打算前往位於虎之門的律師事務所。就在剛下大夜班的一天下午。

結果啊，才走到宿舍一樓，就在信箱看到一封信。

是那位病人的父母寫來的。信上寫著『因為我們的任性給妳添麻煩了，真的很抱歉。可是，女兒去了天上一定也很感謝妳。所以，請妳也原諒她吧』還說『希望妳連女兒的份一起長命百歲活下去』信件最後以『我們會一直祈禱，願妳今後擁有一個豐富的人生』作結。

雖然是一封簡短的信，當時他們的女兒才過世不到一個月，這對父母卻因為擔心我的心情，寄了這麼一封信給我。

站在宿舍玄關讀完那封信，我嚎啕大哭。

心想，自己到底在幹嘛。

同年齡的她死了，我卻還像這樣生龍活虎。光這點已是難以置信的幸運，只不過是被活在死亡恐懼折磨下的她說了點冷淡的話就哭哭啼啼，在沒有好好和她談過也沒有好好面對她的情況下解除負責照顧她的職務，一心只在意學姊們嚴厲的目光，到最後什麼都沒能為她做，這樣的我到底在幹嘛？

更別說才過不到一個月就想辭掉護士的工作。

我心想，自己真是沒用到了極點。

結果，我不但從朋友身邊逃避，還想逃避工作，只是如此而已嘛。

就在我察覺這一點的瞬間，忽然打從心底感到『啊，金錢真可怕』。

這天，我差點做出無可挽回的事。明明還沒找到問題的答案，竟然自以為找到另一個答案了。

這些全都是阿姨的遺產造成的。

當時的我很清楚地確定了，只要擁有那筆錢，我將永遠不會用認真的態度面對自己的人生，活著也不會有樂趣，而且肯定再也無法相信任何人。再說，光是想要怎麼花這筆錢，這輩子就結束了。就算能和自己喜歡的人結婚，一旦說出這筆錢的事，關係無疑將出現破綻，生下的孩子也不可能像正常人一樣養育，既然如此，還不如當作一開始就沒有那筆錢。

讀完那封信後，我還是按照約定拜訪了兵藤律師。然後，我把剛才得出的結論告訴他。律師也很贊成，他對我說『我覺得妳做出的結論非常正確』。」

16

聽著夏代這番話，鐵平腦海深處想起了另一件事。

——這麼說起來，她真的對賭博之類的事完全沒興趣。

二十幾年的婚姻生活中，鐵平從來沒看過夏代賭什麼。從賽馬、競輪[5]到小鋼珠或麻將，她從來不沾這

5.「競輪」這名稱源自日本，這種自一九四八年舉行的自行車賭博項目，採用職業車手制度，競輪與以往由機車帶頭的賽事不同，整場比賽只有一輛機車帶頭，到中段就會離場，留下六名車手自行決勝負。

些東西。別說賭博了，就連彩券也沒見夏代買過一張。

鐵平自己並不熱衷博弈之事，即使如此，年輕時還是因為工作關係賭過麻將、賭過高爾夫，也玩過花牌，因為醫生是一種愛好賭博的人種。不過，鐵平自己連學生時代都沒去過小鋼珠店，夏代對賭博的毫無興趣，看在他眼中也就不特別奇怪了。

只是，偶爾買彩券回家，夏代陪著他一起看電視上的開獎過程，宣佈中獎人號碼時——

「就算中了好幾億彩金也沒地方花吧，中獎的人不知道打算怎麼辦？」

她曾這樣說過。

「妳要是中獎了，一定也會高興得忘了自己是誰。」

鐵平開玩笑地說。

「才不會呢，得到上億財產什麼的，那種事我連一次也沒想過。」

夏代說得很有自信。

現在回想起來，她的那種自信，既不是不服輸也不是逞強，而是有著絕對依據，發自內心的想法。這麼一想，眼前長篇大論訴說自己信念的夏代，看起來彷彿是個陌生人，令鐵平不由得有些害怕。再次深刻體認到，自己和她夫妻之間出現了一條肉眼看不到的深深裂痕。

我每個月拚了命工作賺來的薪水，這個人到底是用什麼心情收下的呢？

被上一間公司開除，只能靠失業保險過拮据生活，即使後來叔叔伸出援手，要厚著臉皮接下他提供的工作，對鐵平而言也是人生一大重要決定，當時的夏代又是懷著什麼樣的心情，從背後推自己一把的呢？

搬到福岡來時，美嘉還在讀小學六年級，耕平五年級。要離開住慣的東京，和熟悉的朋友分離，搬到幾乎沒來過的福岡。對於父母做出的這個決定，兩個孩子都曾提出不小的抗議。耕平甚至開口說出要自己留在東京，和祖母美奈代一起住在三鷹老家的話。當年，夏代又是懷著什麼樣的心情反覆說服孩子們的呢？

夏代堅定的聲音在耳邊響起。

——我都已經裝作不知情了，她為什麼又要特地主動提起遺產的事？事到如今，就算她承認事實，過去說的謊言也無法一筆勾銷啊……

鐵平這麼想。

——難道，她希望作丈夫的我稱讚她婚前做的決定嗎？

好不容易說完，夏代拿起早已涼掉的熱可可潤喉。

鐵平想，現在是輪到自己說什麼的時候了。

——畢竟我也從自己的角度一直在思考這次的事啊。

有一件事得先釐清。

「只有一點，我想先問妳……」

他開了口。夏代露出「什麼事」的表情望向他。

「讀了那封信，再去找兵藤律師之後，妳真的連一次都沒想過要用阿姨留下的遺產嗎？」

「因為那就不是我的錢啊，就算我想用也不能用。」

她一副理所當然的語氣這麼回答。

「可是我會想用啊。」

鐵平說。

夏代那雙大眼睛裡，透露出一絲訝異的神情。

「當然，我的意思是，如果妳曾把遺產的事告訴我的話。」

聽了這句話，她才換上「什麼嘛」的表情。

「從北前律師那裡得知這筆龐大遺產的存在時，我第一個想到的，是為什麼妳瞞了我二十多年。還在談戀愛或剛結婚時也就算了，畢竟是這麼重大的事情，就算連丈夫都隱瞞，也不是什麼奇怪的事。只是，結婚五年、十年下來，孩子們也出生了，我們就算不夠完美，也好好地當了這麼久的夫妻，至少我是這麼相信的。這麼說來，妳為什麼不找個機會把這件事告訴我呢？換做是我繼承了龐大的一筆遺產，我想自己應該會告訴妳。

妳剛才說的話我能理解。經過多番思量，妳決定不動用加津代阿姨留下的遺產，兵藤律師也非常贊成妳的決定。只是，我仍然無法釋懷的是，妳為什麼直到今天才把這些事告訴我，在那之前連一個字也沒提過。聽了北前律師的話之後，我心想這再怎麼說都太見外了吧。老實說，我覺得這就像一個活生生的證據，證明妳沒有打從內心深處信任我。

妳自己提起這件事時不是說了嗎，妳說『抱歉，一直瞞著你』，難道以為只用這句道歉，就能把所有的事一筆勾銷嗎？至少我可是足足思考了一個月。

一個被妻子蒙在鼓裡，二十多年來對這個重大祕密毫不知情的丈夫，還能稱得上是真正的丈夫嗎？也就是說，我們真的是夫婦嗎……

還有，如果妳真的認為阿姨留下的遺產不是妳的錢，這筆錢還是有很多其他的用途吧？讀完那封信去拜訪兵藤律師時，妳也可以委託他，看是將這筆遺產全數捐給慈善團體，或是全額讓給一輩子為司法冤案奔走的兵藤律師，讓他成立基金會，不但可以揭發冤案，還能防止更多冤案發生，這不也是一個做法嗎？就算妳決定自己絕對不動用這筆錢，有必要特地開一個不生利息的活存帳戶小心翼翼地把這筆龐大遺產存在裡面什麼都不做嗎……」

聽著鐵平這番話，夏代時而點頭，時而歪了歪頭，表情認真嚴肅。

「你說的我很明白，也能理解你想質問我為什麼都不說的心情。」

等鐵平說完後，夏代沉默了一會兒才開口。

「可是啊，當時我只能那麼做了。的確，把錢捐出去或成立基金會或許也是個辦法。我有想過，兵藤律師也那麼建議過。可是，如果那麼做的話，等於阿姨的遺產曾有一度落入我手中，變成了我的錢。然後，在『我的判斷』下把這筆龐大遺產捐贈出去。讀了逝世好友父母寫來的信時，我想的是『啊，那筆錢不是我的』。我告訴自己，今後的人生要如此堅信著活下去，因為不是自己的錢，無論有任何目的都不能動用，不是嗎？再說，若是把這麼大一筆錢捐了出去，說不定哪天會後悔捐贈，或是認為早知道應該捐到別的地方，甚至後悔為什麼不留一點在自己手上，這種事一定會發生。只要動用了一次，就會產生『為什麼不用在別的地方』的後悔。所以，我決定當作打從一開始就沒有這筆錢，那天我做出了這個決定，一直守著這份決心活到今天。」

說到此，夏代嘆了一口氣。

「要讓不是當事人的你明白或許不容易，但我在不斷那樣告訴自己之後，真的把阿姨留下遺產的這件事給忘了。和你剛在一起那時候，這件事已完全從我腦中消失。所以，你離開上一個公司時、必須放棄赤羽那間公寓時，還有為了孩子們的學費大傷腦筋時，我連一次都沒想起過阿姨的遺產。這次會像這樣對你提起遺產的事，也是因為你已經得知的關係。說起來，要不是因為兵藤律師過世，我自己根本沒想到要去聯絡律師事務所。」

在夏代真摯目光凝視下，鐵平還是心有所疑。

——繼承了三十四億日元遺產的事實，怎麼可能完全從人類腦中消失。

這是鐵平的想法，同時，他也察覺夏代絲毫未提及一件重要的事。

「這麼說來，在老媽住院時，妳也沒想起那筆遺產嗎？」

唯有這件事，鐵平非提出來追問不可。

看得出夏代眼中閃過遲疑的目光。

「你剛才說你想用這筆錢，指的就是那時是嗎？」

「是啊。我認為無論多堅定的信念，在某些狀況下還是必須打破的。」

夏代像是想說什麼，最後又把話吞了回去。

「就算說謊也沒關係，最老套的，就說是妳存的私房錢不就好了嗎？」

「可是，你和我都沒想到媽媽會那麼早走吧。」

「是啊，正因如此，我才會說，就算對遺產的事說謊也沒關係，要是妳那時能拿出一點錢來就好了。要是早知道老媽會死，我就算是欠債，想盡辦法都要籌到讓她升級病房的錢。」

鐵平的母親美奈代，六年前發現罹患肝癌。鐵平的父親俊之離世後，美奈代一直獨自住在三鷹那棟租來的房子裡。還在東京時，鐵平一家人經常去三鷹的老家，尤其耕平最愛奶奶了。搬到福岡生活後雖然很少見面，鐵平差不多三天就會打一次電話關心她的狀況。身體向來硬朗的母親開始頻繁提起「最近總是覺得很累」，是六年前春天的事。於是，那年黃金週假期，鐵平便接了母親到福岡來小住一陣子。睽違一年見到母親的瞬間，她的臉色之差，把鐵平和夏代都嚇了一大跳。

一放完連續假日，立刻帶母親到九大醫院做檢查，發現了很大的肝腫瘤。考慮到回東京沒人照顧，就決定直接讓她留在九大醫院動手術。能在獨生子居住的城市住院，母親本人也不反對。

手術成功，半個多月後，母親出院回三鷹。當時，夏代還跟打工的地方請假，陪母親一起返回東京，住在一起照顧了她兩個月左右。有當過護士的夏代照顧，母親癒後良好，很快恢復了活力。只能和鐵平一起留在福岡過不方便三人生活的美嘉和耕平也毫無怨言。

當時，鐵平認為世界上沒有比家人更值得感謝的存在。

然而一年後，在東京做定期檢查時，母親發現癌症復發，醫生判斷需要再度動手術，於是鐵平又將母親帶來福岡，住進九大醫院。

第二次的手術沒有上次那麼順利。肝臟內發現複數腫瘤，要完全切除至為困難。醫生說明，等術後體力恢復，還必須另外配合化療。在家靜養了一個月左右後，母親第三次住院。

和前兩次一樣，住的是四人病房。只是，這次同一間房的老太太深夜總是咳得厲害，母親剛住院不久就因此受失眠所苦。她平常雖不是輕易示弱的人，生病之後漸漸不像從前那樣逞強，也開始抱怨「隔壁的人咳嗽得厲害，我整晚都沒睡」。鐵平立刻考慮讓她搬到單人病房。一星期後找夏代商量此事，夏代也表示贊成，當場就去一樓櫃台辦手續。沒想到，過了一會兒回來的夏代，把鐵平叫出病房說：

「我問了櫃台的人，對方說現在普通單人病房都滿了，只有最貴的A級單人房還有空位，怎麼辦？」

這麼說著的夏代，臉上蒙上一層陰霾。

「A級單人房要多少錢？」

「說是一個晚上就要三萬二。」

「三萬二？」

「你說怎麼辦好？我看媽媽還得住院治療好一陣子，這幾天暫時請她忍耐一下好不好？隔壁床的老太太好像也快出院了。」

那時夏代的表情與聲音，鐵平直到現在都還記得一清二楚。A級單人房一個晚上的住院費，比四人房整整多出三萬日元，這金額差距之大，連鐵平也無法不猶豫。然而老實說，就算這樣，他還是很想幫母親換病房。

「看來，也只能請老媽再等一下了。等到比較便宜的單人房一空出來，馬上請醫院幫她換過去。」

「也好，我去拜託櫃台的人，請他們一有空位就跟我們聯絡。」

夏代這麼說。

不料，才不到三天，母親就因為併發肺炎住進加護病房，再一星期後，就這樣撒手人寰。

17

鐵平的父親俊之年輕時拒絕繼承加能產業，選擇踏上學者研究之路。

祖父昇平多次要求俊之返鄉，每次他都用「再等一下」為藉口顧左右而言他，始終拖延不回去。由於當初到東京上大學的交換條件是畢業後就回福岡繼承公司，再加上俊之只找到大學約聘講師的工作，根本養不起妻兒，長年來經濟上一直接受昇平援助，無法不顧一切說出「不回去」三個字。

俊之三十歲那年，祖父昇平終於按捺不住，殺到東京三鷹的家。

當年鐵平才三歲，對於發生什麼事已沒有太多印象，只是聽母親說，祖父和父親見面不到一小時就大吵了一架，針鋒相對的結果，個性本就倔強頑固的父親，一看到祖父帶來當作最後武器的「放棄財產契約書」就火大了，當場簽名蓋章，把祖父轟了回去。

即使看在身為兒子的鐵平眼中，父親這個人仍只能說是不知變通，頑固偏激的死腦筋。

從那次之後，俊之一家和福岡老家幾乎斷絕關係，直到祖父病倒時，父親才再次去見他，只是當時，祖父也已來日無多。睽違數十年重逢的兩人之間說了些什麼，詳細情形鐵平並不清楚，只知道父親到最後都未撤回放棄財產的約定，加能產業包括股票在內的所有資產，由叔叔孝之一人繼承。

聽聞鐵平失業，孝之立刻捎來聯繫，勸他進入加能產業工作。這或許也是為了彌補自己無法代替上一代為死去的哥哥做點什麼的罪惡感。事實上，叔叔每次與鐵平見面都會提起那件事。

父親俊之是一名鳥類學家。

聽說他從小就非常愛鳥，國、高中時熱衷飼養賽鴿，在全國賽鴿愛好者中還小有名氣。這樣的俊之進入大學後，開始研究的卻不是鴿子，而是烏鴉。之後，他就被稱為烏鴉博士，成為在研究烏鴉的學者之間數一數二的人物。話雖如此，當時日本的烏鴉專家們沒有自己的學系，父親只得在幾所大學擔任萬年約聘講師，就這麼過了一輩子。放棄祖父的遺產，又無法成為大學正規教授，加能家的經濟狀況一直是火燒屁股的狀態。不只如此，種種重擔全都落在母親肩頭，父親什麼都不管，整天只顧埋首研究。站在鐵平的角度，俊之實在稱不上是值得敬愛的父親。

鐵平認為父親原本就對組織家庭沒有興趣，對兒子也不甚關心。為了找尋烏鴉的蹤影，他雖鎮日漫步街頭或山中，但從來不曾邀鐵平一起外出。只有一次，父親教了他辨別烏鴉的方法。那是鐵平幼稚園大班的暑假，有天，也不知吹的是什麼風，父親帶了鐵平一起去做他的田野調查。

說到日本烏鴉的兩大勢力，莫過於嘴喙較粗的「巨嘴鴉」和嘴喙較細的「小嘴烏鴉」兩種。父親興匆匆地教鐵平如何辨別這兩種烏鴉，整個暑假帶他出了好幾次門，讓他練習分辨。不過，就連專業學者也無法輕易分辨巨嘴鴉和小嘴烏鴉的不同，更何況是才五歲的鐵平，自然締造不出好成績。父親對此結果感到失望，從此之後，再也沒對他提過任何關於烏鴉的事。

父親在六十五歲那年死去，之後，母親就靠著國民年金和自己打工的收入，加上鐵平每月寄給她的微薄孝親費過生活，這輩子都沒過上一天奢侈的日子。正因如此，鐵平才會希望至少在母親生病之後，能讓她過一點舒適無憂的生活。

母親度過的是怎樣的一生，夏代也非常清楚。幼年失母的她，一直將鐵平的母親視為親生母親，很是敬愛。母親美奈代也很中意夏代，曾說「光是從夏代這個名字就覺得我們是一家人」，將她視為己出，一直以來都很疼愛這個媳婦。

18

「只不過是三萬兩千欸，更何況，三天後老媽就被送進加護病房了，從頭到尾加起來也不用花到十萬。妳既然有三十四億遺產，為什麼那時連句『我還有點私房錢，這筆錢就交給我吧』都不願意說？就算不只三天，就算住了一個月，甚至是三個月，對三十四億來說根本不算什麼吧？先從戶頭裡提一些錢出來，之後再補回去就好了。或者，妳大可以在當時把一切告訴我。那我就可以從妳繼承的遺產中借錢了，只需要借兩百萬或三百萬，之後無論做牛做馬，我總能想辦法還妳。以結果來說，和沒動用那筆錢不是沒兩樣嗎？妳就不能那麼做嗎？她可是辛苦了一輩子，無人能取代的老媽啊！妳不也老是說她就像妳真正的媽媽嗎？」

第二杯咖啡也喝完了，鐵平拿起旁邊的水杯喝一口。

「為什麼就不能通融一下呢？妳的信念或許真的非常崇高，但是不管什麼事總有例外的時候吧。守住妳『絕對不動遺產分毫』的信念，和讓身體已經愈來愈虛弱的老媽住院住得舒服一點，到底哪件事比較重要？那時候，妳有認真想過這件事嗎？」

鐵平盡可能保持平靜，不想讓自己的話聽來感情用事。即使如此，母親抱怨「睡不好」的表情還是在腦中縈繞不去。

這將近一個月來，鐵平從各種角度思考關於夏代繼承那筆遺產的事，一方面得出「為了將來好，最好保持沉默」的結論，另一方面，仍無法控制自己不去想母親住院時的事。

「鐵平哥，很抱歉。」

夏代輕輕低下頭。

「那時，我也真心認為讓媽媽換到單人病房比較好。就算不去動用那筆遺產，只要想這麼做，並不是絕對辦不到。」

她這麼說。

夏代這句話令鐵平胸口一熱，烙印眼底的母親身影愈發鮮明。

「妳這麼說不對吧。」

終於忍不住用了強硬的語氣：

「當時我們無力那麼做，以我們家的經濟狀況，負擔不起一個晚上三萬二的病房。當然，如果只是一個月左右的話，勉強還可以撐過去，可是，如果住院時間拖長，得住上三個月甚至半年的話，就不可能負擔得起了。就因為這樣，才會決定等比較便宜的單人房有空位再搬。我並不認為當下做錯了判斷，只是，如果早知道老媽會走得那麼快，至少能讓她住個三天單人病房也好，或許應該先讓她搬進三萬二的單人病房，等便宜單人病房有空位再換。

但我想說的不是這種事。我想說的是，如果當時妳就讓我知道遺產的存在，我就可以做出不同的判斷。即使妳曾發誓絕對不動用那筆財產，我也可以跟妳下跪磕頭，拜託妳暫時讓我挪用。只要一次就好，之後無論要我做什麼，我都會好好歸還這筆錢。只要妳讓我知道，我就可以有這樣拜託妳的機會。妳自己也一樣，當時如果能這麼想不是比較好嗎？我執著的點是這個啊。」

「真的很抱歉，可是鐵平哥，我也重複說了很多次，那筆錢真的不是我的。所以，就算當時你跟我講一樣的話，我應該還是愛莫能助。」

「哪有這種事！」

鐵平再也按捺不住激動的情緒。

「那我問妳，如果那時生病的不是老媽，而是美嘉或耕平，妳會怎麼做？難道也會採取一樣的態度嗎？自己親生的小孩徘徊在生死邊緣，無論如何都需要一大筆錢，這種時候妳還敢說絕對不會使用那筆遺產嗎？」

原本在「美嘉或耕平」前，鐵平還想加上「我」，想想又覺得這是強人所難。對沒有血緣關係的婆婆都不肯拿出的錢，不可能用在同樣沒有血緣關係的丈夫身上吧。

「鐵平哥，請你理解，那筆錢不是我的錢啊。所以，就算是美嘉或耕平遇到那種情況，要我為他們做什麼我都願意，但就是無法使用那筆錢。因為，那等於是偷竊行為呀。」

夏代眼中浮起一層薄薄的淚光，從這樣的表情，就能切實看出她長年來的決心。

然而，她說無論美嘉或耕平陷入任何危境，也絕對不會去動自己繼承的那筆龐大遺產。如果這份決心是真的，只能說未免太異常了。鐵平怎麼也無法相信，真的會有人下得了那種偏離人性的決心。

「既然妳這麼說，我倒是有件事要問妳。」

夏代一連串的發言有個很大的矛盾點，非問清楚不可的事實就擺在眼前。

「什麼?」

盈滿夏代眼眶的淚水，眼看就要落下。

「按照北前律師所說，妳在十年前曾拿出兩億投資加拿大的新創企業，入股那間公司。如果妳真的認為從加津代亨德森那裡繼承的遺產不屬於自己，這件事怎麼樣都說不通了吧?拿出根本不屬於自己的錢去投資外國企業，而且金額還高達兩億，這簡直是天方夜譚。然而，現實是妳確實拿出了錢，而且現在，當初買下的股票價值漲了八倍，資產價值已經高達十六億日元了。關於這件事，妳究竟打算怎麼解釋?」

「那次的投資，是兵藤律師拜託我務必拿出錢來。那間公司，是律師先生在加拿大的朋友創辦的公司，他說，那位朋友的研究將來一定能拯救許多人，問我能不能為了助人而投資。兵藤律師在法律界是有如神一樣的人物，如果你也見過他肯定會明白，他是一個沒有絲毫私欲的人。既然是這樣的律師先生說無論如何必須做的事，我再怎麼樣也不能拒絕。」

「可是，妳早已下定決心不管遇到任何事都不動用那筆遺產的事，兵藤律師也該知情才對吧。這樣的話，他還來拜託妳豈不是太奇怪了。」

「我也這麼想過，可是，兵藤律師在明白我的心情下依然希望我務必那麼做，這讓我覺得，那一定是非常重要的請託。既然往後阿姨的遺產都要委託兵藤律師管理，那就當作是律師先生擅自領出兩億元來用好了，我當時是這麼想的。」

在委任管理遺產的律師拜託下，夏代拿出一大筆錢投資了陌生的外國企業，也就在同一年，鐵平被公司解僱，連即將簽約買下的房子也被迫放棄，隔年還非得丟下母親、離開出生長大的東京不可。

「既然如此，老媽那時不也可以用一樣的解釋方式，就想成是我擅自盜領出來用的就好了啊。如果不想這麼解釋的話，還是可以當作兵藤律師又因為別的目的擅自挪用了那筆錢，這樣想不就好了嗎？反正只要妳本人一毛錢都沒動用，別人瞞著妳用多少都一樣不是嗎？」

「我覺得不太一樣……」

夏代用微弱的語氣這麼說。

接下來，她和鐵平都陷入沉默。

即使像這樣把話攤開來說了，仍無法改變鐵平難以釋懷的心情。

縱然能認同夏代的決心，鐵平已經無論如何都無法信任懷著這個天大祕密和自己生活至今的她了。

再說，就算是來自兵藤律師的請求，夏代二話不說馬上拿出兩億投資，對於她為何能做出這樣的判斷，要說無法理解也真的是無法理解。雖然夏代說她是將那解釋為兵藤律師擅自挪用遺產，對鐵平而言，這也是難以想像的事。如果真是那樣的話，兵藤律師連投資這件事都瞞著夏代不就行了嗎？

「鐵平哥，事情變成這樣，我真的很抱歉。」

夏代抬起低垂的臉。

大眼睛裡的淚水，不知何時已經乾了。

「我一直認為，正因捨棄了阿姨的遺產，所以才能像這樣和你在一起，才能有幸擁有美嘉和耕平這麼好的孩子，度過幸福的人生。我總覺得，自己終於成為從小希望成為的那種人了。不過，鐵平哥你想說的我也非常理解。對於鐵平哥剛才說的那番話，我必須好好思考才行。所以，請你再給我一點時間。我會再次好好用自己的方式思考關於那筆錢的事。還有，我也會想好今後該怎麼做，等我想清楚了，這次一定會好好跟你討論。所以，請再給我一點時間，鐵平哥，拜託你了。」

說完，夏代今天第一次深深地低下頭。

19

嶺央大學醫院的木內正胤醫師是鐵平的客戶之一。他是嶺央大學醫學院最優秀的研究學者，在大學內也受到特別待遇，拿到的研究預算總是比別人多。當時木內醫師還不到四十歲，正是身為研究學者的黃金時期。雖然他個性不拘小節，想法獨特，和鐵平卻不知為何莫名合得來，願意用大筆豐厚的資金陸續採購昂貴的分析儀器，對鐵平而言是不可多得的大方客戶。

彼此往來差不多一年時，透過木內的介紹認識了夏代。

和平時應酬一樣，在新橋的日本料理店碰面時，木內忽然帶了夏代來。那間店最有名的是使用薩摩鬥雞的雞肉鍋，帶木內去吃過一次後，他就愛上了這裡，兩人一個月總要來吃上一次。平常的固定行程是先在這裡吃飽，再去銀座的酒店俱樂部續攤。

鐵平從未聽聞木內有情婦，看到他帶了個非常美麗的女子前來，還誤以為那是他常去的酒店公關小姐，或者要為單身的自己介紹對象而約來的異性。

會這麼想，是因為木內已有妻室，他的妻子在同一所大學醫院擔任內科醫生，鐵平也有過幾面之緣。

圍爐吃了幾巡後，木內才介紹夏代是嶺央大學醫院的護士，和木內的妻子在同一棟病房大樓工作。

「我最早是在老婆的慶生會上遇見衣笠小姐的。」

看著夏代，木內以理所當然到了極點的語氣這麼說。

然而，鐵平既不認為他會親切到特地帶一位美女護士來介紹給自己，再看夏代殷勤為他夾菜倒酒的樣子，再怎麼遲鈍也看得出兩人關係特別。

那天晚上當然沒有續攤，走出料理店，木內和夏代就大大方方地牽起手，消失在鐵平視野之外。

木內仍有些難以親近的學者脾氣，現在竟然願意介紹自己的情婦給鐵平認識，令鐵平深深感受到他的信任。

之後，隨著木內在大學內勢力水漲船高，跟鐵平公司購買的醫療器材也愈來愈多。不只實驗用或分析用的儀器，臨床用的診斷機器、檢查機器等器材，都透過醫務局向鐵平下訂單。鐵平對木內的政治手腕瞠目結舌，原來他不只是個優秀的學者，身為組織領導人也發揮了十全的才能。

當時夏代二十六歲，鐵平二十八歲。從那之後經過了一年多，夏代對鐵平而言仍不過是「木內醫生的情婦」。木內經常帶夏代一起來吃飯，不用說，鐵平當然不會有跟夏代獨處的機會，鐵平的任務是在他們兩人去旅行時幫忙製造不在場證明，或是送上金錢回扣，讓他們得以度過更奢侈享受的幽會時光。

和夏代之間的關係產生些微變化，是認識她進入第二年時的事。入秋那陣子，木內忽然不再帶夏代來，之後不久，鐵平就聽聞她身體不適正在休假的傳言。

驚訝地問了木內怎麼回事。

「其實，我老婆懷孕了。夏代好像因為這件事大受打擊。哎，畢竟我一直都跟她說打算離婚跟她在一起，她會那麼震撼也是理所當然的事。整個人都消沉了，鬧著說要辭職，要跟我分手，折騰了好一陣子。好不容易說服她先休假，但憂鬱的症狀好像愈來愈嚴重了，連我都快撐不住。」

木內毫無保留地將事情告訴鐵平。

「最近，去她住的地方她也不讓我進門，頂多只能講電話。」

難得看到木內這種束手無策的樣子。

「既然您都打算跟太太離婚了，怎麼還會讓她懷孕呢？」

現在回想起來，這個疑問真是太嫩了。

「再怎麼說，我們還是夫妻啊，總是會做那種事嘛。」

木內的表情苦澀到了極點。

「那，太太是打算生下這孩子嗎？」

鐵平問。

「那是一定的吧，唯獨這件事是身為男人的我無法干預的。」

木內冷冷地說。

後來，拗不過木內的一再拜託，鐵平開始定期探望休假中的夏代。

第一次造訪她住的公寓時。

「是木內醫生拜託，你才來看我的吧？」

年齡相近的關係，夏代對鐵平說話向來不用敬語，一開口就這麼說。

「那當然啊，木內醫生是我最重要的客戶。」

聽到這老實的回應，夏代忍不住輕聲笑起來。

「加能先生真好，無論何時都不會說謊。」

第三次去看她前，木內交給鐵平一個厚厚的信封。

「不管怎麼說，暫且先把這交給她吧。」

雖然木內說的輕鬆，那卻不是一筆小錢。

「請饒了我吧，別叫我做這種事。」

鐵平當場拒絕。木內只說了聲「好吧」，並沒有強求，但是那時，鐵平已看出他的心意，不由得同情起直到現在仍在等待木內的夏代。當然，分手費這件事，鐵平也沒有告訴她。

約莫三個月後，夏代重回職場，後來那兩人的關係如何演變，鐵平已無從得知。儘管木內不再帶夏代出席餐敘，總覺得他們並未斬斷情緣。

再過了將近半年，某天，夏代忽然聯絡了鐵平。

「有件事想找加能先生商量。」

因為她這麼說了，隔天下午，就在她家附近的家庭餐廳與剛下大夜班的夏代碰面。之前來探望她時，兩人也曾來此用餐過。

夏代說的話，令鐵平大吃一驚。

原來木內離婚了。

「我完全沒聽聞這件事，再說，木內醫生的太太好像就快生產了吧？」

鐵平半信半疑地這麼一說，夏代便尷尬地點點頭。她說，醫院裡幾乎沒人知道木內夫妻離婚的事。

「夏代小姐，那妳是聽誰說的？」

「醫生自己跟我說的。」

「木內醫生？」

「對。他說跟太太離婚後，希望我能嫁給他。離婚前連一句話都沒跟我商量過，說來也很像那個人會做出的事。」

「原來是這樣啊……」

決定拋棄有孕在身的妻子投入情婦懷抱，看來木內也是豁出去了。不過，這應該是夏代期待的結局吧。

過去，木內曾如此形容自己同為醫師的妻子：

「她是個了不起的醫生。我雖然一樣穿著白袍，做的其實完全不是醫生做的事。所以，她始終認為每天救治病患的自己比丈夫偉大好幾倍。可是啊，加能，她這輩子能救的頂多千人，我的研究如果成功，隨便都能幫助超過一億人。她無法理解這點，在這種地方終究還是女人見識。」

聽了夏代的話，鐵平還是不知道她找自己來做什麼。夏代也只說了木內對她求婚的事，並未要求鐵平協助什麼。

結果那天，兩人只是一如往常吃了遲來的午餐就道別了。

相隔不久，木內離婚並打算與夏代再婚的消息傳入鐵平耳中。夏代是醫院裡數一數二的美女護士，這件事的傳聞也在院內甚囂塵上。

木內要去美國的事，在前妻平安生產後正式公開。

鐵平事前毫不知情，一聽聞這宛如青天霹靂的消息，急忙趕往研究室拜訪木內。「連你都隱瞞真是不好意思。其實我在醫院裡待得很自在，只是美國那邊的大學看過我的論文後，希望我無論如何都能過去。這件事來得並不突然，對方差不多兩年前就開始邀請我過去了，是我自己好不容易才下定決心。」

木內以淡然自若的口吻這麼說。

「那夏代小姐怎麼辦？」

打從在家庭餐廳一起吃飯後，她就沒打過電話來了。鐵平最擔心的還是她。

「等我那邊安頓好了，就打算叫她過去，也跟她說過，到時候我們就正式結婚。」

「這樣啊。」

聽了木內的回答，鐵平才放心。

等木內的前妻休完產假回醫院工作，夏代可說就沒有立足之處了。就算是現在，她每天在醫院裡工作一定也如坐針氈吧。

木內很快就出發前往美國了。

接著，那年年底到來。

放年假前的最後一個工作天，夏代再度打電話到公司給鐵平。

隔天下午，鐵平前往那家熟悉的家庭餐廳。身為業務，他向來習慣提早十五分鐘抵達與人約定的場所，因此，以前每次夏代都比他晚到。唯獨那天，明明鐵平已經提早三十分鐘到了，夏代的身影卻已出現在老位子上。

電話裡她什麼都沒說，不過鐵平也大概知道今天碰面的原因。

過完年，她就要飛往美國，能直接見面打招呼的日子只有今天了。

不料，從她口中說出的卻是意想不到的話。

「我和木內醫生分手了，醫院也在昨天離職了。過完年，我會找份新工作，只是不想再當護士了。」

「夏代小姐，究竟發生了什麼事？」

鐵平愣愣地問。

「看來，我似乎是喜歡上加能先生了。」

夏代說出了更令人難以置信的話。

鐵平完全無法掌握她這話的意思。

「所以我一點也不打算嫁給醫生喔。」

無視鐵平的反應，夏代很快接著說：

「看在加能先生的眼中，像我這種女人，就算自己送上門來，肯定你也不想要吧。即使如此，我還是認為至少必須表達自己的心意。因為現在的我，已經沒有什麼好怕了。」

這是第一次有女人對自己如此毫不保留地告白，更別說自己還曾幫忙掩飾她與另一個人的婚外情那麼久。見鐵平什麼都說不出口，夏代又說：

「不管怎麼說，加能先生，今天就當是感謝你至今為我所做的一切，讓我請你吃頓飯吧。附近有一間非常美味的中餐館喔，我已經預約好了。」

說完，對送上桌的咖啡碰也不碰一口，夏代逕自站起身來。

20

兩人參拜筥崎宮兩天後的星期五。

早早吃完早餐，鐵平先進了浴室。在沒有加熱功能也沒有暖氣的冷颼颼浴室裡泡四十度的熱水，身體一直很難泡熱。勉強泡暖了全身，才迅速沖洗頭髮和身體，很快就出來了。

進寢室換上睡衣，罩一件刷毛絨外套再回客廳。

夏代泡了熱茶。兩人在餐桌旁相對而坐，啜飲綠茶。

那天後，鐵平就不曾再提起關於遺產的事了。既然夏代說「請再給我一點時間」，也只能尊重她的意思。

「不把頭髮吹乾嗎？」

夏代看著鐵平的頭髮問。

「不用了，等它自然乾就好，反正明天開始三連休。」

鐵平好幾年前就開始把頭髮剪得很短，這也是為了省錢。

「那個啊，我有東西要給你。」

放下茶杯，夏代忽然這麼說。

「有東西給我？」

「等一下喔。」

她站起來走出客廳，接著傳來某個房間的門打開的聲音。

又過了一會兒，夏代提著兩個大紙袋回來。

兩個都是岩田屋百貨的紙袋，裝得脹鼓鼓的。她將那看起來很重的袋子放在桌上。

「這份是你的。」

夏代這麼說。

「我的？」

為了看清桌上紙袋裡的內容物，鐵平站起身來。

探頭往內一看，不由得大驚失色。

「這怎麼回事？」

夏代從圍裙口袋裡拿出一本存摺，看來是瑞穗銀行的綜合帳戶。她打開第一頁，遞到鐵平面前。

數字1後面接著八個0。

鐵平從夏代說要給自己的紙袋中抓出一束捆著封條的鈔票。

「一袋各裝五十束，兩袋加起來一百束，金額和我的一樣喔。」

夏代說得一副若無其事的樣子。

一束百萬的鈔票共計一百束，和那本全新的存摺裡記錄的金額一樣，都是一億元。

鐵平露出下巴都要驚掉了的表情望向夏代。

「那之後，我立刻聯絡了北前律師，請他盡快匯兩億元過來。今天下午，我跟公司請假早退，親自去天神的瑞穗銀行收這筆款項。因為太重了，分行的人用了兩個袋子裝。我被帶到後面的房間，看到連分行長都出現，我還嚇了一大跳呢？回來時也是銀行的人用分行的車送我回到家的。雖然我有帶伴手禮去，還是覺得實在太麻煩人家了。」

「妳到底想做什麼？」

看到那疊鈔票時，鐵平第一個浮現腦海的詞彙是「分手費」。

然而，如果是這樣的話，夏代為何要為自己也準備相同金額的錢，這未免說不通。

「我答應你要一個人好好想想，可是總覺得像這樣在你身邊，實在沒辦法好好思考。所以，我想我們分開一段時間比較好。」

「分開？」

「對。從明天起，我會暫時離家。打工那邊今天已經請好長假了，明天我會找個溫泉旅館住幾天，之後可能去美嘉那吧。」

聽到美嘉的名字，鐵平才稍微鬆了口氣。

「這件事和這些錢有什麼關係？」

這麼一問，夏代便露出難以形容的表情。

「我只是忽然有個模糊的想法。」

「忽然有個想法？」

「因為，我們對金錢所知實在太少了。前天，聽了你說的話之後，我深深這麼認為。三十四億也好、四十八億也好，金額都大得令人完全難以想像。既然如此，不如先站回原點，彼此都理解一下擁有鉅款是什麼樣的感覺，或許這樣比較好。」

「所以妳才請北前律師匯兩億過來？」

「對，總之我們先一人拿一億，看看有什麼感覺。所以那一億都是你的，你可以自由使用，想什麼時候用就什麼時候用。我也是，存摺裡一樣有一億，隨時都能自由提領。」

「可是……」

鐵平再次坐回椅子上，茶杯裡的茶已經冷透了。

「我去泡新的來。」

夏代端著兩人的茶杯走回廚房。

看著眼前的紙袋心想，這異想天開的做法，倒很像夏代的行事作風。

多年前，在過年前的最後一個工作天，兩人去了那間中餐館吃飯後，一直到過完年，夏代都沒有任何聯絡。道別時給了她自己的地址和電話，從當時的情形看來，鐵平也預期她至少會在新年假期中打個電話來，因此不免有些失落。

沒想到，開工十天左右的一月中旬，在出乎意料的地方與夏代重逢了。

當時，鐵平住在位於赤羽車站前一房一廳老公寓的五樓。某天早上，電梯停在三樓，從那裡搭上電梯的人竟是夏代。第一眼看到她時，鐵平還以為是某個和她長相酷似的人。

「加能先生，早安，終於見到面了。」

被她這麼一說，鐵平好半晌發不出聲音。

「衣笠小姐，妳怎麼會在這？」

站在一樓狹窄的門廳聊了才知道，夏代三天前搬進同一棟公寓。

「突然跑去跟你打招呼說我搬來了好像也很奇怪，就想等等看哪天可以碰巧遇到，沒想到比我預期得還早呢？」

夏代促狹地笑著說。

那個年代還不流行「跟蹤狂」這種詞彙，要不然，夏代做的事情一定會被說是跟蹤狂。

只要下定決心，夏代經常不顧一切採取正常人意想不到的行動。

想想她那抱著年幼女兒，把外遇不斷的丈夫趕出家門的母親，以及與偶然相遇的美國青年墜入情網就不顧周遭反對和對方結婚，遠赴異鄉的阿姨加津代亨德森，夏代這種性格，或許來自家族遺傳吧。

鐵平把桌上的紙袋放到地上，對端上新泡好的茶的夏代說：

「妳突然跑去，美嘉不會覺得奇怪嗎？」

「沒事啦，就跟她說我和爸爸吵架了就好。」

夏代拿著自己的茶杯，在對面的椅子上坐下。

「那妳會跟她說遺產的事嗎？」

「怎麼可能，只會說我們有點誤會啦。」

鐵平和夏代從來不曾在孩子們面前吵過一次架。

「就算這樣美嘉還是會擔心吧。」

「沒關係啊，就讓她擔心一下。」

夏代還是一樣淡然自若。

「那妳說去住一下是多久？」

「再看看吧，半個月或一個月……」

喝口茶。

「還可以趁這次機會觀察一下美嘉的生活狀況。」

這點鐵平倒是大大贊同。

「她和卓郎不知道怎麼樣了，也想好好問一問她。」

「妳說那叫什麼卓郎的，是她那個去讀醫學院的男朋友嗎？」

「是啊。」

「那，妳也見過這男的嘍？」

「美嘉高中時見過一次，在天神，正好巧遇他們兩個。」

「然後呢？」

「我就請他們喝茶吃蛋糕了啊。」

「什麼啊。」

「不過，是個看起來很老實的好孩子喔。」

「是喔——」

鐵平雙手抱胸，沉默了一會兒。

「那，換我去洗澡喔。」

夏代端著自己的茶杯站起來。

21

醒來時，夏代已經出門了。

廚房吧檯上留著紙條。

〈那我出門了。鐵平哥也盡情放鬆吧。不過，酒別喝過頭了喔。夏代〉

壁鐘的時針顯示剛過八點。

下星期一是成人日，今天起開始放三連休。夏代也不在家了，鐵平一個人無事可做。

站在廚房沖了咖啡，倒滿一整杯自己的馬克杯，回到餐桌旁坐下。

今年大概是暖冬吧，從元旦起氣溫就偏高，窗外充滿明亮的日光。都忘了上次下雨是什麼時候了。

啜飲一口熱熱的咖啡，站起身來，從客廳走向耕平房間。昨晚，趁夏代洗澡的時候，鐵平將那兩個紙袋收進耕平房間的衣櫃。現在則把兩個紙袋都提回客廳。

拉開旁邊的椅子，把紙袋放上去。

取出紙袋中所有的鈔票，一束一束堆在桌上。

十束堆成一層，全部共十層，以前面五層、後面五層的方式堆疊在桌上，這就佔去細長餐桌三分之一的面積了。有生以來，第一次看到這麼大量的現金。

坐在椅子上，一邊喝咖啡一邊打量這堆鈔票。

眼前的光景完全是非現實。

——然而，就算有了一億元，不拿來用的話也只是一堆紙山。

這是他最直接的感想。

不過，只要有了這筆錢，想要什麼都能到手吧。像是買一輛保時捷或蓋一棟豪宅，這些事都辦得到，也可以跟這棟老舊的房子說再見。

這麼一想，開始覺得眼前這堆鈔票山閃閃發光。

北前律師說，夏代的資產已經擴增到四十八億日元了。就算扣掉眼前這一億和夏代帳戶中的一億，她也仍以現金和股票的方式擁有四十六億資產。

——只能說是無窮盡了。

他這麼想。

好吧，那麼眼前的一億元到底要拿來做什麼？

昨晚上床後，一直想的都是辭職的事。

這間公寓剩下的貸款已經不多，有了這一億日元，或許一輩子不用再工作也過得下去？假設一個月生活費三十萬，一年就是三百六十萬，算算可以活個將近三十年。三十年後，鐵平八十多歲，或許不在人世了也說不定。

話雖如此，就算手頭有一億，原來也頂多只能用到八十歲啊，這倒出乎意料。似乎能夠想像得到伴隨高齡化社會而來的老後破產危機了。這幾年來，光是為了孩子們在外地的生活費和學費，錢怎麼賺都不夠用，家裡幾乎沒有多餘積蓄。

——這麼說來，想靠一億元就辭掉工作遁隱山林也不行啊……

不如辭掉工作，自己開間店吧。

直到幾年前，鐵平還有個釣魚的興趣，偶爾會去海邊垂釣。後來因為傷了腰，已經很久沒去了。不過，如果是開個釣具行，應該還應付得來。問題是，現在開一間釣具行，自己真的能樂在其中嗎？

說到底，鐵平能做的還是只有業務工作。

從年輕時就喜歡以企業或個人為對象銷售商品，不管什麼東西都有賣得出去的自信。只是說實在的，如果現在要來創立一間賣東西的公司，又好像已經過了那種年紀，最重要的是，鐵平根本想不出有什麼東西能讓他想卯足了勁來推銷。

既然都要辭去工作，不如過點什麼都不做的悠哉日子吧。

若是手頭能再多個兩億，這個夢想或許不是辦不到。只要有三億元，今後就算再活三十年，一年也有一千萬能用，光靠這些錢，夫妻倆就能過著真正悠哉自在的生活了。雖說現在這個低利息時代，就算把錢存進高額定存帳戶，年息頂多只有百來萬。萬一什麼盤算都沒有地活下去，一路活到八十歲、九十歲甚至一百歲的話，就是有三億日元也不夠用。

當然，要是能將四十八億全部拿到手，那又是完全不同次元的世界了。

有這麼大一筆錢的話，僅僅年息就有將近兩千萬，光靠利息就過得起十分享受的生活。只怕存錢的銀行破產，那就連本帶利都沒了。考量到金融安全的問題，購買國債或許也是個辦法。只是，縱使是國債也一樣，只要發行國債的那個國家破產，買下的國債便形同紙屑。果然還是得好好思考投資組合才行……

明明已經不費吹灰之力就得到一億元了，卻還是會忍不住想「再多兩億就好」、「如果有四十八億會怎樣？」鐵平不禁對自己的人性感到啼笑皆非。

——夏代會不會不打算回來了？

腦中忽然閃過這個念頭。

——她會不會對這樣的自己終於失去耐性，決定人間蒸發？說要去美嘉那邊，其實只是藉口吧？

急忙把桌上的鈔票收回紙袋，走進寢室拿手機。

叫出夏代的手機號碼，按下通話鍵。

一邊聽著手機答鈴，一邊盯著旁邊椅子上的紙袋，心想不管怎麼說，把錢放在耕平房間衣櫃都太輕忽了。——得找個更安全的地方保管才行，就算這樣，萬一隔壁鄰居失火，還是有被燒成灰的疑慮，等連休一結束，還是像夏代那樣去銀行開個戶頭存起來吧。

才剛這麼決定，電話就接通了。

「喂？」

耳邊響起夏代精神抖擻的聲音，電話那頭聽來熱鬧嘈雜。

「早啊，妳現在人在哪？」

「博多車站。剛在克里歐花園飯店吃了好吃的早餐，正要去搭電車。」

克里歐花園飯店就是之前鐵平和北前律師碰面的飯店，平時偶爾也會和夏代去那裡吃早餐。夏代非常喜歡吃飯店早餐。說是偶爾，其實是一年也就兩、三次的特別享受。每次去吃一客要價兩千五百元的飯店自助式早餐時，夏代看起來總是很開心。鐵平腦中浮現那種時候的她的笑臉。

「妳說要去溫泉旅館，打算去哪裡的溫泉？」

「決定去雲仙溫泉，在那裡住個幾天，再去美嘉那邊。」

「住哪間旅館？」

「半水樓。」

「半水樓還訂得到空房喔？」

「剛過完年，房間都空出來了。」

「這樣啊。」

半水樓是雲仙溫泉附近數一數二的高級旅館。鐵平曾和夏代去住過一次，那是孝之叔叔當社長的最後一年，鐵平談成了一筆大訂單，拿下當年的社長獎，用那筆獎金好好擺闊了一番。

「你吃早餐了嗎？」

「嗯，我等一下也出門吃好了。」

「這樣啊，去吃點好吃的吧。」

「是啊，我會的。妳都去半水樓了，我也不會虧待自己的。」

「是、是、是。」

夏代笑著說。

「那我差不多要去月台了。」

「好吧，總之妳好好放鬆一下。」

「你也快去犒賞自己吧。」

「路上小心，到美嘉住的地方後給我打個電話或發個信。」

「當然會的，給你添麻煩了。不過，你要注意身體喔。」

「好。」

「那我出發了。」

夏代直到掛上電話前，語氣都顯得很開朗。鐵平把手機放在桌上，朝陽台外望去。今天天氣特別暖和，早上起來也沒披刷毛絨外套了。陽台上放著幾盆盆栽，平時都是夏代在照顧的，今天的天氣很適合澆點水。

——看來我的不安只是杞人憂天。

就算會從自己眼前消失，夏代絕對不會從美嘉和耕平眼前消失。

——多慮也該有個限度。

鐵平獨自苦笑起來。

22

換了幾個地方藏，找來找去都覺得不適合，最後還是放進耕平房間衣櫃。隨手擱在底層最靠裡面的位置，總覺得萬一真有人闖進家中，放在那種地方反而不會引起注意。

因為打算下星期立刻就拿去存進銀行，要是現在藏到太複雜的地方，到時候拿出來也麻煩。

上午在看看電視、讀讀書中打發時間，不到中午就出門了。

打開衣櫃，從紙袋裡抽出三束百元鈔，裝進假日常用的小型背包裡，斜揹在身上後，在玄關穿鞋時又改變主意，再次打開衣櫃，把其中兩束放回紙袋。

身上帶著三百萬現金走動實在太危險了。

往前走個五分鐘，一來到大馬路旁，鐵平伸手攔下計程車。

腦中浮現「奢侈」兩個字時，第一個想到的就是「計程車」。

在天神十字路口靠近天神大樓那側下了車，車錢一千出頭，實在不好意思拿萬圓鈔票支付，就用自己錢包裡的錢付了。

雖說新年假期剛過，走在三連休的天神街頭，人潮還是一樣多。

若是遇到天冷的日子，出來購物的人們都會湧入渡邊通下方長達五百公尺以上的「天神地下街」，不過今天天氣和暖，路面上的行人還是很多，大家身上的大衣和羽絨外套都敞開著。根據氣象預報，今天白天最高氣溫可能超過攝氏十五度。

鐵平為了避開人潮，朝地下街走下去。

搬到福岡來之後，最中意的就是這條「天神地下街」了。第一次踏上那條有著石板路面與藤蔓雕飾天花板的通道時，鐵平甚至有點感動。比起東京車站或大阪梅田的地下街，這裡給人的印象更有品味。從此之後，每次來天神時，走下地下街逛逛就成了鐵平的樂趣之一。

地下街也充滿了熱鬧的人群。

從路過的人臉上看得到活力。新的年度來臨，或許每個人都感受到新年新希望了吧。

——忽然從妻子手中拿到一億元零用錢的我，臉上又是什麼樣的表情呢？

鐵平心想。

自己甚至連像現在這樣在背包裡裝著百萬現金走動的經驗都沒有過。

不過，他也感受不到一般人可能想像得到的那種興奮。畢竟那是夏代交給自己的錢，不是自己賺來的，這種感覺揮之不去。

還是說，只要用在自己身上，這種感覺也會慢慢轉變？

起初的心情像是中樂透，漸漸地轉變為孩提時代領到紅包時的心情，最後演變為挖到金礦般的成就感──心境會產生這樣的轉變嗎？

看也不看左右兩邊的店面，鐵平慢慢往前走。

時至正午，鐵平走進位於長長的地下街中央附近，那間平時常去的蕎麥麵店。這裡的東西不但好吃，最方便的是連假日也不需要排隊。

店員帶領他到店內後方的兩人桌，左右兩邊的桌旁都還沒人坐。

迅速瞄過熟悉的菜單，點了中瓶啤酒和芥末魚板，再點了天婦羅。

芥末魚板與啤酒同時端上桌，將冰得透透的啤酒倒進玻璃杯內，一口氣喝乾。暖和的日子裡，啤酒喝起來特別美味。夾起添了大量剛磨好芥末的魚板，沾一點醬油，放入口中享用。魚漿類的食物也是博多名產之一。喝光第二杯啤酒時，天婦羅上桌了。今天的天婦羅包括三尾炸蝦和炸蓮藕、炸糯米椒及炸海苔，一份這麼多樣才八百元，真便宜。

拿天婦羅當下酒菜，啤酒一杯接一杯，很快就喝乾了一瓶，再加點一瓶。

喝到微醺時，最後吃一碗蕎麥麵收尾，這才起身離席。

打開背包，從還捆著封條的整束鈔票裡抽出一張，和帳單一起遞給櫃台。收銀機上顯示金額為兩千八百七十元，還能找回七張千圓鈔票和一些零錢。

──吃了這麼奢侈的一頓午餐，竟然花不到三千……

帶著一點錯愕的心情走出店外。

時間不知不覺已過一點半，喝著啤酒時，心裡想的都是夏代。話雖如此，但並不是在揣測她的心情，而是想著她現在電車搭到哪裡了呢？吃過中飯了嗎？差不多該抵達半水樓了吧，只是這類無關緊要的小事。

要去雲仙溫泉，得先搭電車到諫早，再從那裡轉搭公車。從博多過去，再快也得花上三小時。只是夏代現在是名符其實的億萬富翁了，或許會從諫早搭計程車過去也不一定。

這麼一想才發現。

——對了，我現在也是貨真價實的億萬富翁啊。

自己這麼說服了自己。

在地下街逛了三十分鐘、左右，穿過「閃耀大道地下通路」往SOLARIA PLAZA去。

久違的一人時光，不如看場電影吧。「TOHO CINEMAS天神」就位在SOLARIA PLAZA七樓。

這時間沒有鐵平感興趣的電影，想看的電影中，最快開演的是兩點三十五分的《怪獸與牠們的產地》，就決定是它了。沒記錯的話，主角艾迪瑞德曼兩三年前得過奧斯卡金像獎最佳男主角，是廣受矚目的男演員。印象中，好像在日本版的《大誌》雜誌專訪中看過，他就讀伊頓公學時還曾和英國皇室的威廉王子同學年。

電影比預期有趣，瑞德曼也演得很好。劇中出現許多「魔法動物」，其中有個名叫「玻璃獸」，外表酷似鴨嘴獸的怪物，只要一看到金幣或寶物就會偷偷往自己肚子裡塞，那敏捷的動作與可愛的表情逗得鐵平好幾次忍不住笑出來。

走出SOLARIA PLAZA時，天色已經暗下來了，吹來的風也比白天冷。朝手錶一看，指針指向五點十五分。雖然在電影院只喝了一杯咖啡，肚子離飢餓還有一段距離。

難得帶了一百萬鈔票出來，竟然只用掉午餐的不到三千元和看電影的一千八，還有一杯四百元的咖啡，全部加起來也不過五千左右。夏代都跑去雲仙住高級旅館了，和她比起來真是不甘心。更別說夏代到現在不但一通電話都沒有，連一封訊息也沒發來。眼下她肯定已泡了溫泉，正在豪華旅館房間裡歇息吧。

自己要是不學她來點奢侈的享受，還真不知為何特地在休假日跑到鬧街上來了。

從SOLARIA PLAZA往警固公園方向走，出到大馬路上後，首先映入鐵平眼簾的是BIC CAMERA天神二館。去那裡的話，說不定能找到什麼想買的東西。

看了入口的樓層簡介，決定先上二樓。二樓是電視音響賣場，鐵平走進電視展示區四處看，對4K電視價格的跌幅感到吃驚。家裡那台是約三年前買的SONY超高畫質49吋電視，現在賣場裡擺出同樣SONY出品的4K畫質55吋電視，價格竟然比家裡那台還便宜。

——這下可以買了。

鐵平下定購買的決心，四處找尋卻都沒看見店員的身影。

找著找著，購買欲也漸漸消失了。仔細想想，現在那台電視畫質已經夠好了，更何況最想看的奧運才剛結束，沒必要硬換一台新電視。

逗留十五分鐘就離開電視機賣場，接著往上到四樓的生活家電賣場。

鐵平打算去瞧瞧夏代和自己都想要很久的按摩椅。

夫妻兩人來過這陳列著十幾台按摩椅的展示區好幾次了，哪間公司出的哪個型號性能優越，大致上已摸清楚。性能最好的還是Panasonic的Real Pro系列，不過，和別家比起來，價格當然也最貴。

夏代自從在便當工廠工作後，原本就有的腰痛毛病更加惡化。鐵平也在幾年前閃到一次腰，從此只要稍微久坐，腰馬上就發出抗議。這兩三年來，因為腰痛的緣故，以前喜歡的磯釣也很久沒去了。

試著坐上最新型的Real Pro看看。

按下開關，力道強勁的敲捶和揉捏立刻從腰部往背部移動。同時，氣囊也開始按摩小腿部位。鐵平特別喜歡這個腿部按摩機能。

從椅子上下來，看了標價，含稅四十三萬九千七百七十六元。扣掉會員卡可獲得的百分之十點數，實際上要價不到四十萬。

四十萬對現在的鐵平來說，只是小意思。

然而這次也一樣，正要找樓層店員時，對方卻正好在對其他客人解說商品。

——至少該買下按摩椅，不然面子掛不住。

這麼告訴自己。

再次環顧樓層。

這才想起，差不多一年前，比眼前這台按摩椅型號舊很多的另一款打折，和夏代差點就掏錢買了下去。最後放棄沒買的最大原因，除了那依然要價將近二十萬之外，還有家裡沒地方放的問題。

「只能放在客廳了，可是，這麼大的東西放在那裡實在太佔空間。」

夏代直到最後都不肯點頭，鐵平倒是一心想買。

眼前這台最新型按摩椅，整體比當時那台還大了一圈。

——擅自買這種東西回家，夏代看到了不知道要說什麼。

決心開始有點動搖了。

家裡的客廳確實太小，放不下這麼大的按摩椅。如果要買，或許得先買下一戶有寬敞客廳的公寓才行。

——有一億元在手，買下有十五坪或二十坪客廳的寬敞公寓也不是夢想……

結果，鐵平只在同一層樓的生活家電賣場，為用舊了的電動刮鬍刀買了替換用的新刀頭就離去。

23

走到外面時，迎面吹來的也終於是冷風了。鐵平急忙扣上大衣。

時間是下午六點半，差不多是該肚子餓的時候了。

去哪吃飯好呢？星期六日正是這附近生意最好的時候，到處都有營業，想吃什麼應有盡有。天氣也變冷了，不如吃個冬季應景的河豚吧。如果是河豚的話，中洲那邊有間鐵平還在當事業部長時常去的名店。適逢週末，不用擔心在那裡巧遇公司的人。好久不見那位老闆娘了，去見見她也不錯。年紀跟鐵平差不多的她，在中洲一帶是大受好評的美女老闆娘。

不過，往渡邊通的方向走了幾步後，想想又停下來。

——還是算了。

河豚生魚片和河豚火鍋都是自己一個人吃也不好吃的東西，美女老闆娘又不可能坐下來陪吃。再說，以這種形式上門，等連假過後公司那群人來時，說不定會從美女老闆娘口中聽到「對了，星期六加能先生自己一個人來吃呢」之類的話。鐵平可不想被眾人背後取笑「那個人完全遠離權力中心，是不是太懷念從前的日子才跑來的？」

主要目的是喝兩杯，要找一個既能久坐，一個人又很自在的地方，終究還是只想得到那裡了。上次去的時候吃得太飽，最後沒能再吃一碗老爹自豪的拉麵，說來也很可惜。

雖然花不了多少錢……鐵平這麼嘟噥著，決定改變目的地，前往「大久保」。

走著走著，夜也深了，氣溫瞬間降低。

看到店內透出的光亮時，全身都凍得發僵了。掀開門簾，拉開拉門。

一走進店內，吧檯正面那張桌子已有來客，是出乎鐵平意料的人。

好久不見的那張臉喝得通紅。這男人酒量並不差，喝成這樣，大概從白天就跑來喝了吧。

倉促間正想轉身就走，對方已經察覺，開口招呼了。

「阿平，不用回去也沒關係吧。」

既然對方這麼制止了，要走也走不成。

「好久不見啦，偶爾也一起喝兩杯嘛。」

朝這邊抬起頭，舉了舉酒杯。

加能尚之看起來喝得相當醉，瞪著這邊的眼睛已有幾分迷濛。

無可奈何之下，鐵平只好走向那張四人桌，拉開尚之對面的椅子坐下。

「真難得，幾年沒在這裡遇到你啦？」

打從三年前的六月鐵平遭貶職至今，這還是第一次和尚之好好面對面說話。畢竟，兩人在公司裡幾乎不會碰面。

「喂——」

尚之叫來小老闆。

小老闆正在端生啤酒給坐吧檯的客人。吧檯坐滿了人，坐桌席的則只有尚之。前幾天鐵平坐過的包廂還空著。這是第一次星期六來這裡，大概等一下就會陸續有客人上門了吧。想起小老闆曾說尚之「偶爾會來」，或許他上門時都是假日。

小老闆走過來，尚之問也不問鐵平就說：

「給阿平一杯生啤酒，我要再一壺溫酒，然後隨便幾樣小菜。還有，也給阿平一個溫酒杯。」

連珠砲似的交代完，再將兩個空的溫酒壺遞出去，小老闆一如往常沉默寡言，接了酒壺就走。

裝在啤酒杯裡的生啤、綜合生魚片、燉牛雜及馬鈴薯沙拉等小菜很快上桌。尚之舉起口徑較大的溫酒杯。

「那，乾杯吧。」

這麼說。

鐵平也默默舉起啤酒杯。

碰杯後，尚之又什麼都不說了。鐵平也不打算說話，兩人就這樣無言吃吃喝喝。話雖如此，尚之倒是滿不在乎地把筷子伸向鐵平面前的生魚片。

鐵平滿腦子都在想，早知道就去中洲吃飯。就算河豚餐廳的老闆娘跟以前同事說了自己的事，總比在這裡和現任社長尚之狹路相逢好得多。

「老爸大概快不行了。」

互不交談了三十分鐘左右，尚之忽然開口這麼說。

放下手中的溫酒壺，鐵平望向尚之。

尚之與鐵平同年，兩人今年都要滿五十三。尚之七月生，鐵平的生日則在九月。

「結果，到最後連一次也沒醒來。」

尚之拿起溫酒壺，朝鐵平杯中斟酒，也給自己倒了一杯。

「小老闆，再來一壺。」

中氣十足地這麼吩咐。

叔叔孝之因為腦梗塞昏迷，是四年前正月的事。幸運的是病況不嚴重，住了半個月就出院了。不料三天後，叔叔又在家中二度昏迷，家人急忙將他送到醫院，勉強保住性命，卻從此變成植物人狀態，一直住院到現在。

最後一次去探視昏迷不醒的叔叔，是鐵平遭貶職前不久。

小老闆用托盤端上溫酒壺，鐵平接過酒壺，朝尚之的方向舉了舉。尚之便將喝空的酒杯遞過來。

「會長如果過世了，一定要聯絡我。」

一邊斟酒一邊說，這是鐵平今天第一次對尚之開口。

「我會好好聯絡的啦。」

尚之嘀咕著說。

接下來，兩人再次陷入沉默，只是不斷給對方倒酒。

睽違幾年，再度像這樣對坐共飲，從眼前的尚之身上感受不到一絲惡意與狠心，令鐵平覺得不可思議。

小時候，兩人因為同年的緣故，感情非常好。祖父過世後，為了處理葬禮法會等事宜，鐵平偶爾會跟父親一起回福岡，住在祖父也是叔叔家那棟大宅，和尚之像一對雙胞胎般玩在一起。尚之雖然早鐵平兩個月出生，孩提時代相處時，主導權總握在鐵平手中。

「比起我，尚之更像大哥，反而是鐵平這孩子還比較像我和老爸。」

孝之叔叔經常對父親這麼說。事實上，比起豪爽的叔叔，尚之確實和沉默寡言的父親比較像，散發一股學究氣質。

「這是老闆招待的。」

過了一會兒，小老闆端上一盤生魚片。

「這可真不得了，是鳳螺呢？」

尚之發出歡呼。

「今天早上剛從金澤送來的。」

小老闆說。

「金澤？是北陸那個金澤？」

鐵平忍不住問。

「阿平，你不知道嗎？老爹是金澤人，這種鳳螺在我們這很少人拿來做生魚片，是北陸的特產。」

尚之代替小老闆回答。

原來那位「彥左」是金澤人啊，鐵平還真的不知道。

「老爹的老家是金澤有名的西餐廳，原本該繼承那家店的他種種原因下輾轉到了博多。那間西餐廳現在由老爹最小的弟弟經營。你不覺得，這跟某人家的故事有點像嗎？」

說著，尚之笑了。

「那小老闆也常去金澤嗎？」

鐵平問。

「去過兩、三次。」

這麼回答後，他又走了開去。

鳳螺生魚片有彈牙的口感，著實美味。

「很好吃吧？」

尚之問。

「很好吃。」

鐵平回答。

兩人一下子就把那盤鳳螺吃光了。

儘管像這樣幾乎不交談地喝了超過一小時，卻一點也不覺得窘迫或不愉快。等到一邊大口咀嚼這間店的招牌豬腳，一邊痛快暢飲時，彼此之間確實已散發出另一種氛圍。

這就是血緣的力量嗎──鐵平內心自問。

三年前，尚之為什麼要將自己貶職，鐵平打算問個清楚。

看今晚的樣子，他或許肯說。

──要是他不好好回答，那種公司還是趕快辭掉算了……

反正現在的我有一億元現金在手，鐵平心想。才剛這麼一想，腦海便浮現夏代的臉。時間已過晚上八點，她大概早已用完晚餐，正在泡第二次的溫泉吧。

「阿尚。」

鐵平放下溫酒杯，正面迎向尚之。兩人向來稱呼彼此「阿平」與「阿尚」。原本微低著頭的尚之望向鐵平。

就是現在了。

「我問你，為什麼要把我調走？」才剛打算開口這麼說的剎那，尚之先說話了。

「阿平啊，真由的事，你到底打算怎麼給我一個交代？」

他這麼說。

鐵平吞下還沒說出口的話。

真由的事？真由是尚之獨生女的名字，已經很久沒見過她了，沒記錯的話，她正就讀地方上的女子大學。真由怎麼了嗎？

尚之睜大眼睛，瞪著鐵平。

為什麼他會露出這種表情，鐵平是一點頭緒也沒有。

24

隔天，鐵平搭乘早上十點二十分從博多出發的「瑞穗六〇三號」列車前往鹿兒島。

預定抵達鹿兒島中央車站的時間是上午十一點四十四分，總計搭乘時間八十四分鐘。從位於九州北端的博多到南端的鹿兒島，只需要不到一個半小時，新幹線真可怕。中途停靠的只有熊本一站。

昨天早上，和人在博多車站的夏代通過電話後，直到現在都沒接到她的電話或電郵。

約好等她到了美嘉在長崎住的地方再聯絡，現在沒聯絡好像也算正常。話雖如此，都超過一整天了，連一通電話或信件都沒有是怎樣。難道在思考出該拿那筆遺產怎麼辦的結論之前，她打算完全不跟自己聯絡嗎？夏代是個行事果斷的人，要是她真的決定這麼做，別說是一個星期，可能十天半個月都會沉默到底了。

話是這麼說，昨晚與尚之道別後，鐵平之所以沒有打電話給夏代，並不是為了尊重她的決定。從尚之那裡聽到那個驚天動地的事實後，原本應該要通知身為母親的夏代才對，之所以刻意不通知她，大概是因為鐵平推測夏代早就知道那件事了。

耕平從小就愛黏著媽媽，這麼重要的事，怎麼想都不可能沒有告知夏代。這麼說來，事情就變成他們兩人，甚至可能包括美嘉在內的家中三人聯手隱瞞身為父親的鐵平這個事實。

——看來肯定是這樣了。別的不說，美嘉有個從高中交往至今的男友卓郎，這件事自己從頭到尾都不知道。

鐵平這麼想。

如青天霹靂般得知了兒子做出的醜事，而且還是從尚之口中聽到的，昨晚的鐵平真是羞愧得想挖個地洞鑽進去。撇開與尚之工作上的過節不提，同樣身為有女兒的父親，鐵平對尚之的憤怒與疑惑感同身受。要是自己遇上同樣的事，還不知道會做出什麼呢？包括這點在內，鐵平只能不斷對尚之道歉，雖然遲了這麼久才知道，一旦知道了，自己這個做父親的就得負起責任，他在心中如此堅定發誓。

——既然你們三個聯手把我排除在外，那我也只好用自己的方式去做了。

今天早上，下定這個決心後，鐵平離開家門。

現在回想起來，有幾件事總算說得通了。

難怪去年過完年還遲遲賴在家中不回鹿兒島的耕平，今年拿參加當地成人式當藉口，早早就回去了。那時鐵平就覺得奇怪，應該比誰都想看到兒子成人式上帥氣模樣的夏代，怎麼會那麼乾脆就同意了這件事。

還不只這個。

送孩子們到博多車站搭車那天，在筥崎宮旁那間飯店咖啡廳裡，夏代提起美嘉男友的事之後，說了「反而是像你的耕平比較需要人操心呢」。那時鐵平就奇怪她為何忽然提起耕平，看來也是因為她早就知道這次兒子闖出的禍，所以才會那麼說。

按照尚之的說法，耕平和真由從高中開始偷偷交往，比耕平大一歲的真由已經向大學辦理休學，跑到鹿兒島的耕平身邊去了。

不但如此，兩人還像夫妻似的同居起來。

「這種事……是從什麼時候開始的……」

鐵平驚訝得差點說不出話。

「你少裝傻了，不就是去年夏天的事嗎？」

尚之以萬分苦澀的表情狠狠丟下這句。

去年一放暑假，真由謊稱要跟朋友去旅行，從此離家出走，直接在鹿兒島住了下來。過了十天左右，尚之夫婦收到真由的信，這才知道寶貝女兒和耕平的關係。慌張的尚之要妻子圭子去鹿兒島帶回真由，真由卻說什麼也不願意回家。

尚之似乎一直以為鐵平早已默許這兩個孩子的行為，看到鐵平實在太驚愕的模樣，才終於改變想法。

「為什麼這麼嚴重的事，你不馬上告訴我呢？」

鐵平反過來質問。

「我老婆說『暫時不要把事情鬧大比較好，看真由那個樣子，要是不小心刺激了她，可能會有反效果』，說服我先別告訴你。」

尚之的語氣一變，顯得有些愧疚。

鐵平立刻察覺，正因為尚之是個器量狹小，個性內向的男人，和一直迴避不見的堂弟以這種方式正面對峙，對他來說是一件痛苦萬分的事。讓圭子一個人去鹿兒島這件事，也將尚之的膽小軟弱表露無遺。要是不把自己灌醉，他鐵定無法把與寶貝女兒有關的這件大事，當著對方家長的面說出口。尚之的個性就是這樣。

他說不定還真的以為鐵平是為了報復貶職的事，唆使兒子耕平拐騙真由呢？

——話說回來，耕平這傢伙到底在想什麼……

倘若他真的從高中就和真由交往，會放棄九州大學的醫學院，改成報考鹿兒島的齒科大學牙醫學院，或許也和這件事脫離不了關係。

是因為年長一歲的真由死纏爛打，為了逃離她才跑去鹿兒島的？

還是因為迫不及待想在父母管轄不到的地方展開與真由的同居生活？

搬到福岡來時，耕平還是小學五年級的孩子，起初他似乎費了好大一番勁兒，才能適應陌生環境與新學校。不過，慢慢交到朋友之後，他也完全融入了當地人的生活。成績愈來愈好，高中讀的是福岡人稱「御三家」之一的縣立名校。真由是同一所高中的學生，鐵平也知道兩人在學校裡感情不錯。只是，怎麼都想不到他們會發展成男女關係。

話說回來，隱約能明白為什麼耕平會被年長的真由吸引。

真由這個女孩的氣質，和夏代有幾分相似。性格爽朗，功課也很好，臉雖然沒有夏代那麼美，但也稱得上漂亮。最愛媽媽的耕平會喜歡上真由，並不是太令人意外的事。

25

下了車，一踏上鹿兒島中央站的新幹線月台，迎面便是一股熱氣襲來。

裹著大衣下車的旅客急急脫下外套，事前確認過氣象預報的鐵平雖然只穿冬季夾克，還是熱得把它脫了下來。

根據預報，今天的鹿兒島最高氣溫攝氏二十度，最低十四度。

看似快下雨的博多雖然也滿溫暖，南國鹿兒島的暑氣更上一層樓。

站在月台上，仰望一片萬里無雲的晴空。

搭手扶梯往下，朝票口走去。剛才來時的新幹線車廂內只坐了大約七成滿的乘客，不過，或許因為三連休的緣故，車站大廳裡人潮熙來攘往，很是擁擠。穿過票口後，鐵平沿著右邊的通道往櫻島口走去。

為了出差來過鹿兒島兩次，但那都是七、八年前的事了，當時博多到鹿兒島的新幹線都還沒開通。

伴隨新幹線的開通，車站大廳也翻新了吧。無論是剪票口、在來線的電子看板、購票窗口、零售商店或土產賣場，都散發一股與大都會電車總站相同的氛圍。

日本這個國家到處都像這樣逐漸喪失「異國情調」。幾年前重新改建的博多車站也是。

中型核心都市的「迷你東京化」策略，才是加速地方衰退的主因。鐵平總是這麼想。

走出櫻島口，吹來一陣彷彿初夏的風。路上可見不少行人只穿著短袖襯衫或T恤。

——簡直就是另一個世界。

鐵平喃喃自語。

似乎有點明白了為何耕平想在這裡參加成人式。

不走橫過櫻島下方錦江灣的拿波里通，鐵平離開熱鬧的站前廣場往南，朝夾在兩座大樓中間的甲南通走去。

在電車上確認過地圖，鐵平就讀的鹿兒島齒科大學離這裡不遠。他住在大學旁的公寓，離公寓最近的車站，是從中央站搭市區電車過去的第二站，下車後大概再走十五分鐘左右。

這是鐵平第一次造訪耕平住的地方。

入學前，是夏代陪耕平一起找的房子，當時她還順便參加了開學典禮。另外，去年十月夏代也曾一個人來鹿兒島看耕平。

從尚之的話聽來，真由私奔到耕平身邊是去年暑假的事，夏代十月來的時候，恐怕也見過真由。因為鐵平怎麼想，也不認為耕平會對母親隱瞞真由的事。

耕平住的公寓地址是鹿兒島市上荒田町十番地。

沿著眼前這條甲南通直直走，會看到「甲南高校前」的十字路口。在那裡右轉上高麗本通，繼續往前走到與「中洲通」的交叉口。從地圖上看來，這條中洲通左側是荒田町，右側是上荒田町。從現在地走過去，距離大約一公里左右。

甲南通是單向二線道，行經的車輛很多，道路兩旁有餐飲店、藥妝店、商務旅館和公寓等建築。鐵平走在燦爛陽光下的右側人行道，放眼望去，景色和自己住的博多區一帶沒什麼兩樣。雖然沒有特別高聳的大廈，但也能看到不少這幾年新蓋的十樓或十五樓左右大樓，這點博多那邊也是一樣。

甲南高校前的十字路口旁有一棟簇新的公寓大樓。從這裡右轉踏上眼前的高麗本通，再往前走一百五十公尺左右，又來到一個十字路口，這裡應該就是與中洲通的交叉口了吧。

走過斑馬線，繼續沿高麗本通直走。

在一條往右的巷子前停下來，拿出手機確認地圖上的現在位置。現在站著的地方是上荒田的十二番地，巷口另一頭則是十三番地。拐進這條巷子再走一段路，就是十番地了。

巷弄裡的景色也是典型的日本住宅區。狹窄的道路兩旁有單戶平房和低樓層公寓，也有木造公寓和個人營業的小商店。沒有一樣東西會令人看了聯想到這裡是鹿兒島。

一邊留意左右兩旁的建築物，一邊緩步向前。

過了第一個小巷口，再往前五十公尺左右之處，看到一棟外牆貼著白磁磚的四層樓公寓。這附近已經是十番地了。

鐵平檢視入口的門牌。

「上荒田公寓」。

——這裡就是耕平住的公寓啊……

之前聽夏代說時，還以為是木造公寓，眼前這棟建築比鐵平想像得更新更體面。

——如果這種地方稱為公寓的話，我學生時代住的地方只能說是破屋了吧。

沒記錯的話，夏代說過這裡的月租是五萬，真的這麼便宜嗎？從外觀看起來，總覺得應該再貴一點。

拉開厚重的玄關大門，裡面還有一扇門，自動上鎖式的入口前立著對講機。

——現在的年輕人，還在念書就住有自動鎖的公寓了啊。

這點也令鐵平吃驚。

鐵平按下耕平房號三〇三的按鈕，再按一次對講鍵。

對講機發出電子音，但不管按幾次都沒人應門。

現在時間是十二點十五分。

大概和真由出門吃飯了吧。還是趕在明天的成人式前努力打工呢？過年回家時問了耕平，他說現在一星期當三天家庭教師，事到如今，也無法確定他說的是不是真的了。既然和真由住在一起，花費應該比單身時更兇，說不定他還有其他兼差，當家庭教師的天數也可能不只三天了。

鍥而不捨了五分鐘，鐵平才走出公寓。

只好再來一次了。總不能打電話叫他出來，因為這麼做的話，要是他不帶真由一起就沒轍了。總之，一定要在兩人一起時堵到他們才行。一旦打草驚蛇，讓耕平聯絡了夏代，那更是什麼都別談。

明天就是成人式的日子，耕平在外過夜的可能性很低，只要多來幾次，今天內一定能見到他。

太陽愈來愈大了，鐵平一走到高麗本通就伸手攔下計程車。

26

回到鹿兒島中央車站，走進隔壁「AMU PLAZA 鹿兒島」地下一樓的「朱欒拉麵」。正好是用餐時間，店內幾乎客滿，幸好吧檯席還有幾個空位。看看牆上貼的紙，點了鹿兒島名產朱欒拉麵、煎餃以及瓶裝啤酒。把先上桌的啤酒倒入杯中，一口氣喝乾，感覺才像活了回來。

話說回來，店內的氣氛還真宛如盛夏。吃著拉麵的每個客人，額頭上都掛著汗珠。

家裡每個月給耕平寄十萬元的生活費，在長崎的美嘉則是七萬。兩人的學費加上生活費，令加能家每個月的家計都很窘迫。無論再怎麼節省，如果夏代不去工作，家用就會不夠。耕平和美嘉當然都申請了學貸，但那每個月也只有三萬左右。之所以給耕平的錢比較多，當然是希望他能專心學業。

沒想到，實際狀況卻是他和堂姊發展成男女關係，甚至還讓她休了學到鹿兒島來同居。雖然不確定是誰愛得昏了頭，身為一個學生和一個男人，耕平的所作所為顯然太不負責任。

知道耕平和真由在一起時，夏代不曉得怎麼想？

去年十月到今天也三個多月了，她到底是怎麼跟兒子說的？

回想正月時兩人的對話，感覺不出特別不對勁的地方。只是，尚之說真由今年過年沒有回家，換句話說，耕平把她一個人留在鹿兒島，裝作什麼都沒發生似的自己回福岡。而這件事夏代當然也知情。

知道自己的兒子做出這種愧對對方父母的事，夏代究竟會怎麼想？

至少，事態都發展成現在這樣了，她有義務跟身為耕平父親的鐵平說明真相，討論善後對策。

——不管是阿姨龐大遺產的事，還是耕平做出的醜事，加上美嘉跟男友的問題，夏代似乎都太不把身為丈夫與父親的自己看在眼裡。

鐵平很難不這麼認為。

喝完半瓶啤酒時，拉麵和煎餃上桌了。

雖然一樣以豚骨為湯底，堆得高高的高麗菜和豆芽菜和博多拉麵還是不一樣。拿起湯匙舀一口湯喝喝看，口味比博多拉麵清淡。

吃著熱呼呼的麵條，鐵平心想，說不定——

說不定，夏代根本沒去長崎，而是來了鹿兒島。騙自己說在半水樓住幾天後會去找美嘉，其實只是藉口，事實上她計畫今天或明天就來鹿兒島，和真由一起慶祝耕平的成人式？

這推理雖然荒謬，但又覺得就算從現在的夏代口中聽到這種事，大概也不奇怪了。

就連那一億元的事也一樣。仔細想想，連夏代本人也拿了一億好像有點說不通。如果只是為了消除丈夫得知遺產一事後對妻子的不信任和誤解，只需要給鐵平錢就好，何必為自己也準備一億元呢？

說不定……鐵平再次暗忖。

——說不定是看到心愛的兒子遭遇緊急事態，夏代打算用錢的力量解決一切。

只要有一億元這麼多錢，耕平和真由就能在鹿兒島過上無憂無慮的日子了。

想像力發揮到這裡。

——再怎麼說夏代都不是這麼愚蠢的女人……

忽然清醒了過來。

昨晚，偶遇曾經再也不想跟他對飲的人，還被對方提出無法迴避的質問，懷著難以遏止的心情立刻趕赴鹿兒島——是這種激動的情緒導致自己做出毫無益處的想像吧。

得冷靜一點才行，鐵平心想。

否則，在面對耕平時，萬一感情過於衝動，可就說服不了他了。無論如何都得勸服兒子，讓自己帶真由回尚之身邊，這是鐵平這次賦予自己的任務。

吃過飯，再次回到站前廣場。

「AMU PLAZA鹿兒島」頂樓的摩天輪緩緩迴轉，像在俯瞰站前不斷有公車與計程車頻繁經過的巨大圓環。只要坐上摩天輪，就能將櫻島全景盡收眼底了吧。

戶外瀰漫不符季節的蒸騰熱氣。

時間剛過下午一點半。

總覺得現在回上荒田公寓還太早，但又一點也不想在這種暑氣中閒晃。

圓環對面是市區電車站，左右兩邊都有小如玩具車的電車開過來停。

——去搭那個好了。

從「鹿兒島中央站前」站搭市區電車只要兩站，就能抵達離耕平住的公寓最近的「中洲通」站。話雖如此，從那裡到上荒田十番還要走一段路。

如果想打發時間的話，只要搭市區路面電車到終點再坐回「中洲通」就好。這麼一來，可以在涼爽的車上消磨大約一小時的時間。這次雖然不是來觀光的，從電車裡眺望窗外城鎮的風景，或許能讓心情慢慢鎮定下來。

車站已有幾個人排隊。鐵平排進行列尾端，等了差不多三分鐘，開來一輛黃白雙色電車。車頭的液晶面板上打出「2經中央站往郡元」的字樣。「郡元」似乎讀作「KŌRIMOTO」。

電車停了下來，靠近車廂中央附近的車門打開。鐵平跟著前面的人上了車，車費好像一律是一百七十元，下車時付就可以了。

狹窄的車廂內人雖多但還不到擁擠的地步，幾乎每個位子都坐了人。不習慣搭路面電車的鐵平一邊注意腳下，一邊朝後方座位走去。

找了一個方便看車外風景的位置站定，用手抓住吊環，朝窗外抬起頭。與此同時，電車咔咚一聲，晃了一下後往前開動。剛剛才走過的甲南通入口映入眼簾。

整體來說，整個城鎮籠罩在一點也不像一月會有的明亮中。

就在電車開始行駛後不久。

感覺到右側有個視線。

換成左手拉吊環，鐵平的視線也朝右側望去。

只見一個坐在位子上的青年睜大雙眼，嘴巴微張。坐在他身邊的是一個似曾相識的年輕女孩。

鐵平緊盯著年輕人的臉。

唯一令他鬆一口氣的，是夏代不在旁邊。

27

三人圍著圓型的小餐桌坐。

鐵平和耕平坐在看似與餐桌成組，附有靠背的餐椅上，真由則拉一把圓凳坐在耕平身邊。兩人還為誰該坐那把圓凳相互推讓了一下。

彼此距離近得像在打麻將，坐在鐵平對面的耕平表情有多僵硬，全都看得一清二楚。反而是真由顯得鎮定許多。

和系統廚具連在一起的餐廳約莫四坪大，另外有一間以拉門隔開的兩坪大房間。一進屋耕平就帶鐵平過去看過了，裡面靠窗放著一張加大單人床，靠牆放著斗櫃和書櫃，還放了化妝台和衣架，幾乎沒有立足的空位。這間一房一廳的公寓月租五萬，鐵平不知道算不算便宜，只是建築本身還算新，壁紙和地板都完整無傷，從這點看來，鹿兒島的房租行情大概比博多低一點。

不過，這裡看起來一點也不像男學生的單身公寓。

室內明顯經過女性打理，打掃得很徹底。連真由泡了端上來的咖啡都裝在碎花圖案的漂亮杯子裡。擺設品味也像一對新婚夫妻的家。

大概因為這樣，總覺得耕平一臉「有家室」的表情。看到這樣的兒子，鐵平忽然一陣感傷。

耕平長得像媽媽，五官端正。讀小學起就很受異性歡迎，書又讀得好。將來要走牙醫這條路的人，加上俊俏的長相，要交多少女朋友都沒問題吧。既然如此，又何必在二十歲這麼年輕時就急著和交往對象同居呢？更何況對方還是有血緣關係的堂姊，他真的明白自己做的是多麼自毀前途的事嗎？

同樣的話，也想問問耕平身旁的真由。真由也才和美嘉一樣大，人生正要開始。

「其實昨天晚上，我在天神的居酒屋巧遇尚之，從他口中初次得知你們兩人的事。今天才會像這樣，什麼都顧不得了，趕緊到這裡來。」

從離家最近的車站下車後，鐵平只說了一句「一切等到耕平住的地方再說」。

兩人以嚴肅的表情望向鐵平。

「耕平，你到底打算怎麼樣？」

首先質問兒子。

「背著爸爸讓事情變成今天這樣，關於這個我和真由都很抱歉。」

然而，耕平卻一開口就繞著圈子說話。

——讓人不禁想反問，「變成」這樣是「怎樣」？「關於這個」是「哪個」。事情會變成這樣，還不是你「做」出來的好事，「一切」都不是天下掉下來，而是你「做出來」的，這才是你該感到抱歉的地方吧。

鐵平內心如此反駁。

然而，現在只能盡可能冷靜把話說下去。

「那麼，你們有什麼打算？該不會想就這樣和真由生活一輩子吧？」

「在我畢業前，我們打算一直一起住在這裡。」

耕平說得理直氣壯。

「你們怎麼生活？別的不說，真由的大學學業怎麼辦？」

鐵平必須非常努力，才能忍住不把「說蠢話也該有個限度」咆哮出口。

「真由已經正式向大學提出退學了，春天開始會進入這邊的專門學校就讀。」

「專門學校？」

真由之前讀的女子大學可是九州數一數二的名校。

「考慮到我的將來，她打算考取齒科技工執照。」

不管是「在這裡生活」、「進入學校就讀」或「考取執照」，耕平用的動詞完全沒有被動式。然而，對一切都得靠父母資助的他們而言，正確說法應該是「供我們在這裡生活」、「供我們進入學校就讀」和「供我們考取執照」才對吧。

以他們現在的立場，哪有資格說什麼「考慮到將來」，就自己決定辦理退學。

「但是，尚之夫妻也不會同意這種事吧？」

極力克制語氣，鐵平這麼問耕平。

令他驚訝的是，面對這個問題，耕平既不否認也不承認，只是默不吭聲。

「真由，妳大學休學，打算和耕平在這裡生活下去的事，還有就讀齒科技工專門學校的事，尚之和圭子都不知情吧？至少關於這些，尚之昨天一句話都沒有提到過。」

「我還沒向父母報告，畢竟耕平也是今天才第一次跟您說明。」

報告？第一次說明？鐵平的頭名符其實地暈眩起來。

「可是，你們都還是學生，沒有父母的支持要怎麼上大學或專門學校？學費和生活費打算從哪裡生出來？」

這麼一問，耕平就說：

「爸爸，請借我們錢。等我畢業開始工作一定馬上還。只要在求學這段期間借我們就可以了。當然，我們不會奢望什麼都用父母的錢解決，我和真由都會利用課餘時間打工兼差。所以，絕對不會給父母帶來比現在更大的負擔。」

大言不慚地說完，耕平低下頭。

「我也會拜託家父和家母。讀專門學校的話，連專科一起讀完也只要三年，我三年後就可以就職了。到時候，我會負責家計直到耕平開始工作，所以，只要在那之前借錢給我們就沒問題了。」

真由也以淡然自若的口吻說出與耕平類似的話。

——這兩個人到底在想什麼。

瞞著父母展開形同私奔的同居生活，最後不但要父母借錢給他們，還想繼續為所欲為——這是對培育自己至今的父母該有的語氣和態度嗎？鐵平一點都不這麼認為。

鐵平真是驚愕得說不出話。

「真由，妳知道這次的事讓令尊令堂多擔心嗎？」

雖然鐵平原本不想動之以情，為了帶她回福岡，或許也只能這麼做了。

「母親那邊我自認已經好好談過了，我和耕平也都跟她保證過好多次，一定不會有問題，請她別擔心。」

然而，真由只是一臉為難地這麼回答。

從這兩人的樣子看來，鐵平總算理解為何去年夏天想來帶女兒回家的圭子會對尚之說「暫時不要把事情鬧大比較好，看真由那個樣子，要是不小心刺激了她，可能會有反效果」。

這兩個孩子不是故意的，也不是為了忤逆父母或出於惡意才這麼做。他們只是太不知世事，而且太缺乏足以為父母著想的決定性想像力罷了。

「瞞著父母擅自同居就算了，還要長輩借你們這幾年的學費和生活費，你們以為天底下真的會有這種好事嗎？無論是我和夏代或者尚之和圭子夫妻，我們養兒育女從不是為了要求回報，但是換個角度想，沒有哪個為人父母者會蠢到對這種破壞親子長年信任關係的子女伸出援手，我們做爸媽的又不是讓你們隨時可以借錢的銀行。」

鐵平說的話，令兩人同時沉默。

「總而言之，明天成人式結束後，你們兩個要跟我一起回福岡。兩家人先面對面坐下來，好好談談今後的事。」

原本只打算帶真由一個人回去，現在從兩人的態度看來是沒辦法了。既然如此，除了雙方家長也一起坐下來協議接下來怎麼辦之外，也沒有其他解決之道。再怎麼說，尚之也不可能反對。

可是，耕平和真由都不答腔。過了好一會兒，真由才開口：

「我不會回福岡。我已經決定了，絕不和耕平分開。」

她這麼說。

「不是啊，所以我剛說了，你們兩個一起回去，當務之急，是大家一起坐下來好好談談。」

「只要一回福岡，我父母肯定會拆散我和耕平。鐵平叔叔你心裡一定也是這麼打算的吧？所以，耕平和我都不會離開鹿兒島。」

真由的語氣很強硬。

「那妳的意思是，你們連和父母溝通都拒絕嗎？」

「不是拒絕溝通，只是判斷直接碰面談的話，對我們來說風險太大了。」

風險是什麼意思？

鐵平拚命壓抑激動的情緒。

「但是，不見面就不能談了啊。」

這時，耕平身子稍微往前傾。

「沒這回事，用Skype不就可以交談了嗎？」

「Skype？」

「對啊，我們從這邊加入群組，爸和尚之伯伯從福岡那邊加入群組，這樣不但能看到彼此的臉，也可以避免情緒激動，雙方都在冷靜狀態下交換想法。」

耕平身邊的真由點頭贊同。

「再說，用Skype的話，連去長崎的媽都能一起參加。」

出乎鐵平預料地，耕平追加了這句話。

他怎麼知道夏代去長崎的事？

這麼重要的家族會議，竟然能滿不在乎地提出用Skype進行的想法，除了這點令鐵平感到錯愕之外，耕平知道夏代去長崎的事也讓他大吃一驚。夏代離家才不過一天而已。

「你媽果然早就知道你們的事了嗎？」

對著耕平這麼問。

「是我拜託她瞞著爸爸的。」

「你媽是什麼時候知道的？」

「暑假回去時就跟她說了。」

去年暑假，耕平只有盂蘭盆節那段時間回福岡，說是這邊還有打工，很快就回鹿兒島來了。

「那時真由人在哪？」

「已經到鹿兒島來了。」

「這麼說來，你媽十月到鹿兒島來時也見過真由了？」

耕平點點頭，簡單來說，夏代就是為了見真由才到鹿兒島來的吧。

「那，你媽怎麼說？」

「她說我們兩個都滿二十歲了，如果想住在一起，那就好好去把手續辦一辦。」

真由口中說出令鐵平瞠目結舌的話。

「她叫你們去辦結婚手續？」

兩人同時點頭。

夏代為什麼會說出這麼荒謬的話。

「意思是說，她贊成你們兩人一起在鹿兒島生活？」

兩人又是一起點頭。

「明知還沒獲得尚之和圭子的認同，她還是那麼說了？」

如果真是如此，夏代腦袋一定壞了。

「她說，如果我無論如何都想跟耕平在一起，只能和父母暫時斷絕幾年關係。等到幾年後有了小孩，父母一定願意再認我這個女兒。」

鐵平根本說不出話。

「媽媽還說，會盡可能支援我們。」

「也就是說，會跟以往一樣寄錢給你們嘍？」

懷著錯愕的心情提出確認。

「是的，不過，她也說我們不能只是念書，還要努力工作……」

「那是什麼意思。」

除了這麼問，不知道還能說什麼了。

「媽聽了真由說的話，就知道尚之伯伯絕對會反對我們交往，所以才會說如果我們真的想在一起，那就愈早辦結婚手續愈好。圭子伯母來看真由時也說了類似的話，她說，那個人一定不會同意你們兩人交往。」

鐵平注意到耕平說的某句話。

「真由說的話是指什麼？」

說著，朝真由投以詢問的一瞥。

「家父一直認為，是鐵平叔叔害爺爺變成那樣的。」

沒想到，真由口中說出了如此難以置信的事。

28

耳邊好像有什麼東西激烈敲打。

那到底是什麼聲音？閉著眼睛甩甩頭。那似乎不是聲音，是某種痛覺。頭痛轉換成聲音，在腦中震盪迴響。糟了，一定是昨晚喝太多。早上出現這種感覺的時候，多半是宿醉的日子。

鐵平下定決心睜開眼睛。

朦朧的意識像撐開雨傘般逐漸鮮明。

那聲音不只是來自頭痛。

枕邊的電話震天價響。

急忙支起身體，伸長手臂拿起話筒。

「加能先生您早，我這邊是櫃台……」

聽著電話那頭年輕男人的聲音，眼睛朝床頭櫃的電子鐘望去。十一點十五分。

這間飯店退房的時間是十一點。

為睡過頭的事道歉，請櫃台將退房時間延長到下午一點。對方表示延長費用是住宿費的三成，「好的，我知道了」，這麼回答後，鐵平掛上電話。

放下話筒，整個人才完全清醒過來。

試著輕輕轉頭，頭痛沒有想像中嚴重。泡個熱水澡放鬆身體，應該自然就不痛了。雖然得多付一點房錢，總比整天宿醉好太多。

今天沒有特別的預定計畫，也沒和耕平他們約定再次見面。

睡著時只穿著內衣褲，但並不太冷。在微暗的房間裡站起來，走向窗邊，一口氣拉開窗簾。

刺眼的陽光瞬間照亮整個房間。

今天的鹿兒島也是個大晴天。

這才想起，耕平說過成人式從正午開始。現在他應該已經換上西裝，在真由陪同下前往會場了吧。

昨夜獨自喝起酒後，開始認為夏代的判斷或許沒錯。

簡單來說，夏代採取的是避免正面衝突的手段。和美嘉的問題比起來，耕平的問題確實更有轉圜餘地。

和耕平及真由懇談了幾個小時後，鐵平也發現這兩個孩子其實還不錯。別的不說，真由對耕平一往情深，令人頗有好感。要說瘌痢頭的兒子是自己的好，鐵平也無法否認，只是站在為人父母的立場，既然是寶貝兒子託付一生的伴侶，當然希望她這輩子對耕平的愛不輸自己與夏代。從這個角度來看，真由可說是個及格的媳婦。身為母親的夏代之所以認同他們的關係，關鍵一定也在這裡。

令人擔心的是美嘉。

不過，畢竟是那樣的情況，總覺得身為父親的自己介入只會收到反效果。昨晚在天文館的居酒屋裡暢飲薩摩燒酌時，也一直煩惱接下來的事。當然，對於隱瞞自己重大祕密的夏代依然充滿難以拂拭的不信任，只是，耕平的問題姑且另當別論，夏代絕口不提美嘉的問題為的是什麼，鐵平也不是無法理解。

既然如此，先不管耕平他們的事怎麼解決，美嘉的事乾脆全部交給夏代處理，作父親的自己就佯裝不知到最後一刻吧──鐵平甚至動了這樣的念頭。

不行不行……嘴裡這麼嘀咕著走進浴室。

──不管怎麼想，昨晚還是得不出比這更好的答案。不好好清理一下腦袋，肯定想不出其他好方法。

一邊朝浴缸裡嘩啦嘩啦注入熱水，一邊這麼對自己說。

昨天一次從耕平他們那裡知道太多事，腦袋現在一片混亂。

傍晚離開上荒田公寓後，立刻搭計程車直奔以前出差來時，當地代理商帶他去過的天文館那邊的居酒屋。在店裡一邊獨酌，一邊把目前能想到的方法都想了一遍。

洗完澡，頭已經完全不痛。穿著浴袍看完報紙才換上外出服，走出飯店。時間正好是下午一點。

飯店對面就是鹿兒島車站，適逢成人式的今天，車站附近人來人往，很是熱鬧。

原本的打算是在飯店住一晚，參加完耕平的成人式後，再帶著真由一個人搭下午晚一點的新幹線回福岡。沒想到會變成現在這樣，得自己一個人在大中午的回去了。

幸好來之前什麼都沒對尚之說，心情還算輕鬆。要是誇下海口說一定會把真由帶回去，現在可就傷腦筋了。再者，真由昨晚那番話如果真實無誤，尚之實在令人愈來愈無法信任。老實說，鐵平內心也有幾分猶豫，把真由帶回那種父親身邊真的好嗎？

昨晚喝多了的緣故，現在毫無食欲。

午餐就進車站大樓裡喝點咖啡吃個麵包算了。

鐵平開始走向車站。

買了兩點五十四分發車的「櫻花五六二號」車票，走進車站內咖啡店，點了咖啡和三明治果腹。吃完東西再去土產賣場逛逛打發時間，反正夏代也不在家，沒看到特別想買的東西。

那天之後，夏代音訊全無。

約好抵達長崎再聯絡，現在她大概還在半水樓享受溫泉吧。話雖如此，一想到美嘉的狀況，夏代大概也不可能盡情享受這奢侈的假期。

那一億元到底是為了什麼？

知道耕平和美嘉的事之後，鐵平已不認為那筆錢只是用來思考遺產今後的用途，說到底，連夏代有沒有動用她帳戶裡的錢也未可知。說不定，她早就把自己的一億元匯回北前律師手邊了呢？

那筆錢會不會只是用來掩飾孩子們麻煩事的障眼法？

事到如今，鐵平也不排除這個可能了。

事實上，要不是前天在「大久保」巧遇尚之，鐵平現在應該還對一切毫不知情。如果沒聽耕平他們說，自己連夏代去長崎的真正原因都不知道。

「櫻花五六二號」是通往新大阪的電車，到達博多車站前，會先行經川內、出水、新水俣、新八代、熊本、久留米和新鳥栖，再於下午四點三十六分抵達博多。這趟的停靠站比來時搭的「瑞穗」多，但也只要花個一百二十分鐘，就能從鹿兒島中央車站回到博多車站了。

鐵平的位子在五號車廂中間。雖然是普通車廂，但也和綠色車廂一樣，走道兩旁設置的是兩列座位。因為時間不早不晚的關係，乘客不多，隔壁的位子沒人坐。

昨夜的酒意也已全消。

大片明亮的陽光從窗外照進車內，為了躲避光線，鐵平從靠窗的位子移到靠走道的位子。

昨晚好好睡了一覺的緣故，現在一點也不睏。打算思考些別的事，昨天耕平和真由說的話卻怎麼也離不開腦袋。即使想靠窗外飛逝的風景轉移注意力，思緒還是會在不知不覺中跑回來。

聽了真由的話，鐵平才終於明白尚之翻臉的原因。

四年前，叔叔孝之在過年期間腦梗塞發作病倒後，尚之對鐵平的態度就有明顯不同，只是鐵平怎麼也想不到，他竟然是將父親發病的原因歸咎自己。不過，若尚之真的這麼想，也難怪會在隔年眼看鐵平就要榮升董事兼銷售總部長時，忽然將他貶到實驗機械調度總部了。

真由是在出發前往鹿兒島前，從她母親口中聽到這件事的。事實上，她要到鹿兒島的事，早就跟圭子商量過。

「媽媽從頭到尾都贊成我們交往。我很希望也獲得爸爸的認可，但媽媽一直說『暫時先瞞著他比較好』，我總覺得想不通，為什麼媽媽會那樣講。因為爸爸和鐵平叔叔感情不是一直像親兄弟一樣好嗎，就算知道我和耕平交往，爸爸也不至於反對吧。所以，我在做出要從大學退學，前往鹿兒島生活的決定時，就打算好好去跟爸爸說清楚。沒想到媽媽一聽我這麼說，立刻變了臉色，直說『妳這麼做會出大事的，妳爸爸死也不會答應讓妳和耕平住在一起』。我實在無法理解媽媽為何這麼說，就問了她『爸爸會這麼反對是有什麼原因嗎？』她才第一次把這件事告訴我。」

在說出那件事前，真由先做了這麼一段說明。

據她所說，叔叔病倒的約莫一個月前，也就是五年前的十二月，叔叔把尚之叫到總公司的會長室，告訴他自己打算隔年六月退居顧問，將會長的位置讓給尚之。對當時才剛當上社長一年半的尚之而言，這樣的人事安排無疑青天霹靂。更令他驚愕的，是隨後叔叔說出打算讓鐵平接任社長的事。

「他好像對爸爸說『今後你們堂兄弟倆要同心協力發展公司』，聽得爸爸一頭霧水。他好像認為這麼做只是要把他趕下社長的位置，所以大力反對。」

也難怪他會這麼想。聽了真由的話，連鐵平也這麼想。畢竟，才當了一屆社長就升上會長，除了想架空他的權力之外別無其他可能。尚之會對解任社長的事感到不滿也是天經地義。

「按照媽媽的說明，爸爸認定這樁不合理的人事分配，一定是因為叔叔您對爺爺進了什麼讒言。他開始在公司內搜集起各種情報，結果好像找到鐵平叔叔您寫的類似建言書的文件，更加認為整件事都是叔叔您在背後操縱的。」

過完年後的一月某天晚上，遲遲沒有做出回覆的尚之和住在同一棟大宅裡的父親槓上，表明堅決反對自己就任會長及讓鐵平接任社長的人事案。那天晚上，兩人激烈爭論到深夜，在意見依然沒有交集的情況下各自回房。沒想到，就在幾小時後，躺在床上睡覺的叔叔突然腦梗塞。

「爺爺住進醫院，媽媽和奶奶一直陪在病床旁，當時爺爺好幾次拜託媽媽說『尚之好像錯怪鐵平了。想讓他當社長是我個人的判斷，連一個字都還沒跟鐵平本人提過。只是尚之一聽到自己不能當社長，腦袋就壞掉了。考慮到加能產業的未來，讓尚之擔任會長、鐵平擔任社長是最好的體制。所以圭子，妳也去勸勸尚之，要他冷靜點』。」

鐵平對真由口中的「建言書」一點印象都沒有。沉吟了半晌，才想到可能是擔任事業部長時提交給叔叔的「銷售總部五年改善計劃」。這份計劃書是叔叔私下拜託鐵平寫的，交給他後兩人也針對內容討論過幾次。只是，計劃書的內容多半與銷售策略有關，說「建言書」實在太誇大了。

「我怎麼可能做出利用你爺爺逼退你爸爸的事呢？」

鐵平說。

「媽媽也說鐵平叔叔不是那麼卑劣的人。可是，爸爸直到現在還是這麼認定，還說爺爺現在變成那種狀況，追究起來都是叔叔您害的。」

這番話聽得鐵平啞口無言。

尚之若是當真這麼認為，只能說他整個人都不正常了。但是，更令人驚愕的是叔叔孝之的拙劣手法。就算尚之是自己的兒子，把才上任一屆，社長位子還坐不到兩年的他拱上會長的虛位，再讓一個連董事都不是的家族成員擔任新社長，就算不是尚之，任誰來看都會提出反對。用這種方式更動堂兄弟倆的職位，還要兩人像雙輪車的兩個輪子一樣攜手推動公司運作，叔叔真的認為這麼做行得通嗎？

尚之當上社長後，公司事業急速停滯雖是事實，即使想要打破沉痾現狀，也不需要拔掉尚之，只要派鐵平擔任常董或專董輔助就行了吧。

難道叔叔對尚之的經營已經不滿到這個地步了嗎？

退居顧問也可能只是表面形式，目的是扶植鐵平當上傀儡社長，實際上仍由孝之叔叔自己掌舵經營加能產業？

這麼說起來可能還比較有說服力。

然而，事到如今已經無法得知叔叔真正的打算了。

在叔叔如今那樣的狀態下，想解開尚之在這件人事案上對鐵平的誤會，只能說是不可能的任務。

真由說完這一切後，一直沉默在旁的耕平驀地開口說了一席話，到現在還在鐵平腦中縈繞不去。

耕平是這麼說的。

「圭子伯母來的時候說『尚之一定是無法承受父親和自己爭辯幾小時後腦梗塞發作的事實，只好認定耕平你爸爸才是『殺死父親的真兇』。」

29

到了這個地步，鐵平也察覺已無法再繼續待在那間公司了。

之前告訴自己，考慮到退休後的人生，就算心死也只能繼續賴在公司裡，其實內心深處還是有一絲期待，希望哪天尚之再次對自己敞開心房，尋求自己的協助。

但是，聽了真由那番話，鐵平知道這輩子是不可能再有機會跟尚之那個男人一起工作了。

一個被各種無聊幻想支配的人，怎麼有可能繼續當好帶領五百員工的化學公司社長，公司的經營很快就會走上末路，加能產業陷入窘境的一天即將到來。不過，即使到了存亡危急之秋，尚之也絕對不會尋求鐵平協助。

想到這裡，鐵平發現自己對那一億元又有了不同的看法。

夏代一定早在去年十月造訪鹿兒島時，就先自己一步從真由口中得知那些事。這麼說來，她也知道鐵平往後大概很難繼續待在加能產業了。正因如此，她或許是想趁鐵平得知加津代亨德森龐大遺產的機會，將一億元鉅款送給他。

那種公司，什麼時候想辭都行——夏代說不定會這麼說……

——就算是這樣，未免也太蠢了。

沉浸在思緒中的鐵平，帶著從夢中醒來的感覺自言自語。

新幹線靜靜行駛在晴朗天空下的景色中，已經通過新水俣了，除了車內偶爾響起的廣播外，幾乎沒有其他聲音。三三兩兩的乘客們也和鐵平一樣，在沉默與思考中度過這慵懶的午後。

不只尚之，夏代、耕平和美嘉也一樣，每個人都只顧及自己的心情，用自以為是的理解與心血來潮的行動把鐵平耍得團團轉。

兒子耕平不知道什麼時候和年長一歲的真由交往，現在甚至過起儼然夫妻的同居生活。女兒美嘉的對象也比她年長，說是高中的學長，而她到現在仍和這個叫本城卓郎的醫學院學生交往。按照耕平他們的說法，美嘉現在懷了這個男友的孩子，還堅持一定要生下來。孕期已經進入第三個月。比起耕平，美嘉的狀況更令鐵平震驚。

夏代正月就知道這件事了，這次是為了和美嘉好好談談，才會前往長崎。

另一件大出鐵平意外的事實，是美嘉在得知自己懷孕後，第一個商量的對象竟然是真由。原來同齡的兩人雖然上的是不同學校，高中時就常找彼此傾訴戀愛對象的事，是一對閨中密友。

鐵平只隱約知道上同一所高中的耕平和真由感情不錯，完全沒察覺美嘉和真由的交情更親密。

——不知情的只有父親，就是這麼回事吧。

內心發出老套的喟嘆。

談到後來，不只耕平，連真由都露出「與其擔心我們，為人父親的還是先擔心姊姊的事比較好吧」的眼神望著鐵平。

想起他倆的眼神，鐵平有點不爽。

與此同時，也忍不住覺得夏代和耕平、美嘉，甚至包括尚之和真由，他們全都用那雙清澈無比的眼睛看透了自己這個人的底。

鐵平心想。

——沒錯……

——在我內心最深處，無論是對耕平和真由同居的事，還是對美嘉懷孕的事，其實都不太驚訝，也不擔心。我一點也不想被他們這些任性自私的人影響，也沒有把他們的事當作自己的事的意願。

老實說，夏代也好，公司或尚之也好，鐵平都已經不再那麼執著。更有甚者，對失業時向自己伸出援手的公司以及特別重用自己的叔叔孝之，鐵平都未抱持太深厚的情感。從孝之第二次發病倒下後，鐵平只去醫院探過一次病，看到他昏迷不醒的臉時也沒什麼感覺，就可證明這一點。因此，從真由口中聽到叔叔想提拔自己代替尚之成為社長的事，倒是令鐵平頗感意外。

——所有人都想怎樣就怎樣好了，不管誰做了什麼都不關我的事。

鐵平再一次肯定地這麼想。

看到「家人」兩字時，最先浮現腦海的詞彙不是「親情」也不是「期望」，不是「人生」也不是「目標」。對鐵平而言，「家人」的同義詞就是「義務」。妻子也好，孩子也罷，既然自己選擇了對方，生下了對方，就有義務保護並支援他們到最後一刻。這是身為一個人的責任。但是，當他們不再需要自己的保護與支援時，彼此的關係就會自然消滅。在鐵平內心最深處，一直認為家人原本只不過是這樣的存在。

這麼一想，就不得不認為夏代繼承的那四十八億日元遺產實在意義重大。

有了那筆錢，別說夏代，連耕平和美嘉都完全不再需要鐵平的援助。換句話說，鐵平已從保護及支援他們的「義務」中獲得解放。

也就是說，自己已經從至今一路拚死守護的「家庭」安全下莊，獲得解脫。

一旦撕去這張長年來的封印，現在的自己隨時都能平行轉移為「另一個不同的自己」。

在這個人世間，只要有錢，除了壽命與健康之外的東西全都買得到。不，若是有了龐大的四十八億，搞不好連壽命和健康都買得到。

還住在東京時，鐵平和一個心理醫生交情不錯。

「必須待在人群之中接受適度的壓力，重拾發病前的精神承受力才行。」

談到憂鬱症如何痊癒的事時，他曾這麼說。

不過，當他說完這句話後又說：

「可是啊，加能兄，其實憂鬱症想痊癒，還有另外一個特效藥喔。只要有那個，幾乎所有憂鬱症患者瞬間就能痊癒了。你覺得那個特效藥是什麼？」

他咧起嘴，笑著這麼問。

鐵平看著對方的臉，想了一會兒。

「該不會是錢吧？」

這麼一說，那位醫生笑得更開了，一邊用力點頭。

「正確答案。只要能對患者承諾『想要多少錢都給你，這輩子你再也不用為錢煩惱』，無論多嚴重的憂鬱症病人都會馬上變好。我認為啊，沒有比金錢更厲害的治病良藥了。」

他這麼說。

鐵平想起夏代。

「我一直認為，正因捨棄了阿姨的遺產，所以才能像這樣和你在一起，才能有幸擁有美嘉和耕平這麼好的孩子，度過幸福的人生。我總覺得，自己終於成為從小希望成為的那種人了。」

她曾這麼說。不只如此。

「只要擁有那筆錢，我將永遠不會用認真的態度面對自己的人生，活著也不會有樂趣，而且肯定再也無法相信任何人。再說，光是想要怎麼花這筆錢，這輩子就結束了。就算能和自己喜歡的人結婚，一旦說出這筆錢的事，關係無疑將出現破綻，生下的孩子也不可能像正常人一樣養育，既然如此，還不如當作一開始就沒有那筆錢」

她還這麼說。

現在鐵平也不得不認同，她說的確實有一兩分道理。

問題是話說回來，要是有了四十八億財產，又何必硬要自己對人生認真呢？光是想著怎麼花這筆錢過一輩子，有什麼不好嗎？

不必勉強自己結婚，享受單身生活的樂趣不也是一條路嗎？依靠金錢的力量，就算不相信任何人，自己一個人也足以好好活過一輩子吧。

——倘若打從一開始就能不用相信任何人的話，豈不是沒有比這更好的人生了嗎？無論相信誰，都一定會遭到背叛。只要打從一開始就不相信任何人，那就不用怕遭背叛了。

鐵平打從心底這麼認為。

30

列車剛駛離新八代車站，背後便傳來車內販售的聲音。

鐵平想喝咖啡，向後轉頭輕輕舉手，推著推車的小女生很快就看見他了。重新面朝前方坐好，拿出口袋裡的零錢等待時，推車的聲音半途停了下來。

「不好意思，請給我一罐啤酒。」

是一個女人的聲音。

心想，啤酒啊……

——對了，我也放棄咖啡，改喝啤酒好了。

「要不要來點下酒零嘴？」

「不需要。還有，那個塑膠杯可以賣我嗎？」

「這是非賣品，如果只要一個的話可以免費送您。」

「哎呀，那真不好意思，這樣的話，我再買一罐啤酒好了。」

「謝謝您。」

「不客氣。」

這一來一往的對話聽著有些痛快，尤其是那位女性乘客的遣詞用字，帶有某種獨特的圓滑韻味。

朝走道探出身子，往聲音的方向望去。

隔著四排座位的後方，坐在走道另一側座位的那位女性乘客正在付錢。靠窗的位子沒有坐人，她打算一個人喝掉兩罐啤酒嗎？

鐵平看著那位將黑髮梳得光潔整齊的女性側臉，內心忽地一動。

——不會吧。

暗自嘟噥。

長得和自己從前認識的女性太像了。

說是從前，算算已經是將近四十年前的事了。

眼角、鼻型、臉的輪廓等等，都能看出當年還是中學生的她的影子。話雖如此，如果就是她本人，今年也該五十一歲了。眼前這個女人，怎麼看也不像有這把年紀。

不過，女人的年紀很難說。夏代也完全看不出已經五十歲，中洲那間河豚餐廳的老闆娘也是，搞不好說三十幾歲都有人相信。

不好直盯著人家看，只看了幾秒就收回視線。

推車來到身邊時，鐵平喊住了女服務生。

和剛才那位女性一樣點了啤酒，沒有買下酒零嘴。

時間是三點四十五分，再過不到一小時就要抵達博多了。

啜飲冰涼的啤酒，感覺內心那股說不出的騷動漸漸擴散。

——不會吧……

再次暗自嘟噥。

——該不會真的是藤木波江吧。

已經幾十年沒清楚回想起這個名字了。

儘管是個難忘的名字，但也是個努力不去想起的名字。

藤木波江不可能大老遠跑到九州來，更別說竟然和自己搭上了同一輛新幹線的同一節車廂，世界上哪有這麼巧的事。

最後一次見到波江就是那天了。此後三十七年，連一次都沒見過面。

啤酒轉眼喝乾。一想起波江，昔日回憶跟著接二連三復甦。鐵平早將中學時代的事全部打包封印，那些回憶本該已褪色剝落才是，為何卻還如此鮮明地回到腦海中。不由得為人類記憶力之強韌咋舌。

總而言之，還是確定看看是不是認錯人了吧？

要不然，解開的封印恐將就此一發不可收拾。

下定決心，鐵平從座位上站起來。

無可諱言，會這麼做也有幾分出於對畏懼事物的好奇心。

——從正面看一眼，確定認錯人就沒事了。萬一真的是藤木，只要裝作沒認出來的樣子，走過去就好。再萬一她主動開口說什麼，那就堅持對方認錯人，不要理會便是。

這麼說服自己，鐵平向後轉身。裝作要拿空罐去車廂連結處丟的樣子，慢慢朝那個女人座位的方向前進。走到眼前時，原本望向車窗外的女人忽然朝鐵平投以一瞥。此時正好鐵平也在看她的側臉，瞬間，兩人四目交接。

清楚看見她睜大了雙眼，鐵平也不再繼續往前走，只能停下來盯著她看。

毋庸置疑，這個女人就是藤木波江。

「加能學長……」

波江口中發出低喊，同時從座位上起身。

「嗨。」

鐵平做出回應，嘴角微微上揚。

「好久不見了。」

他這麼說。

仔細想想，與波江重逢時，怎麼可能裝沒事謊稱「認錯人」呢？

31

藤木遊星過世於十三年前。享年四十歲。就在鐵平的父親俊之過世兩年後。

據說走得很突然。

「哥哥身體原本就差。」

波江說。

「太太和孩子呢？」

「他一直單身。」

那個遊星竟然死了……鐵平頓時一片茫然。

「連死因都不太清楚。」

波江先開了口。

「哥哥一直和媽媽一起住在名古屋，他走的前一年媽媽先死了，是肝臟癌。患病三年左右，期間都是哥哥一個人照顧她的。當時我已經結了婚，不住名古屋。」

多香子阿姨也走了啊。鐵平心想。

她年輕喪夫，一個女人獨力將遊星和波江一手帶大，非常愛喝酒，愛喝到最後乾脆自己在三鷹開了一間小酒館，是個活潑熱情的人。

「哥哥從小就黏媽媽，或許在親手送走媽媽後，他的生命也燃燒殆盡了吧。不過，到最後還是不知道他怎麼死的。打電話給他沒人接，過了三天左右，我請認識的人過去看看，才發現躺在床上已經過世了。剛開始也懷疑過是遭殺害或自殺，但是屋子裡沒有別人闖入的痕跡，也沒找到遺書。最後判斷是在睡夢中忽然停止心跳。實在太突然了，到現在我都還不覺得他已經死了。」

波江移到靠窗的位子，鐵平則坐上她原本靠走道的座位。還沒打開的兩罐啤酒和塑膠杯一起放到連接窗框的桌板上。

「遊星是做什麼工作的？」

「媽媽和高橋先生不到一年就分手，後來她自己又在名古屋開了一間店。哥哥一直在那裡幫忙。不過，媽媽死後他馬上就把店收起來了。」

波江口中的高橋先生是三鷹那間小酒館的常客，他在回名古屋老家繼承家業前向多香子阿姨求了婚。沒記錯的話，高橋先生比阿姨小十歲，鐵平也在小酒館二樓見過他幾次，是一個感覺很溫柔的人。

「為什麼分手啊？高橋先生感覺起來是個好人啊。」

鐵平問。

「高橋先生人很好，我和哥哥也都很喜歡他，只是搬去名古屋以後才知道，他老家經營的是名古屋數一數二的不動產公司，非常有錢。他又是家裡的獨生子，看他忽然娶了一個比自己年長的老婆，還帶著已經上中學的一對拖油瓶回來，家裡人鬧得雞飛狗跳，堅決不認同這樁婚姻。所以，媽媽就主動提出離婚，高橋先生當然不想離，只是再怎麼樣也戰勝不了有錢的父母。不過，媽媽開店那塊地和房子是高橋家給的，離婚後高橋先生還是經常來店裡，媽媽過世的時候，他還哭著扛棺。當然，他早就再婚，後來和媽媽之間也什麼都沒有就是了。」

多香子阿姨長得並非特別漂亮，但是很有魅力。三鷹那間店也總是生意興隆。

遊星和那樣的母親一點也不像。

他像的大概是早逝的父親吧。曾聽遊星說過，他父親專攻地球物理，原本打算朝學者的路邁進，或許因為也有個學者父親的緣故，從小學起，鐵平就和遊星莫名合得來。

就這點來說，小一歲的波江個性則和多香子阿姨比較像。看到現在上了年紀的她，那種感覺更是強烈。

「加能學長現在從事什麼行業？」

彼此都五十多了，她還稱自己「加能學長」，不免有些令人難為情。不過，中學時代波江確實是田徑隊的學妹，一直都叫自己「加能學長」。鐵平跑短跑，波江則應該是三級跳選手。她同時還兼任社團經理，算是插花性質的選手，鐵平則是主力選手之一，三年級時還當過隊長。

包括今天自己搭乘這班列車的原因在內，鐵平簡單地說明了現況。

「喔，原來是去參加令郎的成人式啊。話說回來，能考得上牙醫學院真是非常優秀呢？」

波江佩服地說。

她自己則是因為在名古屋讀短大時的好友另一半猝逝，到鹿兒島參加葬禮。昨天告別式結束，她在好友家住了一晚，今天剛離開，接下來要去大阪另一個好友家，這次也是住一晚，預定明天回自家。原來是因為住大阪的朋友無論如何都不克參加鹿兒島的葬禮，託波江轉交了奠儀。

波江目前住在石川縣的金澤市。

聽到金澤這地名，鐵平有些意外。原因和波江倒是無關，只是想起前天在「大久保」時，聽尚之說大廚「彥左」的老家也在金澤的事。

「我和丈夫是在名古屋認識的，但在我三十歲那年回到他的老家金澤。因為公婆相繼生病，先生身為長男只好回老家，在地方上的公司找了個新工作。結果，陸續送走兩位長輩後，在我四十二歲那年，先生也走了，走時還很年輕，才四十七歲。媽媽、哥哥走了之後，這次輪到先生，那時我也真的是不知道該怎麼辦才好。」

「孩子呢？」

「我們沒有孩子。」

「這樣啊。」

「鹿兒島那個好友也沒有孩子，所以我很能感同身受。昨晚在她過世先生的遺骨前，我們還聊到不如等彼此上了年紀後，乾脆住在一起算了，鹿兒島好像很適合老年生活。」

說著，波江笑了。

「金澤太冷了嗎？」

「雪已經下得比以前少，住起來也是很好的地方，只是北陸的冬天還是冷得刺骨……」

「這樣啊。」

一邊喃喃回應，鐵平一邊想起這兩天鹿兒島出奇溫暖的氣候。

「沒想過回名古屋嗎？」

「沒想過。」

「為什麼？」

「媽媽和哥哥都死了，回名古屋也沒有熟人，再說，也沒有一個讓我回去的家了。」

「可是，不是還有多香子阿姨那間店留下的土地和建築嗎？」

「哥哥一走就立刻賣掉了。送走金澤的公婆後，我先生辭掉工作自己創業，那筆錢也成了他創業基金的一部分。結果，經營才剛上軌道，先生就檢查出癌症，沒多久人也走了。」

「那藤木妳現在怎麼生活？」

鐵平也按照中學時的習慣，直接用姓氏稱呼她「藤木」。稱呼遊星時直接叫名字「遊星」，除了因為鐵平和哥哥遊星比較親近外，也因為和「藤木」除了學校社團之外幾乎很少相處。

如果光看臉，遊星長得比較像母親，「藤木」則像父親。遊星家佛壇上放有他們父親的遺照，照片裡年輕的藤木爸爸是個相當俊俏的美男子，女兒波江和他長得一模一樣。

「我在叫片町的鬧區開間小店。」

聽她這麼一說，鐵平也覺得很合理，因為她全身都散發出一股從事服務業的味道，令人想起她母親多香子昔日的氣質。

「餐飲業？」

「是間小餐館。」

「那和阿姨一樣呢？」

「是啊，連店名也一樣。」

「木蓮？」

「對，搬到名古屋後開的店也叫木蓮。到最後，母親留給我的只有木蓮這個名字。」

早年開在三鷹車站前的小酒館就叫「木蓮」。多香子阿姨曾說，木蓮是她已逝丈夫最喜歡的花，所以用來當店名。店開在一棟老舊的四樓建築一樓店面，遊星他們一家三口就住在同一棟建築的二樓。

兩人剛分享完彼此這些年的狀況，列車已來到博多。

「今天真沒想到會在這種地方遇到藤木妳，博多和金澤雖然不是能常見面的距離，要是想找人吐吐苦水時，隨時打電話給我，別客氣。」

說著，鐵平遞給波江一張名片。名片上印有自己的手機號碼。

「真的，做夢也想不到能再像這樣和加能學長見到面。哪天你因公來金澤出差的話，請務必到店裡坐坐喔。」

波江也從皮包裡拿出名片交給鐵平。

上面印有店的住址、電話號碼和「木蓮 高森波江」字樣。「高森」應該是她亡夫的姓氏吧。

列車滑入月台邊，車內幾乎半數乘客起身。話雖如此，也差不多只有十人左右。鐵平走回原本的座位，從行李架上拿下行李箱，再次走回波江的座位邊。

「那就先這樣。」

舉起手打招呼。

「路上小心。」

波江說。

「藤木妳也是。」

就在這時，波江忽然站起來，將放在窗框邊桌板上的兩罐啤酒都拿起來。

「這給你。」

雙手捧著啤酒遞上來。

「我不喝了。」

鐵平單手收下啤酒，點頭說聲「謝謝」。

「請一定要來喔，我會一直在金澤等你。」

波江急急地說。

沒有回答這句話，鐵平往前走。

結果，關於那天的事，連一個字也沒提起。

睽違三十七年的重逢，就這樣落幕。

32

下午一點開始的這場會議，已經開了兩小時，還在鬼打牆的狀態。

別的不說，各部門的負責人說明都太冗長了。

會前早已發給所有參加者相關文件資料，照理說內容本該已記在眾人腦中，他們卻直接又把資料內容照本宣科唸了一次。

然而，不但擔任會議主持的廠長沒有催促，其他人也一副理所當然的樣子，接受了這儀式化的會議進行方式。

這樣下去，別說整理論點了，在正式進入議題前，每個人都會精神疲乏，失去專注力。

開會次數愈多生產力愈低，這說起來不就是「公司這種地方常見的毛病」嗎？難道聚集在這裡開會的這群人，連這個道理都不懂？

以常務董事兼製造總部長為首，包括董事兼銷售部長、財務總部長，以及同位階的久山工廠長、化學品製造事業部長等，這間公司主要的經營幹部齊聚一堂。連開這種總部長級以上的會議都是如此狀況，也難怪加能產業的前途一片茫然。

追根究柢，開會的目的本是為了討論睽違十幾年首次增設的生產設備建設案，這種重要案件的會議竟然沒看到社長出席，鐵平怎麼想都覺得太誇張。

更何況，新的生產設備，是用來製造如今已逐漸與醫藥品原液並列公司兩大支柱的氯乙烯單體。設置場地固然還是在久山工廠內，按照提出的計畫，打算將遠離目前生產設備的二號倉庫拆掉，改成「第二製造產線」，慢慢取代日趨老舊的「第一製造產線」，專門用來生產氯乙烯單體──這是製造總部提出的基本計畫，不可否認，因為設備的巨大，財務部計算出的所需投資費用也非常龐大。

在討論如此重大的第一線層級事務時，擁有最終決定權的社長不來參加，到底要怎麼做出經營決策上的判斷？

鐵平依然搞不懂尚之到底在想什麼。

之前擬定計畫的過程鐵平完全沒有參與，今天被找來開會也只因為自己勉強還掛個「總部長」的頭銜，今天會議的相關知識，只有前幾天拿到的資料和從帶來當會議紀錄的青島哪裡聽來的消息，即使如此，至今仍頻繁進出久山工廠的青島也說：

「久山那邊第一線和製造部門的大頭們都太躁進了。」

對照會議上那些人的言行舉止，就知道青島說的一點也沒錯。

銷售總部對氯乙烯單體做出的市況預測，看在鐵平眼中太樂觀了一點。現在的銷售總部長竹之內，只會對製造總部長川俣善治郎常董拍馬屁，順著川俣對新生產設備「太過躁進」的建設計畫，要求化學品事業部長須藤提出相應的數字罷了。

無論是久山工廠的廠長杉山，還是一起出席會議的副廠長兼氯乙烯單體製造部長松方，眼看氯乙烯單體銷量年年增加，原本和總公司工廠比起來毫不受重視的久山終於可以擁有最新生產設備，他們的心情會這麼亢奮也不是無法理解。只是，看在鐵平眼中，這樣的亢奮造成他們對會議上唯一抱持謹慎態度的財務總部長菅原超乎必要的敵意。

從這樣的會議氛圍中，鐵平看見的是一幅毫無建設性的角力構圖。一方面是眼看社長無心經營社務，川俣常董派的人馬正試圖利用這個大好機會取代社長，爭奪公司經營權。另一方面，與其對立的菅原董事派人馬，則為了阻止公司的財務體質繼續脆弱下去而提出反對。

進入加能產業後，除了叔叔孝之社長外，鐵平向來認為最值得信賴的就是這位菅原伸一財務總部長。孝之決定錄用鐵平時，第一個和鐵平面談的正是時任總務部長的菅原，當時他細心的態度與重點明確的說話方式已令鐵平感到佩服。進公司後，對空降的鐵平多方照料的人也是他，話雖如此，他並非因為鐵平出身加能家而另眼相看。叔叔在公司裡最信賴的員工也是菅原，只可惜到了尚之掌權的時代，菅原也和鐵平一樣受打壓。否則照理說，比川俣年長的菅原早該升任專董，至少也該和川俣一樣擔任常董才是。

「老實說，今天上午三點左右含氯酸反應過程A系統的緊急放出閥出了點意外，六點時，甚至演變為必須全面停止氯乙烯單體生產線的狀況。最近工廠的現況就是這類意外頻傳，久山工廠的氯乙烯單體生產線因為設備老舊，第一線已不堪負荷，陸續有工作人員提出增加設備的要求。為了因應這個問題，川俣常董率領的製造總部和我們戮力製作了這次的新生產設備建設計畫，今日在此衷心懇請，希望能得到在座各位的鼎力協助，加速計畫實現，所以才舉行了這第一次的討論會。」

這是會議開始前杉山廠長致詞的內容，從中即可看出他們有多積極想推動這件事。話雖如此，「全面停止氯乙烯單體生產線」可不是小事，就連鐵平也不得不開口發言：

「全面停止確實有點令人擔心。」

聽了他的話，氯乙烯單體製造部長松方代替杉山廠長說：

「還不知道原因出在哪裡，但緊急放出閥在含氧酸A系統仍產生反應的狀態下打開，安全互鎖開關因而啟動，停止了A系統產線的運作。這麼一來，整個產線就少了六成的產量，最終導致包括B系統在內的所有產線都必須緊急停止。眼前正在釐清放出閥故障的原因，為了盡早重啟產線，所有員工正在努力復原設備。」

松方部長如此回答。

「畢竟機器都老舊了，真的是勉強撐著用的狀態。幾乎每天都有大大小小各種意外狀況發生呢？也因為這樣，我們才和銷售總部商量，判斷當務之急是立刻建設全新的生產設備。要是再像今天早上那樣發生全面停止產線的情況，為了達成業績門檻，不只機器，連作業員們也全部都要強迫加班，但是老實說，大家都已經面臨極限了。」

常董川俣的口吻就像今早發生的緊急狀況是個大好機會似的。

就這樣，會議進行了三十分鐘左右時，一個穿工作服的年輕員工進入會議室，走向松方，在他耳邊悄聲報告了什麼。接著，松方對身旁的杉山轉述，擔任會議主持的杉山便對銷售總部的人說了聲「會議暫停」，然後轉向坐在鐵平身邊的青島。

「青島，能不能請你去現場看看？」

他這麼說。

這時離席的青島，在十五分鐘後回到會議室。

「設備的情形怎麼樣？」

鐵平小聲問。

「鹽酸塔頂部的溫度有點過熱，我滿擔心的，但製造課長說沒問題，就按照說明手冊繼續調整作業了。」

青島帶點不安地回答。

又過了十五分鐘，剛才那個年輕員工再度來找青島。

這次沒跟松方等人打招呼，直接走到青島身邊。

「青島哥，能不能請你再去看一次計量器的數字？」

他這麼說。

這時，正好久山工廠的環境保全部長正開始報告跟政府機關及消防隊開安全對策會議時的內容。

「總部長，我可以暫時離開一下嗎？」

青島不得不向鐵平提出離席要求。

「沒關係，反正他講的這上面都有。」

鐵平右手拿著原子筆，戳了戳手邊的會議資料。

「會議記錄我之後再偷偷跟這邊的同事拿。」

青島一臉抱歉地說完後起身，和來接他的年輕作業員一起再度走出會議室。

那之後，已經又過了一個多小時，青島還沒回來。

三點開始，由財務部的辻村財務企劃課長發言，至此，會議室內原本鬆散的氣氛才一口氣緊繃起來。

辻村課長說明的是手邊會議資料裡沒有的全新內容，其中包括財務企劃部自行調查的氯乙烯單體市場動向、美國新政權上台後預測將急速升高的美元走勢及對金融市場造成的影響等多項論點。

簡單來說，站在財務部立場做出的結論是，初期就必須投入這麼多預算的新生產設備建設計畫，以目前的加能產業財務狀況而言，將會背負過高風險。

聽了辻村的報告，川俣、杉山、松方、竹之內和須藤都露出一副難看的表情。

就在辻村才剛回到自己的座位，川俣立刻站起來喊了聲「議長」，打算接著發言時。

窗外傳來某種重物落地的聲響，接著，位於事務大樓一樓邊角的這間會議室地板微微搖晃。

所有人都嚇得站起來。在這個當下，大家還不明白發生了什麼事。

鐵平感到背脊竄過一陣涼意。

其中幾個人朝會議室面向南邊的窗戶奔去，正往外探看的瞬間，一陣驚人的爆裂聲轟然響起，撼動了整間會議室。

人人口中皆發出驚呼。

「發生事故了！」

室內有人大喊。

鐵平朝出聲大喊的人望去。

只見杉山廠長朝這邊看過來，一臉鐵青。

33

今天從白天就很冷。

大概是過年後第一次感受到寒冷吧。出門上班時首次拿出手套戴上，明明沒風，走路時卻沒有把外套敞開，這大概也是入冬來的第一次。

傍晚，鐵平先繞去了青島雄太住的醫院，在醫院附近定食店吃完晚餐才回家。這整個禮拜天天都這麼做，像是例行公事。青島住的是福岡市公所旁邊的濟倫會中央醫院，算是吃東西買東西都滿方便的地方，從熱鬧的天神走過去也不到十分鐘。

那起爆炸火災事故發生至今已經第九天了，青島依然不省人事。

今天美穗夫人也在病房，鐵平和她聊了一會兒，按照醫生的說法，現在總算已脫離生命危險。只是能不能恢復意識，「現階段還很難說」。

久山工廠氯乙烯單體產線於十一月十二日下午三點三十七分發生大規模爆炸火災。

在爆炸七分鐘前，液態鹽酸的暫時承接槽中發出怪聲，同時噴發白煙，當場目睹的運作組組長立刻用建築內有線廣播指示全體人員避難。當時人在計量室內監看畫面的青島打了電話給在事務大樓的氯乙烯單體製造課長，他大概是想報告完狀況後再離開計量室去避難吧。

這短短兩、三分鐘的時間落差，正是導致青島與其他員工命運大大分歧的重要原因。

事故發生三小時後，在距離氯乙烯單體產線十幾公尺外的物流區找到昏迷狀態的青島。從地點推測，恐怕他是在正要離開產線區時，碰上鹽酸塔回流槽的二度大爆炸，就這麼被激烈的衝擊波轟到物流區了。

光是這條命還在已是奇蹟。

以結果來說，在爆炸意外中受傷的只有青島一人，久山工廠的其他員工都倖免於難。至於財物損失，以發生大爆炸的鹽酸塔回流槽為中心，整個氯乙烯單體產線都蒙受巨大損害，在爆炸與火災產生的衝擊波及炸飛的物體直擊下，也有一部分周邊生產設備損壞。

化學產線發生災害，不只對營運企業而言是一樁慘事，有害化學物質的外洩也是可能致使周邊居民受災的重大公安危險。因此，發生這種意外的化學廠商當然必須負起社會責任，也會面臨地方政府和相關行政機關及媒體的嚴厲追究。

發生這起重大意外，加能產業的氯乙烯單體事業可說受到毀滅性的打擊，比這更嚴重的，是做為地方企業的社會信用一舉喪失。新生產設備的建設計畫也將瞬間泡湯。

今晚一樣不到八點就回到家了。誰也不在的家裡和外面一樣冷。

從地下鐵車站走路回家這段時間，身體徹底凍到骨子裡。打從青島受傷之後，鐵平就不喝酒了，雖然只是這種程度的許願，除此之外也不知道自己還能做什麼。別的不說，部下受了這麼嚴重的傷，不省人事地躺在醫院裡，鐵平也沒心情自己一個人跑去喝酒。

——那時……

鐵平心中充滿懊悔。

開會開到一半，青島第二次離席時，曾經詢問鐵平「總部長，我可以暫時離開一下嗎？」倘若當時用原子筆戳著會議資料的自己沒有一口答應他離席，或是至少多吩咐一句「盡量早點弄完，早點回來」，一定就能避免今日的後果。

青島雖然是個讓人搞不懂腦子裡想什麼的男人，關於工作倒是一板一眼，絕不因循苟且。

事發後，鐵平聽說當時產線全面停止，人員先是在鹽酸塔和鹽酸塔回流槽之間做了絕緣處置，然後開始移動液態鹽酸暫時承接槽中的液體。得知這點後，青島似乎認為兩座儲存槽中的液體成分非常危險，還提醒了在場操作的人員不要忘記檢查鹽酸塔回流槽的溫度和壓力，最後甚至自己留在計量室監看數值變化。

「青島哥好像很擔心鹽酸塔回流槽裡混入ＶＣＭ（氯乙烯單體），因為要是真的混進去了，可能會和槽內的鐵鏽起化學作用，引發異常反應。這點他也跟製造課長提過，可是，最後青島哥的建議還是沒有被採用，內容液就直接流入暫時承接槽了。我認為這是引發兩個儲存槽同時大爆炸的原因。」

三天前，一個在醫院遇到的久山工廠作業員這麼對鐵平說。

根本就不隸屬久山工廠的青島，到底為什麼非留在計量室內不可？

製造課長、組長和產線上的操作人員都在幹甚麼？

身為青島的直屬上司，鐵平對久山工廠人員的不負責任感到強烈憤怒，青島的妻子美穗也和他抱持同樣心情。

「為什麼明明不是久山那邊的人，卻只有外子遇到這種事？結果昨天晚上社長在記者會上說的那又究竟是什麼意思？照他那種說法，簡直就像外子還在久山工廠工作一樣！」

事發隔天，第二次見面時，她立刻這麼逼問鐵平。

確實如她所說，事發當天深夜召開的記者會上，社長尚之對媒體說明青島是隸屬久山工廠的工作人員。鐵平拿到的記者會資料上，也寫著青島的職稱是「負責久山工廠氯乙烯單體產線的總公司工程師」。面對在場記者的詢問，尚之也是這麼說的。

——「總公司工程師」。這到底是哪來的職稱。

鐵平當然馬上想到，會編出這種卸責用語的大概是總務部長金崎等人吧。

引起這麼嚴重的事故，要是發現唯一的傷者竟然不是隸屬工廠的員工，媒體一定會嚴厲追究背後責任。只是，編出這種話來掩飾，萬一真相事後又被發現，才真的會發展成連社長位置都保不住的事態。無論是金崎或尚之本人，他們難道會不明白這一點嗎？

點亮屋內電燈，也把客廳和寢室的空調都打開。

接著走進浴室，按下熱水器按鈕。

大衣外套已經掛在玄關的衣架上了，脫下上衣，坐在電視機前的沙發上。才剛坐下，嘴裡就重重地嘆了一口氣。

很想喝一杯熱焙茶，卻連燒熱水都嫌麻煩。

無可奈何再次起身，走向冰箱拿出之前買起來放的蔬果汁，再回到沙發坐下。拉開拉環，一口氣喝光冰涼的蔬果汁。

味道不差，只是總覺得這麼一喝，身體更冷了。抓起放在椅墊上的遙控器，原想打開電視，想了想還是放棄，現在沒那個心情。

空罐放在沙發前的小桌上，雙手扶著腰，用力伸直背脊，口中吐出的氣，也不知道是打嗝還是嘆息。

剛才，在青島昏迷不省的病房裡，美穗夫人拜託了鐵平一件非同小可的事。

關於這次的事件，她似乎已經找熟識的律師談過了。

「那位律師是我大學時代的朋友，據他所說，外子這次的意外事故，很明顯是出於公司的重大過失。青島的憂鬱症是在久山工廠工作時發的病，經過八個月的休養，去年九月才剛重回職場。自從跟著加能先生您工作後，憂鬱的症狀逐漸減輕了，但也仍算是復健時期，在這種時候竟然派他到發病原因的久山工廠，叫他跟以前一樣維修那些危險的設備，光是這些事公司都得負起責任了，更別說結果害他被捲入那麼重大的災難。這件事已超出職業傷害的範圍，加能產業顯然違反了勞基法。不過，萬一青島就這樣不再醒來，真相就將隨著不會開口說話的死人被掩蓋了吧。因此，律師建議我趁公司還沒開始捏造事實前，將青島這幾個月來的實際工作狀況調查清楚。當然，我這邊可以查看青島的私人物品，此外就得拜託加能先生您了，可不可以請您助我一臂之力，無論是青島的出勤表也好，他交出的工作日誌也好，影本也沒關係，能否提供這些東西給我呢？我絕對不會說出是誰給我的。青島也總是說，加能先生您是他在公司裡少數能信任的大人物。我擔心他就這樣醒不來的話，冤屈將無法伸張。加能先生，請您協助我們夫妻吧，拜託您了。」

美穗夫人先以堅定的眼神凝視鐵平，然後這麼說著深深低下頭。

浴室傳來提醒熱水燒好的聲音，家裡一沒人，對講機的聲音和衛浴設備的聲音聽起來就特別響亮。

幾天前不經意想起學生時代一個人住，尤其是冬天時因為捱不住寂寞，常在出門時故意不關燈的事。

拿起掛在餐廳椅背上的上衣，走向寢室，脫下長褲，再一起用衣架掛起來。平時襯衫都是夏代洗的，現在全部送去洗衣店。已經不用煩惱送洗費用了，說到那一億元，目前頂多也只發揮了這樣的功用。

從鹿兒島回來後隨即發生那起意外事故，根本沒時間和心力思考一億元的事。

——就算有幾十億、幾百億，也無法讓青島醒來。

這麼一想，不由得再次深切體會，唯有生與死無法靠金錢的力量左右。

走到洗臉台旁，把內衣褲丟進洗衣機，打開浴室門。

瞬間，氤氳蒸氣籠罩全身。

跨進熱水不夠燙的浴缸。如果不把脖子以下都泡進熱水，身體就泡不暖，這點雖然有點不方便，想想比起青島，自己的生活已經可貴太多。

他現在不知道做著什麼樣的夢呢？

不是不能理解美穗夫人的憤慨，只是，自己卻提不起為她奮力一搏的衝動。剛才面對她的請求，鐵平也只是口頭含混帶過，就先離開了病房。

儘管美穗夫人那麼說，對青島本人而言，受到久山工廠那麼多同事的信賴，肯定使他工作起來幹勁十足。這是因為，事實上他根本不想調離久山工廠。

五天前的星期天，鐵平利用白天時間前往探病，陪在青島床邊的不是美穗夫人，而是青島的母親。鐵平在意想不到的狀況下，從她口中得知了青島當初不得不暫時停職的真正原因。

據她所說，青島雄太根本沒有罹患憂鬱症。

「兩年前孫子出生後，媳婦美穗陷入嚴重的育兒焦慮，那陣子雄太過得很辛苦。不巧的是，同一時期我先生也因為心肌梗塞正在住院，沒法去幫忙帶孫子，美穗的父母又在宮崎開店做生意，也無法趕過來。所以，照顧小孩的重擔全都落在雄太一個人肩上。即使如此，他還是非常努力喔。沒想到，慢慢恢復正常的美穗竟然不等產假結束就說要回職場工作。她在證券公司負責法人業務，比起照顧嬰兒，似乎更想去外面工作。可是，我家孫子生來心臟就有問題，一時之間找不到馬上能接手照顧的托嬰中心，醫生也說孩子滿一歲前只能由父母親手照顧了。於是，就在美穗重回職場時，雄太拜託認識的醫生幫他開了憂鬱症的診斷書，用這個向公司申請暫時停職。我和先生完全不知道這件事，一直到前陣子雄太帶孫子來家裡玩時，才把事實告訴我們。雄太說『因為有這樣的前因後果，表面上需要復健的我沒辦法馬上回到原本的部門，只能先待在工作負擔較輕的部門』，聽得我們大吃一驚。我先生非常生氣，破口大罵『既然身體健康可以工作，為什麼孩子不讓美穗照顧，要讓你這個丈夫說謊請假，這到底算什麼！』結果雄太回答『我也很受不了美穗的任性，但考慮到孩子需要照顧，只有這個辦法了。畢竟，把孩子交給當時的美穗更令我擔心』，雄太拚命解釋，老實說，我對這個媳婦從一開始就不滿意，真不知道雄太為什麼要和這種人在一起，每次回想起來，我和先生都很不甘心。」

儘管無法確定青島夫妻的婚姻狀況是否真如青島母親所言，至少，青島雄太為了代替妻子照顧小孩，假裝自己得了憂鬱症，藉此向公司提出暫時停職的申請，這件事恐怕錯不了。

這麼說來，如果他沒有停職，依然在久山工廠工作的話，這次的事故很可能不會發生。

去醫院探病經常遇到久山的人，聽他們說青島比誰都熟悉氯乙烯單體設備的運作，也充分具備這方面的專業知識。事實上，這段時間久山工廠各種大大小小問題都會來找青島幫忙解決，發生事故那天，也才不得不在事態嚴重時，緊急來向精通設備的青島求助。

這麼想來，如果青島沒有停職，繼續負責維修氯乙烯單體設備，或許就能防患於未然，引發意外的緊急放出閥也不會失常了。就算儲存槽內出現異常反應，他應該也能察覺此事，立刻做出適當的處置。事實上，當天他確實對氯乙烯單體製造課長提出了準確的建議。如果他還像停職前一樣是隸屬久山工廠的員工，身為他上司的製造課長態度肯定大不相同，接受建議的可能性很高。

如此一想，只能說逼得丈夫不得不偽造診斷證明書申請停職的美穗夫人對事故的發生也該負起一定程度的責任。至少，像今天這樣仍把青島的憂鬱症視為「事實」，打算據此追究公司管理責任的態度，說起來未免太過自私。

——每個人都一樣，想怎麼做就怎麼做吧。不管你們誰想怎樣，都跟我無關。

在從鹿兒島回來的新幹線中，內心也曾湧現這個念頭。

丈夫公司旗下工廠發生嚴重意外，唯一重傷的人還是丈夫直屬的部下，在這種狀況下，為人妻子的夏代還不回家。沒錯，事情一上新聞她就打電話來了。但沒等她說完一句「要不要我回去？」鐵平就打斷了她：

「美嘉的事，我聽耕平說了。」於是夏代回答：

「見到你的隔天，耕平已經打電話告訴我了。」

接著她又說：

「耕平和美嘉的事都一直瞞著你，對不起。」

聽著她的道歉，鐵平暫且把差點脫口而出的「既然如此，為什麼不早點跟我聯絡，至少打通電話也好」吞了回去。

「妳還在雲仙嗎？」

「昨天到美嘉這邊了。」

「那，美嘉情況怎麼樣？」

一邊想著結果妳還是在半水樓待了四天嘛，一邊問了重點。

「美嘉說不管怎樣都要生。」

夏代壓低聲音，大概美嘉就睡在一旁吧。夏代是在工廠發生事故那天深夜打來的，鐵平人當時還在青島送醫的濟倫會中央醫院。

「對方那個男的怎麼說？」

「這個我還不清楚，不過，從美嘉的樣子看來，對方對這件事不是很贊成。」

這是當然的吧。鐵平心想。既然是大美嘉一歲的學長，那個男的今年頂多也才二十二歲，更別說還是學生，聽到女友忽然懷孕，只會使他不知所措。

「總之，妳好好和美嘉談一談，要她想想將來的事。美嘉的事就交給妳了。」

並未提出自己的想法，鐵平只是這麼說。

青島還在生死關頭徘徊，老實說，以鐵平現在的狀態，沒有多餘的腦力思考美嘉的事。

「真冷淡。」

然而，夏代如此回應。

鐵平確實沒有把部下捲入意外事故身受重傷，自己正陪在醫院的事告訴夏代，但是就算如此，夏代這句話也說得太不客氣了。

鐵平一句話也沒回，只是沉默著。光是壓抑滿到喉頭的忿懣就用盡了力氣。

「抱歉，我不該這麼說的，你那邊正辛苦的時候。」

夏代總算道歉。

「不、沒關係，只是覺得那種事我這做父親的不好說太多，才會說交給妳了。總之，等這邊事情穩定一點，我也想去跟美嘉好好談一談。在那之前，她就拜託妳了。」

好不容易才沒有撕破臉，鐵平掛上了電話。

然而，那之後又過了一星期，依然沒接到夏代任何聯絡。

在浴缸裡泡了半天，凍進骨子裡的感覺才開始稍稍融化。一如往常拔掉浴缸塞放掉一點水，再轉開熱水龍頭補充熱水。家裡這種舊式浴室沒有加熱功能。

——還是把那一億元拿來改裝浴室吧……

看著水龍頭吐出的熱水，鐵平恍惚地想。

34

隔天，正在煮充當午餐的泡麵時，手機響了。

雖然是個陌生號碼，保險起見還是接起來。打來的是尚之的妻子，圭子。

「鐵平，是我圭子，好久沒聯絡了，真不好意思。」

話筒中傳來熟悉的聲音。

「是這樣的，昨天晚上，我公公過世了。」

她接著這麼說。

一聽出圭子聲音的瞬間，鐵平就猜到是這件事了。明明也可能是耕平和真由的事，卻完全沒冒出這個念頭。

「這樣啊……」

「今天早上剛從醫院回來，現在和婆婆一起在主屋那邊。今晚是預守靈，明天才是正式守靈，會在葬儀場舉行，接著後天星期一舉行葬禮。不巧碰上公司現在這個時期，加上公公之前交代過，所以只會舉行親戚參加的祕密喪禮。之後再找機會開追思會。你覺得這樣好嗎？」

「當然，我沒有意見。」

「謝謝。」

「我正要吃中飯，等等吃完馬上過去。」

「那我們在家等你。」

圭子的語氣從頭到尾都很鎮定。

「社長人還好嗎？」

「受了很大打擊，不過他也說，公公沒清醒過來看到公司現在這樣就走了，也算一件好事。」

「這樣啊……孝之叔叔昨晚大概幾點離開的？」

「十點多。差不多三天前心臟就開始虛弱了，醫生也說這次可能很危險。只是我們沒想到他會走得這麼快……」

「這樣啊……」

既然如此，為什麼不三天前就聯絡自己呢？內心雖然有這想法，鐵平還是什麼也沒說。

「請轉告社長節哀，那麼，等一下見。」

說完，自己掛上了電話。

把手機收進口袋，回廚房重新打開瓦斯爐火，鍋內的熱水立刻咕嘟咕嘟沸騰。

撕開「出前一丁」泡麵的袋子，把乾燥的麵體放入鍋中。說到袋裝速食麵，鐵平從年輕時就只吃這款「出前一丁」和「札幌一番．鹽」。

並未對叔父的死感到太吃驚。

有別於尚之慶幸叔父在不知道爆炸事故的狀況下死去，鐵平內心則有不同感慨。

——這麼一來，加能產業也差不多要走上末路了……

爆炸意外發生至今將近十天，公司裡呈現一片令人不忍卒睹的混亂。記者會上狼狽不堪的尚之，在那之後，別說盡速做出任何適當的善後決策了，連按照公司法規「環境保安管理規定」設置事故調查委員會都做不到。總務部長金崎的說詞是需要時間遴選適當的委員，仔細問了才知道，原來川俣堅持自己要擔任委員長，與反對「川俣委員長」的菅原等人大起爭執。身為社長的尚之夾在兩派人馬之間卻是一味驚慌失措，毫無作為。

在失去主力商品之一的氯乙烯單體、做為化學製造商信用掃地，久山工廠又面臨存亡危機的現在，一個半吊子社長將無法重振公司。現在根本不是爭誰當調查委員長的時候，連這種程度的社內鬥爭都無法收拾的社長，更教人無法期待他今後的經營手腕。

麵煮散後，倒入湯頭和隨袋附上的麻油。打顆蛋，撒上滿滿味素和胡椒，最後再滴一點麻油，就完成鐵平最愛的「出前一丁」了。

裝進碗公，撒上大量之前買來儲存的現成蔥末，把碗端到餐桌上。先喝一口蔬果汁，再夾起熱騰騰的拉麵。

吃了差不多一半時。

——叔父過世的事，要不要通知夏代？

腦中忽然浮現這念頭。

今明兩天就算了，後天的葬禮總該夫妻倆一起參加才符合禮數。

但是，夏代那之後一次也沒跟自己聯絡，美嘉的事到底處理得怎麼樣了，鐵平實在難以想像。在這個時間點上把夏代叫回來真的適當嗎？

再加上耕平鬧出的事，也讓鐵平猶豫是否該和夏代一起面對尚之與圭子。孝之叔叔對自己有大恩，要是在他的葬禮上為了這件事讓尚之夫婦尷尬也太過意不去。

——說不定不要通知夏代比較好。

一旦通知了她，夏代一定會說她也要參加葬禮。倒不如什麼都不說，讓她專心處理美嘉的事吧。她之所以一直沒聯絡自己，肯定是因為還不知道事態會發展成怎樣。若是美嘉和那個叫卓郎的男友之間已經做出某種共識，夏代應該會立刻跟自己報告才對。

——總而言之，今天先自己去尚之家看看狀況，從他和圭子的反應來決定要不要通知夏代好了。

拉麵吃完時，鐵平做了這個決定。

吃過午餐，迅速淋浴，換上喪服後走出公寓。原本打算搭地下鐵，一走到馬路上就伸手攔了計程車。自從手上有那一億元後，去哪都搭計程車了。

後來，那筆錢始終擺在耕平房間的衣櫃裡。雖然計畫拿去銀行存，卻一直騰不出時間。再說，總覺得只要青島還沒恢復清醒，就不是做這種事的時候。

意外發生後，只要人在公司就是不停開會聯絡。不管怎麼說，自己總是頂著總部長這個頭銜，各種會議都會被叫去參加，聽著公司那些人說明像貓眼一樣每天變來變去的決定事項。這段時間，原本待的銷售總部那群人開始接二連三地來找鐵平。

每個人一來就是滿口抱怨，不是罵銷售總部長竹之內與化學品事業部長須藤狼狽為奸，就是嫌棄包括這兩人在內的高層表現宛如無頭蒼蠅。起初鐵平覺得奇怪，三年前的六月自己被趕出銷售總部後，這群部下就跟自己不相往來了，為何事到如今才一窩蜂地找上門？不過，在聽了一陣子他們的抱怨後，也就漸漸察覺原因何在。

看來，即使遭公司放逐，在這群人眼中，自己至少還姓加能，算是創辦人家族的一份子。

「會長現在那個狀態，社長又是這副模樣，川俣常董和菅原董事還是一樣兩不相讓，繼續這樣下去，公司只會原地踏步。在這個關頭上，還是請社長辭職以示負責，換個人坐上經營者的位置比較好。」

甚至有人這樣拐彎抹角地暗示鐵平出來爭權。

加能產業的股票有超過七成握在會長孝之與社長尚之手中。想在排除加能家的狀況下選出下一任經營者，實際而言是不可能的事。這麼一來，只能在加能家一族中尋找適當的繼任人選了。順著這個想法，眾人心中也只想得到鐵平這個備胎。

——領薪階級的人腦子就是動得快。

滿不在意表露前倨後恭的態度，一見情勢轉變立刻來找原本早已不放在眼中的老長官獻媚。看著這些從前部下的嘴臉，鐵平反而有股莫名的佩服。

然而，回到現實層面想想，要叫尚之那個人自己辭去社長職務，還願意指名鐵平當接班人，根本是百分之百不可能的事。

鐵平自己也壓根沒打算在這種時候加入加能產業的經營層。

35

抵達位於箱崎二丁目的叔父家時，時間已是下午一點多。

在那棟豪奢平房的茶屋風格大門前下了計程車。

祖父昇平於昭和四十幾年日本景氣最好的時代蓋了這棟加能家大宅，是一棟名符其實的豪宅。不下五百坪的建地上，除了祖父蓋的獨棟日式平房外，叔父又挪用廣大庭園的部分土地新蓋了一棟三層樓的豪邸，與原本的平房隔著庭園兩兩相對。加能家稱平房為主屋，三層樓豪邸為別館。祖父過世後，叔父夫妻搬到主屋，尚之一家則住在別館。

辦祖父的喪事時，鐵平曾和父親一起來博多，當時鐵平與父親是在只剩祖母一人獨居的主屋裡過夜。

穿過大門，道路朝左右兩邊分歧。踏上右邊那條，沿著彎彎曲曲的石子路走一會兒，就能看見主屋玄關那扇古意盎然的拉門了。

多久沒走進這棟令人懷念的主屋了呢？

默默拉開門，拉門發出咔啦咔啦的響亮聲響。

偌大的玄關口整齊擺滿了紳士皮鞋與女鞋，算算也有十來雙。

雖說是祕密喪禮，公司大股東和親戚們應該都有收到聯絡，今天擺在這裡的鞋子數量看來只會愈來愈多。

空間裡瀰漫一股只有人過世時才會產生的特殊靜謐氛圍。

至此，鐵平才強烈感受到叔父已經死了。

——父母早已離世，這下自己連最後一個血親長輩都走了。

鐵平終於察覺這個事實。

把兩個兒子取名為「俊之」和「孝之」，並給了繼承者孝之的長子「尚之」這個名字的祖父，只把自己名字裡的一個字分給比尚之晚兩個月出生的俊之長子，也就是鐵平。

「你知道這代表什麼嗎？」

只有兩人獨處時，叔父曾如此問過鐵平好幾次。每次鐵平都不解地搖頭。

「總有一天你會懂的。」

叔父每次都會這麼說。

——難道祖父生前留了什麼遺言給叔父嗎？

在鹿兒島，從真由口中聽到意想不到的事之後，鐵平有時會這麼想。不過，真相當然已無從得知。

脫下鞋子，走上高起的玄關，從放在上面的拖鞋架上抽了一雙拖鞋穿上，沿著筆直走廊往前走。

走到底，往右轉。

眼前是一片照顧得很用心的美麗庭園。雖然因為時值冬日，草皮是枯的，但這麼一大片的枯草倒也顯現另一番風情。庭園深處的池子旁種了一小座蒼鬱的林子，隔著林子看得到另一頭的別館豪邸。在孝之這一代手上蓋的豪邸，到了尚之手上更是大刀闊斧改建，和祖父住的質樸平房呈現完全不同的意趣。

鐵平自己住的三十多年舊公寓和這裡相比，簡直是另一個次元的東西。

每次造訪這座宅邸，鐵平就會再次對自願放棄繼承，堅持家產全部交給弟弟的父親另眼相看。父親個性偏執自我，從兒子的角度來看既不有趣也沒任何優點，唯獨這份頑固，大概可說是他一生唯一堅持的信念。

生在這棟大豪宅的父親，人生大半輩子卻在三鷹那間租來的小房子度過，但他對此似乎一點也不介意。記憶中，父親從未對放棄繼承這件事表達後悔或不滿。在病榻旁與臨終之際的祖父達成和解後，父親也沒有收回那張放棄繼承的「契約書」，由此可見他的堅定。

沿著庭園往前走，快走到底時看見一棟屋子，屋外排滿了拖鞋。沒記錯的話，這裡是放佛壇的房間，叔父的遺體想必就安放在這裡。

就在這時，屋子的紙拉門開了，走出一個身穿喪服的高個子青年。青年手臂上別著紫色的臂章，看來應該是葬儀社的工作人員。

擦身而過時，對方微微點頭致意，鐵平也用視線回禮。

站在關上的紙門前，先說了句「我是鐵平」才把門拉開。

一踏進去，線香的氣味瞬間湧上鼻端。

叔父躺在那裡，腿朝這邊伸，身上蓋著棉被。兩旁都是穿黑衣的人，大家排成了扇形坐在那裡。雖然只是放佛壇的房間，這間屋子也有個七、八坪大。

枕邊安置了小祭壇，祭壇左邊是叔父的妻子京子嬸嬸，右邊則坐了尚之和圭子夫妻。京子嬸嬸旁邊坐的是尚之的妹妹元美和她先生宣晴。

令鐵平意外的是坐在尚之夫妻身邊的那兩人。

鐵平朝兩人投以一瞥後，就先從元美夫妻前方通過，來到坐在白木祭壇旁的京子嬸嬸身邊。以正坐姿勢向嬸嬸對面的尚之他們默默行禮，拈完香，從外套口袋拿出念珠，雙手合十。

接著移動到叔叔枕邊，雙手掀開覆蓋臉上的白布。

還以為他會消瘦到認不出來的程度，沒想到，叔叔的臉和最後一次去探望他時沒太大不同。看到他彷彿睡著一般安詳的表情，內心的遺憾總算減輕了一些。

將白布蓋回去，維持正坐姿勢轉頭。

「抱歉一直沒來探望叔叔和您。」

這麼對京子嬸嬸說。

「阿平啊，謝謝你來。你叔叔一定也很高興。」

嬸嬸說著，用手帕按了按眼角。

接著，鐵平再次轉身，隔著躺在棉被下的叔父，面向尚之夫妻。

差點認不出來的不是叔父，而是尚之。

爆炸意外發生那天晚上，鐵平看了電視轉播的記者會，從那之後就沒再見到尚之了。和記者會時比起來，他整個人顯得異常憔悴，給人一夜之間變老的印象。

「阿尚，你辛苦了。圭子也是。」

鐵平這麼說。

尚之和圭子同時無言點頭。

「還有，身為父親，這次的事情我真的感到非常抱歉。」

視線投向坐在他們身旁的兩人，鐵平深深低下頭。

再抬起頭，望向那關鍵的兩人。

「你們什麼時候回這邊的？」

這麼問耕平。

「昨天傍晚。」

「這麼說來，有見到孝之叔叔最後一面了？」

「算是勉強趕上。」

「這樣啊。」

耕平身旁的真由一副尷尬的樣子垂下視線。

看著他們兩人，鐵平也想不出還能再說什麼。

得知叔叔病危時，耕平為何不聯絡自己？搞到最後只有自己一個人沒能見叔叔最後一面，他到底在想什麼？再說，原本說打死也不從鹿兒島回來的兩個人，為什麼又這麼迫不及待地跑回來？

想說的話堆積如山，但話還未出口，一股「對他倆已沒什麼好說了」的無奈總是更早冒出來。

除此之外，允許擺出一副女婿嘴臉的耕平坐在自己身邊的尚之和圭子到底在想什麼，鐵平更是難以理解。

——難道這一切都是因為那起爆炸事故加上父親的死，讓尚之落得如此脆弱不堪了嗎？

除非這麼想，否則根本解釋不通。

鐵平就這樣坐在元美夫婦身旁的位置，和元美及宣晴閒話家常。上次見到宣晴，是在他和元美的婚禮上，那都已經是二十多年前的事了。宣晴給人的感覺還是一樣隨和。元美比尚之小五歲，今年四十七歲，沒記錯的話，宣晴還比元美小兩歲。聽說他現在任職知名保險公司，去年春天剛從仙台分公司被調回東京總公司。

一直陸續有弔唁的人上門，幾乎都是親戚，只不過其中有一半以上是鐵平不認識的人。

過了三十分鐘左右，京子嬸嬸站起來，把每次有人進出才拉開的紙門整個打開。

在坐墊上跪坐了一小時，腳都麻了。

就在下午兩點過後，嬸嬸說菩提寺的住持五點多才會來誦枕經。

拈過香的客人，會由葬儀社的女性工作人員請出佛壇間，帶到後面比較寬敞的起居室。那裡準備了酒食，大家就一邊吃吃喝喝一邊等誦經。

「阿平，你吃過中飯了嗎？」

京子嬸嬸探身過來關心。

「過來之前在家扒了一碗泡麵。」

「怎麼這樣。」

「其實夏代現在去長崎看美嘉了，家裡只有我一個。」

「這樣的話，要不要去後面吃點東西？這邊親戚大概都來過了。」

「可以嗎？」

「當然。」

腳已經麻得快失去知覺了，嬸嬸的建議真如及時雨。

不經意朝耕平和真由的方向望去，兩人正和看似圭子親戚的人聊得熱衷。看來，他們兩人即使長時間正坐也不以為苦。

耕平和真由甚至沒過來和自己打聲招呼。

「那我就先過去了。」

鐵平強忍著腿上的麻癢站起來，雖然不至於腳步踉蹌，從腳尖到腳踝幾乎已失去知覺。

朝叔叔的遺體行以一禮，正朝出口走去時，和意料之外的人遇了個正著。

是財務總部長菅原，他正要走進佛壇間。

四目一交接，菅原立刻靠過來。

「加能兄，請節哀順變。」

他輕聲這麼說。

「謝謝您特地過來。」

「加能兄已經要回去了嗎？」

「沒有，我打算先到前面那間休息室吃點東西墊肚子。」

「這樣的話，等我拈過香就過去找您。」

「好的，那我在那邊等。」

簡短交談後，兩人暫時分開。

話說回來，看到菅原才發現，這是今天第一次看到公司的人。

36

鋪著地毯的起居室裡，原本的茶几沙發和電視已撤走，改成在可對庭園一覽無遺的大窗子旁放置一排桌椅。靠廚房那側的牆邊也放著一張長桌，上面放了擺滿壽司或小點心的盤子，還有天婦羅、關東煮和裝湯的保溫壺，以及啤酒和日本酒。

前來弔唁的客人三五成群，找張桌子一邊吃喝一邊交談。鐵平選了角落一張無人的桌子，拉開面朝門口那張椅子坐下。

過了不到五分鐘，菅原來了。一看到鐵平就舉起手，從長桌上拿了一瓶烏龍茶和一個玻璃杯，走向鐵平這一桌。

他在鐵平對面的椅子上坐下。

「先敬一杯吧。」

說完，菅原舉起裝了烏龍茶的杯子。鐵平則拿起自己喝到一半的杯子，低聲回應：「敬一杯。」

「您在戒酒嗎？」

看菅原暢快地喝了一口烏龍茶，鐵平這麼問。記得之前曾聽說，他的酒量是公司裡數一數二的好。

「加能兄也是吧？」

菅原看著鐵平的烏龍茶說。

「是啊。」

「青島怎麼樣了？我聽說燒燙傷的傷勢已復原不少？」

「昨晚正好和青島太太說起這事。不過，醫生說還不確定有沒有可能清醒。」

「這樣啊……」

菅原露出沉重的表情。

接著，兩人就這樣默默無語，望著窗外那一大片枯草的庭園風景。

「會長經常說，搬到主屋來住之後，才總算了解上一代社長的心情。」

菅原忽然冒出這一句。

「上一代社長的心情？」

「是的。當時，他指著別館的方向，笑著說蓋了那麼一棟氣派大屋的自己真該慚愧，因為一點也不明白上一代社長的心情。」

「菅原先生常來這裡嗎？」

「是啊，休假的時候，不時會來見見會長。」

「是這樣啊……」

「也和川俣一起來過不少次喔。」

「和川俣先生？」

「對，他其實也是很傾慕會長的人，別看現在那個樣子，當會長還是社長時，我跟他可是肝膽相照的好夥伴，只是彼此在公司裡都努力不讓人看出來而已。」

「這樣啊……」

叔父確實很器重川俣的能力，也曾對鐵平說過菅原和川俣都是加能產業不可或缺的能人。

「加能兄。」

菅原把手上的杯子放回桌上。

「前天晚上，我把川俣叫去柳月，久違地跟他單獨聊過了。」

「柳月」是一間頗有歷史的料亭，位於中洲，叔父是那裡的常客。每次介紹重要客戶給叔父時，鐵平也一定把場地選在「柳月」。

不知道菅原為何對自己提這件事，內心有些詫異。

「川俣認為這次的爆炸意外，對公司而言是再好不過的機會。」

「機會？」

菅原用力點頭。

「因為爆炸而燒掉的都是早已老舊的設備，他說，既然這下全燒光了，正好可以利用這個機會一口氣全部換新，將公司主力產線轉移為氯乙烯單體。」

「竟然說這種話！」

「不，他可是認真的喔。別說放棄了，他現在滿心都是建設新產線的事。」

「可是，差點死了一個人耶？我的下屬青島到現在都還沒清醒！」

菅原無言以對，別開視線，朝庭園方向望去。

「菅原兄……」

這下鐵平總算理解，為什麼菅原堅持反對川俣擔任調查對策委員會的會長，原來背後還有這麼一回事。要是讓川俣主導調查報告，事故原因大概全部會被歸咎為氯乙烯單體的生產設備老舊。然而，世上所有事故的發生都一樣，在追究原因時最重要的應該是好好釐清「人禍」造成的影響。

「一如加能兄所知，才剛鬧出這麼嚴重的意外，又要立刻在同一間工廠內設立新的生產設備，這種事社會大眾不會諒解的。就算站在財務的角度看，現在的加能產業顯然也沒有那種餘力。可是，川俣他想用建設新產線來賭一把。要是再讓他那派的人馬牽著走，公司恐怕真的要走上倒閉的命運。」

倘若菅原說的是事實，鐵平的結論也和他一樣。

「社長怎麼說？現在外面輿論這麼嚴厲，他該不會同意川俣常董的意見吧？」

那場深夜召開的記者會後，加能產業營利優先的經營體質開始受到以地方報社和地方電視台為主的媒體窮追猛打，批評公司無視設備老舊仍不斷增產的決策，並將事故責任歸咎於此。不用說，正面接受這些批判的人自然是身為社長的尚之。

「並沒有喔，這次的事故之後，社長愈來愈像川俣手中的傀儡了。雖然我不想說這種話，想要現在的社長做出正常經營判斷，似乎是不可能的事。」

「既然如此，就像剛才菅原兄你說的，我也認為公司恐怕真要走上末路了。」

「如果事情變成這樣，真的太對不起死去的會長。」

「可是，川俣既然想這樣搞，社長又是那個樣子，實際上只靠菅原兄你一個人的力量也無法力挽狂瀾啊。」

就算有心想拯救公司脫離現狀，現在的鐵平也無能為力。縱使同樣姓加能，自己不過是公司裡一介普通員工罷了。

「加能兄能不能去勸勸社長呢？如果需要參考資料，我這邊隨時可以準備。兩位畢竟是有血緣又同年的堂兄弟，若是來自加能兄的忠告，社長說不定比較聽得進去。」

菅原向前探身這麼說。

「菅原兄，這您就有所不知了，現在的我不但完全沒有那種能力，一個不小心，搞不好只會激怒他而已。我看，還是只能請身為董事的菅原兄您找社長促膝長談，好好說服他吧。」

「事故發生後，我和社長談了好幾次。可是，現狀是社長什麼都聽不進去。」

「既然如此，我去講也一樣。」

「會這樣嗎……」

菅原露出沮喪的表情。

「只是，會長過世了，難保社長的心境不會出現什麼轉變，說不定他會來尋求公司裡唯一的親人，也就是加能兄您的建議。所以，我還是姑且將目前公司現況整理成資料，加上最近董事會的內容摘要，下週一就送去給您。哪天或許有派得上用場的時候，請您務必看一看。拜託您了。」

最後只說了這番話，菅原就從椅子上站起來。

這麼做一點意義也沒有，自己也已經對加能產業毫無戀棧了。鐵平原本想這麼說，終究還是把話吞了回去。因為佇立眼前的菅原身影，看起來實在太落寞。

「您要回去了嗎？」

那兩句話吞下去後，取而代之的是這麼問。

「是啊，剛才已經好好向會長道別了。」

菅原強打起精神回應。

「加能兄，我想不久的將來一定還有找您商量事情的機會，到時就請多多幫忙了。」

菅原行了個禮，走離桌邊。

37

結束祕密喪禮兩天後的一月二十五日，星期四。這天，各家報紙都刊登了孝之的訃聞。

下午兩點多，掛在椅背上的外套口袋裡，手機響了起來。

平常手機都放桌上的，中午去員工餐廳吃飯時放進口袋，回來直接脫了外套掛在椅子上。偶爾會有這種事。

急忙取出手機，望向螢幕畫面。

上面顯示來電者是「美穗夫人」。

「您好，我是加能。」

每次接她的電話都有點緊張，怕是青島出了什麼狀況。

「您好，我是美穗，現在人在醫院。」

不過，電話那頭的聲音聽來很興奮。

難道……鐵平心想。

「就在剛才，青島醒來了，雖然還無法好好說話，但好像聽得懂我說什麼，有時還會點頭回應。主治醫師也說，這樣就不用太擔心了。」

果然不出所料。青島恢復意識了。

「這樣啊……」

然而，除此之外說不出別的話，感覺全身瞬間無力。

「加能先生，謝謝您一直這麼擔心他。」

「別這麼說，總之，太好了，真的太好了。」

一邊這麼說著，鐵平腦中一邊浮現掛在祭壇上的叔父遺照。

「方便請您轉告公司的人嗎？」

「當然沒問題，大家不曉得會有多開心，我也會馬上轉告社長。」

「謝謝您，再麻煩您了。」

「好的，那我傍晚也會過去一趟。」

「到時候我應該去工作了，可能不在醫院，不好意思。」

「別這麼說，我去看看青島馬上就走。總之，太好了，青島夫人，恭喜妳。」

「謝謝您，那先失禮了。」

她先掛上了電話。

「青島先生清醒了？」

坐在鐵平對面右手邊位置上的峰里愛美問。

「對，好像剛才清醒的，醫生也說這樣就沒問題了。」

「太好了！」

聽到愛美大喊，其他部門的人紛紛聚集到實驗機械調度總部來。

「青島清醒了是嗎？」

每次這麼有人問。

「是啊，剛才他太太打電話來，說已經沒問題了。」

鐵平都會這麼回答。

太好了、太好了。每個人聽了都發出這樣的歡呼，其中也有人高舉雙手高喊「萬歲」。一轉眼，辦公室裡多了好多人。

「這樣啊，青島復活啦？」

「太好了，太好了。」

不分男女，眾人一片歡天喜地。

鐵平看著眼前的光景，想起為叔父預守靈那天，菅原說的話。

在員工們如此擔心青島安危的狀況中，竟然有人把那起爆炸事故視為「大好良機」。要是讓真心為青島的清醒感到開心的這群人知道那種事，大家不曉得做何感想。

一思及此，鐵平就覺得一切都很可笑。

星期一叔父葬禮結束後，鐵平一到公司就在桌上看到一個厚厚的公司信封。上面只寫著「給加能總部長」，沒有注明送來的人是誰或什麼部門。打開一看，是與公司財務相關的資料、財務企劃部做的各種分析資料以及董事會的會議紀錄。

除此之外，沒有其他說明信件或文件，但這肯定就是菅原說要準備的資料了。

然而，看著這疊厚厚的資料，鐵平完全提不起勁來讀。

原因之一是，就算自己讀了這種東西也無能為力。不過，還有另外一個原因。

因為他對自己有信心，公司現在處於何種狀況，就算不用大費周章地讀這種資料，鐵平也能充分掌握。

38

無論是預守靈、正式守靈還是葬禮上，鐵平都幾乎不曾和耕平及真由說上話。他們兩人沒有主動過來，鐵平也沒有過去找他們。

不過，正式守靈那天晚上，倒是和圭子談了好一陣子。是她來找鐵平的。

鐵平告訴圭子，自己直到本月七號碰巧遇到尚之，才初次聽聞耕平與真由的關係。驚訝之餘，隔天立刻趕往鹿兒島，想把真由帶回來。問題是，實際見了兩個孩子後就知道不可能，只好放棄這件事，自己一個人回博多。而這些事，圭子似乎都早已聽說了。

「事情發展成這樣，我真是不知該如何道歉才好。」

鐵平這麼一說。

「又不是鐵平你的錯。」

圭子就斬釘截鐵地如此回應。

「可是，連耕平都一起跑回來，還是給你們添了麻煩吧？」

接到祖父過世的消息，身為孫女的真由趕回來或許還有道理，連耕平那傢伙都像個貼身保鑣似地陪著回來，尚之和圭子一定很錯愕。

「對耕平來說，過世的也是他的叔公啊，這一點也不會給我們添麻煩。」

圭子的回應反而令鐵平大感意外。

「話是這麼說，阿尚一定很不高興吧？」

「鐵平啊。」

說完，圭子頓了一頓。

「事情走到這個地步，我們家是想，就讓真由照她想做的去做吧。」

「照她想做的去做？」

一時之間，鐵平無法理解這句話的意思。

「對啊，他們兩人的確還是學生，耕平今後為了當上牙醫也還需要很認真念書才行。可是，看到他們感情那麼好的樣子，我覺得做父母的說什麼都沒用了。其實，我和夏代從他們高中就一直知道兩人在交往的事。或許正因為有血緣關係，他們個性真的非常合得來，或者該說是能彼此理解嗎？總之，明知他們還年輕，但是看到那麼相愛的兩個人，就算父母想硬是拆散他們，也不可能成功。」

「不、可是……」

身為男方家長，當然很慶幸聽到圭子這麼說，但鐵平自己就是無法接受。

因為這樣，不就只是被耕平和真由「牽著鼻子走」了嗎？

他們甚至養不活自己，怎能允許這兩個孩子如此任性妄為？

「問題是，真由的學業怎麼辦？再說，那兩人到底打算靠什麼生活下去？」

「我想鐵平你也聽說了，真由應該會從四月起改去上鹿兒島的專門學校，她自己也說會認真打工，現在的大學只好辦理退學了。至於怎麼生活，等真由畢業就可以自己工作賺錢，在那之前我們也只能先提供金援。耕平也有來拜託我先生，說等他一當上牙醫一定會賺錢歸還，在那之前希望能先借錢給他們。我想我先生也是做好心理準備了，才會說暫時先借他們也沒關係。」

「喔……」

鐵平聽得目瞪口呆。

「聽起來，你們是答應他倆的婚事了？」

在鹿兒島談時，真由的意思是尚之還很反對，所以夏代要他們先把結婚手續辦一辦。但是，按照現在圭子的說法，尚之似乎已不再反對了。

「既然他們想這麼做，就成全他們有什麼關係？」

圭子說得很乾脆。

「阿尚怎麼說？」

「我先生既然已經答應真由去鹿兒島，應該就不會再反對婚事了。不管怎麼說，我們家就這一個獨生女，以前我先生總是說，往後還是得幫真由找個贅婿。不過，如果嫁的是耕平，那就沒這個問題了。即使耕平本身不繼承公司，他和真由生的小孩也可以繼承。在那之前，只好請我先生和鐵平你們為公司好好打拚啦。我是認為，這次公公的過世，應該會讓我先生改變想法，好好振作才對。」

聽著圭子說的話，鐵平開始覺得這麼做好像不錯。

然而仔細想想，她說的只不過是被迫接受現狀。身為父母說這種話未免太不負責任了吧。事情不能只看結果，好像只要結果好就什麼都好。若過程不具備合理性，結果帶來的也只是暫時的滿足。

如果耕平和真由真的想廝守終身，就不該接受任何來自父母的援助，靠自己的力量開拓新的人生才是道理。

一個男人和一個女人結婚，不就是這麼回事嗎？

「夏代的想法一定也和我們一樣。」

看鐵平悶不吭聲，圭子大概是想打圓場，便又補充了這麼一句。

「妳已經跟夏代談過了嗎？」

「還沒當面談，她現在不是在美嘉那裡嗎？」

「是啊。」

「只是，聽真由和耕平轉述，夏代的想法和我是差不多的。」

提出兩家人碰面談時，耕平他們一副不願意和父母面對面的樣子，甚至提出用Skype的方式。這兩個孩子的態度這麼輕率，為什麼圭子和尚之卻願意包容他們呢？

不只他們，夏代也是。

——我一點也跟不上他們的想法……

知道耕平與真由的關係時，感覺就像生米已煮成熟飯，現在又單方面地被圭子告知決定贊同他們的婚事，自己根本沒有反對的餘地。

——能被人看扁到這種程度也不容易。

「總之，等夏代從長崎回來，我們雙方父母碰面談一次吧。那之後再做出結論也不遲。」

勉強擠出這句話，鐵平便告辭了圭子。

39

一月三十一日星期二晚上九點多，鐵平接到夏代的電話。

這是她離家的第二十五天，在長崎美嘉那邊待了正好三星期。夏代上一次打電話回來是發生爆炸事故那天。到最後，叔父過世時彼此也沒有聯絡對方。

叔父過世的事，她肯定從耕平那裡聽說了，但卻沒有表示想參加守靈或葬禮的意思。

「明天，我就要帶美嘉去醫院了。」

夏代說。

「醫院？」

「對，總算說服美嘉了。」

這句話指的是什麼事，鐵平一聽就明白。

內心深處竄過一縷如針插入般的尖銳痛楚。

「這樣啊……」

這是美嘉和夏代一起生活了三星期得出的結論，鐵平認為自己沒有說三道四的資格。畢竟，早就對夏代說「美嘉的事就交給妳了」。

「也和對方那男的談過了嗎？」

「當然。」

夏代說。

「談過好多次了。」

「他怎麼說？」

「簡單來說，感覺他就是非常不知所措。」

搞大別人女兒的肚子，不是用一句「不知所措」就能交代的吧。儘管這麼想，但也知道除了這麼說之外，這男的大概找不出其他話來說明自己的心境了。不管怎麼說，他也只不過是個才二十二歲的學生。

「現在馬上要他當個父親是絕對不可能的事，美嘉也一樣。這三星期以來，我和美嘉徹底談過才知道，她是因為怕被那個叫卓郎的男朋友拋棄，才故意讓自己懷孕的。光是這點就足以把男方嚇壞，美嘉卻好像一點都沒搞清楚。直到跟對方說自己懷孕時，看到對方的反應，她才察覺自己做了什麼。」

「那他們已經分手了嗎？」

「倒也沒有呢？我和卓郎談過，原來是美嘉自己誤以為會被拋棄，他完全沒這意思啊。」

鐵平實在不太能理解夏代說的話，深切體認到自己現在已成局外人。

「美嘉為什麼會那樣誤會？」

「這個嘛……」

夏代輕聲嘆了口氣。

「好像是她在護校的朋友說了類似卓郎交到新女友的話，那個朋友的男友跟卓郎同校，說是從男友那裡聽來的。美嘉一古腦就信了這個謠言，然後人就開始變得有點怪。」

「變得有點怪？」

「就是每天傳十幾通訊息給卓郎，或是毫無預警殺到他住的地方，一直不斷做這些事。」

「然後呢？」

「然後就惹得卓郎不高興，開始疏遠美嘉。」

這些事光聽就令人厭煩。

「那些是什麼時候的事？」

「差不多是去年夏天。」

「那，後來怎樣了？」

「後來美嘉總算也清醒了點，再把事情問清楚，就知道卓郎說的沒錯，那些謠言都是別人胡說八道，然後她就跟卓郎下跪道歉，就這樣和好了。」

「這些事，妳到底都聽誰說的？」

向來能幹懂事的美嘉怎麼會這樣？鐵平實在不敢相信。

「當然是雙方親口說的啊。」

雙方是指美嘉和她男朋友嗎？

「那，那些事和這次的事又有什麼關聯？」

「美嘉說她再也不想遇到一樣的問題，所以一跟卓郎重修舊好，她就打定主意要懷上他的小孩。為此還每天測量基礎體溫，穿兩雙襪子上學，做各種努力拚命要讓自己懷孕，最後終於讓她如願了。」

「男方也贊成嗎？」

「怎麼可能，美嘉是自己擅自決定懷孕的。」

「那……」

「對，站在卓郎的立場，感覺就像被美嘉設計了。真要說的話，他本來就沒外遇，也沒打算要和美嘉分手啊。」

「搞什麼啊。」

「事情就是這樣，所以不管怎麼想，現在的美嘉都生不起孩子，這次只能要她先放棄了。再說，以這種形式生下來的孩子未免也太可憐。」

「美嘉真的願意接受嗎？」

「是還沒完全接受，可是時間已經不多，只能這麼做了。」

「但是……」

這樣強迫已經成年的女兒墮胎真的是對的事嗎？鐵平無法做出判斷。

「說到底，美嘉只是不想跟卓郎分開而已。那孩子身上還沒有足以為人母的力量。成為一個母親這件事，沒有她想的那麼簡單。」

被夏代這麼一說，鐵平也無以回應。

男人永遠無法理解成為母親的女人心情。若把「成為母親」和「成為父親」拿來衡量比較，則兩者的重量顯然有著決定性的差距。別的不說，就當前的狀況來看，無論是美嘉的事或耕平的事，鐵平完全置身局外，只能眼睜睜看著眼前發生的現實。

所謂父親，充其量只是這樣的存在。

即使如此，看到美嘉令人意外的另一面，鐵平還是錯愕得說不出話。

只因為不想和男人分手，為了挽留對方，才二十歲出頭就讓自己懷了孩子，接下來美嘉到底有什麼打算？她可曾想過自己做的事會產生多嚴重的後果？

「話說回來，事情變成現在這樣，美嘉和那個男朋友很可能關係破裂吧？」

鐵平說出理所當然的看法。幾乎沒有男人會想繼續和只因不願分手就懷孕的女人在一起。

「我最怕就是這樣。總而言之，明天手術平安結束後，我打算留在這裡再照顧美嘉一陣子。給你添麻煩了，請多擔待。」

「這是一定要的，妳就陪在美嘉身邊到她身體復原吧。」

「謝謝，那明天手術結束後我再跟你聯絡。」

說完，夏代掛上電話。

直到最後，她都沒有問鐵平身體好不好，日子過得怎麼樣，也沒有關心一下那起爆炸意外的事。

40

可是，夏代直到兩天後的早上才打電話來。

手術當天，鐵平連在公司也擔心著美嘉，一整天坐立不安。到了晚上都沒接到聯絡，上床睡覺時還在煩惱是否該自己打過去問。

難道是手術失敗，美嘉怎麼樣了嗎？

還是手術成功，回到病床上卻因為大受打擊而陷入精神錯亂的狀態？

有當過護士的夏代陪在她身旁，應該不用太擔心，即使這麼告訴自己，腦中還是充滿負面的想像。

要是一整天都沒接到聯絡，就自己打電話去問吧。正當鐵平這麼打算時，早上八點多，手機響了。

「早啊。」

一聽到夏代的聲音，立刻知道自己想像的「萬一」並沒有發生。

「早啊，美嘉怎麼樣？」

話雖如此，還是擔心美嘉的狀況。

「抱歉昨天沒能打電話給你，因為後來，她沒接受手術。」

不料，夏代說出超乎預料的話。

內心瞬間浮現一股不安，難道美嘉到院後立刻流產了嗎？

「為什麼？」

連自己都聽得出此時的聲音有多尖銳嘶啞。

「她和我一起到了醫院，然後說要去上廁所，人就這樣跑掉了。」

夏代的語氣很無奈。

「跑掉了？」

「對啊，一開始我還不知道發生了什麼事呢？」

聽著她的聲音，不知為何鐵平忽然鬆了一大口氣。

——這樣才像美嘉嘛。

感覺這才是自己的真心話。

「那，美嘉現在在做什麼？」

「什麼做什麼？她跑掉就沒回來了啊！」

「沒回來？所以妳也不知道後來她去了哪？」

擔憂再次籠罩心頭，美嘉該不會就這樣失蹤了吧？

「還能去哪，跑到男朋友住的地方去了啦。」

「男朋友？妳是說她那個男朋友？」

原本想說「孩子的爸」，倉促之間還是換成了「那個男朋友」。

「不然還有別的男朋友嗎？」

夏代的口氣愈來愈衝，看來是把氣發在鐵平身上了。

「那他們兩人現在怎麼樣了？妳跟美嘉談過了嗎？」

「她不跟我談啊。打了美嘉手機，接的是那個男生，女兒好像完全不信任我這個媽了。」

「妳跟她男友談了嗎？他原本不是也同意去醫院嗎？」

「他只說暫時先讓她這樣，之後的事會再好好想想。也不讓美嘉來接電話，氣死我了。」

「可是……」

「他原本是同意墮胎的事，但昨天看到美嘉那個樣子，可能也改變主意了吧。」

「這樣的話，妳打算怎麼辦？」

「我哪知道啊，過兩、三天再去找他們兩人看看吧。既然都說會好好考慮了，那就應該會拿出一個答案，在那之前，只能先看狀況應變了。」

「要是美嘉最後還是說想把小孩生下來呢？」

這不是完全不可能的事。

「到時候再說吧。要是美嘉無論如何都想生，那也沒辦法。」

剛才聽到美嘉逃出醫院時內心還小聲叫好，回到現實層面一想，要是美嘉真的年紀輕輕就生下小孩，一股憂慮不由再次湧現心頭。

「發現美嘉不見的時候，妳一定嚇到了吧？」

一方面為了舒緩自己內心的焦慮，鐵平換了個話題。

「當然嚇到啦，當時真是怕死了。」

「怕？」

「對啊，心想萬一她跑去自殺怎麼辦。在接到訊息說她在男友家之前，我真是沒死也去了半條命。」

「別擔心，那孩子絕對不會自殺的。」

「是嗎？」

「是啊，美嘉不是那種小孩。」

「你又知道了。」

「當然知道，想自殺的小孩不會丟下陪自己去醫院的母親跑掉。她這種不顧一切行動的地方跟妳很像不是嗎？而妳就是無論發生任何事都不會自殺的人，對吧？」

夏代保持沉默。

「話說回來，竟然逃跑，真有她的。」

「是啊，大概是到了醫院才發現自己真的不想那麼做吧。」

「總之，辛苦妳了。」

「沒錯，真把我累慘了。」

「妳好好休息兩、三天吧，這幾天美嘉就讓她男友照顧。等過幾天他們冷靜下來，應該就會好好想一想了。」

「或許吧。」

聽得出夏代的聲音也漸漸鎮定下來了。

「妳有好好睡覺嗎？」

對了，美嘉學校那邊怎麼辦呢？一邊問，一邊揮去腦中浮現的小疑惑。重新告訴自己，既然事情都發展成今天這樣了，追問這些小事也不能怎樣。

「我都有好好睡喔，你呢？」

「我也還不錯，挺有精神的，就是公司那件事故，還有很多亂七八糟的後續。」

「不過，聽說那個昏迷的人清醒過來了吧？我看報上說的。」

「是啊，好像已經恢復得不錯了。」

鐵平終究沒說出「其實他是我的下屬」，事到如今才說也沒有意義。

「光是這樣就值得慶幸了吧。」

「是啊。他是在叔叔訃聞上報隔天清醒的，我想那一定是叔叔的力量，他直到最後還幫了公司一把。」

「或許喔，叔叔是個了不起的人。」

「耕平他們還好嗎？」

「好像還不錯唷，明天真由要過來這邊。」

「真由？」

「對啊，原本就拜託她在美嘉手術後過來，一方面是希望她來能讓美嘉心情穩定一點，再說，閨密之間應該也有很多無法跟母親說的話吧。既然如此，就請真由過來陪陪她也好。現在雖然變成這樣，還是按照預定計畫請她過來。如果是她，美嘉應該不會避不見面，真由跟卓郎也很熟。」

「是喔……」

說不定連耕平都會一起去。不過，鐵平決定還是不問了。

無論耕平也好，美嘉也罷，他們都已經不是小孩子了。但是同時，每個小孩即使長大了，對父母而言永遠都是小孩子。

經歷這次耕平和美嘉的事，鐵平才體會到這件事。

曾幾何時，孩子擁有了與父母完全不同的時間，活在完全不同的世界。孩子們有孩子們自己的時間和世界，身為父母的自己和夏代也有屬於自己的另一個時間和世界。簡單來說就是如此。

既然這樣，或許沒必要責備他們的行為，但對父母而言，要不追究是根本不可能的事。

「那等妳跟美嘉談過再聯絡我吧。我暫時在這邊靜待事情發展。」

這麼說完，鐵平又補上一句：

「我是覺得這樣最好，妳覺得呢？」

「也是啦。」

夏代說。

「不管怎麼說，最後只能按照美嘉他們自己的決定去做。至於我和你能做什麼，等那之後再決定就好。」

「是啊，那就先這樣，妳也好好休息休息。」

「我會的。」

和夏代的最後一通電話，就在這樣的對話中結束。

41

去醫院探望青島，正好是這通電話的整整一星期後。

醒來那天傍晚去醫院看他時，意識已比美穗夫人在電話裡說的更清醒，雖然當天待的時間很短，但也簡單交談了幾句。

不過，關於爆炸前後的事，他卻說「完全想不起來」。

第二次去看他是上星期天，事發時的記憶好像大部分都恢復了。

即使如此，關於第二起爆炸的經過，他似乎仍完全不記得，還笑著說「聽說我被爆炸時衝擊波產生的氣流帶到物流區，連我自己都不敢相信」。

和上星期比起來，今天青島似乎又恢復得更多了。上次必須把坐臥兩用電動床搖起來讓他靠著說話，這次已經可以自己穿著睡衣盤腿坐在床上了。

只是，好像仍舊想不起第二次爆炸時的情形。

以背部為中心的燒燙傷範圍不小，幸好疼痛似乎也已減輕許多。青島說，昨晚連一次都不用吃止痛藥。

這星期，公司同事一定絡繹不絕地來看他。也是出於這個緣故，鐵平比較少來醫院，青島本人倒是非常有精神，整個人散發一股脫胎換骨的開朗。

最大的原因，大概是他再也不必在上司鐵平面前假裝自己得憂鬱症了。上星期來探病時，青島一開口就說：

「總部長，我老婆好像對您提出莫名其妙的要求，真的非常抱歉。我已經好好罵過她了，請您千萬別介意。關於我生病的事，一切正如她所說。我做出無法向公司及總部長交代的事，深切體認到自己責任重大。」

說著，青島低下了頭。

「這件事我不會跟公司說，你也什麼都別說。要是可以的話，最好請令堂也不要再提。」

鐵平先是這麼叮嚀，接著又補充說：

「事到如今，把真相說出來對誰都沒好處。你只要跟公司說，爆炸事故好像把憂鬱症也一起炸飛了就好。當然，前提是如果你還願意回我們公司的話。只要你願意回來，這次我會盡全力讓你進入想進的部門，這一點我保證。」

從兩點多進病房到現在，沒看到其他來探病的人。過了十五分鐘左右，美穗夫人也來了，就把買來探病的草莓交給她。

「每次都讓您破費真是不好意思。再加上先前我說了那麼過份的話，真是不知道該怎麼向加能先生您道歉才好。」

她顯得很惶恐。

看來是被丈夫狠狠罵了一頓，面對鐵平時自己也感到慚愧了吧。看著這樣的她，鐵平心想，這個女人其實個性很直率。果然，對於世間婆婆口中描述的媳婦形象，聽的時候還是得打個折扣才行。

包了十萬元的慰問金當紅包。老實說，對現在的鐵平而言，就算包五十萬、一百萬也不痛不癢，只是太大手筆反而奇怪，也就自己節制了。

那一億元在青島清醒的隔天，也就是上個月二十六日已經存進三菱東京ＵＦＪ銀行的存款帳戶。即使是博多這種大城市，像三菱東京ＵＦＪ這樣的都市銀行，還是得去市中心才有，車站裡的分行或提款機幾乎都被地方銀行佔據。縱然如此，鐵平還是盡可能使用三菱的帳戶。來到博多後，公司、住家地址和手機號碼都換了，心想至少銀行還是要維持跟在東京時一樣。

青島的病房不算大，但也附了一個小流理台。美穗夫人在那裡速速清洗了草莓，用兩個小碗分別裝給丈夫與鐵平。

來之前，鐵平在醫院附近水果行買了兩盒這種高級草莓，一盒要價三千元。

「我先去接一下孩子。」

說完之後，美穗夫人就先離開了。

這段時間，他們今年三歲的女兒一直暫住青島位於東區的老家，去托兒所時也是爺爺奶奶開車接送。

青島一口接一口吃著大顆草莓，鐵平也吃了一顆，剩下的連碗一起遞給青島。

「那我就不客氣了，肚子餓得受不了。」

青島笑著接過，一下就連鐵平那份也吃光了。

看到這樣的他，確切感受到青島還只是個二十來歲的青年。

現在，這個青年年輕的肉體肯定正在急速恢復精力中。

「對了，星期五我和總務部的金崎談過……」

把小碗拿去流理台放好，鐵平將自己坐的凳子拉到床邊，重新坐下來面對青島。

正在用面紙擦嘴的他，也趕緊將面紙揉成一團丟進垃圾桶，在床上盤腿端正坐姿。

「是。」

等待鐵平繼續往下說。

「你說要辭職是真的嗎？」

按照前天金崎的說法，他在電話裡向青島本人確認了這個意願。

「我跟他說，不管怎樣希望他先把身體徹底養好，這段期間除了當然可以先停職外，公司也會對他的狀況特別考量。原本希望這樣可以說服他改變主意，但他似乎心意已決。原因或許和憂鬱症有關，畢竟之前他在久山為工作煩惱到得了憂鬱症，搞到非得先暫時停職不可，這次的事故也可能引發ＰＴＳＤ，說不定他是因為這樣才想乾脆轉換整個環境。」

金崎如此說明，難得看到他露出這麼低姿態的樣子。

「真的非常抱歉。」

青島輕輕低下頭。

「這沒什麼好道歉的啊。」

鐵平對他微微一笑。

隔了一星期才來，原本打算問青島出院後想進哪個部門的，既然已得知他辭職的事，這件事也就不必問了。

「已經找好下一份工作了嗎？」

包括賠償金在內，青島應該能收到一筆為數不小，夠一家三口生活好幾年的錢。就算想暫時休養身體，看他現在的狀況，也許不用花太長時間。只要再過一、兩個月，肯定能毫無障礙地重回職場。

「我還沒跟任何人說，請總部長也聽過就好，可以嗎？」

青島從盤腿姿勢改為正坐。

「當然，我不會告訴別人的。」

鐵平往前探身。

「其實，我打算出國。」

「出國？」

這答案倒是出人意料。

「是的，讀研究所時的學長，現在在加拿大一間生技相關的企業從事研究工作，他從以前就一直邀我去。只是原先女兒還小，又有心臟的毛病，所以我認為自己不可能出國，就都婉拒了。結果，學長聽聞這次事故立刻寫信給我，再次問我要不要一起工作。」

「原來是這樣……」

答腔的同時，鐵平內心浮上一股難以言喻的感覺。

「幸運的是，現在知道女兒的心臟問題不到要動手術的地步，另外就是總部長您應該隱約也察覺了，我老婆美穗和父母相處得不太好，所以她一直想離開博多。包括這些在內，我做了各種考量，決定接受學長這次的邀請。」

「這樣啊。」

「是的，總部長向來那麼照顧我，結果我卻恩將仇報了，真的非常抱歉。」

「別這麼說，以你的能力，到了那邊的公司一定也會很順利。加拿大自然環境豐饒，夫人和令嬡在那邊的生活一定也比較好。再說，這樣你就能盡情從事自己喜歡的研究工作了。」

「謝謝部長。美穗高中時去多倫多短期留學過，對那塊土地也不陌生，這次的事，她是舉雙手贊成。」

聽到這裡，鐵平的心情更詭異了。

「這麼說來，那間公司位於多倫多嘍？」

「是的。」

「我大概沒聽說過，不過那間公司叫什麼？」

「是一間叫做『多倫多生技』的新創公司，大約成立於十年前。不過，現在已經在生技及化學製造業做出很好的業績，國際上的評價也相當高的樣子。」

果然是多倫多生技，鐵平暗忖。剛才聽到是加拿大的公司時，瞬間就浮現這個念頭了。

「不但如此，聽說這間公司原本還是由一位日本學者創辦的呢？所以，他們也很積極地從日本找尋人才，這幾年不少日本生技或化學領域的研究者，為了追求更好的研究環境，紛紛搬到那裡去了。」

「日本學者創辦的公司？」

「是啊，聽說是這樣。」

青島用力點頭。

鐵平暗自後悔，從北前律師口中聽到「多倫多生技」這個名稱時，至少該上網搜尋一下關於這間公司的事。

——那麼一來，就不會落得現在這種下場，在毫無心理準備的狀況之下得知自己遭受到「無可原諒的背叛」了……

「順便問問，那個日本學者叫什麼名字？是說，我就算聽了可能也不認識就是。」

鐵平問，語氣極力強裝平靜。

「說不定總部長也認識喔，因為是滿有名的學者，有時也會出現在日本的媒體上。」

「這樣啊，到底是什麼樣的人呢？」

「是從美國普林斯頓大學轉到多倫多大學從事研究的教授，名叫木內正胤。」

青島口中說出的，是意料之中的名字。

第二部

1

去醫院探望青島的隔天，二月六日星期一。

鐵平一到公司就去找總務部金崎，提出辭呈。

金崎非常震驚。

「會長過世那天我就下定決心了。昨天和青島見過面，確認了他辭意堅決，這樣我在公司也沒有遺憾了。」

鐵平這麼說。

「這樣啊……非常遺憾加能先生要離開，對公司而言也是一大損失，但我能理解您的心情。」

意外的是，金崎很快就接受了。

「想辭職的話，或許就該趁現在。」

金崎向來強勢，難得從他口中吐出這麼消極的話。

由於鐵平打算從明天開始暫時離開福岡，便拜託金崎以電話和電郵方式處理接下來的種種離職手續。

「好的，這邊會按照加能先生希望的方式做。」

對於這個，他也二話不說地答應。

回到自己位子上，立刻動手整理辦公桌和置物櫃的私人物品。雖說是整理，其實幾乎都是丟掉而已。

看到他的動作，峰里愛美過了一會兒跑來問：

「總部長，您被調部門了嗎？」

「不，我跟公司提離職了，今天最後一天。」

她也和金崎一樣，露出愕然無語的表情。

「從明天開始，我的職位暫時由總務部的金崎部長暫代，不過應該很快就會決定新任部長。在那之前，工作上的事就找金崎部長商量。」

「發生什麼事了嗎？」

「倒也不是發生什麼事，我從很久以前已經決定，等會長過世就辭職。現在青島身體逐漸復原，我想也是時候了。」

把對金崎說的理由同樣說給峰里聽。

峰里露出似懂非懂的表情點頭。

「這兩年半多，也謝謝妳的幫忙啦。」

鐵平這麼一說。

「請別這麼說，我才承蒙總部長照顧了。」

峰里坐在位子上低頭致謝。

「本來想請妳吃個大餐的，但是我明天就要踏上旅程，實在空不出時間，所以這個……」

鐵平從外套內袋取出事先準備好的信封。

「不好意思只能用這個代替，請收下，聊表我的感謝心意。沒有多少錢，但妳可以拿這跟朋友去吃點美食。」

說完，就把信封交給她。裡面裝了五萬元。

「這怎麼好意思……」

峰里左顧右盼，似乎顧慮著周圍眼光，表情不知所措。

「沒關係，妳就收下吧。只是我一點小小心意。」

事到如今，鐵平已經不在意任何人的眼光了。

今後大概再也不會踏進這間公司，無論是眼前的峰里或其他人，這輩子都不會再碰面了吧。

「拿去吧。」

堅定地催促她，峰里才扭扭捏捏地站起來收下信封。

「謝謝您，我才真的受到您太多照顧。」

這次，她好好地彎腰致謝了。

中午前把私人物品都整理好，還不到午休時間，鐵平就離開了公司。

沒有跟任何人打聲招呼，對公司毫無留戀，也想不出最後還想跟誰說句話。

再說要是留得太久，萬一大嘴巴的金崎午休時間把這件事說出去，難保認識的同事不會跑到自己位子上來。

——早知道會這樣，是不是應該談一兩場辦公室戀情才對……

和夏代結婚至今，鐵平連一次都沒出軌過。

正確來說，是根本無法想像自己和夏代之外的人發生關係的樣子，也沒遇過比夏代更美的女人。偶爾部下提起這方面的事，都會驚訝地說：

「總部長也太迷戀夫人了吧。」

不過，只要是見過夏代的人則異口同聲說：

「那是當然的啊，有那麼漂亮的夫人，根本沒必要外遇。」

幾乎每次都是這樣。

鐵平一直對夏代很專情，正因如此，得知她對自己決定性的背叛，才會無論如何也無法原諒。

將近十一年前夏代投資了加拿大生技公司「多倫多生技」，正如青島所說，這間公司實質上的老闆就是那個木內正胤。鐵平也試著上網搜尋，除了在多倫多生技的英文官方網站上確認過這個事實外，也找到兩三篇提及木內正胤與多倫多生技關係的日文報導。

按照夏代的說詞，她是在兵藤律師大力說服下做出了那筆投資，然而事實上，這不過是她的漫天大謊。就在鐵平遭到公司不合理裁員時，她為前男友創辦的新創企業投入高達兩億的龐大資金。

得知此一事實的瞬間，毫不誇張地說，感覺就像二十多年來的婚姻生活完全被否定。強烈的打擊，幾乎毀壞了自己作為一個人的核心部分。

——無法信任夏代，就等於無法信任存在世界上的所有人。

鐵平這麼想。

當然，也包括兒子耕平和女兒美嘉在內。

到博多區公所辦好遷出證明，再到天神的旅行社買好機票，預約好飯店。接著，去地下街熟悉的蕎麥麵店吃了最喜歡的蛋花麵，最後在一樣位於地下街的金文堂書店買了幾本旅遊導覽書。

回到家時，已經是下午兩點多。

立刻動手整理行囊。起初打算把生活必需品裝箱打包寄到暫時住宿的飯店，整理到一半開始發現沒有這個必要。沒有什麼是非帶走不可的東西，要說有的話，頂多就是放在佛龕上的父母牌位，和幾天份的換洗衣物一起裝進行李箱，這樣就完成打包了。

不管是雪地專用的鞋子或防寒羽絨衣，等踏上那塊土地後再去選購就好，應該說這麼做還比較合理。反正到了那裡也沒有什麼特別想做的事，先在飯店住上幾天，一邊尋找接下來住的房子，等住處決定了，再把家具、衣物和日常生活用品補齊即可。

結束隔天出發的準備，時間差不多剛過四點，天還很亮。

原本打算去中洲喝杯酒，為這十多年的博多生活做個總結，想想都已經換上家居服了，實在提不起勁再出門。

——話說回來，真夠累的。

或許是從一大早就忙個不停的關係，頭有點痛。

昨晚幾乎沒睡。

今天到現在只吃了一碗蕎麥麵，但也不感飢餓。話雖如此，又還沒有去洗澡的心情。

要是現在去泡在那個連水都燒不熱的故障浴缸裡，肯定會悲愴得想死吧。

從明天要揹的後背包裡拿出三菱東京ＵＦＪ銀行的存摺。

存摺記錄著上個月二十六號存入的一億元和至今一點一滴存下的兩百五十萬左右私房錢。公司每個月的薪水匯入的是福岡銀行的帳戶，那本存摺由夏代保管。

——退休金怎麼辦呢……

忽然想起這件事。雖然金額並不高，但若什麼都不做的話，那筆錢會直接匯入福岡銀行的帳戶。

——要拜託金崎把這筆錢改匯入三菱的帳戶嗎？

想到這裡，鐵平不由得苦笑。

現在自己正打算做的事，是帶著夏代給的一億元逃離這裡。那筆僅僅幾百萬的退休金就算全部給了夏代，也連贖罪的贖字都搆不上邊。

102540000。盯著存摺上的這個數字良久。昨夜也這樣盯著這些數字看，結果幾乎沒睡就天亮了。

——我已經無法再相信任何人，今後只能這樣活下去。只能靠著這一億元度過剩餘的幾十年人生。

鐵平再次深切體認這昨天花了一個晚上得出的結論。

2

門可羅雀的小松機場。

一個多小時前出發的福岡機場人聲鼎沸，相較之下，兩者簡直有天壤之別。在鐵平搭乘的ANA班機乘客聚集前，行李轉盤輸送帶旁也連一個人都沒有。把自己的行李箱拿下來，穿過檢查口，來到入境大廳。大廳裡也幾乎沒看到來接機的人。只有一個穿西裝的男人，手上拿著「歡迎光臨望洋閣」的牌子，孤單地站在伴手禮賣場前。

時間是兩點十五分。

小松一帶有幾個有名的溫泉勝地，若是再晚一點抵達的班機，可能就會下來不少以溫泉旅行為目的的觀光客，旅館派來接機的人也會多一點，到時機場大廳或許會比現在熱鬧不少。

話雖如此，像今天這樣的平日，人再多也多不到哪去吧。

找到「計程車招呼站」的標示，便從那附近的出口走出機場。

外頭下著雪。

圓環對面有個寬闊的停車場，停在那裡的車頂都積著一層白雪。

鐵平停下腳步，望著眼前這一幕。

雪下得很大，幾乎要掩沒遠方的景色。

——簡直就像來到另一個國度。

心想，到這裡來果然是正確決定。

就連剛才那個冷清的機場大廳，都令人湧現某種安心感。

計程車招呼站也不用排隊。

把行李箱放上後車廂，鑽進計程車。

「請到金澤全日空王冠廣場飯店。」

這麼告訴司機。

離開機場後，車子立刻開上高速公路。這條是北陸自動車道。

「請問到金澤要多久時間？」

這麼一問，司機就說：

「這個嘛，大概四十分鐘左右。」

回答的聲音也很悠哉。

車窗外的景色一片雪白。從天而降的不是大顆大顆的雪，比較像是白色的薄片，毫不間斷地刷刷降落。

「照這雪勢看來，金澤那邊應該已經積了不少吧。」

昨天晚上，電視上的氣象預報說，加賀地方可能會起暴風雪。

「不一定喔，這雪感覺不大。」

看起來早就超過六十歲的司機說。

「這樣啊……」

車子行駛在高速公路上，無從得知街頭積雪的狀況。

話雖如此，這邊的人口中「感覺不大」的雪，對自己這個只在東京及福岡生活過的人來說，搞不好是「大暴雪」也不一定。

鐵平的這個猜測，在車子開下「金澤西」交流道，進入金澤市中心後被大大推翻。放眼望去，天上罩著一層無邊無際的沉重灰雲，雪也確實沒停過，但無論是路肩或四處可見的停車場及民宅屋頂，都未見積雪。路面濕答答的，正心想北陸的雪真奇怪，怎麼一碰到地面就融化了，結果似乎是道路下埋有融雪設備，仔細看就能看到車道中線附近像蓮蓬頭一樣噴出水花。

「完全沒積雪呢?」

「金澤每年都這樣啊。往山區去的話也會下大雪就是了。」

「這樣啊,這還真出乎意料。」

之前新聞報導今年冬天,北海道、東北地方和北陸地方豪雪不斷,使鐵平一心認定北陸地方的代表城市金澤一定覆蓋在白皚皚的積雪下。

司機說的沒錯,差不多開了四十分鐘,車已抵達位於金澤車站東口旁的全日空王冠廣場飯店。下了計程車才發現,雪不知何時停了,雲層間透出微微陽光。原本覆蓋整片天空的烏雲正細碎分散,陽光就從雲與雲的縫隙間探出頭來。天氣轉變之快,也令鐵平暗暗有些吃驚。

這時正好是下午三點。

在大廳櫃台辦完入住手續,跟著門僮來到十二樓的房間。這間附早餐的雙人房住一晚的房錢是一萬四千元,姑且先預約了五晚。今天是星期二,所以只要在星期六前找到新的落腳處,就能在星期天早上離開飯店了。不過,其實可以不用這麼急,如果找不到好房子,繼續住飯店也無所謂。

門僮告退後,鐵平將窗簾全拉開,眺望窗外景色。

才不到十分鐘的時間,雪又下了起來。雪片從還留有燦爛陽光的天上紛紛飛舞,下得頗急。

從這裡往下俯瞰,金澤站前的模樣盡收眼底。

從北陸新幹線金澤車站延伸出來的木製大門,以及車站大樓門前突出的長條型玻璃圓頂走廊都看得一清二楚。木製大門叫「鼓門」，全面玻璃打造的圓頂走廊則稱為「款待圓頂」，這些都是在飛機上快速瀏覽旅遊導覽書得來的知識。

這道木門和這座玻璃圓頂似乎就是「觀光都市金澤」的玄關了。

難怪現在明明是平日下午，雪花紛飛的車站前仍有不少提著大背包或拉著大行李箱的人走過。也有很多人站在巨大鼓門下拍攝紀念照片。

觀察了一會兒風雪中的站前風景後，鐵平拉起窗簾，脫下外套和鞋子。

身子一倒，仰躺在靠窗的床上。

望著白色天花板出神，想起在濟倫會中央醫院聽到青島口中說出木內名字的事。那才不過是兩天前，真教人難以置信。

昨天辭去工作，今天已經像這樣一個人躺在金澤的飯店床上。

夏代通知美嘉逃出醫院的電話是上星期四打來的，就連這也不過才是五天前的事。那之後，夏代完全沒聯絡。她說星期五真由會從鹿兒島過去，這麼說來，週末或週一能和美嘉及男友說上話就算很順利了。

因此，這件事的結論為何，夏代應該還得花點時間才會通知自己。

只是，到時候鐵平也不會接那通電話了。

不管美嘉到底要不要生下孩子，不管耕平要跟真由結婚還是分手，那都不再關鐵平任何事。

因為他今天已拋棄了那個家來到這裡，拋棄了包括家人在內的一切。

夏代和孩子們今後會怎樣，都與自己無關。

大家想怎樣就怎樣吧，不過，從此之後我也想怎樣就怎樣——簡單來說就是這麼回事。

昨夜也幾乎沒睡。

想著至少該給夏代留張紙條，拿起筆來卻到天亮還寫不出一個字。早知如此，不如在去區公所辦遷出證明時順便拿張空白離婚申請書，這樣的話，只要把蓋好章的申請書放在桌上，旁邊留張簡單的字條就行了。

反正總有一天，夏代一定會知道自己搬來金澤的事。

但是老實說，這輩子再也不想看到她，連聲音都不想聽見。

希望能盡可能在完全不相往來的狀況下辦完離婚。這樣的話，只好從金澤這邊聘請律師，交給雙方的代理人處理了。

得知多倫多生技是木內的公司時，鐵平腦中第一個浮現的想法，是懷疑夏代婚後仍和對方繼續男女關係。

——美嘉和耕平真的是我的兒子女兒嗎？

內心產生這個疑慮，發現自己開始檢視兩個孩子長相細節時，鐵平痛切地想：

——身為一個男人，或者說身為一個人，還有比這更屈辱的事了嗎？

這麼一想，更無法原諒讓自己蒙受這種屈辱的夏代。

若說五十年的人生中，還有誰能讓自己如此憤怒，除了那個高松宅磨之外，應該也沒有別人了。

一想到夏代，內心就無法平靜。雖然和高松那時的狀況不同，從今以後，努力不想起她的長相和名字，對自己來說也將成為非常重要的事。

只能這麼做了，把一直以來對她敞開的那扇窗緊閉，嚴密上鎖，拉下鐵門。只有這樣才能平息隨時可能爆發的憤怒。

為此，自己才會拋棄住慣的城市，來到這個歷史風土迥然不同的地方。

要拉下二十多年婚姻生活中從未拉下而長滿鐵鏽的厚重鐵門，搬到一個沒有人認識自己和夏代的地方肯定是最快的方式。

躺在床上，漸漸睏了。

今天只有登機前，在機場餐廳吃了一個三明治，不過一點也不覺得餓。

空調適度，房間裡不冷不熱。

就這樣直接睡著，應該也不用擔心感冒。

才剛這麼一想，鐵平的意識已陷入朦朧。

3

隔天早上六點起床。

昨天睡到七點多醒來一次，換上帶來的家居服，沒有吃東西也沒沖澡就再躺回床上，一直睡到這時間。

拜此之賜，全身的疲勞都消除了。

窗外是個大晴天，四處張望也沒看見殘雪。

怎麼也想不到二月的金澤會是這樣的。

儘管溫度應該比較低，但若只看街道上的景色，和福岡一點都沒兩樣。唯一不同的，只有這裡車站前的樹木和行道樹上會掛著防止樹枝被雪壓斷的「雪吊」。話說回來，雪下得這麼少，還用繩子把樹枝一根一根吊起來，看了不由得同情起那些樹來。

花時間泡了個澡，換好衣服離開房間，下到一樓的餐廳。

還不到七點，已有許多房客下來享用自助式早餐，餐廳裡很是熱鬧。

將早餐券交給服務生，走入寬敞的餐廳。

一如往常地，飯店裡的中國人特別醒目，令鐵平意外的是歐美旅客的人數也不少。

找了一張靠窗角落的兩人桌，確保位子後走向擺放了各種料理的自助餐台。

看到飯店早餐，忍不住就會想起夏代。

夫妻倆一年裡總會找兩、三個假日，特地到博多車站前的克里歐花園飯店吃早餐，算是生活中的一點奢侈享受。每次去吃那要價兩千五百元的早餐時，夏代一臉開心的樣子，如今依然歷歷在目。

克里歐花園飯店的早餐也和這裡一樣是自助式，夏代喜歡吃西式早餐，鐵平喜歡吃日式。

今天早上，鐵平吃的也是日式早餐。

用大量加賀蔬菜作成的菜餚放在大盤子裡擺出來，選了其中特別喜歡的幾樣後，走到白飯與味噌湯區。

這幾天總覺得什麼也不想吃，然而這時看到大型電子鍋旁寫著「能登產梯田越光米」的牌子，食欲便一口氣恢復了。

能登產的越光米有著只要吃過一次就難忘的好滋味，但是別說九州，連在東京都不太容易吃到。這麼珍貴的名牌米，竟然可以像這樣高興吃多少就吃多少，真不愧是當地特產。

帶著裝有各種菜餚、一大碗飯和味噌湯的托盤回到窗邊的座位。

迫不及待將剛煮好的能登產越光米放入口中。濃厚的甘甜味瞬間擴散，果然是不負期待的美味。

——這可真好吃。

腦中如此嘟囔的同時。

——哎呀，真想讓夏代也吃吃看。

也閃過這樣的念頭。

不行、不行。鐵平用力甩頭。

拂拭這長年養成的習慣，是現在當務之急的課題。

吃完早餐，帶著房門鑰匙直接走出飯店。

穿過從房間俯瞰時看到的鼓門及款待圓頂，走進金澤車站。正值通勤時間，廣大的車站裡人來人往，其中也不乏看似旅客的身影。

徑直往前走，從與鼓門所在的東口完全相反邊的西口走出去。

走出來一看，左右兩旁設有大型停車場，除此之外就只有幾間飯店，沒看到比較顯眼的商業設施。車站前有一條寬敞的直線道，兩側蓋了不少新大樓，抬起頭，天空遼闊無邊。

旅遊導覽書中說，金澤在戰時和京都一樣，是少數未受美軍空襲的城市之一。因此，也和京都一樣保留了不少古意盎然的街景。

像是金澤城遺址、作為歷代藩主庭園而廣為人知的名園兼六園，以及東西兩條茶屋街等，這些具有歷史價值的建築都在東口那邊。至於面朝金澤港的西口這邊，則是過去人稱「城下町金澤」的市郊地帶。

花了短短一小時漫步車站周圍後，回到飯店。

站在東口前等紅綠燈過馬路時，看到前方大樓有不動產公司的招牌，便決定營業時間一到，立刻去那裡找房子。

回到飯店房間，刷了牙，打開電視確認今天的天氣。氣象預報沒有雨傘圖示，應該不會下雨吧。不過，翻閱旅遊書時，上面寫著金澤氣候多變，同一天內也會變天好幾次。就算出門時是晴天也不能大意，聽說金澤人的格言就是「即使忘記帶便當也別忘記帶傘」。

十點一到，走出飯店房間。

天空萬里無雲，入境隨俗的鐵平還是在背包裡放了一把折傘。

穿過鼓門前的馬路，朝剛才遠遠看見有不動產公司招牌的大樓邁進。那棟樓在車站前大馬路的左側。五層樓建築入口放著「根本不動產」的大看板，辦公室似乎設在二樓。走進大樓入口，搭正面電梯上二樓。

站在玻璃門前窺看店裡的情形。入口處和一般住宅玄關一樣，辦公室地板比玄關高一層，上面鋪著茶色的地毯，五張放有電腦的桌子沿著後面的牆壁排成一列。每張桌子中間都以低隔板隔開，整體來說呈現開放式的氣氛。

在這間店一定能找到好房子，鐵平心想。

站在車站前廣場朝馬路左右兩邊張望時，其實看到好幾間不動產公司，卻在遠遠看見這間「根本不動產」

的招牌時，瞬間決定「就是這裡了」。鐵平的這類直覺向來不會出錯。

剛開始營業，店內還沒有其他客人。

推開玻璃門走進去。

站在入口，沒有聽到來客鈴響，也沒有人出來。眼前的接待區亦空無一人。

「早安。」

大聲打招呼，宣告自己的到訪，一個身穿藍色西裝的青年才從整排電腦桌後方的牆邊探出頭。看來，辦公室在這面牆的另一頭。

「您早，不好意思沒發現您大駕光臨。」

青年頂著一張娃娃臉，看起來離三十歲還有一大段距離。

「不好意思，我想找金澤市內的房子……」

「請進，請這邊坐。」

青年堆著笑臉，走到距離鐵平最近的一張桌邊招手。

「打擾了。」

鐵平微微點頭，踏上比玄關高出一階，鋪了地毯的室內地板，朝青年站的地方走去。

青年遞上來的名片印著「根本不動產 金澤站前分店 租賃顧問 堀部圭亮」。鐵平也拿出公司名片自我介紹，並補充說明「不過我這個月離職，已經不在這家公司工作了」。

「這樣啊。」

堀部青年不以為意地收下名片。

「這麼說來，您是北陸出身的人？」

青年問得理所當然。

「不，倒也不是這樣。」

「真抱歉，因為看您姓加能，還以為您是石川那邊的人呢？」

說著，和鐵平並排坐在電腦前，打開電源。

起初不懂對方為何一看到「加能」就想到石川，不過，想了想也就知道答案。把石川的加賀和能登各取一字正是「加能」。

「北陸這邊姓加能的人很多嗎？」

反過來詢問對方。

「是啊，石川和富山那邊都滿多的喔。」

堀部青年說。

這麼說來，或許加能家從前和北陸有什麼關係也說不定。只是鐵平當然從未自父親或母親口中聽過類似的事。

「其實是這樣的，我學生時代的朋友近來要在金澤創業，就請我一起來幫忙。所以我才決定辭掉名片上這家公司，搬到這邊來住。」

「原來是這樣啊。」

「話是這麼說，家人都留在福岡，只有我自己一個人過來工作。所以，只要找單人公寓就可以了。」

「我明白了。」

堀部青年頻頻點頭，目光投向終於起動的電腦螢幕。

「那麼，您有希望的地點嗎？另外，像是格局及預算等，方便的話也想先請教。」

「朋友的公司在片町，只要離片町近的地方都可以。格局如果有1ＬＤＫ應該就夠了。預算方面，因為我不知道金澤的行情所以很難給個數字。不過，希望盡量是新一點，然後可以馬上入住的房子。不然，在找到房子前，我都得繼續住全日空王冠廣場飯店了。」

「好的，了解。」

一邊聽著鐵平提出的條件，堀部青年一邊將內容輸入電腦。

螢幕上一出現物件一覽表的畫面，他就把臉湊上去，喀嚓喀嚓點按滑鼠，反覆將幾個物件資訊放大又清除。鐵平則在距離較遠的地方觀察堀部青年。

長相端正，和耕平頗有幾分相似。

正這麼一想，堀部青年忽然抬起頭望向鐵平，同時用力敲下鍵盤的Enter鍵。

「這個物件您看怎麼樣？」

螢幕上顯示出公寓外觀照片和屋內格局圖等相關資訊。

在公寓名稱及房號「豪麗香林坊６０２」後面，寫著「大門自動鎖・全電化住宅・建築年份較新的設計師公寓。從JR北陸本線金澤車站搭公車約十分鐘，下車站為香林坊，徒步五分鐘即到家」等說明。交屋日期寫的是「隨時」，房租外加管理費共九萬三千元。押金兩個月，禮金一個月[6]，實住面積為四十五平方公尺，格局為1LDK。

「地址是片町二丁目，從公寓名稱也可看出就在香林坊十字路口附近，以金澤來說，沒有比這裡更方便的地方了。」

堀部青年這麼說。

「如果需要停車位，公寓對面也有停車場，月租金另收，原本一個月是一萬八千元，現在正在促銷，只要七千就能租到一個停車位。也就是說，房租和車位月租正好十萬，就這一帶的行情來說，算是滿划算的。」

差不多六坪半的客廳和兩坪半的西式房間，再加上一坪大的廚房、洗臉台、廁所和浴室，室內格局大概是這樣。

總覺得最近好像看過類似格局的房間，仔細一想，立刻就回想起來了。耕平他們在鹿兒島住的公寓就像這樣，只是印象中，那裡的客廳沒有七坪這麼大。話說回來，耕平住的地方房租五萬，可見金澤的房租行情比鹿兒島高了不少。

以月租十萬計算，一年就是一百二十萬。

對現在的鐵平來說，這點錢不算什麼。

「那我就決定租下這個房子。」

堀部青年聞言嚇了一跳。

「先看過房子再決定比較好吧？」

「現在馬上可以去看嗎？」

「可以的，這間房子是本公司管理的物件。」

「那好，請帶我去看。」

「既然這樣，另外還有幾間類似的房子，您要不要一起看看呢？」

一上來就推薦自家公司管理的房子，青年大概沒想到客人馬上會做出了決定，顯得有些訝異。

「不過，你說的這間最方便不是嗎？」

「是的。」

「這樣的話，只要看這間就好。」

「好的，就這麼辦。」

堀部青年用彷彿下定了決心的語氣這麼說。

4

戶口名簿用在博多區公所辦遷出證明時一併申請的謄本，所得證明用上年度的薪資明細取代，至於保證人則決定委託保證公司。當天就把這些文件和入住申請書一起交了出去，兩天後，二月十日星期五通過入住

6. 在日本租屋除了需支付押金外，通常還需付給房東禮金。

審核，下午前往根本不動產站前分店付款，非常順利地簽下入住豪麗香林坊６０２的租屋契約。

星期二來到這裡，星期五已經拿到新居的鑰匙，簡直可以說是進展得太順利。

有了一個好的開始，令鐵平暗自鬆一口氣。

夏代至今沒有任何聯絡。不過，像這樣著手準備新生活，漸漸也能感受到自己心境的轉變。雖然還是不打算接她打來的電話，但包括這點在內，自己對夏代的注意力確實一天比一天淡薄了。

這是非常好的趨勢。

星期五一簽完約，鐵平隨即租了一輛車，前往向堀部青年問來的家用品賣場、購物中心、家電量販店和宜得利家居等地方，買齊各式各樣的生活用品。原本計畫在宜得利買張單人床，但店員說要等十天才會送達，只好改買折疊式的床墊。這邊和福岡相比，畢竟氣溫低上許多，於是也買了保暖性高的床墊、毛毯和厚的羽毛被。

不對任何高價的東西出手，即使如此，從窗簾到地毯，從燈具到電視、冰箱、洗衣機、微波爐、沙發與桌子、椅子、寢具、廚房用品、清潔用品、洗衣用品、衛浴用品……光是買齊這些一人生活所需的一切用品，就是一筆不可小覷的金額。

星期五一天就花了將近四十萬元，要是再買一輛中古車，支出瞬間就超過百萬。

再次深深體認到，這二十多年下來，能和夏代兩人平安無事養大美嘉與耕平，過著安穩的家庭生活有多麼不容易。

或許，一個人光是要理所當然過著無病無災的一生，就是一件極為困難的事了。

——即使手邊有一億元也不能掉以輕心。

一邊將各式物品搬進租來的房子裡，一邊這麼細細思量。

倘若每天什麼也不想地過日子，就算有一億元，依然能清楚看到錢一點一滴流失的樣子。

——至少房租和水電費得靠自己賺才行哪……

別的不說，如果自己什麼都不做，精神一定會出問題。

話雖如此，這輩子再也不願意做任何不想做的事了。也絕對不想再受人差使。

今後再無必要為誰而活，只需徹底為自己而生。既然如此，就算要工作，也只想做自己喜歡的，不管怎樣都要以自己為主體。

一邊熟悉金澤這塊土地，一邊找個這樣的工作吧——如果能把一億元用在這件事上，對鐵平而言沒有比這更好的事。

燈具、寢具、在日用品賣場買回的地毯及窗簾等東西，都在星期五當天用租來的車載回住處，冰箱和電視、洗衣機也請人隔天下午送達。對最近的家電量販店來說，隔日發送好像已成了理所當然的服務，甚至還有可以當天發送的。不過，在宜得利買的餐桌和椅子、沙發等，最快也要等到下星期中才會送達。

二月十一日，星期六。

這天是建國紀念日，也是鐵平結束四天飯店生活，中午前便搬進豪麗香林坊602室的日子。

三十歲那年春天和夏代結婚，從那天算起，睽違二十二年的獨居生活。

六坪半的客廳和兩坪半的房間地上鋪好地毯，再將在日用品中心衝動買下的暖爐桌放在客廳中央。原本只有電視櫃和電視的客廳有了暖爐桌坐鎮，瞬間增添暖意。等餐桌也送來，在這裡生活就沒有任何不便了。

鐵平打算餐桌送來後，就把暖爐桌搬進寢室。

把和室椅放在暖爐桌旁面朝電視那一側，鐵平自己也落了座。

一股溫暖慢慢籠罩下半身。

想起學生時代，因為不喜歡石油的味道，冬天光靠一張暖爐桌度過的往事。

對鐵平這個年紀的人來說，大學生住有空調的地方是難以想像的事，大家都靠石油暖爐或插電的暖爐桌禦寒。

——明明這麼喜歡暖爐桌，怎麼後來都不用了呢？

這才想起，無論是單身未婚時，或是和夏代結婚後，似乎都沒買過暖爐桌。

大概是因為夏代不喜歡吧。她向來喜歡木頭地板，再加上原本是護士的緣故，即使在家也總是勤勞走動，榻榻米或暖爐桌之類的東西，或許不適合她這種個性的人。

等洗衣機裝設完畢，已是下午兩點多。

這天在飯店吃完早餐後就一直未進食，鐵平決定出去吃飯順便散散步。

走出公寓，外頭正下著大雪。昨天下下停停的雪，今天從早上就不間斷地落著大片雪花。

約莫是節日的緣故，雪中行人熙來攘往。

香林坊和片町這附近，是金澤數一數二的鬧區。在從鹿兒島回博多的新幹線上巧遇藤木波江那天，聽她提起了片町這個地名。

「我在叫片町的鬧區開間小店。」

在她這麼說之前，鐵平從未聽過這個地名。香林坊就比較有名，即使是鐵平也略有耳聞，只是沒想到這兩個地方原來就在隔壁。

之所以對根本不動產的堀部青年說「朋友的公司在片町，只要離片町近的地方都可以」，也是因為波江的話還留在耳邊的緣故。並不是刻意想住在她的店附近，只是一時之間想不出其他地名。

真要說的話，搬來金澤也不是因為想見到波江。

得知夏代的背叛後，一心只想趕快離開博多，那時腦中倏地浮現的地名就是金澤。這裡既是波江住的地方，也是「大久保」大廚的故鄉。

至今從未造訪的城市，夏代絕對猜不到的城市，這就是鐵平選擇金澤的理由。

說得更簡單一點，只要是能讓自己「成為另一個人」的遠方城市，哪裡都好。

鐵平撐開雨傘，朝香林坊交叉口走去。上次去金澤市公所登記戶籍時，在公所附近稍微散步了一下。沿市公所前那條叫百萬石通的馬路直直前進，就會來到一個大十字路口「廣坂」，站在廣坂路口，正面可見兼六園，左邊就是金澤城公園。

這兩個地方都還沒去過，不過鐵平先去了百萬石通左側，正對市公所的「石川四高紀念公園」。從這座廣大的公園能看到金澤城護城河和壯觀的石牆，公園內的草地和部分通道上還留有殘雪，充滿北陸特有的風情。

聽說這裡過去是舊制第四高等學校，紅磚蓋的四高本館建築直接保留下來成為紀念館。這樣的完整保留，也可說是拜金澤未受空襲破壞之賜。順帶一提，來這裡之後，鐵平才知道「第四高等學校」的「第四」

正式讀音為「DAISHI」，因此，「四高公園」的「四高」正確讀音也是「SHIKO」，而不是「YONKO」。

今天鐵平先通過香林坊一丁目的號誌燈路口，在大和百貨前左轉。往右走就是香林坊交叉口，過了交叉口順著馬路往前，即可抵達片町鬧區。若往左轉，則沿著百萬石通走五分鐘左右就能來到市公所前廣場。這一帶的地理位置大致上是這樣。市公所再往前就是金澤二十一世紀美術館，那是一座展覽現代藝術的大型美術館。

順著幹線道路一五七號公路往前直走，這條路其實也是百萬石通的一部分，左右兩邊有不少銀行、證券公司、保險公司所在的商業大樓，也有發行《北國新聞》的地方報社總公司大樓，儼然形成了一個商務區。從地圖上看，一五七號公路正好與廣大的金澤城平行，來到南町附近時，則會看到祭祀藩祖前田利家的尾山神社，從地勢上看，尾山神社建在宛如背負金澤城的位置。

鐵平一直走到尾山神社的神門前才停下來。

不管哪本旅遊導覽書上都能看到這座神門的照片，隨圖介紹著這棟結合西洋、中國與日本風格，堪稱設計新穎的建築。反映金澤多雷的氣候，神門頂端設置了避雷針，聽說是日本最古老的避雷針。

站在神社入口，內心佩服地想，造型果然獨特，看起來一點也不像神社大門。

原本打算繼續沿著國道公路往前走，一路走到武藏辻交叉路口附近的近江町市場，現在臨時改變主意，想先進尾山神社參拜。

穿過不長的參道，拾神門石階而上。

神社佔地廣大，拜殿屋頂上還積著薄薄一層雪。十幾個撐傘的香客站在拜殿前排隊，其中還有外國人背包客。

參拜完，繞到外牆全以玻璃打造，時尚感十足的籤符販售處，買了一個平安符。

把平安符收進背包，想起和夏代一起送美嘉和耕平去博多車站搭車後，兩人接著到筥崎宮做新年參拜的事。那距今也不過才一個多月，想來真教人難以置信。當時買的筥崎宮平安符，現在依舊在福岡家裡的神龕上。

這麼說來，父母的牌位收在行李箱裡，還沒拿出來。

——把今天買的平安符拿出來擺飾時，也得順便拿出牌位祭祀才行。

鐵平這麼想。

5

住進豪麗香林坊的隔天，立刻開始找想買的車。

和停車場簽約時問了堀部青年：

「住在這裡，還是得有車比較好吧？」

這麼一確認，堀部青年便斬釘截鐵地回答：

「車是一定要的，片町的交通雖然已算方便，如果要長期生活在金澤，沒有車就哪都去不了。金澤這裡完全是四輪當道。」

在網路上打「金澤市 中古車」關鍵字，立刻就跳出超過一百家販售中古車的車行清單。看著那從平板電腦最上方一路排到最下方的店家數量，深切體會到堀部青年口中「金澤這裡完全是四輪當道」的意思。

東京也好，博多也好，這些都會區除了JR之外，還有其他私營鐵道，再加上地下鐵，電車路線可說四通八達。相較之下，金澤雖然有北陸鐵道公司，但北鐵的主力事業其實是地區公車和高速巴士，鐵道的業務公里數少得完全無法和東京的私營鐵道或福岡的西鐵相提並論。

既沒私鐵又沒地下鐵，不買車的話，在這裡生活肯定相當不方便。

星期五租的車一路用到現在，星期天上午也開車離開公寓，去看了好幾間中古車行。

首先去的是石川縣政府旁專賣速霸陸的中古車行。

鐵平原本開了多年的TOYOTA，在福岡買的第一輛車卻是中古的速霸陸Legacy，拜這輛白色休旅車之賜，使他完全成了速霸陸車迷。因此，三年前換新車時，就選了Legacy的後繼車款Levorg。Levorg開起來也是不輸Legacy的好車。

由於Levorg還算新款，即使是二手車，價格依然高得讓人買不下手。不過，如果是中古的Legacy或Impreza，應該就不難找了吧。

在速霸陸專賣店裡看上的是一輛Impreza Sports的1600cc。新車登記年份是二〇一二年，里程數是一萬七千公里，車輛本身定價一百二十九萬元，加上其他種種費用，總價一百四十四萬。顏色是藍色。這間車行沒有鐵平開過的第四代Legacy，只有第五代休旅車，價格是一百九十萬。至於Levorg，就算是二手車，至少也要超過三百萬才買得到。

這天後來又跑了四間中古車行，只集中看速霸陸。儘管有些車的價格比專賣店便宜，維修方面還是遠遠比不上官方認證的中古車專賣店。

隔天星期一繼續跑中古車行，這次則專看馬自達汽車。

為什麼想看馬自達，是因為這幾天租的車是馬自達的新型Demio，無論方向盤的操控或車輪的運轉都很令人滿意，超出鐵平原本對該等級車款的期待。

和看速霸陸時一樣，一開始先看專賣店。這間店的地點差不多介於金澤車站和縣政府中間。順便說明，從金澤車站往港口方向直走兩公里半左右就是縣政府所在地。像這樣開車前往分佈各地的中古車行看車，慢慢地把路摸熟，發現自己腦中也開始能自然浮現金澤市的地圖了。

麻煩的是，金澤市的行政單位沒有劃分到「區」。

無論東京或福岡，在瑣碎的「町名」之前都會先有「區名」，所以只要靠區名，就能大概掌握想去的地方在哪個位置。然而，來到「沒有區名的町」後，不管哪間店，光靠地址都無法判斷遠近距離。每次都得拿著町名在地圖上找路，實在很麻煩。

說起來，金澤市竟然不是政令指定都市，這事也令鐵平頗感意外。

在馬自達的中古車專賣店看到兩輛中意的車。第一輛是Axela Sport的1500cc。新車登記年份是二〇一〇年，行駛里程數是兩萬公里，車輛本身價格為一百二十九萬元，加上各種費用後總價一百四十四萬。這個價格和Impreza一樣，顏色也一樣是藍色。

另外一輛是和這幾天租的車一樣款式的Demio，1300cc。二〇一五年。一萬公里。車輛本身價格為一百十六萬，加入各種費用後是一百二十二萬。黑色。

上班族時代很少有機會開黑色的自家用車，總想著辭掉工作後一定要開黑色的車。就這點來說，黑色的

Demio很吸引人。以價格而言，也比其他兩輛車便宜了超過二十萬。

這天也在離開專賣店後，另外逛了三間二手車行。

在其中一家找到鐵平以前開過的第四代Legacy休旅車，勾起一陣懷念。2000cc。二〇〇八年。一萬九千公里。車輛本身價格八十五萬，加入各項費用後總計九十五萬。維修狀況佳，看得出前一個車主把車照顧得很好。由於價格平實，在店裡猶豫了很久是否就買下這輛車，結果還是放棄。因為顏色是白色。簡單來說，就是和以前開過的車一模一樣。

既然都要拋棄家人，邁向嶄新人生，如果還開完全一樣的車，豈不是又回到過去了嗎？儘管三年前為了發洩遭貶職的怨氣而買下的那輛Levorg幾乎沒有全家人的共同回憶，鐵平卻常開著前一輛白色的Legacy帶夏代和孩子們去各種地方，那輛車可以說是「與家人間回憶」的象徵。

星期二，找車進入第三天。這天打了電話到速霸陸和馬自達的專門店，分別請店家提供Impreza和Axela Sport及Demio的試乘。這三輛車的車檢似乎都還沒過期，也都有持續保險，在兩間店順利完成了試乘。

依序試乘了速霸陸和馬自達，在坐副駕駛座的業務陪同下開上國道。每一輛車的引擎和排檔都沒問題，開起來也很舒適。

出乎意料的是，實際開過之後，最中意的是車款最舊的Axela Sport。當然，如果那這輛車跟當初全新購入的Levorg比，還是有美中不足的地方，即使如此，開起來還是很順手，可以說是一輛好車。

最後一輛試乘的是Demio，雖然下車後對業務說「請讓我考慮兩、三天」，離開店面時，心情上幾乎已決定要買那輛Axela Sport了。之所以沒有當場決定，是因為還有點放不下黑色的Demio。於是心想，今明兩天繼續開著目前租的這輛Demio到處跑跑看看，最後再做出到底買哪一輛的結論吧。

畢竟現在什麼不多，時間最多，沒必要急著決定。

隔天為了再次確認Demio開起來的感覺，中午就開著車在市區內繞來繞去。

自古金澤就是以城下町為中心的城市。在兩條有名的河川環繞下，金澤的城下町就此發展而成。一條是因寶生犀星的小說而為人熟知的犀川，另一條是因泉鏡花的小說而聞名的淺野川。簡單來說，現在娛樂場合眾多的鬧區香林坊及片町位於犀川此岸，昔日的鬧區西茶屋街則位於淺野川的彼岸。

鐵平先開車橫越淺野川大橋，到西茶屋街一帶兜風。途中還將車停進停車場，第一次走進茶屋街，在附近的餐廳吃了海鮮丼當午餐。來到金澤後，已經在好幾間店吃過海鮮丼，這次也和前幾次一樣美味得令人咋舌。除了海鮮的鮮度更甚博多外，最重要的是，無論哪間店的米飯都很好吃。這城市不光是米，大概連水也很美味吧，這麼想著上網搜尋，才知道金澤在「自來水美味城市」排行榜上名列前茅。

吃完午餐後，接著往犀川的方向開。

今天難得從早上就是個大晴天，福岡雖然也常陰天，卻還比不上金澤。從那個在雪中來到小松機場的日子算起，今天已是第九天，在這之前，整天放晴的日子是連一天都沒有。以這幾天的印象來算，「陰天、雨天、雪天、晴天」的比例大概是四成、三成、兩成、一成，而且這些氣候現象還能以不同順序發生在一天之內。鐵平真的是每天都在實踐「即使忘記帶便當也別忘記帶傘」這句話。

再次橫渡淺野川大橋，穿過金澤城公園與兼六園中間那條路，行經香林坊交叉口再開進片町鬧區。左右兩旁的大樓都是有點年紀的建築，讓人擔心號稱「北陸第一的娛樂區」這樣真的沒問題嗎？不過，假日就別說了，即使是平日，只要天一黑，這一帶就會湧進人潮，展現繁華歡樂夜生活的一面。

白天夜晚都來逛過幾次後，鐵平深深體認到這裡果然是和博多一樣，幾乎未曾經歷地震及颱風洗禮的城市。與地震頻仍的東京不同，金澤還有很多老舊大樓，看樣子也還能撐上不少年月。或許因為如此，這座城市才得以保留下那些充滿懷舊氛圍的街景。

穿過片町，橫渡犀川大橋。

因為沒有特定目的地，暫且朝與犀川平行的港口方向行駛。時間剛過下午一點，行人和車流量都不多。即使天氣放晴，風吹上身時還是一陣冷徹骨，大家都不想外出吧。

Demio加速時很順暢，過彎時也毫無滯礙。光以行車狀況來說，馬力表現也超出鐵平對1300cc柴油引擎的想像。兩年前出的車款還算新，只是自己一個人乘坐的話，說不定比舊型的Axela Sport好。耗油量方面，Demio也勝出了將近十公里。昨天堅定的決心開始逐漸動搖。

越過北陸本線高架，車子奔馳在隨處可見的郊外風景中。

停在「入江派出所前」等號誌燈時。

朝前方對向車道不經意投以一瞥，「梅賽德斯賓士金澤」的招牌映入眼簾。

綠燈一亮，立刻發動Demio前進，經過那間大型展示中心旁幾百公尺後，順理成章地在下一個路口掉頭迴轉。連自己也不知道為什麼這麼做，只是內心油然而生一股不這麼做就不痛快的心情。

當賓士的展示中心出現在左前方視野，鐵平就開始減速。

——看來似乎這間店有什麼打動我了。

彷彿置身其外似的這麼想。

將Demio開進寬敞的「來賓專用停車場」，一下車就直奔展示中心。

停車場內的指示牌上印有「北陸YANASE」的字樣，應該是YANASE旗下的中古車行[7]。

展示中心裡，各種賓士車款以充分的間隔停放展示。星期三下午一點多的現在，寬敞的展示中心裡不見其他顧客身影。接待櫃台也只有一位身穿制服的年輕女性坐在那裡。

正當鐵平慢慢欣賞各級車款時，後方走出一個身穿灰西裝的男人。只見他先對接待櫃台裡的女孩笑著點頭，再朝這邊走來。

「歡迎光臨。」

男人以渾厚低沉的男中音這麼說。他身材中等，鼻樑高挺，配上曬得黝黑的肌膚，是位長相相當帥氣的男性。不過，完全不令人生厭。年紀約莫四十五歲上下。男人從口袋裡拿出名片遞上來。

「敝姓內海。」

站在標價超過一千萬元的汽車旁接過名片。

「敝姓加能，請多指教。」

鐵平也自我介紹。

「請問這邊也經手中古車嗎？如果有的話，我想看看中古的賓士。」

---

7. YANASE為隸屬伊藤忠商事的進口車及中古車商。

將拿到的名片收進羽絨外套口袋，迫不及待詢問。

「是的，當然有。」

「那太好了。」

「您想看哪一級的車種呢？」

「C級的，希望盡可能便宜一點，然後顏色最好是黑色。」

「我明白了。」

內海稍微想了想。

「加能先生，正好昨天進了一輛物超所值的車，請您務必鑑賞看看。」

內海笑吟吟地說。

跟著內海，從與出口相反邊的另一扇小門走出去。

來到的地方是建築物後側，隔著中間的細長走道，左右兩旁各有一個廣闊的停車場，停滿許多賓士車。

內海走向左邊的停車場，鐵平也跟上去。

他停在一輛車前，那是一輛車頭嵌著大大星形標誌的黑色賓士。

「這是前一代的C級車，如您所見，狀態這麼好的車子是很難得的。里程數也只有兩萬三千公里左右，完全符合加能先生的條件。」

鐵平一看到這輛車，立刻感到「就是它了」。

「價格含稅是一百七十萬，現在購入的話，加上其他各項經費仍算您一樣價錢，只要一百七十萬就能開回家了。」

原本第一順位的 Axela Sport 是一百四十四萬，也就是說，這輛車還比它高出二十六萬。

「要不要坐進去看看？」

當內海這麼說著，正要伸手去拉駕駛座車門把手的瞬間。

「那我就買這輛。」

鐵平這麼脫口而出。

6

一星期後，二月二十二日星期三。

內海開著那輛鐵平沒有試乘就當場決定買下的賓士，把車送來香林坊的公寓。

「坐起來非常舒適，這輛車真的是買到賺到。」

向坐在副駕駛座的鐵平簡單說明了基本操縱、導航系統和音響操作方式後，內海一邊這麼說，一邊將放了備鑰的小袋子交給鐵平。

一起下了車，鐵平把在附近大和百貨買的餅乾禮盒交給內海說：「如果有什麼問題，我再馬上聯繫您。」

「這次這輛車維修得很好，我想應該沒有問題，當然，有任何問題歡迎您隨時打我的手機。」

提著餅乾禮盒頻頻道謝，內海這才離開。

今天的金澤一大早就放晴，氣象預報最高溫攝氏九度，最低溫零下兩度，儘管如此，晴朗陽光下的感覺就像春天，體感溫度也一口氣提高許多。

一交車，立刻開出去附近兜風。

租來的Demio昨天下午已經還給車站前的「日本租車」了。十二天的租金是八萬元，十幾年沒租過車，沒想到現在租車費用這麼便宜，這點倒是令鐵平頗感意外。

時間剛過十一點，仰望晴空，想起的不是福岡，而是東京的天空。

強烈陽光下，曜石黑賓士閃閃發光。雖說是自己一見鍾情的車，但也正如內海所說，這輛車確實是物超所值。

無論外觀還是內裝，愈看愈覺得這輛車的狀態維持得真好。

把一億元現金擺在餐桌上時，第一個浮現腦海的念頭就是「有這麼多錢就能買保時捷或賓士了」。那個「賓士」現在已在眼前。

當然這不是新車，價格和中古的國產車也差不多。但是，如果沒有那一億元，肯定還是買不起這輛車。對鐵平這世代的人來說，賓士就是這樣的存在。

坐在駕駛座上，第一次握住方向盤。

遺忘幾十年的喜悅緩緩浮現，從手臂傳遞全身。

一個人隨心所欲過活的喜悅。

這不是別的，正是自由的喜悅。

7

直接將車開了出去，用雙手感受方向盤的觸感。

開了一會兒，看到客美多咖啡的招牌，就把賓士開進停車場。第一次開著它要派頭兜風前，還是先吃點東西吧。

不料，就在用炸蝦三明治和咖啡填飽了肚子，回到停車場，正要發動引擎時，一股突如其來的惡寒竄過背部，身體打了個哆嗦。

陽光明明曬得椅墊很溫暖，這時候發冷太不對勁了。

——該不會……？

腦中想到的，是第一次接到北前律師電話那天的事。那天早上站在洗臉台前，雙手接觸水龍頭中流出的水那一刻，身體也竄過一樣的惡寒。以結果來說，那陣惡寒開啟了夏代的祕密。

糟了。鐵平心想。忘了把衣櫃抽屜裡的克流感一起帶來。

原本打算一路開到小松附近，這下計畫只得中斷。

把目的地改成位於元菊的丸榮，再次啟程。丸榮是金澤一帶知名的連鎖超市，市區內就有好幾間分店。鐵平住的公寓前面有一個東急廣場購物中心，那裡的半地下樓層也有丸榮的迷你超市。剛開始在那裡買了幾次東西，最佩服的是店面規模雖小，品項卻很齊全，後來又上網查到還有丸榮元菊店。元菊店距離公寓不到十分鐘車程，此後鐵平每次要買食材，就只去丸榮或香林坊交叉口的大和百貨了。

車開了一陣子，惡寒總算散去。覺得自己白操心的同時，內心還是有些惴惴不安。

元菊店的停車場很大，今天也幾乎停滿了上門顧客的車。

下了車，才剛走到超市入口，脖子附近又再度感到那股惡寒。明明戶外有陽光很溫暖，也沒有風。

先去日用品賣場拿一盒拋棄式口罩，到結帳櫃台排隊。

結完帳立刻站在裝袋區旁，打開盒子抽出一片口罩戴上，再推著放了購物籃的購物車重回賣場。店內依然人潮洶湧，可不能在這種地方散播病毒。

萬一自己真的得了流感怎麼辦，這種事不能掉以輕心，早就該把口罩戴起來了。

拿了運動飲料、即食粥、香蕉、橘子、冷凍烏龍麵和冰淇淋等東西，全部丟進購物籃再回到結帳櫃台旁排一次隊。店內放飲料的冰櫃及冷凍食品賣場的冷氣襲來，身上那股寒意更清楚了。

——這下真的很可能是流感。

想到說不定會像前年那樣發高燒，內心一陣驚恐。

回到家立刻上網調查有夜間急診的醫院和計程車行的電話吧。要是突然發起燒來，不馬上趕往醫院，後果一定不堪設想。

不久前那個買到中意的車，正在為獨享自由大呼快哉的自己真像一個笑話。

對於身旁沒有夏代的現狀充滿不安。

這二十多年來，無論身體出什麼狀況，都完全依賴夏代。畢竟她曾是嶺央大學醫院的優秀護理師，沒有比她隨侍身旁更放心的事。耕平會成為那樣的超級大媽寶，跟他小時候動不動就發燒也脫離不了關係。即使還只是幼兒，能獨佔美麗護理師的滋味肯定是很不錯的。同樣的，美嘉之所以立志成為護理師，大概也是出於對母親的崇拜和嫉妒吧。鐵平自己向來事事依賴夏代，和她過去的護士身分也不能說毫無關聯。

說來老套，人類就是這種生物。

回到公寓喝下一杯熱焙茶，才好不容易活回來。將途中繞去藥房買的電子體溫計挾在腋下一量，三十六點六度。比正常體溫高一點，但似乎還不需要擔心。可能只是普通感冒。

吃掉兩顆橘子。覺得感冒時，不管怎樣先補充維他命C就對了。

到了傍晚，體溫依然不上不下，還是三十六點六度。

如果是流感，應該會忽然發起高燒才對，果然搞錯了嗎？

生活在人群中，不知不覺就會像這樣變得超乎必要的小心。

人類確實靠著結成群體來守護自己，發展分工，進而成為世界霸主。但與此同時，身為個體的生命力似乎也不斷流失了。相較之下，動物雖然會為了搶奪食物或繁衍求偶起爭執，平時還是活得淡然超脫。只有人類才會在無關飢餓或求偶的情況下與同類對立，彼此傷害，甚至做出拋棄自身生命的事。做為一種生物，「無法獨活」的致命缺陷或許在人類心中埋下莫須有的恐懼，驅使人們做出不必要的鬥爭了吧……

用冷凍烏龍麵和之前買來存放的炸甜不辣做了簡單的晚餐，為求保險起見決定不洗澡，晚上九點多就上床了。

昨天剛好來金澤滿半個月。已經找到住的地方，買齊了生活必需品，終於也買了車子。這麼一來，新生活也算做好萬全準備了。只是，這下明天該做什麼才好，卻是毫無計畫。

——所以，接下來該做什麼才好呢？

畢竟是個拋妻棄子，為了捨棄至今大半人生而衝動離家的人，就算找到落腳處，就算生活必需品買得再齊全，最後也只不過是大海裡的一葉扁舟。打從一開始就沒有固定的航路，也不以哪個港口為目標。

——就算問自己接下來該做什麼好也沒用。

內心如此自嘲。

夏代至今沒有任何聯絡。

最後通電話是將近三週前的事。距離一月七日她離家，更已經超過一個半月。

夏代還沒發現丈夫辭職的事嗎？

圭子可能會通知真由。只是這麼一來，耕平就不可能不通知夏代。一旦得知鐵平辭職的事，夏代應該馬上會回福岡才對。

難道是尚之沒告訴圭子自己離職的事嗎？

追根究柢，尚之對此不聞不問，本身就是件很奇怪的事。就算感情再差，親堂弟忽然辭職，以經營者的身分也該來問問發生了什麼事。尚之究竟在幹嘛。預守靈那天菅原曾說「想要現在的社長做出正常經營判斷，似乎是不可能的事」，或許尚之的精神已經出了某些問題。

——好吧，這也算因禍得福。

繼續這樣永遠沒有人來聯絡，對鐵平而言是最求之不得的事。不過，他也很清楚世事不可能這麼簡單。

在夢囈中驚醒。

小夜燈的蒼白光線映入眼簾，抓起枕邊的遙控器，按下「全亮」按鈕。

室內瞬間充滿爍白燈光，剛才做的夢和消失的黑暗一起蒸發。

——夢的內容是什麼來著？

只能確定是惡夢。體內的高溫化為惡夢喚醒了自己嗎？

右手掌心抵住額頭，一摸就知道正嚴重高燒。

——得趁身體還動得了時趕快行動才行。

站起來走向客廳。

拉開電視櫃抽屜，拿出白天買的體溫計量體溫。餐具目前也放在電視櫃的另一個抽屜。

站著環顧冷清的房間，耳邊傳來「嗶」的電子音。

抽出腋下的體溫計，定睛一看，四十一點六度。

回到寢室，迅速脫下睡衣和內衣褲。換上新的內衣褲，穿上在東急廣場 Uniqlo 買的喀什米爾毛衣、保暖長褲，再穿上從福岡帶來的 North Face 羽絨外套。

身體每個關節都在隱隱作痛，但應該還能自己開車。

把家鑰匙和車鑰匙、手機、錢包及口罩分別塞進長褲與外套口袋，抓起放在餐桌上的便條紙衝出房間。健保卡也在錢包裡。

外面下著雨，雖然不大，但也不算小。幸好公寓前的停車場有屋頂，上車前身體沒有淋濕。

發動引擎，啟動導航。

液晶螢幕上浮現時間，這才知道現在幾點。凌晨三點二十六分。這表示至少睡了整整六小時。也該說是不幸中的大幸吧。

車內溫度低得冷進骨子裡，急忙打開暖氣和發熱椅墊，一股熱氣從腳邊吹來。

一邊看自己抄在便條紙上的內容，一邊在導航畫面輸入「金澤醫療中心」的電話。那是離這裡最近的急診醫院，地點在兼六園過去一點，離這裡開車不到十分鐘車程的地方。在家裡查了醫院網頁，根據上面的記載，那裡創立時原本叫國立金澤醫院，十幾年前隨著國立醫院機關的成立改名為「金澤醫療中心」。

預定抵達時刻是三點三十六分。

拿出手機，這次直接用手機撥下電話號碼，拿到耳邊。響了幾聲後，聽見一個男人的聲音。

鐵平說明自己從傍晚開始身體不適，現在量了體溫將近四十二度的事。

「我請護理師來聽。」

對方以冷淡的語氣轉接了電話，鐵平對來接電話的護理師重新說明一次。

「您現在人在哪裡？」

「片町的自宅。」

「這樣的話，請您馬上過來。如果手邊有口罩也麻煩您先戴上。」

聽到護理師溫柔的語氣，稍微鬆了一口氣。

將電話收回口袋後，動動肩胛骨，無言地問自己「沒問題吧？」

「沒問題啦！」

這次發出聲音，緩緩踩下油門。

8

高燒了兩天兩夜。

自己去上廁所已是極限，除此之外只能猛灌放在枕邊的寶特瓶運動飲料。身體一站起來就搖搖晃晃，連一分鐘都撐不住。想加熱即食粥來吃更簡直是不可能的任務。

和前年比起來，克流感的藥效好像降低了。

當時雖也發了高燒，還記得服下克流感二十四小時後，體溫就降到三十八度多。同樣的藥，這次每隔十二小時準時服用，已經服用四次了，體溫依然超過四十度，沒有降下來過。

第二天深夜，看到量出的體溫還是四十度時，真是名符其實眼前一黑。

據說偶爾會出現對克流感具有抗藥性的流感病毒。要是遇上了，不管吃多少克流感都別想期待藥效。這次的流感或許就是了吧？如果是的話，得去醫院拿別的抗病毒藥物才行，否則無法退燒。

然而，現狀怎麼看也做不到。身體疲軟無力，動彈不得。先換衣服、叫計程車、走出房間，站在公寓大門等車來──現在的自己不可能完成這一連串動作。

去醫院的唯一方法就是請救護車。

鐵平冷靜自問。

——繼續放著不管，我會死嗎？

一直有注意攝取足夠水分，儘管兩天沒吃東西，體力衰退不少，但是發著高燒的同時意識還是很清楚，也未感覺呼吸困難。

昨天確實高燒到四十二度，不過今天已經下降到四十度多了。今天一整天都維持在四十點五度以下，看來也沒有要再提高的樣子。

既然如此，應該可以判斷沒有症狀忽然惡化，危急生命的可能性。

——今晚再觀察一個晚上吧，真的惡化再叫救護車也不遲。

就這樣做出相對冷靜的判斷。

現在急著亂動反而消耗體力，再說，以現在自己的狀況，還沒走到公寓門口可能就先倒下了。

天亮前，體溫終於開始下降。接著，克流感迅速發揮驚人作用，下午再量已經低到三十六點八度，高燒算是退了。

睽違三天吃下第一口熱粥時，感動得差點流下眼淚。

不誇張地說，感覺就像拚死撿回一條命。

吃完一份即食粥，又睡了差不多兩小時。

再次醒來時，只覺得全身精氣皆已恢復，起身也不搖晃，腳在地上踩得很穩。試著轉頭，甩甩手腳，關節都不痛了。

可以清楚感覺到體內的病毒停止增殖，數量正在急速減少。

太好了，內心直呼萬歲。

感受著與今天早晨心境一百八十度不同的鮮明喜悅。只不過是脫離流感病毒肆虐的痛苦症狀而已，胸口卻莫名湧上不可思議的歡喜。

——這麼一來我就沒問題了。

彷彿爬過一座大山，越過高聳障壁而產生的自信，伴隨歡喜的心情不斷湧現。

——就算沒有夏代，我也活得下去。

鐵平這麼想。

——所以……

這麼說給自己聽。

——今後一定要好好活下去……

要好好活下去，就得好好過日子。不能再像至今這樣老是外食，也要嚴禁熬夜和賴床。中午吃飯忍不住喝酒的習慣更是絕對要改掉。

時間來到傍晚五點。

看看現在的身體狀況，應該可以換上外出服到附近買東西了。體力已經恢復到這個程度。窗外天色還很亮，今天也從一大早就放晴，白天陽光和煦，甚至不需要開暖氣。

——不，出門的事還是謹慎為上，至少觀察到今天結束再說。吃碗熱騰騰的烏龍麵就上床吧，好好再睡一覺。這樣才能把流感病毒完全從體內趕跑。

坐在餐桌前，鐵平環伺冷清無味的房間。

來到這個全然陌生的城市後，終於有種站在起跑線上的感覺。

9

在曾為古城下町的金澤，共有引自犀川與淺野川的大大小小五十五條水路分佈，這些水路至今仍流經城市各處。

鐵平住的豪麗香林坊不遠處，東急廣場後方就有一條名為「鞍月用水」的水路，鞍月用水以橫過香林坊的形式朝郊外流去，現在仍被當作灌溉用水使用。

與國道一五七號線平行，流經香林坊二丁目、片町二丁目和長町一丁目邊境的水路原本是一條暗渠，在金澤市的「開渠整備事業」下花了十年時間，使暗渠重生為一條美麗的水路。拿掉長達一千五百公尺的暗渠蓋，在上面重新建築將近百道橋樑，工程執行起來肯定大費周章。

現在這條水路兩旁開了各種商店，與水路平行的道路取了個「潺潺通」的名稱，成為金澤有名的觀光勝地之一。

沿著潺潺通走過一次後，現在每當鐵平要往近江町市場或金澤車站方向去時，就不再走外面的一五七號線，總是改走裡面這條潺潺通。道路邊的水路清澈水流不斷，鋪了石板的人行道旁種植各式各樣的樹木。白天已頗具情調的這條路，到了晚上兩側商店燈火通明，加上古意盎然的街燈閃爍，更顯獨特風情。若遇到積雪，又會搖身一變成另一種夢幻風景。

就在這條潺潺通上，離鐵平公寓走路五分鐘左右路程的地方，有一間外表看似民宅的小餐館，名叫「菊助」。

搬來片町不久時曾無意間走進去一次，此後開始經常光顧。這裡也有賣午餐定食，所以有時中午也會來吃。只有吧檯座位的小店，來上十個客人就差不多要客滿，但每次上門一看，至少都坐滿七成。即使客人有來有去，直到入夜這七成也不會減少。在兩旁開滿餐館及居酒屋的潺潺通上，「菊助」搞不好是生意最好的一間店。酒菜確實都很美味，價位也很便宜，生意興隆也是理所當然的吧。

店內裝潢老舊，老闆夫妻倒是很年輕。負責掌廚的老闆年約四十左右，老闆娘則大概三十五歲。鐵平接連光顧了幾天，他們也沒有隨便上前搭訕，話雖如此，兩人待客都很親切，是間令人賓至如歸的店。

餐點方面，老闆親手做的鰤魚炙燒生魚片是必點的絕品美味，用這個當下酒菜，品嚐天狗舞、手取川、菊姬、常歡呼等石川名酒，更是沒有第二句話好說。在金澤，無論吃魚還是吃蝦，種類及鮮度都可說是出類拔萃，別說東京，連博多也要甘拜下風。難怪彥左的料理那麼好吃，鐵平來到他的故鄉金澤後，終於知道為什麼了。

退燒後又隔了一天的二月二十七日，星期天。

在幾近春天的和暖陽光吸引下，傍晚天色還早時，鐵平就去了「菊助」。

才剛過五點，店裡只有鐵平一個客人。

迫不及待點了兩合的手取川大吟釀和鰤魚炙燒生魚片、炸泥蝦、奶油烤白子等料理。昨天在大和百貨買了豆腐、鱈魚、蔬菜和菇類自己煮鱈魚火鍋吃，今天中午就吃昨天的剩菜和用鮪魚罐頭做的義大利麵，再把冷凍保存的吐司烤來吃。吃了這些東西確認腸胃沒問題後，為了尋求營養價值更高的食物，才會跑來「菊助」。

簡單來說，也是慶祝自己順利擺脫流感病毒，無論如何都想喝點美酒罷了。

一口喝乾裝在大口小酒杯裡的手取川，睽違六天的酒精徹底滲透了五臟六腑。

過了明天，二月也要結束了。

初來乍到時曾令鐵平那麼訝異的寒冷，到了這陣子也突然不再逼人。昨天的電視新聞說，今年的雪只有往年三分之一。想來也確實如此，從鐵平搬來到現在，一次都沒下過積雪數日程度的大雪。

吃了半個多鐘頭後，陸續開始有客人上門。到了六點多，店內已一如往常坐滿七成。

——三月之後做點什麼好呢……

酒意差不多上來了，鐵平在醺然之中思索。

即使沒必要急著找工作，也不能每天懶懶散散過日子。想好好生活就必須工作。如果是寫小說、畫畫、作音樂之類藝術方面的工作，那一個人也可以辦得到，若是除此之外的工作，就得先找個可靠的夥伴幫自己建立與陌生人的關係才行。唯有這樣主動接觸人群，才能找到像樣的工作。總不能一開始就嚷著只想為自己工作，不需要別人幫忙，那樣未免太不知足了。

考慮到流感才剛好，喝完一瓶兩合的燒酒就放下杯子。

看看時間已經七點，不知不覺吃了兩小時。

喊老闆娘來點了一碗烏龍麵，做為今天的壓軸。

「菊助」的烏龍麵湯頭是關西口味，除了勾芡之外還會打上一顆蛋，超過半數的常客最後都會點一碗來吃，是店裡的隱藏版名菜。

「順便給我一瓶小瓶的啤酒。」

因為口有點渴，就又追加了啤酒。熱騰騰的烏龍麵配上冰得透透的啤酒最對味。

約莫十五分鐘，裝在土鍋裡發出咕嘟咕嘟聲的烏龍麵就和啤酒一起上桌了。

將SUPER DRY啤酒倒入冰過的玻璃杯。忽然想到，搬來這裡之後，這還是第一次喝啤酒。在家多半喝葡萄酒，像這樣外食時喝的必定是日本酒，會在點勾芡烏龍麵時點啤酒來喝，一定是因為春天就要到了吧。

吸一口加入大量生薑的烏龍麵，再喝一口啤酒。

感覺得到原本裹在身上的黏膩虛熱正一點一點融化。

不經意地，視線放在喝空的啤酒瓶身標籤上。看到SUPER DRY銀色的標籤，讓鐵平聯想起一件事。

——對了，藤木給的啤酒還放在福岡家中的冰箱。

那時的啤酒也是SUPER DRY。

從鹿兒島回博多三天後就發生了久山工廠那起爆炸意外，為了祈求遇難的青島早日清醒，鐵平開始要求自己禁酒，直到上個月底，親眼看到青島恢復健康才解禁。冰箱裡還有兩罐啤酒的事，早就忘得一乾二淨了。

把啤酒遞給鐵平時，波江急切說著「請一定要來喔，我會一直在金澤等你」時的表情浮現腦海。

她開的小餐館「木蓮」，和豪麗香林坊公寓同樣位在片町二丁目。

——是不是差不多該去找藤木了……

一邊用手帕擦掉額頭出的汗，鐵平一邊這麼想。

10

高松宅磨擔任了四屆三鷹市選出的東京都議會議員，第五屆當到一半時，代表東京二十二區出馬參選上一屆的眾議院議員，結果落選。根據網路查到的資訊，他似乎還打算參選下一屆眾議院議員，目前仍積極從事政治活動。

高松家原本就是三鷹近郊的大地主，也是不動產公司「高松土地計畫」的創業家族，經手多摩東部的土地買賣和住宅用地開發。鐵平小時候聽人說過，宅磨從三鷹車站走回高松家那棟豪宅大約三十分鐘，一路上沒有一步踏在別人家的土地上。

宅磨的父親智久磨長年擔任都議員，同時也是「高松土地計畫」公司實質上的經營者。宅磨大學一畢業就進入父親公司，以公司幹部身分協助父親從政，三十二歲時接下父親的政治地盤，自己也當選都議會議員。

宅磨上次參選時，遇上的是在聯合政府時代當過總理的對手，所以很可惜失敗了。只是那位對手已表明今後不再參選，這屆當完就將從政界引退。因此，地方人士都認為宅磨若參與下一屆總選，當選幾乎可說毫無懸念。一旦成為眾議院議員，他將實現高松家長年來的心願，達成連父親都未能達成的豐功偉業。說這天即將到來也不為過。

此外，他若順利當選，就是繼前郵政大臣前島英三郎之後，睽違多年再次誕生的輪椅國會議員，不難想像將受到世間多大矚目。

11

高松宅磨盯上同班同學藤木遊星，以他為目標展開一連串陰險狠毒的霸凌，是小學四年級第二學期時的事。起因發生在每年學校固定舉行的「大菩薩嶺兩天一夜登山之旅」上。

奧秩父有一座標高兩千零五十七公尺的大菩薩嶺，是號稱日本百岳之一的名山。儘管是一座標高兩千多公尺的高山，由於登頂難度比其他山岳低，很受關東一帶的登山客歡迎。

鐵平就讀的小學長年以來有個活動，每逢九月就會帶著全體四年級學生前往大菩薩嶺，攀登其中最有名的大菩薩角，下山後再在山腳下的溫泉旅館住一晚。

鐵平和遊星從三年級開始同班，一認識就成了好朋友。宅磨當時雖然不同班，因為是高松家的繼承人，同學或老師都對他另眼相看，他也自認孩子王，把全學年同學踩在腳下。對宅磨這個平常在校園裡大搖大擺，連別班同學也敢出手欺負的男孩來說，遊星正好是最適合惡整的目標之一。

因為遊星患有先天性股關節脫臼症，嬰兒時期動過手術，留下走路時左腳有點拖地的後遺症。

登山旅行前所有班級一起上的體育課，或是遇到全學年在禮堂集合的場合，宅磨偶爾會帶著一群手下靠近遊星，嘲笑他是「一跳一跳的遊星同學」，害遊星成為眾人笑柄。

只是，自從鐵平經常和遊星玩在一起後，至少當遊星在鐵平身邊時，他們就不再來捉弄遊星了。因為當時鐵平不只身材比同學高大一倍，課業和體育成績都是學年數一數二的模範生。

第二學期登山旅行時，腳不好的遊星當然費了一番工夫才爬上山。話雖如此，他絕不因此落後，反而死命跟上隊伍前進，此時圍住他不斷取笑的，正是宅磨和他那群嘍囉。鐵平在登山過程中擔任另一組的組長，沒能陪在遊星身邊。

然而，宅磨等人的行為，卻在幾天後被鐵平班導西島妙子老師視為嚴重問題，鬧得沸沸湯湯。西島老師差不多三年前來到這間學校任教，是個三十五歲左右，氣質高雅的女老師。聽說她是深川地方仕紳家族的第五代，換句話說，是個不折不扣的江戶女兒。她經常說自己嫉惡如仇，對宅磨傲慢的態度也早看不過眼，終於在這次旅行中忍無可忍了吧。回到學校後，西島老師說服校長和主任，將宅磨雙親請來，當著宅磨本人的面嚴厲斥責他在登山旅行中種種不良行為。

這件事當然在校內大獲好評，不少學生及家長暗自大呼痛快。然而，從此之後，宅磨對遊星卑劣的霸凌手段卻變本加厲了。

其實西島老師並不只因為遊星的事指責宅磨。下山後住宿溫泉旅館時，宅磨拿出遠超過學校規定金額的零用錢供自己和嘍囉大買特買，這種不守規矩又不聽教誨的行為，西島老師全都看在眼裡。

升上五年級後，鐵平和遊星被分入不同班級，宅磨等人開始在校內公然欺負遊星。雖然遊星不會主動提起，鐵平還是能從其他同學口中聽見真相，好幾次直接找上宅磨追究。但是，無論鐵平怎麼逼問，宅磨從來不正面反駁，只會裝作一副不干己事的樣子說：

「我什麼都不知道喔。」

事實上，欺負遊星的幾乎都是宅磨的手下，宅磨本人很少弄髒自己的手。

高松宅磨真的是個非常惡劣的人。

這世界上，每一百或兩百個人中會出現一個邪惡的人類。宅磨就是這種人。

鐵平很清楚宅磨是什麼樣的人。當情感因為某些原因產生裂痕，他無法自己修復裂痕，只會放任裂縫愈來愈大。這種人缺乏控制自我情感的能力，出現裂痕的情感很快演變為超越常理的行動，這些行動又帶來毀滅性的結果。在產生這種結果後，這種人的反應是惱羞成怒，將一切歸咎於傷害自己的人，試圖把責任轉嫁到對方身上。

簡單來說，宅磨這種人就是「唯我獨尊的怪物」。

面對「唯我獨尊的怪物」攻擊時，一味吞忍不但毫無意義，反而只會助長他的氣燄。鐵平很清楚，遇到高松宅磨這種惡劣的人時，最有效的應付方法就是以牙還牙、以眼還眼。

但是，遊星不愛與人爭執，是個徹頭徹尾的和平主義者。

「我如果顯得太在意，不是正好稱了他的意嗎？」

不管是裝滿教科書的書包被丟進水溝，還是腳踏車的鏈條被破壞，甚至制服鈕扣全部被扯掉，遊星依然全部默默承受。

就在這樣的情況下，六年級暑假前發生了一起決定性的事件。

那天放學後，聽到隔壁班吵吵鬧鬧的聲音，鐵平過去一看，才發現宅磨那群嘍囉們竟然把瘦小的遊星放在從教室拆下的窗簾布裡，一次又一次往天花板拋。

至於宅磨本人，一如往常站在一旁，咧嘴笑看那群人一邊吆喝一邊戲弄遊星的樣子。

一陣排山倒海的怒意襲向鐵平。

看也不看別人一眼，直接衝向宅磨，回過神時已騎在他身上，朝他的臉揮拳。

——我要殺死他。

這是人生中第一次也是最後一次，強烈感到明確的殺意。

滿臉鮮血的宅磨毫不抵抗，等到鐵平起身，那群躲在遠處發抖的嘍囉才湧上來攙扶宅磨離開教室。

宅磨隔天開始請假，一路請到放暑假。

鐵平當然也很訝異自己竟會做出這種事。宅磨父親來學校興師問罪只是時間的問題，從毆打時的手感判斷，宅磨肯定受了重傷。鐵平只能做好和父母一起面對嚴重後果並負起責任的心理準備。

然而，事實是什麼都沒發生。

放完暑假，宅磨來上學時傷勢已完全復原，最大的轉變是整個人變得安分乖巧。嘍囉們似乎沒有將鐵平毆打宅磨的事洩漏出去，也不再找遊星麻煩了。

不久後，聽說宅磨為了考上位於都心的名門中學，請來好幾個家庭老師，開始拚命用功。

難道他洗心革面了嗎？

不，不可能。鐵平確信宅磨不是那種人，他生來就不知何謂悔改。

暑假過後持續了一段平靜的校園生活，隔年春天，鐵平和同學們升上地方中學，宅磨則如先前的傳聞進了都心的私立中學，這麼一來，總算不用再和他碰面了。

上中學後，鐵平加入田徑隊，一頭栽進社團活動。雖說假日還是時常和遊星混在一起，在學校裡多半還是各過各的。反而是波江上中學後也進了田徑隊，和她在一起的時間還比遊星多。

遊星加入人數不多的技術社，熱衷製作汽車、火車或船艦等模型。因為腳的缺陷而不擅長運動的他，像彌補什麼似的擁有一雙驚人巧手。

平靜的中學生活，在二年級第三學期時起了變化。

本該升上私立中學的宅磨，突然轉進鐵平他們讀的學校。

他似乎被前一個學校退學了，原因不甚清楚，只聽到傳聞說，他在教職員室內偷裝竊聽器被發現。誰也不知道宅磨為什麼要做這種事。

然而鐵平卻覺得，宅磨就是會做這種事的人。

他做這種事也不為什麼。

大概是想知道老師們平常在辦公室都怎麼說學生的吧？宅磨可能只是很想知道這個。又或許，他剛好看了以竊聽為主題的電影或小說，於是自己也想嘗試做一樣的事……

宅磨之所以是宅磨，正因他會沒來由地做出在教職員室偷裝竊聽器這種事。

宅磨轉學過來半年後的三年級夏天，遊星忽然說「有事想商量」，約了鐵平出來，在車站前的咖啡廳碰面。那時鐵平和遊星都開始準備高中入學考，已經將近一個月沒見面了。鐵平報考的是三鷹市內第一志願的都立高校，遊星報考的是位在八王子的工業高等專門學校，打算就讀機械工學科。遊星早已不玩社團，鐵平則還一邊在當田徑隊長一邊用功讀書，才會忙得連假日也沒空和遊星一起玩。

兩人在咖啡廳裡隔著餐桌坐下後，遊星就從包包裡拿出一疊東西放在桌上。

是一疊信，大概有將近十封。

「隨便一封就好，你看一下內容。」

他露出嫌惡的表情這麼說。

鐵平隨便拿起一封，取出裡面折好的信紙，讀起那封寫了三張信紙的信。

每一個信封上都以相同字跡寫著「藤木波江小姐收」，看來是某人寫給遊星妹妹波江的信。

內容一看就知道是情書，以各種方式表達著自己有多喜歡波江。

這種信到底是誰寫的？

滿懷狐疑往信末望去，鐵平不由得大吃一驚。署名是「高松宅磨」。

「那傢伙轉學來不久，就開始寫情書給波江，而且全部都寄給我，每次都附上給我的信，寫著『請遊星同學轉交令妹』。」

完全出乎預料的事，使鐵平當場愣住了。

波江是校內知名的美女，暗戀她的男生多得數不清。但是，那個宅磨竟然也是其中之一，光是這點就夠令人驚訝了。除了驚訝之外，整件事也很詭異。

「我當然沒拿給波江看，也當面跟高松說了好幾次，要他別做這種事。他每次都說好，可過了不久還是故態復萌，又寄一樣的信來。」

「既然是這傢伙做的事，背後一定打著什麼壞主意。」

鐵平說。

「很有可能，只是我想不出他究竟打什麼主意。」

遊星點頭同意，表情更嫌惡了。

「話說回來，半年前就收到這種東西了，你怎麼不早點跟我說？」

這點也讓鐵平有點介意。就算最近不常碰面，遊星應該還是有很多機會告訴自己這件事。

「要是跟鐵平你說了，我怕又像上次那樣把事情鬧大啊。要是再發生那種事，連你也沒辦法全身而退。」

遊星指的是小學時的那件事。

「還不都是因為你太膽小，那傢伙才會得寸進尺。既然這次可能牽連藤木，態度就得堅決才行。」

「嗯，你說的也沒錯啦……」

遊星露出為難的表情。

「要是藤木出了什麼事怎麼辦？宅磨那種人什麼事都做得出來。」

自己就算了，現在連妹妹都可能遭到危害，鐵平真不明白遊星還在磨蹭什麼。

「你是怎麼啦？有什麼非顧慮宅磨不可的理由嗎？」

這麼一問，遊星沉默了一會兒才沉重地開口：

「其實，我們家店面的房東是高松他老爸。」

「房東？」

這件事鐵平初次耳聞，面對出乎意料的事實，一時也不知如何回應。

這就是遊星始終默默承受宅磨霸凌的原因嗎？

腦中浮現「木蓮」位於站前一棟舊大樓一樓的店面，遊星一家人就住在那棟大樓二樓。

「車站周邊的大樓幾乎都是高松土地計畫名下的物產，我們家租店面那棟大樓好像是最舊的一棟，很久以前就聽說要改建了，這幾年一直在等後續消息。以我家開店的收入，不管是要遷移還是租下改建後的店面都不可能。高松他老爸大概也知道這是兒子同學的媽媽開的店，所以特別通融了吧。因為這個緣故，我在那傢伙面前沒辦法採取強硬態度。」

「所以，宅磨經常拿這件事來威脅你嗎？」

「這倒是沒有。」

遊星雖然否認，鐵平卻覺得以宅磨的為人，絕對很有可能拿這件事來為難遊星。

「所以啊，我是想說能不能請鐵平你去對那傢伙提出忠告。假裝你不知道有這些信，只是受同為田徑隊的學妹所託。如果能這樣說就太感謝你了。」

「你的意思是，假裝成你去拜託藤木跟高松交往，而她為此感到困擾，所以來找我商量？」

「對，就是這樣。由鐵平出面拒絕的話，高松也只能放手了吧？畢竟鐵平你從以前就是他的天敵。」

說著，遊星露出討好的笑容。

12

隔天鐵平立刻去宅磨家，把他從那棟豪宅叫出來談。

雖然正在放暑假，算準吃中飯的時間去，宅磨果然在家。

一如往常的，他還是用裝傻的態度回應。

「我也沒真的那麼喜歡她啦，只是好久沒看到她，一看變得滿可愛的嘛，就想多跟她說點話而已啊。」

轉學過來後，宅磨跟以前一樣躲著鐵平。半年下來，兩人這還是第一次面對面說話。

「藤木好像很怕你，你也別再招惹她和遊星了。要是敢做出什麼奇怪的事，我可不會善罷甘休。」

「別說得這麼恐怖嘛。」

雖然嘻皮笑臉，宅磨還是做出「好啦，我會放棄她」的承諾。

大約十天後，鐵平去遊星家玩。

畢竟自己受遊星之託去跟宅磨攤牌，也想確定之後宅磨還有沒有來囉唆。

先去圖書館念書，念到差不多要天黑時，再上「木蓮」的二樓。因為想在多香子阿姨和波江不在的地方跟遊星說話，假日波江都會在一樓幫阿姨準備店裡的事，這個時段是最佳時機。

沒想到一上二樓，兩房兩廳的屋子裡除了遊星，波江也在。不只如此，出來玄關迎接的遊星和站在他身後的波江臉上都蒙著一層陰霾。

「進來吧。」

鐵平一走進屋內，立刻明白他們無精打采的原因。

藤木家養的狗「阿醒」左腿裹著厚厚繃帶，蜷曲在窗邊的毛毯上。

「阿醒怎麼了？」

鐵平一邊走向窗邊，一邊這麼問遊星。

難道是遛狗時被汽車或摩托車撞了嗎？

「阿醒」是幾年前「木蓮」的常客送多香子阿姨的狗。孩子們從小就嚷著想養狗，剛好那位常客家的狗生了幾隻小狗，就把其中一隻送給他們。聽說好像是混種狗，但外表看起來很像褐毛柴犬。領養阿醒後，牠一直和遊星他們一起住在二樓。

鐵平從阿醒還是幼犬時就和牠玩在一起，阿醒也很親近鐵平，似乎把他當作家中的一份子。牠是隻聰明謹慎，溫和親人的母狗，絕對不會在遛狗時甩脫飼主亂跑，更別說不小心撞上車子。

阿醒這名字當然是從「清醒」取的意思，命名的是遊星。對遇事只會正面衝撞的鐵平來說，遊星這種細膩的心思總教他有些羨慕。

「波江和平常一樣帶牠去井之頭公園散步時，被高松家書生帶出來的德國狼犬咬傷了。」

遊星說出驚人的事。

「什麼時候？」

「三天前。」

這次回答的是波江。

「後來呢？」

「我趕快抱著阿醒去醫院。」

說到這裡，波江眼中已噙著淚水。

「狼犬的牙齒咬進左腳骨頭，醫生說阿醒以後可能沒辦法像原本那樣走路了……」

「高松家的書生後來怎麼樣了？」

「說是裝作若無其事的樣子帶著狼犬回家了。」

遊星咬著牙說。

「平常去公園就常遇到那隻狼犬嗎？」

鐵平腦中第一個浮現的是高松宅磨那張臉。

「我或波江帶阿醒出去散步時從來不曾遇過那隻狗。應該說，以前根本沒看過高松家的人去井之頭公園遛狗。」

高松家是出了名的愛犬家，養了好幾隻大型犬，家中有狗兒們專用的氣派狗屋，還僱用專門負責照顧狗的寄宿書生。

「聽說高松家連狗屋都有裝空調。」

連這種傳聞都聽過。

接下來，鐵平一邊安慰喪氣的波江，一邊把高松家狼犬襲擊阿醒的經過問了個詳細。

按照一如往常遛狗的路線帶阿醒在公園裡散步時，一個男人帶著陌生大狗從對面走過來。從男人的外表及狼犬比普通狗大上一圈的體型，波江立刻察覺那應該是高松家的狗，於是帶阿醒改走另一側的步道。

不料，男人忽然放開手中牽繩，獲得解放的狼犬宛如按照訓練指令行動一般，筆直朝波江與阿醒衝過來。

「我還以為自己要被攻擊了，腦中一片空白。這時阿醒忽然用力擺脫我手上的牽繩，朝衝過來的狼犬飛奔。」

換句話說，阿醒是為了保護波江，勇敢迎擊了比自己高大的狼犬。至少看在波江眼中是這樣的。結果就是阿醒左腿受了重傷。

「你們有去高松家討回公道嗎？」

聽了事情的始末後，鐵平這麼問。

「老媽說算了。」

遊星半低下頭回答。

「為什麼？」

「她說，又不確定那隻狗到底是不是高松家的狗，就算真的是，我們也沒有證據，只會落得有理說不清的下場。」

「怎麼這樣……」

鐵平確信，這一切都是宅磨搞的鬼。

派書生帶狼犬埋伏在波江遛阿醒時一定會經過的地方，刻意展開襲擊。如果狼犬朝波江衝去是事實的話，宅磨的目的很可能是想為被甩的不爽情緒出口氣。

怎麼想都覺得這事不能輕易善罷甘休，這是明確的犯罪行為啊。

「不管怎麼樣，至少該報個警吧。」

鐵平說。

「這個老媽也說不行。她說沒有證據卻提出這種指控，萬一被高松他爸趕出這裡怎麼辦？」

「那，難道你們連阿醒的醫藥費也得不到賠償，就這樣摸摸鼻子認了嗎？」

鐵平聽得傻眼，遊星和波江卻只是帶著愧疚表情沉默不語。

13

之後阿醒傷勢恢復得還算順利，只是正如醫生所說，左腳留下了一點後遺症。

「什麼嘛，連阿醒都變得跟我一樣了。」

遊星笑著這麼說，鐵平卻笑不出來。

那件事後，遊星和波江再也不曾帶阿醒去井之頭公園。聽說只要踏上通往井之頭公園那條路，阿醒自己就會用力拉扯牽繩，死也不肯走過去。

整個暑假，甚至暑假結束後好一陣子，鐵平都會不時走進井之頭公園，確認高松家的書生和狗有沒有出現。遊星說的沒錯，連一次都沒看過年輕書生帶大型犬遛狗的身影。那個書生帶狼犬進入井之頭公園，肯定只有那天那次。

在學校，宅磨還是一副什麼也沒發生過的樣子。

儘管被私立中學退學，現在的他又以考取關西某知名高中為目標，似乎正在加強課業的樣子。從刻意選擇關西的學校這點看來，他在前一所中學捅出的簍子肯定不小。

過完年，全學年都進入應考備戰狀態，很快就聽說宅磨已通過重重門檻，考上神戶一所東大升學率頂尖的名校。鐵平他們這些考公立高中的學生考期都是三月之後，放榜也要等到三月中。

後來，鐵平順利考上志願學校，遊星第一志願的工業高專落榜，勉強考上排名中等的都立學校。

這時，鐵平還沒從遊星口中聽說多香子阿姨即將和高橋先生結婚，打算帶著孩子們在三月中搬家到名古屋的事。

日後想想，遊星考高專之所以落榜，大概也是在最後的最後得知母親要再婚的事，心想就算考上了，也會在入學前被迫轉學，所以沒有好好準備吧。另一方面，多香子阿姨這麼快決定接受小十歲的高橋先生求婚，恐怕跟井之頭公園襲擊事件造成的陰影有很大關係。

都立高中放榜後不久，鐵平決定將計畫已久的某件事付諸執行。

這時，離狼犬襲擊事件已有一段時間，宅磨肯定早就掉以輕心，再加上考上第一志願的高中，現在的他志得意滿，正可說是站在雲端上。

放榜隔天，鐵平約波江到田徑隊社辦碰面。

說明計畫內容後，她沉默思考了半晌，然後堅定點頭：

「好，就這麼做。」

接著她又說：

「地點不要在井之頭公園，改成公園前面味澤鐵工廠的廢屋比較好。」

波江如此提議。

「井之頭公園就算到了晚上還是很多人，如果改成廢屋的話，白天不會有人注意到，是最適合約那傢伙出來見面的地方。」

「可是，約在那種地方見面，他不會覺得奇怪嗎？萬一引起他戒備怎麼辦？」

「沒問題的，我會跟他約在車站前碰面，再由我帶他往鐵工廠走，學長你就先進去埋伏。」

「這樣真的會順利嗎？」

「我絕對做得到。」

於是，兩人約好三天後的星期天為計畫執行日，按照波江的提議放棄井之頭公園，由鐵平先進入鐵工廠廢屋埋伏，等波江帶宅磨來。

這時的計畫是，拿毛毯從背後蒙住宅磨的頭，再用鐵棍敲碎他左腳的骨頭。

「以牙還牙，以眼還眼。」

鐵平這麼告訴波江。

然而實際上，用毛毯罩住宅磨的頭，再用繩子綁起來，使他完全看不見東西，到這裡為止還在計畫之中，接下來就是出乎意料的發展了。

已經用鐵棍狠狠朝被推倒的宅磨左腿砸下，宅磨卻不像預期中的抱膝蹲下，而是伸手拚命想解開纏住頭上毛毯的繩子。緊張的鐵平猛一回神才發現自己跨騎在宅磨身上，正揮舞手上的鐵棍毆打宅磨被毛毯裹住的頭部。

「來人啊！來人啊！」

聽見波江的叫聲，鐵平倏地清醒。

抓住鐵棍站起來，朝臉色發白的波江投以一瞥，匆匆逃出廢屋。

死命朝井之頭公園狂奔時，忽然想起剛才毆打途中，宅磨已放棄掙扎，口中發出微弱的呻吟。到現在還清楚記得聽到那聲音的瞬間，自己是如何全身寒毛直豎。

穿過後巷抵達公園，鐵平立刻將藏在運動外套裡的凶器鐵棍丟進公園內的池塘。

那時剛過下午四點，公園裡還有很多人，但誰也沒注意到鐵平。

和波江約定的計畫是：等鐵平一逃離，她馬上衝進附近陌生人家請對方叫救護車。不過，事情演變成現在這樣，警察應該也會同時趕來吧。

那時幾乎一動也不動的宅磨，現在不知道怎樣了。

鐵平記不清楚自己究竟用了多大力氣，手中的鐵棍又到底揮了幾下。只是憑印象判斷，宅磨不死可能也只剩下半條命。

——要是死了怎麼辦？

在池塘邊的長椅上坐下，鐵平仰望天空。其實只想抱頭蜷起身子，但又不能被周圍的人看到自己這副模樣。

被人從身後出其不意蓋上毛毯的宅磨應該不知道凶手是誰。視野受到阻礙，又遭人推倒在地，用鐵棍毆打左膝。接連發生了這些事，宅磨一定嚇傻了，沒有餘力推測動手的人是誰。第二次倒下後，鐵平又立刻騎到他身上用鐵棍毆打，那個當下宅磨或許連意識都不清楚了。沒錯，應該沒有留下任何能夠鎖定凶手的線索。

和波江也已事先串通好證詞。

按照預定計畫，她提供給急救隊員或警方的「凶手特徵」，會是一個和鐵平一點也不像的人。

問題是，波江事前絕對沒想到事情會變成這樣。

原本以為自己只是來幫忙打斷宅磨左腳一根骨頭，最後卻害他身負重傷。她或許會非常驚慌失措。

要是受到警方嚴厲質問，很有可能把真相全盤托出。

——要是那樣的話，我就死定了……

比起宅磨的安危與傷勢，這時鐵平滿腦子擔心的只是自己的下場。

14

鐵平實際感受到自己犯下的過錯之重，是在最終仍無法鎖定凶手的事件不了了之，自己若無其事過了半年高中生活後。

進入高中，鐵平從田徑隊轉為足球隊，才加入三個月就成為正式選手。

那年十月。

參加完在千葉舉行的比賽後，搭電車回到三鷹車站的鐵平，和其他隊友一起下車時，不經意看到隔壁車廂的輪椅。

輪椅上坐著一名身材瘦小的少年，由一高個子青年幫忙推輪椅。

看到少年側臉的瞬間，鐵平情不自禁倒抽一口氣。

原本以為那個少年是小學生，仔細一看才發現是高松宅磨。臉和身體都瘦弱得幾乎看不出過去的樣貌，面無表情地低頭坐在輪椅上。

輪椅慢慢朝月台上的階梯前進。階梯旁已有一名站員等在那裡迎接宅磨與青年。一抵達樓梯邊，青年和站員分別往宅磨左右兩側一站，同時抓住輪椅扶手，小心翼翼地連人帶輪椅抬上樓梯。當時還很少車站有廂型電梯或輪椅專用起重機。

足球隊的夥伴們紛紛超越宅磨搖搖晃晃的輪椅，只有鐵平獨自站在月台上不動。

不是沒有聽說宅磨身受重傷，留下嚴重後遺症，只能放棄進入關西私立高中就讀的事。只是，那些傳聞對鐵平而言就只是傳聞，關於那起事件的詳細情形，包括新聞報導在內，鐵平一直竭盡所能不去接觸。進入高中之後，之所以把社團從田徑隊改為足球隊，也是因為在入學典禮上聽說這間高中盛行足球，菜鳥隊員每天都得接受嚴格訓練的緣故。

鐵平是想藉由專注投入社團活動來逃避現實。

站在月台上，從頭到尾目睹宅磨坐的輪椅上了階梯，直到離開視野。

每次想起自己犯下的罪，腦中又會矛盾地告訴自己，不，這是那個男人應得的報應。

高松宅磨是個惡劣的人。擁有邪惡的人格。

然而，就算是這樣，企圖用那種方式制裁他的自己也不正常。到最後，鐵平總是無法不做出這種結論。

連受害當事人的遊星和波江都沒做到這個地步，為何身為局外人的自己會那麼憤怒。

原因無他。

因為鐵平非常清楚宅磨有多邪惡。

那麼，為什麼自己會這麼清楚呢？

每次想到這裡，鐵平就會逃避繼續追究答案。但是這天，看到完全變了個樣的宅磨，鐵平痛切感受到，是時候得與另一個真正的自己正面對峙了。

如此清楚宅磨有多邪惡的原因也只有一個。

因為鐵平內在擁有與高松宅磨一模一樣的性格。除此之外，別無其他。

15

三月底，事件差不多平息時，接到來自遊星的聯絡。

兩人久違地約在站前咖啡廳碰面。

襲擊宅磨的凶手沒遭逮捕，身為唯一目擊者的波江肯定被警方問了好幾次話。鐵平認為在這種時候和波江或遊星見面，等於宣告自己是凶手。

事件淡化前，必須盡可能減少和兩人接觸的機會，事前也已這麼告訴波江。

「明天要搬去名古屋了。」

喝一口送上桌的水，遊星這麼說。

「誰？」

一時之間，鐵平不懂他在說什麼。

「我們。」

「我們是指誰？」

「就是，我們一家要把店收起來，搬到名古屋去了。你知道高橋先生吧？店裡的常客，那個人要跟我老媽再婚囉。高橋先生老家在名古屋，所以我們要跟他一起搬去，因為他要回去繼承家業，也是趁此機會他們兩個才會決定結婚。」

「高中怎麼辦？」

在一頭霧水中提出疑問。

「三天前我考了名古屋一間學校的轉學考，不是什麼厲害的學校，不過還是順利考上了。」

咖啡送上桌，鐵平說不出話來，只好先喝一口咖啡。完全喝不出味道。

「和鐵平今天就要道別了。」

遊星的語氣那麼平淡，不知道是只能用這種方式壓抑不願分開的心情，還是已經毫不留戀。鐵平分辨不出來。

「這些年承蒙你照顧了。應該說，總覺得你太照顧我了。」

遊星連一絲笑容也沒有。

「那你保重囉。」

咖啡一口都沒碰，他直接拿起帳單起身。

「我先出去，鐵平等一下再出去比較好。」

這是遊星說的最後一句話。

鐵平低下頭，吐不出任何道別之詞。

——波江向他洩漏那件事了嗎？

總覺得不是這樣。

遊星一定立刻就發現了襲擊宅磨的人是鐵平。

沒錯，他甚至不用去問波江。

16

「是頭巾壽司啊，好懷念喔。」

堀部青年一邊拿原子筆在耳邊轉，一邊這麼說。

「你聽說過嗎？頭巾壽司。」

「當然啊，頭巾壽司很有名耶。」

「原來真的這麼有名啊。」

「我大學時也很常在去片町玩時買來吃喔。店裡的海苔捲壽司都是阿婆當場捲的，大家買了就邊走邊吃。比起漢堡或牛丼，我更喜歡這裡的壽司。」

堀部青年說他今年二十五歲，「頭巾壽司」是在五年前收攤的，這麼說來，他當時正好是大學生。也就是說，他是頭巾壽司最後一批客人中的一個吧。

表小姐口中的「我奶奶的店生意很好，很受歡迎」果然不是騙人的。當然，表小姐本來就不是會誇大的人，不、應該說她是正好相反的類型。波江也表示聽說過「頭巾壽司」的大名。只是另外兩個在「木蓮」打工的大學女生柴田小姐和油谷小姐就說她們沒聽過，所以鐵平原本還有些懷疑實際狀況究竟如何。想想也沒錯，現在她倆才大一，沒聽說過五年前開在片町外圍專做外帶的手捲壽司店，好像也不是特別奇怪的事。

「豎町商店街是絕對條件嗎？」

重新檢視手邊的筆記，堀部青年問。

「希望盡可能在那裡。」

一邊回答，鐵平一邊想著表小姐也說她今年二十五歲，說不定和眼前的堀部青年是同學。

豎町商店是從片町一丁目十字路口往犀川上游方向直走約四百公尺處的商店街，金澤市民都習慣稱它為「豎町大道」。

「這樣的話，如果在豎町無論如何都找不到符合條件的物件，也可以把範圍稍微往周邊擴大嗎？」

「對，因為是賣海苔捲壽司的店，最好能在天氣變熱之前開幕。考慮還要花時間裝潢店面，我希望能愈快租到房子愈好，以速度為優先。」

「面朝道路的一樓店面，專做外帶生意，最好可以在豎町商店街裡面，而且要可以馬上簽約的物件，這樣對吧。」

「沒錯。」

「那我明白了，立刻用超特急件幫您處理，我想這星期內應該能帶您去看個幾間。」

「那就麻煩你了。」

鐵平低頭致意。

這天是四月十日，星期一。

「加能先生既然要讓那間『頭巾壽司』復活，我當然要盡全力幫忙尋找店面囉。再說，我也覺得開這間店一定會很順利。畢竟我身邊就有很多『頭巾壽司』的愛好者，店一開張，大家都會幫忙宣傳的啦。」

堀部青年這麼說，露出他的招牌笑容比出勝利手勢。鐵平在他面前的說詞是，除了在朋友開的公司幫忙外，自己也將展開新事業。

上午十一點多，走出根本不動產那棟大樓。

踏上馬路那一瞬，溫暖的春意立刻籠罩全身。

三月中最高氣溫不到十度，最低氣溫還在零下，有時甚至會下霰或冰雹，彷彿看不到冬天的盡頭。不料才一進入四月，春天便一口氣降臨大地。

金澤比東京晚一週迎來櫻花盛放的季節。

說到櫻花這種植物，不到開花時往往認不出那就是櫻樹，等到花季一來，才發現路肩、家門旁、學校庭園或公園裡都綻放了美麗的櫻花，不由得大吃一驚。在東京時是如此，來到金澤後，這種驚奇更持續了好幾天。

兼六園和金澤城公園的櫻花都很美，但鐵平最中意的還是犀川沿岸的櫻花。

犀川岸邊整修得很完善，從犀川大橋上游到下游兩側都設有綿延不斷的草皮步道。沿著這條步道走，一路上到處植有櫻樹，這排櫻樹多為老樹，枝幹姿態散發一股魅力，全部開花時從步道上眺望這片景色，櫻花與遠方白山連峰殘雪相連，真的就像在欣賞一幅「活生生的畫作」。

波江經營的「木蓮」開在犀川邊的片町傳馬商店街，每次去「木蓮」光顧，鐵平都會順便在犀川邊的這條步道上散散步。

片町傳馬商店街上開了很多小酒館和日式小餐館，入夜後仍不失熱鬧。整片商店街區由鄰接犀川的「夕燒通」、靠近香林坊的「職人通」和斜斜延伸的「夢見小路」及較短的橫向通道「古都路通」組成。「木蓮」位在過去不少專業工匠店鋪集中的「職人通」一隅。

在「菊助」慶祝自己從流感中痊癒兩天後的三月一日星期三，鐵平總算造訪了「木蓮」。

起初想裝作上門的客人，給波江一個驚喜，後來想想那樣就無法好好說話，於是改變主意，選在午餐時段過後的下午兩點多才晃出門。

依著名片上的地址走，從豪麗香林坊公寓到「木蓮」，只需要不到十分鐘的路程。

出現眼前的店面，是比想像中更高大氣派的三層樓建築。

金澤畢竟是古城，城市裡還留有大量舊式町屋，不少服裝店、咖啡館或餐飲店會用這種老房子改造而成。就算建築本身歷史根本沒那麼久，很多店家還會刻意透過裝潢來表現老派的町屋氛圍。從「木蓮」所在的職人通和職人町等地名也可想像得到，這一區也有不少改建或保留町屋風情的店。位於這樣的地區，「木蓮」卻開在一棟罕見的鋼筋水泥大樓中。

說是大樓，其實這棟建築沒那麼大也沒那麼新。不過，米色的外牆磁磚刷得很乾淨，一看就知道是備受使用者愛惜的建築物。

店面寬度將近四公尺，和兩側的町屋一樣，看起來內部深度頗深。

入口處設有一小道木門，進去後是一小條石子路，沿著石子路走到底，就是進入餐館的拉門。

門上雖然還未掛出招牌門簾，二樓掛著寫有「木蓮」的看板，肯定是這棟建築沒錯。

「午安。」

一邊寒暄，一邊拉開拉門。

入門後，有一小塊還算寬敞的等待空間，門口和店內用一道土黃色的漆屏風隔開，讓人看不到裡面的狀況。

站在這裡，再打了一次招呼。

「來了。」隨著一個稍嫌不耐的聲音，身穿白色廚師服的男人走出來。

「午安，您好，我叫加能鐵平，請問高森波江小姐在嗎？」

「是、在的。」

聽到老闆娘的名字，男人也拘謹了些。

「我是她的老朋友。」

鐵平如此補充說明。

「請稍等。」

點個頭，男人再次退回屋內。他看上去一副娃娃臉，不曉得年紀多大。應該超過二十歲了吧。這麼一想的瞬間，耕平的臉掠過腦海。

在那裡等了好一會兒。

波江似乎不在櫃台也不在廚房。

從建築外觀來看，二樓應該是餐廳包廂，三樓則是住宅。波江不是在二樓就是在三樓吧。

過了五分鐘左右，剛才打開又關上的拉門發出咔啦聲，一個身穿和服的女人衝進來。

是波江。

17

不出所料，二樓是包廂，三樓是波江家。接到廚房見習學徒芳雄的電話，正在換衣服的波江急忙從三樓跑下來。由於自家玄關和店門是分開的，要去三樓得先從一樓大門出去，穿過建築旁的小路繞到大樓後方。

「學長，歡迎光臨。」

波江臉上堆滿笑容，只是眼中透露著一絲疑惑。這也難怪，鐵平穿的不是西裝，而是馬球衫配牛仔褲，打扮得很隨興。

「其實我上個月初就來這裡了。」

這句話隱含著幾種意思。

「欸？」

波江表情雖驚訝，倒也沒有太誇張。

「會待到什麼時候？」

「不、我是搬家到金澤來了。」

波江顯得更訝異。

「你今天有空嗎？」

感覺她也是姑且一問。

「有啊。」

「那我們上去聊聊好嗎？」

她指了指天花板。

「可以嗎？妳不是還要準備開店？」

「完全沒問題。」

波江率先站起來，請鐵平往屏風後方走。屏風後面右手邊有一道白木櫃台，前方則以寬鬆的間隔擺放五張餐桌。櫃台後方是調理區。正對調理區的餐桌後面有一個高起來的和室小包廂，現在拉門是拉上的。上二樓的電梯門設在左側那道牆上。整體來說，店內比外觀更寬敞豪華。

「芳雄，我們要去『御前之間』，麻煩你幫我們泡茶。」

先這麼吩咐一聲，波江才按下電梯按鈕。電梯門立刻打開，在她的催促下，鐵平先搭上去。

電梯內部空間總算不大，頂多只能容納四名成人同時搭乘。

儘管只是一小段時間，仍和波江兩人獨處於狹窄的空間內了。

上次這麼近距離看她，已經是中學時的事。臉龐還看得出昔日樣貌，體型已完全不同。無論是腰間的贅肉，還是頸部豐滿雪白的肌膚曲線，都使她像變成另一個女人似的。

唯有淡然自若的表情一如往昔。波江比夏代大一歲，今年應該已經五十二了，卻和夏代一樣看不出年紀。領口飄出好聞的香水味。夏代因為曾是護理師的關係，完全沒有使用香氛用品的習慣，鐵平倒是從以前就不討厭女性使用香水。

走出電梯，二樓左右兩邊都有一排包廂。在入口處脫了鞋子，踏上高出一層的室內地板。波江手腳俐落地將鐵平的鞋收進鞋櫃，拿出拖鞋。中間的通道是一條木板走廊，左右兩側的包廂門不採紙門形式，而是用滑動式門片與走廊區隔。一邊各三間，總共六間包廂。天花板出乎意外的高。

在新幹線上巧遇時，波江說自己「開一間小餐館」，但是，這裡一看就是高級日本料理店。

像日式旅館一樣，每間包廂門口都掛著寫有房名的木牌。看得到的就有「御前」、「劍」、「七倉」、「四塚」等字樣。看來，是取用白山連峰的山名來當每間包廂的名稱。

波江拉開最靠近入口的「御前」房門。

裡面是一間鋪了茶色地毯，約莫四坪大的包廂。包廂內有一張大餐桌，兩側各放置了三把椅子。波江這次一邊說著「請進」，一邊率先入內。包廂裡也設有凹間，和隔壁包廂之間則用紙拉門隔開。波江自己坐在靠近門口這一側的位置，鐵平就繞到靠窗那側，拉開波江對面的椅子坐下。

「很氣派的一間店嘛。」

環顧四周，鐵平這麼說。

「謝謝誇獎。」

波江以老闆娘的姿態微微低頭道謝。

「話說回來，這裡坐的是餐桌椅，不是和室呢？其他包廂也都是嗎？」

「是啊，去年一個動念，全部換成餐桌椅了。最近別說正座，很多客人連盤腿坐都不太習慣。」

「的確，最近這樣的人好像愈來愈多了。」

「是啊。」

門上傳來敲門聲，接著是「茶泡好了」的聲音。

「請進。」

一聽到波江回應，門就滑了開。芳雄端著放有茶具的托盤走進來。

泡的是焙茶。還附上裝在小碟子裡的金鍔餅。

金澤人說喝茶時，喝的就是焙茶，他們日常似乎習慣喝一種只使用茶梗焙煎的「加賀棒茶」。此外，不愧曾是加賀百萬石的城下町，和菓子的種類也豐富得不輸京都。眼前的金鍔餅就是金澤有名的點心之一。

芳雄關上門離去後，兩人同時拿起茶杯。

「你說搬家到金澤來，是真的嗎？」

波江先將茶杯放回桌上問。

「是啊，臨時出了一些事，我就離開博多了。連工作都辭掉。」

「哎呀。」

「現在我在這附近租了個房子自己住，二月十一日搬進去，差不多三星期了。」

「尊夫人也跟你一起來嗎？」

「不，我剛才說出了一些事，不只工作，也包括夫妻間的事。」

「果然是這樣啊。」

這時，波江嘆了一口氣。

「果然？」

沒想到波江會有這種反應，鐵平不由得反問。

「在從鹿兒島回來的新幹線上遇到時，學長你不是自己一個人嗎？那時我就有這種感覺了。」

「為什麼？」

「因為，既然是去參加兒子的成人式，夫人沒有一起的話豈不是很奇怪嗎？再說，學長你完全沒提起夫人的事，我就在想，該不會是離婚了吧。」

「原來如此。」

「這麼說來，之後你會一直自己住在這邊嗎？」

「是啊。話是這麼說，其實會選擇金澤也沒有什麼特別的原因，老實說，只要能遠離博多哪裡都好，會決定來金澤也只是憑著一股直覺。加上之前藤木妳提到住在金澤的事，也讓我對金澤留下印象了吧。」

「這樣啊。」

「只是，搬來之後總覺得有點過意不去。」

「過意不去？」

「是啊，睽違數十年沒見的人，在巧遇之後突然搬到自己住的城市，說來不是有點詭異嗎？這麼一想，我就不好意思來找妳，猶豫了很久，直到終於稍微適應這邊的生活了，今天才鼓起勇氣過來拜訪。」

「怎麼說得這麼見外呢？不過，確實很像加能學長會做的事。」

「是嗎？」

「對啊。學長明明是個比誰都認真正經的人，卻又經常做出脫離常軌的事，是個怪人呢？」

「嗯……」

因為被說中了，鐵平只能低聲哀號。

「我不會說你來得好，但真的非常歡迎你來。」

波江說。

不懂這句話的意思，鐵平露出困惑表情。

「在金澤，『來得好』是在客人離開時說的話，像是『你這趟來得好，下次再見』。所以我才會那麼說。」

波江掩嘴而笑。

像這樣面對面交談，愈來愈覺得她回春有術。中學時的印象一點一滴回來了。兩人之間親暱的氛圍也令人感受不到睽違將近四十年不見，不愧是曾在同一個城市共度少年時期的玩伴。

「我們中午不做生意，但是有員工餐。今天的午餐正要開始吃，學長也一起如何？」

看鐵平不答腔，波江又這麼說。

「不了，我今天還是先告辭吧，只是想來看一下藤木妳而已。」

「學長已經吃過午飯了啊？」

「沒有，不過早餐比較晚吃。」

「既然如此，那就一起來吃嘛。我也想介紹店裡員工給你認識，你應該還有時間吧？」

「總之，今天還是先容我告辭。」

「別這麼說嘛，陪我們一起吃啊。吃完再去三樓給哥哥和媽媽上個香好嗎？」

不愧是料理店老闆娘，連強硬留客的態度都如此泰然自若。

她都提出到遊星和多香子阿姨牌位前上香的要求了，自己又怎能再堅持拒絕。

「那就恭敬不如從命吧。」

於是，這天鐵平和「木蓮」的大廚及員工們同桌吃了午餐。

也是在那時，第一次嚐到表小姐做的海苔捲壽司。

18

「頭巾壽司」是「木蓮」店員表莉緒小姐的外婆表美雪女士，過去在豎町商店街一隅經營的外帶海苔捲壽司專賣店。五年前美雪女士過世後，店就收掉不做了。

丈夫過世後，美雪女士靠「頭巾壽司」賺錢養大獨生女薰。不過，長大後的薰女士沒有繼承那間店。她現在住在松任，是一間DOCOMO手機直營店的店長。聽說薰女士從小就常忤逆美雪女士，尤其在她與有婦之夫交往並生下女兒莉緒後，有好幾年的時間都和母親斷絕往來。

「我和我媽感情也不太好，就讀國、高中時幾乎陷入冷戰狀態，所以我一直住在外婆家，從這裡通學。」

表小姐這麼說。

美雪女士的家就在「頭巾壽司」後面，是一棟租來的獨棟平房。表小姐從國中起，不只假日，就連平常放學後也經常在店裡幫忙，和美雪女士一起捲壽司。

換句話說，生意興隆的「頭巾壽司」道地口味，已經從外婆美雪女士手中傳承給身為外孫女的她了。

也難怪鐵平在「木蓮」吃到充當員工餐的海苔捲壽司時，會對那美味感到如此驚嘆。

美雪女士過世後，表小姐立志成為一位美髮師。

對於要不要繼承外婆的店，她也猶豫了很久，只是「頭巾壽司」所在那棟舊大樓正好面臨翻新，如果要繼續營業，必須先搬到臨時店鋪，而且搬回來後店租一定會上漲，否則就得另外找新的店面。考慮到最後，剛當上美髮師的她只能放棄「頭巾壽司」，選擇踏上精進美髮技藝之路。

沒想到兩年後，表小姐得了不易痊癒的手部溼疹，不得不辭去美髮師的工作。接下來的日子，為了生活只能到處打工，換了幾份工作後，差不多一年前來到「木蓮」。波江很快就看中勤奮的她，將她從工讀生升為正職員工，從那之後便一直工作到現在。

鐵平在三月一日第一次吃到表小姐做的海苔捲壽司，當時已覺得心裡有譜。後來，又正好在表小姐負責做員工餐時去了「木蓮」兩次，和店裡的工作人員一起用餐。

就在第四次，也就是三月最後一週的星期四，大家一起吃完午餐後，鐵平對表小姐提出兩人一起重開「頭巾壽司」的計畫。不用說，這件事不只當事人表小姐事先不知情，就連波江也沒聽說。

第一個表示贊成的卻是波江。

大廚穰一先生也立刻贊同。穰一平常沉默寡言，這次很快就和波江口徑一致：

「我一直都認為莉緒的海苔捲壽司可以正式拿來賣。」

聽到他這麼說，對這突如其來的提議略顯驚慌的表小姐也說：

「竟然連大廚都這樣講……」

似乎有點感動的樣子。

打從「木蓮」開張就擔任大廚的這位櫛木穰一，過去在新潟市內的知名料亭苦練多年廚藝，烹飪技巧高人一等。連波江都常說，「木蓮」每天能夠如此生意興隆，都是拜穰一的精湛廚技所賜。

「莉緒被挖角，對我們餐廳來說固然痛失英才，但既然是學長的要求，我又怎麼能拒絕。」

這麼說著，波江堅定地推了表小姐一把。

見習學徒芳雄和有岡，還有今天一起吃員工餐的店員油谷小姐也異口同聲表示贊成。

「用莉緒的海苔捲壽司開店，生意一定會很好。」

眾人意見一致。

「開店準備等工作全部由我來負責，經費方面也不需要妳負擔。薪水和其他勞動條件，我也會盡可能努力滿足表小姐的希望。所以，請妳務必跟我合作。」

鐵平要表小姐當場做出決定。

「這雖然是我第一次做吃的生意，但多年來我都從事銷售工作，對自己的業務手腕很有自信，只要我想賣，沒有賣不掉的東西。因為種種苦衷搬來金澤來後，一直想找到那個讓我想賣的東西，而第一次吃到表小姐做的海苔捲壽司那一刻，我心想就是這個了。這方面的直覺，我還從來沒有失誤過喔。」

在同事的包圍與鐵平的緊迫盯人下，表小姐一時之間窮於應答。

殊不知鐵平早已下定決心，如果今天她沒有當場做出決斷，這件事就當沒提過。

因為他感覺到，既然要經營事業，共同合作的夥伴就得有這種程度的勇氣才行。

俯首考慮了半晌，表小姐終於抬起頭。

「那我明白了，請務必讓我跟您一起合作。」

說完，她再次對鐵平低下頭。

19

四月十日去找堀部青年，兩天後一早就收到他聯絡，說是已經找到絕佳物件。

這天是春寒料峭的日子，但還是請他馬上帶自己去看那個店面。

按照堀部青年發來的地圖，在約好的下午兩點抵達那裡時，堀部青年已經等在房子前面了。那是一棟位於豎町商店街中段位置，三層樓的細長建築，看起來還頗新，可能蓋好只有七、八年左右。

一樓鐵門上畫著大大的霜淇淋圖案，下方寫著「ABC霜淇淋」。

「原本開的是霜淇淋店啊？」

一陣寒暄後，鐵平立刻提問。

「是啊。這棟大樓差不多七年前落成，ABC霜淇淋店當時就租下來經營，一直到上個月退租，這個店面才空下來。」

「原來如此。」

「二樓目前是前面不遠處一間大型服飾店的存貨倉庫，三樓是待租的一般住宅。」

堀部青年做了簡單扼要的說明。

就在過去「頭巾壽司」營業的豎町商店街內，而且還是正中央的位置找到待租店面，事情的發展真是出乎意料。

最大的問題是租金。

「我先把鐵門打開噢。」

堀部青年說著，從手提包裡拿出一個遙控器，朝鐵門方向按下。鐵門緩緩升起。

從建築側面看外觀，原本以為裡面空間很深，沒想到眼前的店面卻比想像中狹小。對外是一整片玻璃櫥窗，滑開的自動門也是整片玻璃。店內正面有一道白色的櫃台，後面就是廚房了吧。說是廚房，因為原先開的是霜淇淋店，裡面也只有一個看似用來放置霜淇淋機的不鏽鋼架和收納櫃。到處都沒看到冰箱或冷凍櫃之類的設備，大概已經撤走了。

「一樓後方做成車庫，所以店內如您所見，能用的空間只有這樣。實際可用坪數大約八坪左右吧。不過，如果是專做外帶的店，這個空間應該十分夠用了。」

把鐵門遙控器收進手提包，堀部青年改拿出一串鑰匙，蹲下來解開自動門鎖。

伴隨低微的驅動音，自動門滑開，鐵平跟在堀部青年身後走進店內。

比起站在外面隔著玻璃看，進來後發現空間比想像中寬敞。白色櫃台前方的油氈地板上還留有放過桌子的痕跡。看來，客人買了霜淇淋後，也可以坐在這裡吃。

櫃台裡的空間雖然不大，倒也足夠三個人在裡面活動。換成賣海苔捲壽司的話，就需要更大的廚房空間，也要有地方放食材收納櫃、業務用冰箱等設備才行。不過這問題好解決，只要把櫃台往外推就行了。既然專做外帶，店裡就不需要保留讓客人坐下來吃東西的空間。

「您覺得怎麼樣？」

堀部青年問。

無論是地點、建築外觀或店內空間，這裡的條件確實都沒話說。就算內部裝潢可以全部打掉重做，既然要做餐飲生意，首先最重要的，肯定是店面給人的觀感。即使打著多年老店的招牌，一棟外觀老舊的建築也吸引不了太多客人吧。倒不如在保留傳統口味的同時，徹底刷新外觀形象，這樣還有創造話題的效果。這麼一想，這棟兼具地利之便與外觀清潔感的建築確實再適合也不過。

「租金大概多少呢？」

儘管完全不懂行情，好歹這裡也是金澤最熱鬧的娛樂商業區，租金應該不便宜。

「一個月二十萬元，押金以六個月租金計算，所以是一百二十萬。」

「月租二十萬啊……」

即使沒有想像中高，還是無法不覺得貴。

鐵平在腦中快速計算。

要支付每月二十萬的店租，再加上表小姐的薪資、食材成本及水電費等支出，每個月至少得達到六十萬營業額才行。

和表小姐商量過，打算一開始就用和過去「頭巾壽司」相同的菜單和價格開店，換句話說，一條海苔捲壽司的平均單價差不多是一百五十元。

想達到六十萬的營業額，一個月必須賣出四千條海苔捲壽司。即使暫時打算全年無休，算算一天也得賣出一百三十條。若每個客人的消費金額以五百元來算（假設一個人買三條），一天至少要有四十個客人上門才夠回本。這個算法的前提是身為老闆的鐵平不支薪，開店基金和裝潢費用、廣告宣傳費用也由他全額支付。

無論是「一天四十個客人」還是「一個月賣出四千條」，都不是能輕易達成的目標。

雖然表小姐說：

「記得以前週末或假日也曾一天賣出超過五百條。」

但她並不清楚當時每個月的營業額，也不知道一年總收入是多少。為了這次開店的事，聽說她也回去問了母親薰女士，可惜原本就和母親感情不好的薰女士只說：

「我對店裡的事一竅不通，妳外婆留下來的帳簿也在辦完她的喪事後全部丟掉了。」

不過，對於女兒打算重開「頭巾壽司」的事，薰女士似乎不反對。

「本來以為我媽一定會反對，沒想到跟她一提，她也覺得滿不錯的樣子。」

表小姐顯得有些意外。

畢竟中間經歷了五年的空窗期，加上原本聞名的是「老奶奶手作海苔壽司捲」，現在最重要的老人家卻已經不在了。以這種形式重新出發的話，終究不能抱持太樂觀的想法。

即使目前手頭資金豐厚，要是開一間每個月都賠錢的店，那就失去開店的意義了。追根究柢，下定決心要開店做一門新的生意，為的就是希望今後的生活可以盡量不動用夏代給的一億元。

「加能先生，要不要先去三樓看看？」

看鐵平默不吭聲，堀部青年又提出這個建議。

「三樓嗎？」

「是啊。」

堀部青年露出若有深意的笑容。

「其實啊，這棟大樓的房東一聽說『頭巾壽司』要重新開幕，馬上主動表示三樓的房間也空著，還說反正空著也是空著，願意提供免費使用喔。」

鐵平不懂堀部青年為何這麼說。

堀部換上一副吊人胃口的表情。

「這位房東住在小松，以前曾是金大的學生。他說自己就讀金大時是『頭巾壽司』的常客，和那位老奶奶也很熟呢？所以，一聽說店要重新開幕，而且還是老奶奶的外孫女親自掌廚，就高興地嚷嚷自己一定會盡可能提供協助。」

「原來是這樣啊。」

堀部青年口中的金大應該是金澤大學吧。聽說金澤大學的校區原本在金澤城內，直到二十多年前才遷走。這棟大樓的房東可能是校區還在那裡時的學生，金澤城址的地點確實就在豎町附近。

「也就是說啊，如果加能先生您搬到這棟大樓的三樓來住，店面的租金實際上等於從二十萬砍半，變成只要十萬了喔。」

聽到這裡，鐵平終於理解堀部青年的意思。

現在住的豪麗香林坊公寓，連車位在內月租正好十萬，如果鐵平從那裡搬到這棟大樓三樓居住，那十萬就能全部省下來了。

「此話可當真？」

只要十萬就能租下這個店面，再怎麼說聽起來都太吃香了。更幸運的是，以一個即將全年無休在此工作的人來說，沒有比能住在店鋪樓上更方便的事。

「從平面圖看來，三樓房間的格局是兩房兩廳，比現在加能先生住的地方更大。另外，從房東先生的反應看來，『頭巾壽司』真的有很多死忠支持者耶。總之，我們先上三樓看看吧。」

堀部青年一如往常積極樂觀。

20

和堀部一起看了物件的一星期後，正式簽訂租賃合約。

大樓名稱是「翼大樓」，來自那位住在小松的房東「大野翼」先生的名字。一如鐵平早前推測，大野先生就讀金澤大學時，上的是還在金澤城內的「丸之內校區」。他現年六十五歲左右，在老家小松市經營一家建設機械零件製造公司。豎町商店街這塊地是他身為公司創辦人的父親留下的遺產。以前因為父親興趣的關係，原本在這開了一間販售九谷燒陶器的店，直到七年前才改建為現在這棟三樓建築。順帶一提，九谷燒店的名字叫「勝治陶器店」，勝治就是他父親的名字。這棟大樓取名「翼」，正是仿效父親的做法。

鐵平並未直接見到大野先生，只是聽堀部青年說，大野先生學生時代非常喜歡吃「頭巾壽司阿姨」做的海苔捲壽司，「一星期可以吃上五天」。說得也是，既然是四十多年前的事了，當時表小姐的外婆也還不是「老奶奶」，應該是差不多要「從小姐到阿姨」的年紀吧。

一簽完租約，立刻請來波江介紹的「矢代建築事務所」工作人員，討論店內裝潢事宜。

除了鐵平和表小姐，參加第一次討論的，還有一個叫山下久志的年輕人。

山下是表小姐讀美容美髮學校時的同學，他和表小姐同一時期辭去美髮師的工作，目前在讀金澤市內的設計學校。

「我讀美容美髮學校的同學裡有個叫山下的男生，他現在正在讀設計學校，以後想當設計師，品味非常好。所以，如果老闆覺得可以的話，我想請他一起參加跟建築事務所的討論。」

表小姐這麼推薦，鐵平也當場同意了。

正如表小姐所說，這個叫山下的年輕人真的相當有意思。

他最大的特色是毫不保留說出自己的意見，彷彿不知道什麼叫客氣。起初鐵平不太喜歡這看似蠻橫的態度，然而，一旦虛心接受山下提出的種種創意點子，慢慢也就對他改觀了。

舉例來說，第二次開討論會時，山下一來就拿出兩張插圖，放在工作桌上。

「這個是HACCHI[8]，這個是MAKKI，拿來當店裡的吉祥物，大家覺得怎麼樣？」

他這麼說。

「吉祥物？」

面對這出乎意料的提案，鐵平和建築事務所的人都愣住了。

「我是想說既然要開店，有個吉祥物不是比較好嗎？賣海苔捲壽司這種傳統的食物，又想打開國高中女生的市場，有個吉祥物角色一定比較好。再說，金澤很多外國來的觀光客，他們不也很喜歡這種類似動畫角色的東西嗎？」

那兩張肯定是山下親手畫的插畫，怎麼看都給人拿柳瀨嵩畫的「麵包超人」改成海苔捲超人的印象。從角色身上穿的衣服來看，「HACCHI」應該是男生，「MAKKI」則是女生。

兩幅插畫都還上了幾個顏色，表小姐雙手各拿一張，左看看右看看。

「久志！這個很不錯耶！」

以興奮的語調這麼說。

「老闆，我們就用這個當吉祥物吧？我也覺得久志說的沒錯，一定會受歡迎的。」

她的反應簡直就像兩人事前套好招一樣。不過，鐵平現在已經很清楚，表小姐不是會耍這種小手段的人。

幾天前鐵平告訴她，未來將請她擔任重新出發後的「頭巾壽司」店長，從那天起，她就開始稱鐵平「老闆」了。

「我會收集大家的意見，再加上自己的幾個想法，將HACCHI和MAKKI的設計稿確定下來。到時候可以製作兩人的娃娃擺在店裡，也可以印在宣傳旗、招牌和傳單上。最重要的是，可以利用這耳目一新的形象，向客人宣傳新店開幕的事。」

山下說的一副自己設計的角色已確定會成為店裡吉祥物似的。

「兩位覺得怎麼樣？」

8.「頭巾」的日文為HACHIMAKI。

鐵平徵求建築事務所工作人員的意見。

「我也覺得應該可行喔。」

年紀較輕，負責視覺設計的淺利先表達了贊同之意。另一個掛主任頭銜，負責施工的飯塚也點頭說：

「好像挺有趣的嘛。」

至於鐵平自己，老實說無法判斷這種吉祥物策略在銷售上的效果如何。長年來從事的醫療機械和化學製品客戶都是法人，連一次也沒有用吉祥物當促銷工具過。

以結果來說，第二次討論就正式決定用「HACCHI & MAKKI」當「頭巾壽司」的宣傳吉祥物，並約好下一次討論時，雙方都以運用吉祥物為前提，做出改裝方案的初步計畫。

和建築事務所開了五次討論會，即將進入黃金週的四月二十八號星期五，裝潢內容終於拍板定案。

那天晚上，鐵平約來飯塚和淺利，五個人一起舉行了慶功宴。

慶功宴場地選在表小姐以前打工的金澤車站前居酒屋。選了包含飲料喝到飽在內一人五千元的套餐，端上桌的料理多得吃不完。海鮮類就不用說了，以加賀蔬菜為主的每一道菜色都吃得出食材的新鮮美味。

——不要說不輸博多，根本就超越博多了吧。

鐵平再次暗自驚嘆。

在這樣一個美食之都，表美雪女士光靠海苔捲壽司一種食物就要把孩子帶大，當年一定吃了不少苦頭。

鐵平下定決心，絕對不能讓她長年的苦心鑽研蒙羞，必定要拚命努力把重生後的「頭巾壽司」做起來。

隔週一，飯塚等人立刻投入裝潢工程，犧牲連續假期，每天都來施工。整個工程耗時二十天，預定將在五月二十日星期六完成。

接下來，鐵平和表小姐預計花十幾天時間準備開店，重生後的「頭巾壽司」應該會在下個月，也就是六月二號星期五當天開幕。

鐵平打算等一樓店面改裝結束後，再從豪麗香林坊搬到「翼大樓」三樓的住處。

不只飯塚及淺利，連表小姐和山下都很能喝，幾杯黃湯下肚，慶功宴的氣氛愈來愈熱烈。大家說話的語氣也不再那麼客套，開始表達內心真正的想法。

這是鐵平第一次和金澤人討論公事，感覺自己又更了解這個地方人們的性格了。和東京或凡事直來直往的博多不同，北陸地方的人往往傾向不把自己的意見表達得太清楚。比方說，面對不能接受的提案，九州人會直接反駁「這種計畫完全行不通，免談」，東京人可能會清楚地說「我認為這種計畫就算進行下去也無法期待太好的結果」，北陸這邊的表達方式卻是「計畫本身沒有不好，只是從預算和時間方面來看就很難說……」

換言之，想掌握他們真正的想法不是一件容易的事。

就這點來看，向來毫不掩飾說出自己意見的山下可說是個罕見的例外。

鐵平決定直接問山下這件好奇很久的事。

「山下啊，我看你個性好像很強硬，是天生的嗎？」

趁著酒意，直截了當地問了。

聽到這單刀直入的問題，已經連續喝了好幾杯兌蘇打水威士忌的山下，完全醉紅了的臉上表情有些扭曲。

「怎麼可能嘛，老闆——」

嘛起嘴這麼回答。

現在他也學表小姐叫鐵平「老闆」了。不只山下，連起初稱鐵平「加能先生」的飯塚和淺利，現在也都稱他「老闆」。

「你問莉緒就知道，還在讀美容美髮學校時的我，個性和現在完全相反，從來沒人說過我個性強硬。」

「咦，是喔？」

「對啊。」

「那為什麼現在變得這麼敢說了？」

聽鐵平這麼一問，山下一口喝乾杯中剩下的酒。

「覺得厭倦了啊。」

他這麼說。

「厭倦了？」

「對。我在前一份工作的美容院時，每天從早到晚被使喚也從不抱怨。但是後來慢慢地，對這樣的自己失去耐性了。」

「是喔——」

「總覺得我自己好像兔子。」

「兔子？」

「兔子給人的感覺不就那樣嗎？好像永遠都在發抖，戰戰兢兢的。我開始覺得自己也是那副德性。」

「所以你才變成有什麼話都大剌剌說出口啊？」

「嗯，可以這麼說。」

「看來，你上一份工作真的很操啊？」

「與其說是工作操，不如說老闆是個神經病。」

聽到這句話，鐵平瞬間心頭一驚。因為他們也叫自己「老闆」。

「是一間叫 X-PULIRE 的美容院，在金澤有四間分店，野野市有一間，規模算滿大的，老闆人稱『奴隸喜多嶋』，簡直就是個超級專制君王。」

「奴隸喜多嶋？」

鐵平一時想不通，為什麼說是專制君王又是奴隸？

「奴隸當然不是說老闆囉，是指美容師和助手們。喜多嶋先生根本不把員工當人看，是個超惡劣的老闆。」

似乎察覺鐵平內心的疑惑，山下又這麼補充說明。

原來如此，不是「奴隸喜多嶋」，而是「把員工當奴隸使喚的喜多嶋」啊……

「像我這種助手是連奴隸都不如，美容師們則是奴隸，然後喜多嶋先生本身是金錢的奴隸。」

「金錢的奴隸？」

「對，喜多嶋先生每次都這麼說自己。」

「他自己說的？」

「是啊，老闆好像是能登偏僻地方長大的，典型窮苦人家出身，除了錢之外什麼都不相信。」

「這也是他自己說的嗎？」

「這是老闆太太說的。她是我當時工作的總店店長，很愛說自己是奴隸頭子。」

「什麼跟什麼啊。」

「兩年前，我正在煩惱要不要辭掉那家店的工作時，莉緒正好聯絡了我。那時莉緒在金澤車站前的大型美髮沙龍工作，那是一間在美髮師之間廣受好評的店。但莉緒說她『手部溼疹怎麼也治不好，只能放棄美髮業了，聽說久志在X-PULIRE待遇很差，如果想跳槽的話，可以幫你跟這邊的老闆打聲招呼，讓你來接替我的位置』。」

「原來還有這段故事啊。」

當初表小姐向鐵平推薦山下時，鐵平曾問：

「那個人該不會是妳男朋友吧？」

結果表小姐笑著說：

「怎麼可能。是我在美容美髮學校時的好友之一啦。」

「也因為有莉緒跟我說的這番話，我才終於下定決心，從今以後只做自己想做的事。雖然最後還是婉拒了她的好意，但是如果當時莉緒沒有聯絡我，我一定無法果斷決定離開，或許到現在還在『奴隸喜多嶋』手下工作也說不定。」

說著，山下瞇起眼睛朝正與飯塚他們聊得興高采烈的表小姐望去，彷彿看著非常耀眼的東西。

21

五月二十四日星期三，鐵平從豪麗香林坊退租，搬進「翼大樓」三樓的房間。沒有請搬家業者，只有表小姐、山下和自己三個人協力搬運家具和紙箱。運送用的是山下從老家借來的一輛小貨車。他的老家在白山市，家人經營一間很大的豆腐店，為了送貨給超市和學校，家裡有好幾輛小貨車。

大型家電說起來只有洗衣機，就連電視和冰箱都是小型的，三個人聯手，很快就把房間清空了。鐵平與山下負責搬東西，愛乾淨的表小姐則把搬進前與搬出後的房間徹底打掃了一遍。就這樣毫無滯礙地在中午前完成搬家任務。

下午一點多，新家已經完全整理好，三人圍著放在餐廳的桌子吃表小姐做的海苔捲壽司和泡麵，當作小小的喬遷慶祝。

新家的格局是兩房兩廳，有一個四坪大的餐廳和兩間三坪大的西式房間。一如之前來看屋時堀部青年所說，這裡的空間確實比豪麗香林坊寬敞。只是說到自來水管線和廚房設備等，還是年份較淺的豪麗香林坊比較新，用起來也順手得多。

話雖如此，搬到這裡實際上等於省下一樓店鋪的一半店租，光是這點便無可抱怨。再說，既然接下來一年打算全年無休，能住在和店面同一棟建築裡，更是無可取代的好處。

表小姐做的海苔捲壽司一如往常美味。

這一個多月來，鐵平跟在表小姐身邊看她示範，向她學習如何煮飯、如何調醋飯、如何調理食材和備料，當然也學習難度最高的海苔捲法。只是嘗試了無數次，還是無法捲出和表小姐一樣的味道。即使如此——

「老闆很有天份耶，要是外婆還在世，一定也會嚇一跳。」

表小姐是這麼說的。

確認了好幾次「不是安慰我的嗎」，表小姐每次都說「這麼重要的事我才不會亂說」。

話雖如此，「頭巾壽司」的口味，暫時就靠表小姐一個人維持了。

在鐵平做得出相同口味之前，只能請表小姐犧牲假日來掌廚。

表小姐和山下兩點多離開。

店鋪的裝潢和冰箱及冷凍櫃等廚房設備的安裝，按照預定計畫會在二十號完成，現在的工作除了商品試做外，就是專心製作傳單、裝飾店內以及訂購食材和採購必需品。離開幕日只剩短短十天，幸好準備工作一直進行得很順利。今天稍後，表小姐他們也會前往野野市的工房，目的是看「HACCHI」和「MAKKI」的娃娃打樣。

接受山下的提案，決定在店頭擺放吉祥物娃娃。

娃娃「HACCHI」和「MAKKI」的身高相當於六歲兒童，兩者都是一百一十五公分。材料是軟膠，當然得特別訂製，一座要價將近三十萬元。看到估價單時，鐵平本來希望能再小一點，表小姐和山下卻都堅持「六歲兒童尺寸」，鐵平只好妥協，接受了那兩人的提案。

「翼大樓」的房租、押金、店鋪改裝費用、備品費、吉祥物娃娃訂製費、旗幟招牌費、商品包裝紙及容器費用……光是這些初期經費已經投入五百萬。店鋪正式開張後，還要加上表小姐的薪水和食材費用等。

記帳時鐵平總想，到底要過多久店裡的營收才會上軌道呢，完全看不到未來的現狀令他十分不安，但也正因如此，內心湧現一股難以言喻的雀躍。

以為自己長年從事銷售工作，應該算得上經驗老到，沒想到有朝一日擁有自己的店和自己的商品，用自己的方式販售時，那種緊張的感覺和過去完全不同。或許從前太小看「經營店面」這件事了，以為不過是「做點小生意」，現在才知道這想法錯得多離譜。

店面改裝工程結束那天下午，波江和「木蓮」的大廚穰一一起過來探望。

「本來想送花，但問了莉緒，她又說店裡不放花，所以還是改成禮金。」

說著，波江拿出禮金袋。一旁的穰一也從上衣口袋拿出一樣的東西。

「非常感謝。」

鐵平低下頭致謝，心懷感恩地收下禮金。

開幕當天店面不放花圈或花籃的方針，也是表小姐和山下決定的。

「花圈上的鮮花要是弄髒或枯萎就太可憐了，萬一遇到雨天看起來更是蕭條。再說，特地訂製的HACCHI和MAKKI光環也會被搶走。」

聽他們這麼一說，鐵平也表示贊同。

雖然不是沒想過新開幕的店頭沒有花圈反而「蕭條」，既然店長都這麼說了，也只能尊重她的決定。

和波江他們只站著小聊了一下，不過，從她口中獲得一項非常寶貴的建議。

「學長，做生意不能急著往前跑，要先站穩腳步。」

不愧是繼承上一代「木蓮」招牌的老闆娘，鐵平深深感受到這句話的份量有多重。

她說的沒錯。再怎麼錙銖必較仍算不準接下來的變化。自己也算站在繼承上一代招牌的立場，還是先把收支平衡之類的事放到一旁，以顧客為上努力付出吧。只要認真做，總有一天生意一定會上軌道。

送表小姐和山下離開後，鐵平再次徹底打掃了廚房、廁所、洗臉台和浴缸等會用到水的地方。接著，前往豪麗香林坊停車場取車。把行李搬來「翼大樓」時，自己也跟著坐上小貨車，心愛的賓士還停在那邊的停車場。把車開過來之後，打算停在「翼大樓」一樓後方的車庫。這個車庫的費用也包在三樓房租裡，也就是說，整棟租下來只要月租二十萬，這實在是比低於行情更低於行情的房租。

從豎町商店街走到豪麗香林坊不到十分鐘距離。沿著熟悉的道路走，一轉眼就回到了舊家。

時間正好是下午三點。

站在大門前停車場仰望剛退租的六樓房間。二月十一日住進來，雖然是只住了不到三個月的家，想起自己就是在這裡展開新的人生，不免還是有些感慨。

最難忘的回憶應該是得流感病倒吧。那是住進這裡還不滿兩星期時的事。

那時，真覺得自己說不定就要病死在這裡了。平安度過這個危機後，終於產生能在這塊陌生土地上活下去的自信。這話旁人聽來或許覺得誇大，但老實說，一個人要重新站起來，有時需要的或許只是這種程度的小事。重要的不是事件大小，而是發生的時間點。現在鐵平對此已有深切體悟。

說到流感，發現夏代繼承龐大遺產的起因也是流感。去年十二月，因為懷疑自己得了流感，請假在家那天碰巧接到東京的律師事務所打來的電話，還順水推舟地和責任律師約定了單獨見面。就這樣，從那位北前律師口中得知四十八億遺產的事。

自二月二日通的電話後，至今不曾再接到夏代的聯絡。

那天她說美嘉偷跑出醫院投靠男友，還說她完全被美嘉討厭了。不過，她也說了隔天真由會從鹿兒島趕過去，不知道美嘉後來狀況怎麼樣呢？

早就決定不管怎樣，只要夏代一打電話來，自己這邊二話不說直接提離婚，今後只會請代理人出面協議。然而，到現在一次都沒接到夏代的電話。

已經過了快四個月，夏代不可能什麼都不知道。無論是鐵平離職還是離家的事，她肯定已經得知。將戶籍從博多遷到金澤的手續辦了，在金澤的戶籍也登記好了，鐵平現在住在金澤的事，她也應該早就確認過。別的不說，看到父親離家這麼久，耕平和美嘉一定也會問為什麼。

儘管如此，不只夏代本人，連孩子們都毫無聯絡，說奇怪倒真的很奇怪。

把車開走前，先去查看一樓的信箱。鑰匙還在手邊，因為正式解約日是明天。打開大門自動鎖，走到信箱旁，忽然想起一事。保險起見，還是得去辦理郵件轉寄手續才行。否則萬一夏代寄信到這裡來，找不到收件人就會被退件了。

站在「６０２」的信箱前，抓住轉盤按照密碼左右轉動。解鎖後，拉著轉盤打開信箱。

信箱裡有《北國新聞》的早報，今天早上匆匆忙忙的忘了拿。

在波江的推薦下訂了這份報紙。她說，如果想知道金澤的各種事，這是最快的管道。聽說《北國新聞》在石川縣的購讀率高達七成。

事實上訂了就知道，從第一面到最後一面都是地方新聞，簡直就像一份石川縣的廣宣雜誌。但也拜此之賜，光看這份報紙就能掌握石川及北陸三縣的人事物與金流動向。

拿出報紙時，發現上面還有一個信封。

——啊。這麼一來，就不用辦轉寄手續了……

胸口產生一股壓迫感，一口氣湧上喉頭。

在此之前，鐵平沒有收過任何寫給自己的信。離職手續用電子郵件處理，搬來這裡的事也完全沒對總務部長金崎提過。各種退還給自己的文件，離職時也先拜託公司暫時代為保管。

這封信的寄件人是誰，不用看都知道。

放下報紙，只先把信封拿出來。

這封信很厚，拿在手裡沉甸甸的。

盯著上面「加能鐵平先生收」的文字，腦中久違地清楚浮現夏代的臉。

22

按照計畫，「頭巾壽司」於六月二日星期五開幕了。

營業時間訂為早上十點到晚上九點，全年無休。因為是專做外帶的店，所以也沒有午休，開店就是營業一整天。

鐵平學生時代在幾間餐飲店打工過，但是當時沒有外帶專門店或便利商店，那個時代的經驗拿到今天實在派不上任何用場。

為了該準備多少食材，和表小姐兩人傷透了腦筋。

「頭巾壽司」的規矩是接受客人點單後才開始捲壽司，不過表小姐說，幾個比較暢銷的口味還是會多少先做一點起來放。

「話是這麼說，頂多就是中午和傍晚時段多做一點章魚美乃滋或起士柴魚片備用，而且連這樣外婆都很不情願。」

聽她這麼一說，於是決定徹底執行現點現做的方式。不過，該準備多少醋飯和配料依然是個問題。

「第一天大概準備個三百條的份量吧？」

聽到表小姐說出這個稍嫌樂觀的數字，鐵平有些訝異。

「假設平均消費金額是五百元，賣出三百條就表示一天會有九十個客人上門耶？」

「可是，當天的《北國新聞》金澤版早報會夾入我們的廣告傳單不是嗎？我覺得抓這個量差不多，搞不好還會更多呢？」

「妳真的這麼認為？」

討論的結果，決定按照表店長的預測，為開店當天準備足夠做出三百條海苔捲壽司的醋飯和配料。

想找時間休息是不可能的事，連午餐都只能輪流躲在廚房角落拿海苔捲果腹。

從這時開始算起，直到這天打烊的十一個小時，鐵平他們忙得像被丟進驚濤駭浪之中。

和東京不一樣，金澤很少看到商家前有人排隊，眼前排了這麼多人顯然是特例。

開店前三十分鐘，排隊的人龍已多達將近二十人。

型為股份有限公司，讓表小姐持有應得的股份。

她。此外，這話說得可能還太早，但若「頭巾壽司」業績持續成長，日後開了二號店、三號店，鐵平打算轉

定好只要生意順利做起來，開始有盈餘之後，除了上述「底薪」之外，還會將營業額以一定比例「分紅」給

目前給表小姐的薪水，只比她在「木蓮」的薪水多加上一點「招牌費」和「技術費」。取而代之的是約

以冷靜的語氣如此回應。

「我看三百條可能還是不夠，增加配料的份量好了。」

這麼告訴正在專心準備配料的表小姐，她只微微一抬頭，朝店外看了一眼。

「店長，外面有人排隊了喔。」

的客人。

漸漸地，人數愈來愈多，看到其中有些人手上拿著夾在今天早報裡的傳單時，才領悟到這是「頭巾壽司」

起初還沒搞懂發生什麼事，甚至以為是在二樓租倉庫的附近那間服飾店舉行特賣會之類的活動。

已經有好幾個人在排隊了。

開店三十分鐘前的九點半，拉開鐵門時，眼前出現意外的光景。

打烊後結算這天收入，確認總共上門一百五十個客人，營業額竟然高達十二萬。表小姐一個人捲了至少六百條海苔捲，到最後手臂和肩膀都麻痺了，光看都覺得辛苦。

傍晚還緊急拜託了山下前來幫忙。原本表小姐負責接單捲壽司，鐵平負責包裝和結帳。然而隊伍實在太長了，眼看這樣下去不是辦法。好不容易撐過午餐的尖峰時段，鐵平忍不住打了電話給山下。

山下來幫忙包裝，讓鐵平專心結帳，這才提高了傍晚尖峰時段的效率。

打烊後，三人在店裡吃著豎町商店街入口麥當勞買來的漢堡，舉行小型檢討會。

「就這情形看來，明天和後天又是週末，上門的客人只會多不會少。」

山下一開口就這麼說。

到了傍晚，果然有許多預料將成為消費主力的國高中女生上門，和HACCHI、MAKKI娃娃拍完照才回去的女孩也不少。親眼看到這一幕，山下一副心滿意足的模樣。

「我也這麼認為。」

吃完漢堡，已完全恢復活力的表小姐說。同時伸出右手，將自己的手機螢幕出示給鐵平看。

那應該是Twitter吧，螢幕上全都是與HACCHI及MAKKI合照的女學生照片。

「連『#HACCHI&MAKKI』的標記都出現了，還不少人用這個標記發文呢？」

「是喔——」

鐵平回答得有氣無力。

在發揮腎上腺素的力量忙完一整天後，鐵平名符其實累成了一灘爛泥。不像表小姐只要吃兩個漢堡，喝一杯奶昔就能瞬間恢復體力。年輕真教人羨慕。

「山下，不好意思，明天還可以請你來幫忙嗎？」鐵平說。

「抱歉，明天學校有活動，我抽不了身。」

「這樣啊。」

遭到無情的拒絕，鐵平大失所望。

「不過，明天確實得拜託誰來幫忙，否則光靠老闆和莉緒應付不了那麼多客人。」

「是啊。」

鐵平看著表小姐，用力點頭。

儘管結果是好的，但開幕第一天就錯估了情勢，如果今天這種盛況持續下去，必須盡快再增加一個或兩個救火隊，不然絕對忙不過來。也得想辦法減輕表小姐的負擔才行。

營業一天下來，鐵平更充分理解「頭巾壽司」最重要的特色就是「現點現做」。無論是不是過去吃過「頭巾壽司」的客人，今天點餐時看到現捲的壽司，客人們一定都能認同這種銷售方式的價值。正因如此，即使需要多等一點時間，也沒看到誰露出不耐煩的表情。其中甚至有些客人點完餐後問：

「大概幾點過來拿比較好？」

這種點完餐後先離開的客人為數不少，另外，還接了十通左右的預約電話。打電話來預約的通常是大筆訂單，為一整天的營業額貢獻良多。

「我來問問油谷小姐或柴田小姐。」

表小姐說。

「我先問週末這兩天能不能來，就算只有一天可以來幫忙都好，要是不行的話，也會拜託她們問問其他認識的人。」

「已經這時間了才說，沒問題嗎？」

此時已將近晚間十點。

「一點也沒問題。」

笑著回答的不是表小姐，而是山下。

「先打給油谷小姐看看喔。」

說著，表小姐在眼前的智慧型手機螢幕上點了幾下，然後拿到耳邊。

一兩分鐘簡單的對話後，朝鐵平和山下比出「OK」手勢。掛上電話，表小姐說：

「油谷小姐明天要去木蓮打工，不過她的朋友竹中小姐可以過來。竹中小姐是金大的學生，聽說上星期才辭掉打工，正在找新工作。油谷小姐說她很機靈，可以放心把工作交給她。」

以前感覺做什麼都悠悠哉哉的表小姐，從決定開店之後，像是脫胎換骨似的，變得非常可靠。

——這就是所謂適才適所嗎……

看著她，鐵平深深體會這一點。因為手部溼疹不得不辭去美髮師工作的事，對表小姐的人生來說，或許是一個必然。

「太好了。」

一邊道謝，鐵平腦中不知為何浮現青島雄太的臉。說要去木內正胤經營的多倫多生技工作的他，已經從那場意外造成的傷害中痊癒，和家人一起平安遠赴加拿大了嗎？

「老闆！」

一聲呼喚，把鐵平拉了回來。

原來自己出神了好一會兒。

「啊，抱歉抱歉，我剛才在想事情。」

表小姐苦笑著說：

「我覺得老闆還是不要進廚房比較好，希望老闆可以專心結帳和打理整間店。」

「是喔……」

「我也這麼想。」

山下也提出附議。

「再請一個廚藝比較好的人接受莉緒特訓，這應該是最好的方式。」

聽兩人自顧自地說個不停，鐵平感到一絲不安。

「總之，竹中小姐的事另當別論，要不要再請人或增加廚房人手，得先觀察一段時間才能決定。現在因為傳單的效果，這週末生意或許會很好，但是過陣子之後，熱潮說不定會漸漸冷卻啊。」

「老闆，我不這麼認為。」

山下一如往常大剌剌唱反調。

「就我看來，今天的盛況只不過是序曲，這間店的生意一定會愈來愈興隆。換句話說，『頭巾壽司』這塊招牌一點也沒有蒙塵。」

「嗯……」

鐵平不知如何回應。

23

徹底顛覆鐵平保守的估計，事態發展正如山下預料，「頭巾壽司」的營業額每天都在成長。

加速引爆風潮的，是《北國新聞》一篇盛大的報導。

開幕隔週的星期四上午，記者和攝影師忽然來訪，前後採訪了將近三小時。鐵平和表小姐利用忙碌空檔接受訪問，連打工的竹中小姐都接受了採訪。拍了店內景象、大排長龍的客人及鐵平等三個工作人員的合照後，記者和攝影師才離開。

兩人看上去都是四十左右的資深媒體人，據說也是「美雪奶奶手作海苔壽司捲」的多年粉絲。試吃了最受歡迎的「章魚美乃滋」口味後，他們興奮大喊：

「這個、這個，就是這個味道！」

看他們開心成那樣，鐵平暗自期待起之後的報導，說不定能佔上不小的篇幅呢？

沒想到，星期六早上一起床，揉著惺忪睡眼翻開報紙時，竟然看到社會版正中央大大刊出店內三人滿臉笑容的合照，不由得驚訝得說不出話。

——美雪奶奶的味道回來了！

在這個斗大的橫標下，還有另一個直行的小標寫著：

「豎町商店街吹起傳統之風，頭巾壽司睽違五年的復活」。

報導內文夾雜了一張 HACCHI 與 MAKKI 的照片，下方圖說是「現代化裝潢的店內出現新的吉祥物角色」。

這時還未六點，鐵平急忙打了表小姐的手機，將報導的事告訴她。

「我馬上出門，也會聯絡小竹。」

這麼說完，她立刻掛上了電話。從表小姐堅定的語氣，聽得出她已做好心理準備。

六點半，三人在店面一樓集合。最近，每天賣出的數量已經漸趨穩定，差不多都是五百條上下，但是今天要一口氣加倍。三人開始準備足夠做出一千條海苔捲壽司的材料。

六月中加入的竹中小姐另外介紹了三個同學來打工，分別是遠衛小姐、平岡小姐和中村小姐，目前店內的打工人手，就由她們四人輪流排班。

其中尤以竹中小姐和遠衛小姐的手特別巧，不到一星期就能捲出和表小姐不相上下的海苔捲。這麼一來，廚房裡也總算確保兩人同時捲壽司的體制，為表小姐減輕不少負擔。

營業額固然還是會上上下下波動，平日一天的收入也差不多都有十五萬。週末例假日更常超過二十萬，每個月的營業額達到超過四百五十萬的驚人數字。

最重要的是，這樣的營業額持續到了七、八月的夏季，依然不見頹勢。

成功到這個地步的祕訣究竟是什麼？

「頭巾壽司」瞬間成為人氣名店，除了受到地方民眾的關注外，在造訪金澤的觀光客間也大受好評。不只《北國新聞》，鐵平還以經營者身分接受了其他幾家報紙和地方電視台的採訪。

在各式各樣的訪談過程中，鐵平終於察覺這次開店成功的最重要因素是什麼。既不是因為這間店繼承了過去老店的招牌，也不是吉祥物HACCHI與MAKKI等各種嶄新形象奏效。追根究柢，表美雪女士為「頭巾壽司」創造的種類豐富菜單與實惠的價格，才是成功最大的原因。

「頭巾壽司」的海苔捲口味與價格如下。

章魚美乃滋一百二十元。章魚芥末一百二十元。章魚塔塔醬兩百元。好味捲（章魚．柴魚片．美乃滋）一百五十元。魚片（鮪魚）一百二十元。魚片（鰹魚）一百二十元。小熱狗一百二十元。小熱狗配魚片（鰹魚）兩百元。葫蘆乾一百三十元。煎蛋捲一百五十元。煎蛋捲美乃滋一百七十元。小黃瓜一百二十元。小黃瓜美乃滋一百二十元。紅薑捲一百二十元。白薑捲一百二十元。梅乾一百三十元。梅乾海蜇皮兩百元。美乃滋海蜇皮兩百元。梅乾海味（昆布捲）一百四十元。山藥一百五十元。山藥（梅乾口味）兩百元。梅乾小黃瓜一百五十元。起士柴魚片一百五十元。美乃滋芥末起士一百七十元。奈良漬一百二十元。柴漬一百二十元。醃菜一百二十元。納豆一百二十元。美乃滋納豆一百四十元。梅乾納豆一百九十元。柴魚片納豆一百五十元。蟹肉納豆兩百二十元。花枝納豆一百七十元。花枝明太子兩百五十元。花枝秋葵兩百二十元。花枝腳一百四十元。明太子兩百元。明太子特別捲（明太子・塔塔醬・美乃滋）兩百五十元。驚喜海苔捲（每天不同口味）兩百五十元。青蔥鮪魚三百元。鐵火捲兩百五十元。美乃滋煎蛋魚片（煎蛋捲・柴魚片・美乃滋）兩百五十元。蟹肉美乃滋兩百元。星鰻小黃瓜兩百五十元。粗壽司捲四百元。生菜捲四百元。

鐵平愈看這份菜單，愈是對表美雪女士的努力與創意佩服不已。

24

一進入九月，天氣倏地轉涼。

其實八月中的傍晚已能感受涼風習習，幾乎沒有博多夏季那種熱到睡不著的夜晚。儘管如此，月曆一翻到九月，還是馬上能從風的變化感受到何謂「秋風起兮」。

這就是北陸地方季節交替的特色嗎？

搬家那天收到夏代的信，相隔超過一個月才回覆。六月底，開店後那段驚濤駭浪般的日子終於穩定下來，心情上也比較從容了，鐵平才花一個晚上的時間寫了一封長信。

信寄出後又過了兩個多月，夏代音訊全無。

她先前那封信中提到美嘉決定生下孩子，也注明了預產期是八月初。因此，鐵平原本預測八月後可能會接到某種形式的聯絡，但也沒有。

美嘉是否已平安生下孩子了呢？

畢竟是自己疼愛多年的女兒，儘管以這種方式分隔兩地，鐵平心中總是掛念著她。不過，如果美嘉真的出了什麼事，夏代或耕平不可能毫無聯絡，既然沒聯絡，就證明他們無病無災。

「頭巾壽司」的生意依舊興隆。

八月中元節過後，開始多了數量足以與上門顧客媲美的電話訂單。不管怎麼說都是專做外帶的店，也沒有提供外送服務，即使如此，一通電話的訂購數量還是很大，拜這些電話訂單之賜，月營業額大幅提升。

進入八月下旬，光靠表小姐、遠衛小姐和竹中小姐三人捲壽司已趕不上接單的速度，於是店裡又多請了一位有廚師經驗的水野小姐。現在，上全班的水野小姐也會和表小姐她們一起進廚房捲壽司。站在店頭接待客人的工作，則由打工的平岡小姐、中村小姐和鐵平三人排班。即使已有這麼多人手，竹中、遠衛、平岡和中村四人畢竟還是學生，以學業為優先是理所當然的事，今後能繼續工作多久也不確定。

無論營收再怎麼成長，鐵平打算店裡暫時只聘用工讀生與排班人員維持運作。話雖如此，等到要開二號店、三號店的時候，若正式員工只有鐵平和表小姐兩人，肯定撐不起「頭巾壽司」的整體營運。當然，時候到了就要重整公司組織，聘用正職員工，以一般企業的方式經營才行。

只是做夢也想不到，竟然這麼快就得把這些事考慮進去。每天忙得快要喘不過氣的鐵平，不知何時開始發現自己似乎失去自我了，有時也會陷入深深不安。

比方說，打烊後回到三樓自宅整理帳簿時，經常忽然浮現一個念頭。

——這真的是我想做的工作嗎？

第一次在波江店裡吃到表小姐的海苔壽司捲時，確實產生了這門生意可做的直覺，也真心認為這麼美味的東西只能充當「木蓮」的員工餐太可惜。加上對賣東西這件事充滿信心，判斷若能自己開一間店賣這項商品，生意肯定興隆，這些都沒有錯。事實上，開店至今獲得的更是出乎意料的成功……

只是，開店三個月以來幾乎不眠不休地勤奮工作，現在終於獲得了十二分的成果，本該沉浸在安心與喜悅的高昂情緒中才是，實際上店長表小姐和救火隊山下以及打工的店員們都意氣風發，準備接下來繼續大顯身手，為何唯有身為經營者的鐵平自己，無論如何也無法擁有和他們同樣雀躍的心境。

某種類似「親手達成」的成就感太薄弱了。

舉例來說，就算只是打了第一場勝仗，內心也該自然湧現勝利的喜悅，然而鐵平卻幾乎沒有勝利感。

為什麼會這樣，自己也感到訝異，思考了各種可能原因。

直到最近終於明白，不滿足的感覺並非來自「做的不是自己真正想做的工作」，而是無法從工作中獲得「好好做了工作」的自信，內心總是不踏實。

這是因為，「頭巾壽司」不是鐵平的店，充其量只是「創辦人表美雪」外孫女表小姐的店。

事實就是如此。

繼承外婆手藝的是表小姐，帶山下加入籌備工作，召集一群員工一起努力的也是表小姐。鐵平做的只有邀請表小姐一起開店與提供資金，更何況最重要的資金還是來自夏代給的那一億元。

說鐵平長年來累積的業務心法幾乎沒有反映在「頭巾壽司」的經營上也不為過。

老實說，鐵平覺得自己跟什麼都沒做一樣。

在這種狀態下，當然無法和大家一樣為這間店的成功感到喜悅。

今後再也不想被誰使喚，只想以自己為優先，做自己想做的事。明明是這麼想的，現在的鐵平卻還離這個想法很遠。真要說的話，這次的事業本來就不是從零出發，如果沒有借助表小姐的力量根本無法開始。以為自己能透過努力打拚建立「成就感的基礎」，結果根本沒有這回事，這點也是始料未及。過得太辛苦雖然不好，完全沒吃苦也好不到哪去。

——是不是太操之過急了？

來金澤還不到四個月就開了自己的店，好像真的有點沉不住氣。

說到底，存在這性急行為背後的，除了對夏代的敵對心外，也是為了盡早斷絕和她及孩子們的關係，急著在這塊土地上扎根的表現。

「學長明明是個比誰都認真正經的人，卻又經常做出脫離常軌的事，是個怪人呢？」

曾幾何時，波江說過這句話。聽聞鐵平拋妻棄子遷居金澤時，她一定也想起了過去那件事，所以才會做此感想吧。現在對照「頭巾壽司」這齣復活戲碼，這句話倒也真是說得沒錯。

25

九月十三日星期三是鐵平五十三歲的生日。

這天，他第一次休了假。

打從水野小姐加入後，表小姐也能夠週休一日了。

儘管打算維持全年無休的營業方式，由於生意興隆的程度超乎預期，能動用的人事預算也愈來愈充裕，現在鐵平和表小姐都沒有全年無休的必要了。鐵平還打算年內繼續增聘人手，目標是讓表小姐一個月至少能休九天。

睡到早上十點，醒來時秋高氣爽，天氣好得不得了。

打開窗戶，吹進一股清爽涼風。

沒有任何預定計畫，眺望了一會兒蔚藍晴空，決定久違地駕駛愛車出趟遠門。

——對了，去富山市吧。

打工的平岡小姐老家就在富山市。她現在就讀金大，自己一個人住在金澤市內。和她一起在店裡接待客人時總會順便聊天，聽她說了不少家鄉的事，令鐵平萌生哪天一定要去富山看看的念頭。

住得離職場近固然很方便，缺點就是日常生活幾乎沒有機會外出。仔細想想，開店至今三個多月來，開車外出的次數寥寥可數，頂多是下雨時送員工回家，除此之外的時間，車子一直以冬眠狀態停在一樓車庫。難得了一輛好賓士，只能說是暴殄天物。

吃了吐司配咖啡的簡單早餐，速速換上外出服，走下一樓。

忍住探視店面狀況的衝動，直接走向後方車庫。

一坐上駕駛座就深深吐一口氣，發動引擎，慢慢踩下油門。

從金澤市公所旁的百萬石通開出去，眼前是金澤城森林後方萬里無雲的天空。先繞著整座城開一圈，接著再朝富山前進。春天時曾去高岡的古城公園賞過一次櫻花，富山就還沒去過了。

走北陸自動車道，估計一小時左右就能抵達富山。

車子奔馳在幾乎沒有其他車輛的北陸車道上，看著周遭的藍天綠林景色，心情愈來愈輕鬆。

——就算生意再好，老是關在那狹小的店裡，難免感到閉塞……

真的是這樣。

下午一點多抵達富山市中心的總曲輪。把車停在大和百貨富山店停車場，朝總曲輪商店街走去。

總曲輪的發音是「SOGAWA」，從字面即可得知，這是將過去富山城外護城河填平後建造的街區。平岡小姐推薦的壽司店，應該就在這條熱鬧的大街上。

甚至不用向人問路，沿著商店街隨興逛了逛，很快就找到目的地的壽司店。這時午餐時間已差不多要結束，身旁只有三三兩兩行人路過，唯有那間店前還排了一小條人龍。心想大概就是那裡了，走上前一看果然沒錯，就是平岡小姐說的店。

排進人龍尾端時，店裡正好走出六個客人，沒排很久便得以進店。

這是一間只有櫃台座位的店，ㄈ字形的朱漆櫃台很長，坐得下將近二十人。看看菜單，中午時段只提供「午餐套餐」，分成松、竹、梅三個價位，分別是三千五百元、三千元和兩千五百元。鐵平立刻點了松套餐。

最先上桌的是鮪魚和赤魷，接著說是用早上才從富山灣捕來的魚做的握壽司，不同魚料各上兩貫。每種魚料都新鮮好吃，其中尤以剝皮魚和白蝦最是美味。紅鱸做的海鮮湯也堪稱一絕。

連飯後甜點的哈密瓜都吃光光，飽食一餐後走出店外。

看看手錶，還不到兩點。

回到百貨公司停車場，在導航上輸入「富岩運河環水公園」。

今天還有另一個目的地，那就是這座公園裡的星巴克。這也是平岡小姐推薦的，說是以「世界最美星巴克」聞名海外的星巴克分店。

「也有很多外國人會去喔，不過視野真的非常棒，老闆也一定要去看看。」

平岡小姐說，這是富山市內她最推薦的觀光景點。

從導航畫面上看來，「富岩運河」沿著流過富山市中心的神通川開鑿，將富山灣的海水引進市內，做為其終點的環水公園也維護得很好。運河附近的地圖上確實標注了「星巴克咖啡」的符號和名稱。

將目的地設定為這間星巴克的停車場，按下導航按鈕。

發動引擎前，拿起放在副駕駛座上的背包確認。

裡面有一個信封和一份放在A4資料夾裡的文件。

信封裝的是五月時夏代寄來的信，資料夾裡的文件則是自己的回信影本。夏代的信是手寫信，鐵平的信則是用電腦打字。

鐵平想在「世界最美星巴克」裡重讀這兩封信。

睽違二十年一個人過生日的今天，決定去富山的最大原因其實是這個。

26

鐵平哥：

該從哪裡開始寫好，拿起筆之後腦中仍是一片空白。不過，今天我會努力寫完這封信的。

鐵平哥離家這麼長一段時間，我卻連一次都沒有聯絡你，真的非常抱歉。我想首先應該為這件事道歉。

鐵平哥辭職的事，是真由打電話告訴我的。圭子一聽尚之說了這件事，立刻就聯絡了真由。我從真由口中聽聞這個消息時，一時之間還不知道到底怎麼一回事。因為我們才在幾天之前為美嘉的事通過電話啊。

美嘉投靠卓郎後，我還沒和她講上話，只是透過真由得知他們決定生下小孩後，我就決定暫且先回博多了。因為我想問你為什麼辭職，關於美嘉的將來，也想跟鐵平哥你好好商量。

可是，一打開玄關大門，走進家裡那一瞬間，我就知道你離家出走了。我急忙跑進客廳，看到牌位不在佛龕上，確定你真的離家時，我整個人都傻了。

我想，你會辭職和離家，一定都是我的錯。

我一直隱瞞阿姨遺產的事，美嘉和耕平的事也沒告訴你，對於我的這種態度，鐵平哥一定感到心寒。

另一方面，我又覺得什麼都不說就默默消失這種事，太不像鐵平哥你的作風。

三年前，你本來就要順利升任董事了，整件事卻莫名其妙撤銷，還被調到現在這個部門。那之後鐵平哥在公司中立場艱難的事，我一直都很清楚。去長崎前拿出阿姨的遺產一人各分一億的時候，我也預測有了這筆錢，你第一件會做的事就是辭掉工作。所以接到真由的通知時，我雖然疑惑「這種事為何不先跟我說」，但卻完全沒懷疑過「為什麼你要這麼做」。

只是，發現鐵平哥離家出走卻連一封信都沒有留下，這就讓我百思不得其解了。

鐵平哥雖然有時會做出令人跌破眼鏡的事，但基本上是個重禮數，講規矩的老實人，也很重視為人處事的分寸。這樣的人就算再心寒，也不會連紙條都不留就離家。

一定是發生了什麼嚴重的事。

第一個想到的，是你可能有其他喜歡的人，為了和對方展開新的人生，所以離家出走……

可是，反覆思考了幾次，我還是不覺得鐵平哥身邊有這樣的對象。

所以，隔天我去了加能產業，拜訪總務部的金崎部長。我想知道鐵平哥在辭呈上寫的原因是什麼。

即使我這麼問，金崎先生也說不出個所以然。你的突然辭職似乎令他非常意外。金崎先生說：「一點也不誇張地說，失去加能先生對公司而言是一大打擊。」不過，就在我即將告辭前，他忽然說了這麼一番話：

「加能先生說，他是在會長過世那天決定辭職的。加能先生向來體恤部下，受了重傷的青島最後卻還是選擇離開公司，面對這樣的結果，加能先生或許被我們難以想像的責任感壓垮了吧？」

我這才知道，原來在那起大爆炸中身受重傷的人，是鐵平哥你的直屬部下。

為什麼這麼重要的事卻不告訴我呢？

內心浮現這個疑問的同時，想起當時我滿腦子都是美嘉的問題，發生那起事故後根本沒好好聽過鐵平哥你說話。不只如此，看到事故新聞急忙打電話給你時，還在電話裡指責你冷淡。雖說不知者無罪，我那樣說真的太過分了。事到如今，我真的歉疚得無地自容。

離開加能產業後，我直接前往濟倫會中央醫院。因為金崎先生說：「加能先生提出辭呈時，提到前一天確定了青島離職意願的事。我想，青島或許知道些什麼。」他也告訴我青島先生住在哪間醫院。

我到病房探望青島先生，告知他鐵平哥離職的事，毫不知情的青島先生驚訝萬分地說：「總部長竟然辭職了。」我問他：「外子是在探望過您的隔天提出辭呈的，他來看您時有什麼異狀嗎？」想了一會兒，青島先生告訴我：「這麼說來，確實有件事很奇怪。」

「其實我即將換工作，未來會去加拿大一間叫多倫多生技的新創企業工作。那裡的創辦人是日本人。那天，聽到我說出創辦人的名字時，總部長立刻變了臉色。」青島先生這麼說。

聽了這番話我終於明白，為何鐵平哥連張紙條都不留就離家出走。

寫到這裡，我覺得有點痛苦。請讓我暫時休息一下再繼續寫。

鐵平哥。

我現在深深後悔，為何當初提及阿姨遺產的事時，沒有把投資木內公司兩億元的事也說出來。在那之前，你將近一個月都沒有對遺產的事說什麼。明明是我自己在去筥崎宮做新年參拜時提起的，當時就應該連投資木內公司的事都說出來才對。我恨自己這麼愚蠢，但現在說再多也後悔莫及。那個當下無法誠實面對自己的軟弱，我真的很慚愧。

我永遠不會忘記，那是二〇〇六年二月初發生的事。

某天，木內突然打電話到家裡來。那是你去上班，美嘉和耕平都去上學的白天。我不知道木內為什麼知道我們家的電話，想必他請人做了各種調查吧。木內說有事想跟我商量，希望馬上可以見面。雖然他提出這樣的要求，但我們早就分手，也超過十年沒跟這人聯絡，我不可能答應這種事。我只看過新聞報導，大概知道木內在去美國後事業有成，已經成為世界知名的學者。這樣的人到底有什麼事得找我商量呢？

「是關於什麼事？」

我忍不住反問，於是木內說：

「能不能拿出妳擁有的一部分資產，投資我即將在加拿大創業的生技公司呢？當然，我有自信絕對不會讓妳賠錢。我將在這間公司運用多年研究成果，開發各種醫療藥劑，並製造成商品販售。我一定能開發出為世人帶來福音的藥，所以這筆投資對妳而言應該也是很有意義的投資。詳細情形見面再說，希望妳早點空出時間跟我碰面。」

他是這麼說的。過了十年，這個人的性格還是如此跋扈，一點都沒變。

「如果是這種事，請恕我拒絕。我早就決定一毛也不動用那筆錢。」我當然當場拒絕了他。

讀到這裡，鐵平哥一定覺得奇怪，為什麼木內會知道阿姨給我遺產的事。

正如你所知，當年知道木內太太懷孕，我精神上受到很大打擊，陷入嚴重憂鬱症，連班也沒法好好去上。鐵平哥來過我住的公寓附近好幾次，我們還一起在那間家庭餐廳吃飯了對吧？就是在那個狀態下的那段期間，某天木內突然跑來住的地方找我，在那之前也發生過幾次一樣的事，我連一次都沒讓他進屋。唯獨那次，我正好剛和鐵平哥吃過飯回到家，心情還不錯。大概是鬼迷心竅了吧，最後我還是讓木內進屋了。兩個人談了一會兒話，其實應該說都是木內在講，我只是默默聽而已。那時他說了什麼，現在根本完全不記得了。

差不多十五分鐘後，木內從包包裡拿出一個厚厚的信封，放在餐桌上。

我懷著難以置信的心情看著那個信封。我當然立刻領悟那代表什麼，只是一時無法接受世上真有人能滿不在乎做出這種事。

腦中頓時一片空白，心顫抖得像要壞掉了。我還記得自己一再地告訴自己，不能為這種事亂了分寸。

「裡面有五百萬，是我現在能拿出的極限。」木內這麼說。

我看著他說這句話的那張臉，內心非常震驚。那張臉上的表情彷彿在說「如何，我很厲害吧」。看到那表情的瞬間，我整個人變得很瘋狂。自己也不明白為什麼會變成那樣，只覺得木內那張得意洋洋的臉好笑得不得了。我忍不住噗嗤一笑，最後甚至當著他的面捧腹大笑。木內大概以為我瘋了吧，所以他也沒有發怒，只是露出錯愕的表情看著笑個不停的我。

「我一點也不想要錢。」我忽然停止大笑，說出連自己也嚇了一跳的話。

「因為我有的是錢。」

唉，直到現在還是想不通，為什麼我會脫口而出這種話呢？不只是現在的我，就連當時的我也完全無法理解當下的想法和情感。

回過神來，我已經把從加津代阿姨那裡繼承龐大遺產的事告訴木內了。話雖如此，總算沒笨到把多達三十四億的事也告訴他。沒記錯的話，我大概只說繼承了三億多的遺產。我會那麼說，只是想對木內證明「我有的是錢」，只是想讓他知道「我跟你不一樣，不是那種會用錢來清算愛戀的卑鄙小人」，只是想告訴他我沒有說謊。當時的我，或許還是太年輕了吧。還有，雖然很不想這麼說，那時我大概還愛著他。

既然木內打算用金錢出賣我們的愛情，那我就用那幾十倍的錢買回來好了，或許我是這麼想的吧。

木內似乎信了我的話。畢竟他熟知我的個性，就算憂鬱症再嚴重，我也不是會編出那種故事的人。於是，木內把放在桌上的信封再次收回提包。

「夏代抱歉，是我不好。原諒我。」他對我深深低下頭。這是第一次從他口中聽到謝罪之詞。

過了一個月左右，我重回職場，但木內始終沒有聯絡我。我以為他帶錢到我家那個晚上就是最後了。不料，過了半年多，他又突然跑來我家。

木內說他和太太離婚了，還說：「夏代，借我一億元好嗎？我想先用這筆錢支付給前妻的贍養費，當然，不管花幾年都會還妳的，我保證。」

他說這種話卻絲毫不當一回事，態度就像把一個盤子從左邊推到右邊一樣輕鬆。

就在這一刻，我對木內的愛瞬間蒸發。

心想，唉，我怎麼會愛上這種人。我甚至對愛上他的自己感到恐懼，但我更打從心底害怕眼前這個叫木內正胤的人。我想，他根本就是一個唯我獨尊的怪物……

「對不起，我已經不愛你了。」

我咬牙切齒說出這句話，但也知道這種含混不清的說法無法安撫眼前這個男人，更別提要他放棄。得說出更具關鍵性的話才行，否則他今晚一定不肯離開。一句徹底讓他死心又不傷他自尊，還能讓他願意主動離開的話。那會是什麼呢？

短短幾秒的時間內，我拚命思考那句話。接著，我對一臉錯愕盯著我看的木內說：

「我有其他喜歡的人了。」

不可思議的是，一聽到鐵平哥的名字，木內就相信了。既沒有說「不可能」，也沒有說「妳騙人」，更沒有問我「那個男人到底哪裡好」。他只是喃喃道「原來是那傢伙……」，然後就什麼也說不出來了。

頻頻嘟噥「敗給他了」的木內，又過了一會兒才離開。那之後，他曾寫過一封長信給我，但我只打開讀了第一張，後面的看也不看就丟掉了。和他從此形同陌路。

你還記得嗎？有一次我說「有件事想找加能先生商量」，我們久違地在家庭餐廳吃了一頓飯。對了，就是我告訴鐵平哥木內離婚的事那天。那天，我收到木內那封長信，無論如何都好想和鐵平哥你見一面。突然被我約出去，你一定覺得很奇怪吧。

也是那天，我發現自己可能愛上你了。正確來說不是發現，是確定。

憂鬱症最嚴重的時候，我什麼都吃不下。鐵平哥第一次去看我那天，除了喝水，我已經連續三天什麼都沒吃。後來，這種有時吃得下、有時吃不下的日子又持續了一陣子。可是只要是跟鐵平哥一起，我就勉強吃得下東西。到後來，只有跟你一起在家庭餐廳吃飯時吃得出食物的味道，接著才漸漸找回覺得東西好吃的感覺。休長假那段期間如果鐵平哥沒來看我，我說不定會餓死。直到現在我仍真心這麼認為。

起初也覺得很奇怪，為什麼只有跟這個人一起時吃得下東西呢？不過，很快我就想起一件事。還沒生病的時候，每次被木內帶去跟鐵平哥一起吃飯，端上桌的料理全都是那麼美味。原本我以為那是因為鐵平哥總用心幫木內選擇好吃的餐廳，其實不是的，因為是跟鐵平哥一起所以才好吃。為什麼我會知道呢？後來好幾次和木內再去同樣的餐廳時，我都覺得東西變難吃了。

那天睽違許久地與鐵平哥見面，在平常去的家庭餐廳吃的飯果然還是那麼美味。於是我獲得確信，自己和這個人一起吃的飯最好吃，自己一定是愛上這個人了。

當我在電話裡拒絕投資的事，木內立刻變了語氣說：「妳以為自己有拒絕的權利嗎？」他還說：「妳敢不答應的話，我就去加能的公司找他，告訴他妳那筆遺產的事。」接下來，他說出更驚人的話：「話說回來，三十四億真是超乎想像的金額呢？加能要是知道了肯定會嚇壞。」不知他從哪裡查到的，木內竟然掌握了阿姨遺產的正確金額。就像當初我對他做的一樣，就算我曾對鐵平哥你說過遺產的事，你可能也不知道金額高達三十四億。畢竟如果有三十四億，鐵平哥大可以乾脆自行創業，何必待在同一間公司做一樣的工作呢？由此可知，你並不知道遺產的實際金額。木內大概是這麼推測的吧。

雖然現在說什麼都無濟於事，但是回想起來，當木內打那通電話來時，我就應該把阿姨遺產的事全盤告訴鐵平哥才對。這麼一來，或許我們就不會以這種形式分離了。

最後我終究不敵木內的威脅，隔天和他見面，也答應了投資兩億元。我對兵藤律師說：「聽別人說一位以前很照顧我的醫生苦於資金不足，所以想破例拿一次錢出來。不過，就算日後這筆投資獲利，獲利內容依然屬於阿姨遺產的一部分，請和過去一樣把錢凍結在帳戶裡。」獲得兵藤律師的理解後，之後的十多年我從未過問那筆投資的狀況。直到這次兵藤律師過世，繼任的北前律師跟我說了，就像鐵平哥你已經知道的那樣，我才得知兩億元股票已經漲到了時價十六億。

這就是我投資木內公司的前因後果。從青島先生口中聽到多倫多生技是木內的公司時，你一定很驚訝吧。你會對我失去所有信任也是天經地義的事，連我自己都這麼認為。

可是鐵平哥。

婚後這二十幾年，我從來沒有背叛過你。你不但願意和這樣的我結婚，還給了我美嘉與耕平這兩個無可取代的孩子，我真的發自內心感謝。對我而言，這樣的你比誰都重要，連兩個孩子也比不上。

美嘉決定生下腹中的孩子。預產期在八月初，肚子已經一天比一天明顯。雖然就快要畢業，護校還是退學了。現在她在長崎租了新的公寓，和卓郎一起生活。我有時也會去長崎探望他們。其實我更想叫她回博多，待在我身邊待產。可是美嘉無論如何都不肯離開卓郎。她說卓郎性慾很強，要是放著他一個人，難保不會又出軌。不管怎麼勸她都聽不進去。這兩人的關係之後會演變成怎樣，實在教人很難不擔心，但現在也只能看開點，走一步算一步吧。我當然也和卓郎的父母談過，對方已認同兩人生下孩子後的婚事，形式上也算跟我們道歉了。只是老實說，人家也和我們一樣，沒想過孩子會做出如此任性妄為的事，除了嘆氣還是嘆氣。上個月我已重回職場，等美嘉臨盆前會再請假去長崎。耕平和真由過得還算順利，四月起真由開始上齒科技工的專門學校，兩人都很認真打工，努力讓自己不要只靠父母生活。既然如此，我和圭子都認為只能默默守護他們了。

鐵平哥。

我能明白你的憤怒，也知道或許無法求得你原諒。住在雲仙溫泉旅館那幾天，我一直在想自己到底做錯了什麼。隱瞞遺產並非出於對你的不信任，只因那筆遺產對我本身來說就是不存在的東西，那麼對身為我丈夫的你而言，應該也不存在。縱使沒有那筆遺產，我也已經夠幸福了。我一直以為自己這麼想沒錯，可是仔細想想，我的這種態度就像你說的，只不過是傲慢的自以為是罷了。跟你結婚時，我就該把事實告訴你，只要再跟你共同做出一次不動用那筆遺產的決定不就好了嗎？我之所以沒能這麼做，大概是高達三十四億的財產太超乎常理，令我感到恐懼的緣故。我怕這筆錢會害你變得判若兩人，就像木內那樣。或許我更怕的是自己打開這個潘朵拉盒子後會變得像他一樣也說不定。

在沒有你一起的溫泉旅館，不管吃再美味的食物或泡再舒服的溫泉也一點都不快樂。現在獨自住在過去與你一起生活的家也一點都不快樂。美嘉和耕平已經各自踏上自己的人生道路，我這才深深體認到，最後我剩下的只有鐵平哥你。

對於長久以來的欺瞞，我深切反省自己的罪過，事到如今也沒有資格要求你怎麼做。可是，如果你願意的話，可否再與我重新來過？

可以給我這個機會嗎？

我會在福岡等鐵平哥回來，不管多久都會等。

平成二十九年五月二十二日

夏代

第三部

1

今年石川縣「冷卸酒」齊出酒倉的日子是九月八日。

接下來好一陣子，到處都會舉辦冷卸酒的試飲會及各種日本酒相關活動，每逢週末，大批喜好日本酒的人們聚集在鐵平住的香林坊及片町一帶，氣氛熱鬧得就像嘉年華會。

石川縣擁有不遜新潟及富山的上等水脈「白山水系」，也是知名的白米產地，縣內保有為數眾多的名酒釀造廠。除了「天狗舞」、「手取川」和「菊姫」等全國知名的品牌外，加賀其實還有很多好酒。

所謂「冷卸」酒，指的是初春進行過一次「火入」（加熱殺菌）的新酒，在經過整個夏天的發酵熟成後，刻意不進行第二次加熱殺菌，直接以「冷酒」狀態裝入（卸入）酒樽出貨的酒。

在炎炎夏日裡的陰涼酒倉中經過徹底熟成的「冷卸」，對地方民眾而言，是品嚐加賀．能登秋季豐盛食材時，不可或缺的好搭檔。

業界將甫出貨的冷卸酒稱為「夏越酒」，秋意漸濃時喝的稱為「秋出一番酒」，更進一步熟成到深秋的則稱為「晚秋旨酒」。

十月中的某個星期天，四高紀念公園裡成排的楓香樹也開始轉變顏色了。

鐵平與「木蓮」大廚穰一約在老地方「菊助」品嚐「晚秋旨酒」。

「木蓮」的公休日是星期天，「菊助」的公休日則是星期二。因此，鐵平和穰一喝酒時，幾乎都約在星期天也有營業的「菊助」。

鐵平搭飛機來到小松機場那天是二月七日。第一次造訪「木蓮」是三月一日。搬遷此地八個多月，認識穰一也有七個半月了。

「頭巾壽司」已開幕四個半月。開店之後，更覺得時光日日飛逝。

和穰一的緣份很奇妙。

波江介紹「這位是我們店裡的大廚櫛木穰一」時，鐵平和穰一不由得面面相覷。

這是因為，兩人早在半個月前就認識對方了。

也因這奇妙的緣份使然，在「木蓮」重逢後，他們便成為不時相約小酌的好朋友。

今天喝的是「常歡呼」的冷卸酒，以加熱到四十度左右的「溫燗」方式品嚐。按照穰一大廚的說法，冷卸酒裡最美味的品牌就是這個「常歡呼」。

「這種冷卸酒啊，酸甜度拿捏得恰到好處，是其他品牌比不上的。」

他這麼說。

兩人成為好友後，鐵平稱穰一為「大廚」，穰一則稱鐵平「加能兄」。大廚今年四十六歲，比上個月剛滿五十三的鐵平小七歲。

「嗯……」

在毫無心理準備的狀況下聽到那麼嚴重的事，今晚的鐵平喝起美酒也索然無味了。

反觀穰一明明是當事人，卻是一副不以為意的淡然態度。皇帝不急、急死太監，遇到難題時往往如此，最煩惱的總是身旁的家人或朋友。

「我再確認一次，大廚是三天前的星期四那天才得知這件事的對吧？」

「對。店打烊後，在老闆娘家聽她說的。」

「那時藤木說她是何時跟你太太見面的？」

「我想應該就是幾天前。」

「為什麼？」

大廚露出疑惑的表情，不明白鐵平為何這麼問。

「因為她不是沒提到具體日期嗎？那你為何會覺得就是幾天前呢？」

「說不上為什麼，就是這麼覺得……」

大廚的語氣忽然不確定了起來。

「也對啦，既然你太太都找上門來了，藤木也不可能一直瞞著這件事。」

「是啊。」

情婦劈頭就說「你太太來找我了」，聽到這種話的穰一一定慌張失措，無論是當下沒能追問詳情或記不清楚談話內容，也都算是情有可原。

「然後，到今天為止，你太太什麼都沒跟你說？」

「對。」

「大廚你自己有聯絡她嗎？」

「聽老闆娘說了那件事後，一次都還沒聯絡過。」

說這話時，大廚語氣有點含糊。

「只是，老闆娘跟我講那件事的前一天，我才剛跟周子通了一個長電話。因為遼一上體育課時受了傷。不過，傷勢沒什麼大不了啦。」

周子是大廚妻子的名字。遼一是他們的獨生子，今年剛上小學。

「你說的前一天，是指上星期三？」

大廚點點頭。

「那通電話裡，周子完全沒提到她跟老闆娘見過面的事。」

「如果是上星期三，那時你太太應該早就跟藤木見過了吧？」

「就是這樣啊。」

「嗯……」

都特地找上情婦談判了，在丈夫面前卻對這件事隻字不提，實在教人想不通她打的是什麼主意。難道是料到情婦波江會自己把這件事告訴大廚，打算按兵不動，等大廚自己來說些什麼嗎？

就算是這樣，還是不懂這麼做是為什麼。

大廚傳LINE給鐵平是今天的事。

最近，不只跟大廚，鐵平也開始用LINE和表小姐及打工的同事們互相聯絡了。剛開店時，眾人就一直建議鐵平買智慧型手機，終於在上個月生日時換新了，就當是給自己的生日禮物。實際一用才知道這東西真方便，尤其是LINE，隨時都能和打工的同事確認班表，排班時大大派上用場。

（今晚您有空嗎？有件事想找您商量。）

今天上午，收到大廚用LINE傳來這樣的內容。

（那就約晚上七點，菊助見。）

鐵平這麼回覆。

鐵平今天上的是早班，下午四點就下班了。話雖如此，平時就算下了班，還是會留在店裡一兩小時，不是幫忙結帳就是回三樓處理行政事務。所以和大廚約了七點。

「頭巾壽司」的生意依然興隆，營收一點也沒有下滑。

已經開始和表小姐討論明年開二號店的事。上全班的水野小姐目前雖然仍以計時方式僱用，下個月開始就要升為正職員工了。這也是考量到今後發展而做的決策，因為預計等二號店開幕後，就要讓水野小姐擔任那邊的店長。

鐵平始終希望公司在邁入組織化的階段時，山下能夠成為「頭巾壽司」的員工。九月向他本人提起這件事時相談甚歡，感覺很有希望，結果卻是不如預期。說來令人訝異，山下竟然放棄成為商業設計師的夢想，重回老東家X-PULIRE工作。在曾經那麼厭惡的「奴隸喜多嶋」懇求下，山下決定回X-PULIRE總店擔任店經理，同時兼任店裡的美髮師。當上店經理後，他好像得管理總店與所有分店的業務，才剛到職就忙得連睡覺時間都沒有，這半個月連一次也沒來過「頭巾壽司」，倒是那位喜多嶋老闆變得經常來買壽司，簡直像兩人交換了立場似的。

穰一是在看到波江的徵人啟事後，前來應徵成為「木蓮」大廚的。那是三年前的事。

他上一份工作是在新潟一間擁有多年歷史的知名料亭「紀清」擔任副料理長。這樣的「大咖」只因看到徵人啟事就特地跑來石川求職，而且還願意委身尚未開張的小餐館，當然有其箇中玄機。

儘管波江介紹穰一時只說「他在新潟數一數二的料亭當過廚師」，第一次和他小酌時，鐵平就從他口中得知詳情了。

話說大廚穰一和妻子周子相識，已經是超過十年前的事。

因為過勞引發急性胰臟炎的穰一住進新潟醫院治療，周子是當時醫院裡的護理師。

聽到他們相識的過程時，鐵平說：「真巧，我那分居中的老婆以前也是護理師。」「原來是這樣啊。」大廚也很驚訝，或這相似的境遇，或許也是拉近兩人距離的主因。

在醫院相識後，穰一與周子談了三年左右的戀愛，直到發現周子懷孕才朝結婚方向發展。只不過，婚前婚後還有另一段糾葛的故事。

簡單來說，知道愈多關於這位大廚的事，就不得不說此人最大問題在於「女人」。

就這點來看，他會和波江發生關係，也只能說是順水推舟。

結婚前的穰一另有女友，聽說對方是店裡的常客。周子發現這件事後，原本曾一度想正式和他分手，偏偏就在此時懷孕了，兩人於是重修舊好。

沒想到遼一出生才兩年，穰一又搞上了「紀清」老闆的女兒，這個女兒還是「紀清」未來的接班人。按照穰一的說法，這名女子也「不是省油的燈」，聽說她還在讀高中時，就曾和穰一發生過一夜情。

「其實我沒打算和她再續前緣，只是運氣不好，她竟然懷孕了，事情才會因此鬧大。」

穰一這麼嘟噥，看來完全無法理解這件事的嚴重性。

鬧出這種醜事，店裡當然也待不下去了，又沒能瞞住妻子周子，周子一氣之下跑回糸魚川的老家，雖然沒走到離婚的地步，穰一也只能離開住慣了的新潟，像被放逐似的一個人到金澤工作。

「那女方肚裡的孩子後來怎麼樣了？」

鐵平問。

「好像生下來了，是個男孩。」

穰一一臉不悅地說。

「只是，很可疑啦。」

他又這麼補了一句。

「什麼可疑？」

「我猜那根本不是我的孩子，真正的父親另有其人。」

「怎麼說？」

「看對方的樣子就知道了啊。如果那真的是我的孩子，『紀清』老闆也會採取不同的做法。」

「不同的做法？」

「老闆寵女兒寵到不行，如果我真是孩子的爸，就算花再多錢他也會逼我跟周子分手，讓我成為那間店的贅婿，更別說她自己一定也會這樣哭求她爸。」

「原來如此。」

糸魚川的周子老家是一間小型內科診所，她父親至今仍在執業。照理來說，當了護理師的她本該回老家繼承診所，招個醫生當贅婿。這樣的她竟然和當廚師的男人在一起，當初雙親都非常反對這樁婚事。

聽完穰一說明了事情的緣由，鐵平實在無法理解周子為何下不了離婚的決心。丈夫和任職多年店家的老闆女兒發生關係，還讓對方懷了孕，就算孩子不是他的好了，這種男人也沒有必要留戀吧？娘家既然是醫院，自然不用擔心生計問題，乾脆和穰一離婚，另外找個夫婿不是比較好嗎？難道她擔心的是失去父親會對孩子造成不良影響？真要這麼說的話，把不忠的丈夫趕到遙遠異鄉獨自生活的她也該負起一部分責任。

最後還跑來找波江，她到底在想什麼？

「話說回來，你和藤木的事，是怎麼會被太太發現的啊？」

鐵平決定回頭問這個最基本的問題。

「我猜她大概請了徵信社調查。之前也有過類似的事。」

穰一這麼嘀咕。

「之前？」

「結婚前啦。」

聽來跟婚前那段三角關係有關。

「不過，你太太跑去找藤木時跟她說了什麼？藤木有告訴你嗎？」

穰一原本要夾鹽烤鰤魚下巴的手放下筷子，拿起裝了溫燗的杯子啜一小口。再好喝的酒，今晚大概也喝不多了。

「她好像跟老闆娘說，只是來看看是個什麼樣的女人。」

「就這樣？」

「好像。」

「講完這句就回去了？」

「老闆娘是這麼說的。」

愈聽愈不明白周子真正的想法。

「畢竟老闆娘已經是這個歲數，我老婆大概認為我不可能跟年紀這麼大的女人怎樣吧。」

「所以她想來親眼確認一下？」

「可能……」

穰一說周子比他小八歲，今年三十八。波江比鐵平小一屆，所以今年是五十二歲。站在周子的立場，丈夫竟然跟大自己這麼多歲的女人發生關係，肯定是難以置信的事。

然而，一旦親眼看到波江，她就會知道那不過是自己先入為主的觀念。

「那麼，藤木又對你太太說了什麼？」

「她說，『不知道從哪裡聽來那種無中生有的事，總之妳找錯人了』堅決否認到底的樣子。」

「是喔，然後呢？」

「老闆娘要我乾脆跟那種女人分了，留在她身邊。」

鐵平心想，果然很像波江會說的話。

「看來藤木也很火大。」

「是嗎……」

穰一不置可否。

也許就是這種模稜兩可的態度，反而更能撩動女人心。

連同樣身為男人的鐵平都無法否認，穰一的外在條件很好。整體來說雖然過瘦，但手臂肌肉和胸肌都經過鍛鍊，配上一副端正的五官，正可說散發著一股「熟男魅力」。加上身為廚師的手藝又好，只要他有那個意思，應該沒有女人抗拒得了。

波江和穰一並未同居。他自己在金澤車站附近的老公寓租房子，過著從那裡通勤「木蓮」的生活。不過，一星期有一半的天數會在三樓波江家過夜。店裡的人都知道他們的關係，周子就算不請徵信社，要發現事實也不是什麼難事。

「那大廚你自己想怎麼做？」

「嗯……」

穰一垂眼望向白木桌面，陷入思考。

我天生就是這種不定性的男人啦——鐵平想起初次對飲時，他曾說過這句話。

「自己都覺得厭煩啊，從小我就沒有腳踏實地的感覺。雖然當廚師學徒時從來不覺得辛苦，不管師父和前輩怎麼罵我都不當一回事。可是，就連在鍛鍊廚藝的過程中，我也老是感到自己意志不堅，或者可以說是不踏實吧。懷抱著這種感覺，不知不覺就活到這把年紀了。」

「簡單來說，你之所以會這樣，應該都跟女人有關吧？」

那時，鐵平確認了一次。

「大致上可以這麼說，只是不知道哪個先哪個後。」

「不知道先後？」

「是啊，不知道是女人造成我的不定性，還是因為不定性所以拈花惹草了。」

「大廚，你這種人就叫Déraciné。」

「Déraciné……？」

「對，法語Déraciné，意思就是無根草。」

「是這樣喔……」

之後，穰一輕聲低喃了好幾次Déraciné、Déraciné，露出恍然大悟的表情。

2

還沒十二點就回到家了。

平常和穰一在「菊助」吃過飯後，總還會續攤兩、三個地方，但今晚兩人都沒那個興致。

道別時，穰一雖然恭謹地低下頭說「加能兄願意聽我說真是太好了，謝謝你」，也不知他是否真聽得進鐵平說的話。

看起來，他還是對波江依依不捨。

「老闆娘很風騷，我第一次見到這種女人。」

聽著鐵平殷殷勸告時，穰一忽然迸出了這句話，到現在還在耳邊縈繞不去。

波江確實具有某種治豔的魅力。

現在回想起來，高松宅磨大概正是其中一個不敵這種魅力的人吧。

鐵平認為波江這女人很可怕。儘管想告訴穰一這件事，又怕對別人戀愛情事多嘴的行為太莽撞，最後還是克制了。即使如此，還是一再對穰一強調了妻兒的重要，要他趕緊回到家人身邊。

「要是我這麼做，店裡的事怎麼辦？」

在不小心說出「老闆娘很風騷」的真心話前，穰一先提了這個疑慮。

「有岡和芳雄還沒本事接下那間店。」

「只好再找一個廚藝高超的大廚了。這方面的事，就看身為老闆娘的藤木有多少能耐嘍。」

鐵平這麼說。

「話是這麼說沒錯……」

即使嘴上答應回妻兒身邊，穰一還是一副躊躇不前的樣子。

問題是，不可能在一度發展為男女關係的老闆娘店裡繼續工作了。做妻子的周子怎麼可能接受這種不合情理的事。事到如今，若想顧全家庭，穰一只能堅決辭掉「木蓮」的工作。

走進屋內，打開電視。

鐵平總是在換上家居服和洗手前就打開電視。養成這個習慣後，才想起學生時代也是如此。

覺得喝不夠，考慮是否開罐啤酒來喝，想想還是放棄了。鐵平在家時盡量不碰酒精，店鋪打烊後如果想喝酒，不是出門喝就是在無人的店裡喝。因此，店裡的業務用冰箱角落總冰著幾罐啤酒。下酒菜大都是賣剩的海苔捲壽司，那些壽司一星期裡有幾天也會變成鐵平的晚餐。

和表小姐合作得很順利，和打工的同事們也相處愉快。

生意依舊順風順水，對工作沒有任何問題或不滿。

夏代給的一億元只在開店時借一部分來充當創業基金，之後就沒再動用了。就連借用的那筆錢，任何時候只要想還都還得了。明年二號店若成功做起來，日後繼續增加分店，營業額肯定也會不斷上揚。

明年內就能將一億元原封不動退還給夏代了，鐵平心想。離婚時清算所有金錢關係，往後就不需再有任何牽扯。

只是，六月寄出那封回信後，夏代完全沒有任何回應。

無從得知美嘉和耕平的狀況，說起來就算夏代音訊全無，孩子們也差不多該代替母親捎來什麼訊息了才是。連他們都沉默至此，反而讓人感到奇怪。

話雖如此，現在的自己既不用為早已決定捨棄的家人操煩，事業又一帆風順，對現狀應該沒有任何不滿，不知為何內心就是有股難以言喻的落寞。

這種落寞的心情別說消失了，感覺甚至已在內心深處生根。

「頭巾壽司」轉型為股份有限公司的正式時間表訂出來了，鐵平的職責也愈來愈清楚。慢慢脫離凡事都得仰賴表小姐的狀態，工作起來總算開始有點成就感。

話雖如此，對現狀仍無法十分滿意。

簡單沖個澡，換上質料偏厚的上下成套家居服。時節一進入十月，最低氣溫便猛然下降，入夜後經常忽然變冷。只要一個不小心，很容易就會感冒。看全國氣象預報時，發現金澤和博多的最高氣溫幾乎沒什麼兩樣，最低氣溫的差距卻拉得相當大。每次看到全國天氣圖，鐵平都會再次感嘆北陸和九州真是距離遙遠。

走進廚房泡了綠茶，端著燙手的茶杯回餐桌前坐下。時間剛過十二點半不久。

拿起電視遙控器轉台。

下星期天是眾議院選舉的投開票日。上月底臨時國會在召集當天面臨解散，從那天起，不管轉到哪一台都是與選舉相關的報導節目。再不然就是由十年不變的搞笑藝人和偶像明星組成的綜藝節目。尤其是深夜時段，各種低預算的節目佔據各家電視頻道。

鐵平對政治幾乎不感興趣。

不是現在才這樣，從年輕時就是如此。和夏代結婚後，在她催促下才開始參與投票，學生時代連一次也沒踏入投票所。當然，看報時還是會讀政治版，新聞播出政治相關內容時也會姑且看看，對政治並非毫無所知。

只是，就真正的意義來說，鐵平連一次都不曾關心過政治。對政治人物的看法就是「一群能滿不在乎撒謊的人」。

遙控器遊走各頻道間，最後決定看富士系列電視台，雖然播的也不是特別想看的選舉相關節目，至少內容不像其他頻道那麼聳動。

看來這個節目是從東京各大選區中，挑出幾個特別受矚目的選區，進行選情戰況的分析報導。現在正在報的是主要三黨分別推出有力候選人，戰況相當激烈的都心選區。

一邊啜飲熱茶，一邊盯著電視畫面出神地想。

無論選舉也好，東京也好，螢幕上那些額頭綁著頭巾，身上掛著布條四處拜票的候選人也好，這一切彷彿存在另一個世界。

酒意明明已經退了，感覺卻還有點迷茫，但又不是睏意。一年裡會有幾天出現這種宛如游離於時間空間之中的奇妙感覺，今天肯定又是那樣的日子了。

忽然，鐵平睜大眼。

剎那之間，剛才渙散的意識倏地再次集中，整個人都清醒了。

都心選舉戰況的報導已經結束，現在開始報導東京郊外選情激烈的地區。

「東京二十二區」。

螢幕上映出斗大的這六個字，男主持人說：「在下一個廣受關注的選區中，參選人包括已收回退出政壇聲明，就任新黨最高顧問，再次展現參與國政意願的前總理，以及繼前郵政大臣前島英三郎後，睽違十二年的輪椅國會議員參選人。這兩位候選人將在東京二十二區掀起激烈的選票爭奪戰。」

東京二十二區。

是那個高松宅磨的選區。

3

關於東京二十二區的報導約莫十五分鐘後結束，鐵平關掉電視。

牆上掛的時鐘顯示時間剛過凌晨一點。

拿著空茶杯起身走向廚房。打開冰箱抽出一罐啤酒，再次回到餐桌邊。拉開拉環，直接以口就罐，把冰涼的啤酒倒進胃裡。

睽違數十年再次看到高松宅磨那張臉，心底波濤洶湧。要是不重拾酒意，今夜肯定難以成眠。

明天十點半再進店就行，那之前打算先去銀行。為了開二號店所需的資金，要去北國銀行片町分行談重要的貸款事宜。因此，今晚非得好好睡一覺不可。

高松宅磨一點也沒變。

和鐵平在味澤鐵工廢屋裡襲擊時的他完全一樣。

當然，他也和鐵平一樣上了年紀，還變成坐輪椅的殘障人士。經過多年歷練，外表、說話方式和態度也都圓滑許多。身為東京都議會議員累積了不少政績，面對支持者時的應對進退及演講時的架勢均大方得體。

然而，高松宅磨這個人的本質，和鐵平熟知的少年時代毫無兩樣。就算宅磨騙得過其他人，也瞞不過我這雙眼睛。看著螢幕裡那坐在輪椅上的身影，透過電視聽著他的聲音，鉅細靡遺觀察一番後，鐵平做出如此確信。

萬萬不可將這種男人送入治理國政的殿堂。

高松正是那群「能滿不在乎撒謊的人」的代表。不言可喻，讓這種人擁有權力是一件極度危險的事。

這世界上，存在一定數量無可教化的邪惡人類。

即使他們之中的大多數犯下兇惡犯罪，受到法律制裁，其中仍有人躲過疏漏法網，裝作若無其事的樣子在社會上生活。更有甚者，其中極少數人還能躋身世界的支配層，拿多數膽小又善良的人當作滿足自我欲望的犧牲品，即使把別人推進不幸深淵也無關痛癢。他們身上沒有一般人的情感，或者應該說，為了配合自己的需要，他們隨時可以關上一般情感的開關，斬斷身為人類的情感。

高松宅磨就是這種人。

鐵平很清楚，自己和他有相似的一面。

只是鐵平始終記得提醒自己，絕對不能為了滿足自我欲望，就和他一樣做出把身為人的情感開關切斷的事。

——無論有任何理由，一旦把設身處地的同理心、同情與憐憫等情感開關切掉，人將瞬間不再是人。

鐵平一直是這麼想的。

軍人與政客中，有很多手握上述「情感開關」，為了滿足私欲隨時都能關上開關的人。而其中能夠站上最高權力地位的，只有懂得如何巧妙切換開關，讓自己不會被懷疑是邪惡人類的人。

五月收到夏代那封長信，看了她在信中吐露的事實後，鐵平發現第二個雖然和高松宅磨不同類型，但同樣懂得如何掩飾自己天生邪惡的人物。

那就是木內正胤。

一察覺這點，鐵平就想通了一件事。當年不懂木內為何特別青睞自己這個年輕業務，現在終於知道原因。木內一定是在自己身上聞到同類的味道了吧。同為能自在操控情感開關的人，若是利害一致就有很大的相互利用空間。不過，一旦彼此成為競爭對手，那就免不了發展為浴血死戰。就像昔日的鐵平和高松宅磨那樣。

他們是不擇手段的人類。無論要採取多卑劣的手段，做出多殘酷的事，他們都能毫不躊躇付諸執行。這是他們天生的特性。

第一次接到公司裁員通知時，鐵平在夏代建議下找上常董種田攤牌談判。事實上，當面對決時，種田顯得非常慌亂，幾乎可說狼狽不堪。鐵平甚至還未強硬抗議，種田自己就說：「的確，把你這麼有能力的人踢走，對公司來說也不是好事。總之，這次的裁員通知就當沒發生過，抱歉讓你感到不愉快了。」就這樣，第一次的裁員通知得以一筆勾銷。

接下來的事連夏代都不知道，在收到第二次裁員通知前，業務部長上條把鐵平叫了去，說出種田執意要將鐵平放入裁員名單的真正原因。

據說是「某廠商」以大筆訂單合約為交換條件，要求種田解僱鐵平。

「到底是哪個廠商？」

聽到這過於驚人的事實，鐵平傻眼地問。

如果是自己負責業務的廠商，怎麼想也想不到哪家公司會做出如此不講理的要求。

「具體是哪家公司我也不知道。只是那家公司的確強行要求種田開除你。聽說這筆訂單金額很高，合約年數又訂得長，種田常董原本就看你不順眼，當然二話不說答應對方，硬是臨時把你名字加入擬到一半的裁員名單中。真相就是這樣。」

上條是否真的不知道對方是哪間公司，事到如今也無法確認了。

不可否認的是，從他口中得知這番始末時，鐵平自己也聽得滿肚子火，下定決心再被要求離職的話，就自行走人。

夏代寄來那封信裡，寫到同一時期木內要求她投資兩億元的事，還拿鐵平做為要脅，不讓夏代有拒絕的餘地。看到那裡鐵平終於明白，拿大筆訂單合約做交換條件，要求種田開除鐵平的人，一定就是木內正胤。

木內本是嶺央大學醫院中的掌權者，種田當然和他相熟。當時鐵平每年還得安排一兩次木內和種田的聚餐。

光是從夏代那裡拿走兩億元還不滿足，木內更用了這種卑劣手段向情敵的公司施壓，令鐵平遭公司放逐。說不定這才是木內的主要目的，一方面為難拋棄了自己的夏代，一方面還可用從夏代那裡恐嚇來的錢，將奪走夏代的鐵平逼入絕境——這確實是「能滿不在乎撒謊」的人會想到的手段。

二〇〇六年三月第一次接到裁員通知，跟夏代商量時她說：

「種田常董一定對你產生很大的誤會，你好好去見他，把誤會說清楚吧。我覺得這是最好的方式。」

現在回頭想想，說不定那時她已經料到木內正在計畫報復鐵平，或是木內故意透露了什麼讓她知道。

木內從夏代那裡勒索了整整兩億元，成為多倫多生技公司的經營者，再對舊識種田提出用包括那兩億在內的鉅款採購醫療器材的長期合約，成功將鐵平逼出公司。

當夏代用他意想不到的原因拋棄他時，他對鐵平毫無怨言，對夏代也未表現出任何留戀的態度。然而，木內的自尊何其高，怎能忍受被區區一介業務搶走女友，當年的他肯定怒上心頭。

直到遠赴美國，以學者身分做出一番研究成果，眼看就要在加拿大成立自己的公司，發揮身為企業家才華的階段，他才終於正式著手執行報復計畫。這種異於常人的執著與記恨心，果然很像木內這男人會有的表現。

根據剛才電視上的報導，東京二十二區的選戰將形成高松宅磨與前首相的殊死戰。從各大報的情勢分析看來，就算在小選區落敗，高松宅磨還是很可能在比例區以敗部復活的形式當選。毋庸置疑的，這個月他將穩坐眾議院議員寶座了。

另一方面，木內不但已是世界知名的生技創新公司經營者，還被視為諾貝爾生理學及醫學獎呼聲很高的人選，在業界頗受好評。

像高松和木內這種人，能對社會發揮很大的影響力。只要他們一聲令下，明明不該發生的事也可按照他們的心意發展。鐵平心想，這就是現實世界。

喝完一罐啤酒，感覺酒意又上身了。不過，睏意卻一點也還未降臨。

因為在電視上看到高松宅磨，讓他腦中團團轉起了各種事。高松、木內、藤木、種田和上條，還有本該早已忘記的加能產業那些人的嘴臉，全都自然浮現腦海。

——這麼說來……

腦中浮現川俣常董的臉時，鐵平想通了一件事。

——川俣善治郎這個男人也和高松及木內一樣，是能滿不在乎關掉「情感開關」的人吧……

想起為叔叔孝之守靈那晚，菅原董事曾說，川俣常董對造成青島雄太重傷的那起大爆炸火災意外大放厥詞，說這是「因禍得福的大好良機」。明明發生了對鄰近居民造成重大困擾的事故，連事發原因都還在調查階段，他竟然可以那樣大言不慚。還記得菅原董事難以置信地說：「別說放棄了，他現在滿心都是建設新產線的事」。為了達到目的，川俁主動爭取事故調查委員會長的位置，打的恐怕就是要將事故原因歸咎於氯乙烯單體產線設備老舊的主意。

現在的社長尚之，大概已經成為川俁手中的傀儡了。

在孝之叔叔擔任社長時，菅原本與川俁同為叔叔兩大得力助手，現在尚之卻看為人正直的菅原不順眼。

不過，真要追究的話，就連孝之叔叔也沒料到川俁是如此自私的人。

身為經營者更無能耐可言的尚之，當然無法看出川俁異於常人的利己野心。

4

夕陽朝犀川另一端下沉。

下過中午的雨打溼了川邊的散步道，平常這時間總有不少人在那裡散步，今天只有三兩人影。

這是因為，下過雨就要刮北風了。

今天開始進入十一月。

北陸地方已度過晚秋，差不多要正式朝冬季邁進。作為觀光都市金澤代名詞的兼六園，每年都會在這天把防止樹枝被雪壓斷的「雪吊」掛起來。雪吊正可說是金澤的冬季風情之一。今天中午，縣內所有電視台播報新聞時，第一個報的都是兼六園開始掛雪吊的消息。

透過佔滿整面牆的玻璃落地窗望出去，眼前是平時走慣了的犀川沿岸景色，此時看來就像一幅美麗的全景畫。

這還是第一次像這樣從屋子裡俯瞰犀川風光。或許是上午那場雨洗滌了空氣的緣故，沐浴在夕陽下的河濱景色清新遼闊，視線往左移動就能清楚看見遠方白山連峰的身影。

「像這樣遠眺河川景色，很不錯吧？」

不知何時走過來站在身邊的喜多嶋老闆這麼說。

「我在那條散步道上散步時，經常從這棟大廈底下通過，每次都在想，從大廈裡俯瞰河川不知道是什麼感覺。」

「是啊，我就是迷上這片景觀才決定買下這裡的。」

接下來好半晌，兩人默默望著夕陽西沉。

喜多嶋太太杏美小姐和表小姐正在廚房做菜。剛才聯絡說「會晚點到」的山下則還沒現身。

時間已過五點半，僅存的陽光也逐漸消失，前方那片美麗的全景畫瞬間沒入黑暗中。

看到這一幕，鐵平和喜多嶋老闆才回到大餐桌旁。電動窗簾無聲移動，遮住那兩大片採光良好的玻璃落地窗。

寬敞的客廳起碼有十五坪，後面的廚房剛才鐵平也去瞄過一眼，看起來相當氣派。屋內應該還有好幾個房間，只是玄關進來直接就是客廳，不確定整間屋子的格局如何。

儘管如此，每次在犀川邊散步時，總不免驚嘆這棟高層大廈的壯觀，沒想到連內部裝潢也如此豪華。

「那棟是三年前金澤最新最好的高級公寓，老闆用現金買下最高樓層最貴的一間喔。」

這是幾天前，山下約鐵平參加今天晚宴時說的話。

他說的沒錯，這樣的屋子確實當得起「最高最貴」的形容。就算是在金澤，房價最少也值一億。

不愧是X-PULIRE的創辦人，當仁不讓稱自己「金錢奴隸」的喜多嶋老闆家。

和老闆一起喝著鐵平帶來的紅酒，杏美小姐和表小姐陸續將裝了菜餚的大盤子端上六人座餐桌。

「好豐盛喔。」

鐵平忍不住讚嘆。

「沒煮什麼了不起的菜啦。」

一邊將裝了馬鈴薯炒章魚的多角盤放上桌，杏美小姐這麼說。

一轉眼，桌上已擺滿了八個盤子。

有烤豬肉捲、淋上酸甜勾芡的炸魚、小松菜涼拌果乾、紅蘿蔔炒蓮藕、白花椰蘆筍沙拉、煎蛋捲，再加上表小姐最自豪的海苔捲壽司。今天的海苔捲壽司是店裡菜單上沒有的粗壽司捲。材料有鹽麴醃漬過的鮭魚和起士奶油醬，和五穀米煮的醋飯一起捲進海苔。這道粗壽司捲可是絕品美食，鐵平在店裡吃過好幾次員工餐。

很快的，每個人手上的紅酒杯都滿了。

老闆也在杏美小姐的酒杯裡倒了一點紅酒。

「不用等久志來嗎？」

表小姐說。

「不用等那傢伙啦，我們自己趕快先開始吧。」

老闆促狹地笑著說。

「說得也是。」

表小姐也笑著點頭。

「雖然對山下有點不好意思，不過，沒關係啦。」

連杏美小姐都笑了。

「那麼杏美小姐，慶祝妳終於平安結束療程，這段時間真的辛苦妳了。還有，恭喜妳完全康復。」

在鐵平的帶領下，四人一同舉杯。

「乾杯！」

酒杯相碰的聲響與四人的聲音共鳴。

鐵平今天是第二次和杏美小姐見面，上次也是透過山下的介紹才認識她的。當時她還在金澤大學附屬醫院住院，算起來已經是兩個多月前的事了。

手術後的放射線治療好不容易結束，和當時相比，今天杏美小姐看起來精神煥發，判若兩人。

「加能先生、表小姐，謝謝你們今天特地來。」

喜多嶋老闆代替杏美小姐低頭致謝。

「別這麼說，我們才真要謝謝兩位邀請我們到這麼氣派的豪宅來玩呢？」

鐵平和表小姐一起點頭回禮。老闆和鐵平坐背對窗戶的位子，杏美小姐和表小姐則坐他們對面的位置。

約莫三十分鐘後，對講機發出的門鈴聲告知了山下的到來。表小姐起身走到玄關迎接他。

山下抱著一大束花走進來。

看到那束大到雙手快抱不住的花，杏美小姐和喜多嶋老闆忍不住站起來。

「店長，恭喜妳。」

說著，山下走向杏美小姐。

「這是我和莉緒還有加能先生三人一起送的，所以有三個顏色喔。」

花束確實以紅、粉紅和白三個顏色三等分。

「我個人認為加能先生是白色，莉緒是粉紅色，我自己是紅色。」

莫名其妙這麼叨唸著，山下一臉羞赧地將花束交到杏美小姐手上。雖然杏美小姐為了對抗病魔長期休假，仍不改她是X-PULIRE東金澤總店店長的事實。

收下花束的杏美小姐滿臉笑容，眼眶泛淚，看到她這副表情，喜多嶋老闆也跟著壓了壓眼角。

話雖如此，山下會合後，光是有他在，氣氛便瞬間開朗起來了。

眾人再次舉杯，盤中佳餚逐漸減少。

和鐵平坐在同一側的山下與坐在他右邊的老闆談了一會兒店裡的事。聽到他們的對話，鐵平才明白這兩人默契有多好。以二號店為起點，「頭巾壽司」的擴大經營果然還是需要山下這種人才。事到如今，鐵平真後悔沒能爭取到他。

從山下那裡聽說「奴隸頭子」杏美小姐罹患乳癌住進金澤大學附屬醫院，是剛進九月不久時的事。山下是聽還在X-PULIRE工作的前同事說的。

山下過去在X-PULIRE總店工作時，好像受了杏美小姐許多照顧，三年前辭職時，也獲得她強力慰留。

「店長和老闆不一樣，既溫柔又很照顧大家。不只如此，她的手藝更是高人一等。人人都說X-PULIRE生意會這麼好，靠的是店長身為美髮師的高超技術。所以啊，這樣的店長竟然會跟那樣的老闆是一對，大家都覺得很不可思議。」

得知杏美小姐的病時，山下第一時間就趕去醫院探望。

就在那時，也與睽違三年不見的「奴隸喜多嶋」碰了面。

聽他說，喜多嶋老闆變得像是另一個人。

「最早說店長是『奴隸頭子』的，其實正是老闆本人。看在我們這些員工眼中，他簡直就把她當下人在使喚，比員工還不如，大家都為她打抱不平。沒想到在病房裡再次看到老闆時，從面相到遣詞用字都不一樣了，真的和三年前的老闆判若兩人。看到我那一刻，他簡直都快哭出來了，不停地說『杏美會生這種病都是我害的，我太自私了』，反而是店長被他弄得不知如何是好。最後他還說什麼『萬一杏美有個什麼三長兩短，那我也活不下去了』說著說著就真的哭了起來。」

就在山下第一次去探望杏美小姐時，對喜多嶋老闆提起「頭巾壽司」重新開幕的話題。

「那時我才知道，原來老闆年輕時也超愛吃『頭巾壽司』，對這次重新開幕的事知道得很詳細，連我接受採訪的新聞報導都全部看過。」

山下提議的吉祥物「HACCHI&MAKKI」現在儼然金澤市非官方吉祥物，大受民眾歡迎，某電視台還特地製作了HACCHI和MAKKI的布偶裝，讓他們在各大活動上參與演出。身為創作者的山下因此持續受到地方媒體關注，這位前員工的活躍表現，當然都被喜多嶋老闆看在眼裡了。

山下說的話中，最令鐵平驚訝的莫過於杏美小姐在金澤大學附屬醫院住院那段期間，喜多嶋老闆經常造訪「頭巾壽司」，買海苔捲壽司回醫院給她吃的事。鐵平之所以答應山下一同前往探望杏美小姐，也是因為得知這件事的緣故。

「聽說店長手術後那段期間食欲不振，不知為何只吃得下老闆買回醫院的海苔捲壽司，所以老闆和店長好像都很感謝你們喔。」

事實上，看到守在病房裡的喜多嶋老闆時，鐵平一眼就認出他是店裡的某位常客。怎麼也想不到那個外表看來溫厚老實，給人重視衣著打扮印象的男人，原來就是山下口中的「奴隸喜多嶋」。

山下去看了杏美小姐幾次後，和變了個人的喜多嶋老闆建立能鬥嘴吵架的交情，最後甚至不敵老闆懇求，答應以店經理兼美髮師的身分重回 X-PULIRE 工作。

就在那時，喜多嶋老闆已經下定決心從經營第一線退居幕後了。

「我和杏美沒有小孩，今後無論如何都要以杏美為第一考量。乳癌雖然不是最可怕的癌症，但聽人家說，得花上將近十年時間才判斷得出是否完全痊癒。未來這十年，我會盡可能不讓杏美活得有壓力，重視夫妻兩人相處的時光，好好享受生活。」

喜多嶋老闆這麼說。

「正因如此，不管怎麼說，我都需要像你這樣優秀的人才，代替我職掌店裡的經營。」

聽說他是這麼說服山下的。

九月底，山下來找鐵平，聽到他一開口就說「對加能先生很抱歉」時，鐵平心中也有底了。雖然當時只見過喜多嶋老闆一次，鐵平一看就知道他非常欣賞山下的才華。

5

當晚的聚餐，在喜多嶋老闆分享自己少年時代極貧際遇時，氣氛炒熱到了最高潮。

他出生在能登半島尾端的小寒村，酒鬼漁夫父親在他上小學前就死了，父親過世不久，母親也離開村子，此後由祖母一手帶大了他。祖母沒有可耕作的田地，也沒有擅長的工作，只能將在漁港分得的魚帶到城市賣，賺一點小錢維生，祖孫兩人光是要活下去都不容易。

「最近啊，包括風間徹在內，不是很多演員或明星都在電視上提起自己幼年時期有多貧窮的故事嗎？那些人的經驗跟我相比喔，幾乎都是小巫見大巫啦。我看，夠格跟我拚的，頂多也只有風間徹吧。」

以此為開場白，今年五十歲的喜多嶋老闆以逗趣的口吻說起自己孩提時代窮到極點的經歷。

聽著他的經驗談，鐵平一方面感到難以置信，一方面思考起兩件事。

第一是，如果現在聽到夏代和杏美小姐一樣生了重病，自己會怎麼做。

若現在接到美嘉或耕平的電話，從他們口中聽到夏代發現罹癌，必須馬上動手術的話，自己會怎麼做？

「聽起來好像很嚴重呢，我會在這邊祈禱你們媽媽手術成功的。」

自己真能做到這樣說完風涼話就掛上電話嗎？

「爸爸，不要說那種冷漠的話，媽媽一直都在等你回來。」

美嘉或耕平可能會這樣指責，那種時候，自己是否又真能無視他們的責難，堅決不趕往夏代的病房？

看到打從心底體恤杏美小姐，顧慮她身體狀況的喜多嶋老闆，鐵平不由得深深陷入思考。

另一件事，是鐵平發現喜多嶋老闆表面上看似與高松宅磨相同，其實根本是完全不同的兩種人。

上個月二十二日投開票的結果正如鐵平預料，儘管在小選舉區落選，高松宅磨還是靠著比例區的票數敗部復活，順利取得眾議院議員徽章。巧的是今天正好是他們那群新進議員首次進眾議院的日子，各家電視台的每個新聞節目中，都看得到宅磨這個睽違十二年再次誕生的輪椅議員滿臉笑容，讓國會女職員幫他別上徽章的畫面。

沒錯，高松宅磨、木內正胤和川俣善治郎那種人，跟喜多嶋老闆完全不一樣——鐵平再次確定了這件事。

儘管曾經對員工或妻子採取那種非人哉的高壓態度，喜多嶋老闆體內流的毫無疑問仍是人類的血。正因如此，在最愛的妻子病倒時，他會願意放棄一切，只為照顧妻子獻身。說得更簡單一點，像他這樣的人只是平常不擅表現自己的情感，一旦遇到大事時，還是能夠對身邊的人傳達豐沛的情感。

反過來說，高松、木內和川俣那種人在遇到人際關係上的重大事件時，採取的是與喜多嶋老闆完全相反的態度。無論是對他們有大恩的人，還是一路同心協力走來的人生伴侶，在他們有自我保身或達成欲望的需要時，都能滿不在乎地切割對方。

鐵平認為這世界上沒有「冷漠的人」。他們不是「冷漠」，只是「看起來冷漠」罷了。

但是鐵平也很清楚，這世界上存在極少數「冷酷的人」，這種人表面上能對任何人展現溫柔態度，背地裡想的卻是令人毛骨悚然的事。

鐵平至今一直有個煩惱。

那就是——

——自己到底屬於哪一種？

6

一入十一月，雨就下個不停。

氣溫一口氣降低，鐵平在床上放了熱水袋。搬到福岡後失去的這個習慣，是還住在東京時養成的。那時只要一到深冬，夏代每天晚上一定會幫孩子們和夫妻倆自己各準備一個熱水袋。光是腳邊多放一個熱水袋，無論天氣多冷都能暖呼呼地入睡。

想起這事，來到北陸後的第一個冬天也開始使用熱水袋。只不過，和東京時代不一樣，現在光蓋一條毛毯無法禦寒。話雖如此，只要有一條毛毯搭配薄的羽絨被也就夠了。

鐵平也再次體認，在東京時能靠一個熱水袋越過寒冬，追根究柢還是因為有夏代同床共枕的緣故。

大廚提到波江時，曾脫口而出「老闆娘很風騷，我第一次見到這種女人」，其實夏代也有她獨特的風騷味。鐵平婚後能不受其他女性吸引，最大的原因就在這裡。住在福岡時，兩人偶爾會特地去中洲或海中道的愛情賓館辦事，美嘉和耕平不住家裡之後，一星期也會和夏代做愛兩次。

即使已年過五十，夏代的肌膚還是雪白柔嫩，加上天生的美貌，令鐵平到了這把年紀仍能保持雄風不墜。不只如此，或許年紀愈大身體反而纖細敏感，將這樣的她壓在身下時，鐵平總能充分享受妻子的「風騷」。

因此，聽到大廚嘀咕那句話時，鐵平很能理解他想表達什麼。儘管夏代無論長相或性格都與波江迥異，如果光就「女人味」這點來看，兩人確實有共通之處。

7

十一月七日，星期二。

天剛亮就聽到轟隆雷聲，鐵平四點半醒來一次時，看到窗外還是黑的，一道閃電正好劃過窗外，天空瞬間發出白光。又過了一會兒，連續打了好幾個連丹田都為之共振的響雷。

原本想再睡個回籠覺，結果也沒能入睡，不到六點就爬下床了。

今天鐵平休假，上午打算在家悠閒整理帳簿。

如果天氣好的話，原本想去犀川邊散散步的，可惜進入十一月後雨下個不停，只好放棄這念頭。

陽光在九點多時稍稍露了臉，此後就只聽得到雨聲。雨勢變化不停，才以為下的只是小雨，忽然又下起激烈的大雨。

因為錯估雨勢外出，結果淋成落湯雞，這種事在這裡是家常便飯。

豪雨往往夾帶強風，雨傘派不上太大用場。說得直接一點，金澤的冬天嚴禁長時間外出。

事實上，進入十一月後，白天路上行人驀地減少。即使去的地方距離不遠，金澤市民還是會開車。

十二點半關掉電腦，鐵平開始換衣服準備外出。

一點前走出房間，前往一樓車庫。正逢午餐時間，店外有幾個人在排隊，雨勢轉弱了。夏天時為了遮陽，店頭安裝了大型的遮陽棚，如果只排十個人左右，靠這個勉強還能擋雨，再多的話就得自己撐傘了。接下來將正式進入雪季，鐵平和表小姐正在討論是不是得換裝遮蔽範圍更大的電動遮雨棚。

刻意不繞到店面察看，直接走進後方車庫。

車庫裡，幾天前剛換雪胎的賓士C-Class正靜靜等待。總覺得換了新輪胎後，愛車看來更是英姿煥發。

鐵平非常中意這輛車。

坐上駕駛座，打開座椅暖氣。賓士C-Class附有座椅暖氣這點也幫了大忙，暖意逐漸從腰部滲入身體。

時間是十二點五十分。離約定時間的一點半還有點早，但鐵平決定直接出發。發動引擎，慢慢將車開出去。

一點十五分抵達約定地點時，那裡寬敞的停車場已幾乎停滿了車。好不容易在角落找到一個車位，停好後就坐在車子裡消磨時間。

櫛木周子的車是掛新潟車牌的藍色本田Stepwgn。

三天前，鐵平造訪了位於糸魚川的「有田內科．小兒科醫院」。自己的車停的是病患用停車場，不過醫院旁邊的周子娘家還有另外一個車庫，這輛藍色迷你廂型車就和另一輛白色的豐田Crown一起停在裡面。Crown掛的是長岡車牌，藍色迷你廂型車掛的是新潟車牌。鐵平看到時一邊還在想，這輛新潟車牌的迷你廂型車應該是周子的吧，一邊踏進那棟大房子的玄關並告知來意。

離去時，周子送鐵平到車庫。

「糸魚川掛的是長岡車牌啊？」

鐵平問。

「是啊，也不知道為什麼，明明長岡離這邊還滿遠的。」

她這麼回答，接著又說：

「七號那天，我會開這輛車去金澤。好久沒有在不帶遼一的情況下自己開車兜風了呢？」

指著迷你廂型車，周子微微一笑。

接到波江久違的聯絡，是鐵平前往糸魚川的前一天，也就是十一月三日。

「學長，今天晚上可以耽誤你一點時間嗎？」

波江這麼說，鐵平也答應了。

「我今天六點就下班，妳呢？」

問完才想到，這天是文化節，也是「木蓮」的公休日。

「這樣的話，我六點半到學長家可以嗎？有事想跟你私下談。」

聽波江這麼一說，鐵平內心立刻有底。所謂「想私下談」的事，一定跟大廚有關。

準時六點半抵達的波江，一來臉色就很難看。抱著不祥的預感讓她進門，結果不出所料，接下來波江指著鐵平鼻子大罵了將近一小時。

好不容易安撫波江，送她離開後，鐵平立刻打了電話給大廚。

「剛才藤木跑來臭罵了我一頓欸，說是要我少管你跟她的閒事。話說回來，我可不記得自己有單方面勸你跟她分手。」

波江的意思是，大廚其實不想跟她分手，鐵平卻頻頻道德勸說大廚「趕快回妻兒身邊」。

大廚聽了一再惶恐道歉：「真是不好意思，給加能兄添了這麼大的麻煩。」

「所以到底是怎樣？大廚真正的想法是什麼？真的像藤木說的那樣，你其實不願意跟她分手嗎？」

「不是這樣的，我當然也想回周子和遼一身邊啊。只是不管我說什麼，老闆娘就是聽不進去……我實在拿她沒轍，才會把找加能兄商量，還有你要我趕快辭掉木蓮工作的事都說出口。」

「原來是這樣啊……我就想說這段日子聽大廚你說了這麼多，看你的心意應該很堅定了，才會勸你辭掉木蓮的工作，早日回妻兒身邊的嘛。」

「是啊，真的很謝謝您。」

「既然如此，不管藤木有多不願意，大廚只要趕快辭職不就行了嗎？要找誰來接替你的位子這種事，讓身為老闆娘的藤木自己去傷腦筋就好。」

「是……」

大廚的語氣還是和上次一樣猶豫不決。

「怎麼？難道有什麼苦衷讓你無法回太太身邊嗎？該不會是你還欠藤木鉅款吧？」

「完全沒有這種事。」

「真的嗎？」

「是的。」

「那你還有什麼好下不定決心的？」

剛被波江兇了一頓，鐵平情緒也不是很好，看到大廚一如往常優柔寡斷，不免愈來愈不耐煩。

「就不知道周子會怎麼講……」

「可是，周子太太到現在都還沒把她來找藤木的事告訴你吧？」

「是的，應該說我們最近幾乎都沒聯絡。」

「這不就表示太太還是希望大廚你浪子回頭嗎？」

「很難說……那傢伙也有她不好惹的地方……」

大廚從頭到尾都是這種模稜兩可的語氣，這男人簡直就像燉蔬菜一樣軟爛。

「那我知道了，如果是周子太太親自來接你，你就願意回去了是吧？」

終於看透大廚心理的鐵平直接挑明了說。

「倒也不是這樣啦……」

看來是被鐵平說中了。

這男人就是不想對太太道歉低頭。可是，若太太願意主動給台階下，他也只要搔搔頭說聲「抱歉啦」就好。這才是大廚想要的結果。怎麼看都像個專吃女人軟飯的男人。

「這樣好了，我明天去拜訪周子太太，確認她的心意如何。店裡有表小姐她們在，我中午就能下班，幫你跑一趟系魚川吧。」

「這怎麼好意思，怎能讓加能兄為我做這種事。」

嘴上這麼說，大廚似乎沒有真要反對的意思。至少他看起來一點也不覺得困擾或為難。

「沒關係啦，這事我也算插了半隻手，幫你跑這趟不算什麼。」

其實是因為剛才波江的態度讓鐵平很不爽，尤其被說「多管閒事」，教人這張臉該往哪裡擺。

談到最後，鐵平乾脆對波江提出多年來的疑惑，她雖然一口否認，表現出的態度卻是明顯狼狽不堪。

從波江那副模樣看來，鐵平確信自己長年來的推理無誤。

若是如此，那就完全沒有對波江客氣的必要。她更是沒有資格因為今天這件事指責自己。

鐵平從大廚那裡問到周子太太娘家「有田內科・小兒科醫院」的地址。

「那我明天就去跟你太太聊聊。不過你得答應我，只要談得順利，你就一定得回太太身邊喔。」

這麼叮囑完，鐵平自己掛上了電話。

那輛藍色的Stepwgn，準時於一點半開入停車場。

在鐵平等待的這十五分鐘之間，停車場也逐漸多了空位。吃完午餐的客人紛紛走出來，開走自己的車。

鐵平下了車，緩步朝藍色Stepwgn的方向走去。看得到駕駛座上的人，確實是櫛木周子。她也立刻發現鐵平了。

店門口旁正好有個空位，鐵平引導周子將車停進那裡。

她開車技術很有兩把刷子，迷你廂型車毫無滯礙地滑進兩輛車之間的空位。總覺得，從這種小地方也能看出一個人的性格。

三天前才初次見面，當時她又急著帶兒子遼一去上越市的運動教室上課，因此鐵平只在她娘家和她簡短交談過。即使如此，從周子不拖泥帶水的說話方式，還是觀察得出她具有豪爽的氣質。

大廚說她「也有不好惹的地方」，這話或許從某一方面來看確實無誤，但就鐵平自己和她初次見面的經驗來說，倒比較像是和夏代類似的「可靠感」。

大概同為護理師出身，讓這兩個女人有了共通點吧。

那天，鐵平表示將擇日登門再訪後，周子就堅持下次換自己前往金澤。這種地方也和夏代很像。

雨正好停了。

周子下了車。今天她穿米色羽絨大衣配牛仔褲，一身隨興裝扮。不過，身材高瘦的她穿什麼都有模有樣，裹在緊身牛仔褲裡的雙腿尤其顯得修長。這樣的她，怎麼看也沒有三十八歲。

「下雨天還特地前來，真是勞煩妳了。」

「我才不好意思，上次您特地過去，我卻沒能好好招待。之後跟家母說了，還被她斥責一頓，說我應該讓她帶遼一去運動教室就好。」

「別這麼說，是我不好，沒有事前聯絡就突然叨擾了。」

那天看到突然出現的鐵平，周子似乎嚇了一跳。不過，大概已從大廚那裡聽說過鐵平的事，報上姓名後，周子也恭謹地低下頭回應：「外子平時承蒙您照顧了。」

換句話說，三天前鐵平並沒有被周子趕回金澤，這次碰面也是她堅持要自己跑這一趟的。

周子打量起餐廳外觀。

「好氣派的迴轉壽司店喔。」做出這樣的感想。

雖然是單層平房，這間餐廳佔地相當廣闊。四方形的建築，上方三分之二以茶色外牆環繞，下面三分之一則是格子圍籬。外牆上掛著兩個箱型招牌，上面寫著「迴轉壽司店 來吃壽司吧！」格子圍籬上也掛了另一個寫著「來吃壽司吧！」的大招牌。

從金澤車站往東金澤車站方向開車五分鐘，就能抵達這間「來吃壽司吧！」金澤高柳店。「來吃壽司吧！」是迴轉壽司連鎖店，石川縣內有五間分店，富山縣內有兩間，但鐵平只會來吃這間高柳店。

金澤有好幾間知名迴轉壽司，現在幾乎已成金澤數一數二的觀光資源，但是鬧區或名勝古蹟附近的店生意很好，總是大排長龍。

看到鐵平因此對迴轉壽司敬而遠之，打工的遠衛小姐特地推薦了這間分店給他。

「總之，請您先去吃一次看看就對了。既便宜又好吃，您一定也會嚇一跳。而且那間店的客人多半是地方居民，只要稍微錯開用餐時間，就不會像車站或近江町附近的壽司店那樣大排長龍了。」

姑且聽信她的建議，六月時來吃了一次，誠如遠衛小姐所說，美味與便宜的程度都令鐵平為之咋舌。此後，鐵平便經常在不用當班的日子前來用餐。店內環境清潔，桌位也夠多，從以前他就覺得頗適合用來與人相約或洽談簡單公事，所以在決定跟周子碰面地點時，就靈光一閃地想到了這裡。

「有間我滿推薦的迴轉壽司店，就在金澤車站附近，妳不介意的話，要不要在那邊一起吃個遲來的午餐？」

立刻向周子如此提議。

「好啊，聽說金澤有很多好吃的迴轉壽司店呢？」她立刻興致勃勃地答應了。

從格子圍籬圍起的入口處走進去，結帳櫃台旁是一道長長的吧檯席，再往前走就是成排的桌位和小包廂。店內大概已坐滿七成，瀰漫一股熱鬧的氣氛。吧檯席和桌席都還有空位。

對上前迎接的店員說「我們要坐桌位」，店員馬上為兩人帶位。

「好厲害喔。」

店內的規模和熱鬧氣氛似乎令周子頗感意外。

店員帶兩人到第二排最裡面靠左側的桌旁，這是一張兩邊各夠四人並坐，總共能坐八個人的大長桌。鐵平一個人來時總坐吧檯席，這還是第一次坐桌位。

兩人各自沿著長長的桌面往離迴轉台最近的位子移動，迴轉台下方備有茶包和茶杯。

「用這個觸控板就能點餐了是嗎？」

泡茶用的熱水出水口中間放有平板電腦型的觸控板。

「沒錯，這樣就不用每次都跟師傅點餐，也不用另外寫點菜單給店員了，很方便吧。」

「哇——」

周子立刻好奇地用手指在觸控板上點了點，打開各個種類的菜單。

「真有趣！」

她露出笑容，這麼對鐵平說。

「味道也很讚喔。」

「真想快點吃到——」

周子雀躍地說。

言行舉止非常自然，一點也不像是在談嚴肅事情前刻意裝出的開朗。

8

昨天是加能蟹解除禁捕令的日子，今天菜單上已有「香箱蟹」可以點了。

鄰縣福井盛產知名「越前蟹」，在石川縣則以同為松葉蟹的「加能蟹」最有名。加能兩字是從「加賀」及「能登」各取一字而來，其中縣民最愛吃的不是塊頭大的公松葉蟹，而是價格親民的小型母蟹。人們習慣稱這種珍饈為「香箱蟹」。把香箱蟹肉、卵巢及蟹卵小心取出來捏成的握壽司叫「香箱蟹軍艦捲」，這可是蟹膏、蟹卵與蟹肉渾然融合一體的絕品美味。

鐵平首先各點了兩人份的香箱蟹軍艦捲、當令的寒鰤以及能登產真鯛、紅鮒腹肉和軟絲握壽司。

雖說是迴轉壽司店，在金澤多半像這樣點自己喜歡的魚料吃，很少看到客人直接拿迴轉台上的盤子。吧檯裡有許多壽司師傅，幾乎所有壽司都是他們親手捏出來的。就這點來說，和普通壽司店也沒什麼兩樣了。最大的不同只差在師傅捏好的壽司裝上盤子後，是用高速輸送帶直接送到客人面前而已。

兩人都開車所以不能喝酒，今天也不是適合喝酒的場合。

話雖如此，將整貫香箱蟹軍艦捲送入口中後。

「這個好吃到不行！」

周子臉上堆滿了笑容。

鐵平也是第一次在店裡吃到香箱蟹做的軍艦捲，和偶爾會去的木倉町壽司店比起來毫不遜色，確實如周子所說「好吃到不行」。

北陸地方的海鮮無論新鮮程度或美味程度都很驚人。以「江戶前」[9]為賣點的東京就不用說了，連以玄界灘豐富海產為傲的博多，和北陸比起來似乎仍略遜一籌。尤其是壽司，在能登產的越光米和來自白山的豐沛水源助陣下，不管去哪間壽司店都能享受到堪稱特級的滋味。即使是像這樣的迴轉壽司店也不例外。

第一次來吃這間店時，忽然久違地想起夏代。想著要是帶她來，她不曉得會有多開心。夏代雖然愛吃西餐，但也很愛壽司。之所以會邀氣質與夏代相近的櫛木周子來這裡，或許正因自己心底總還想著夏代的緣故。

「下雨天不好開車噢？」

將剛送上來的寒鰤壽司整盤端給周子，鐵平這麼問。

「從娘家出發時沒有下雨，開進石川才開始下。」

「這樣啊，車程差不多兩小時？」

三天前，鐵平開了將近兩小時才到糸魚川。

「正好一個半小時。路上沒什麼車。」

話是這麼說，一小時也太快了，一定是飆車來的吧。

接著，兩人聊了一些和上次見面時一樣不痛不癢的話題。周子知道鐵平是「頭巾壽司」的老闆，這些事她似乎都聽穰一大廚說過。去年夏天她曾去了一趟金澤車站附近大廚住的公寓，聽說當時大廚也拿刊登了鐵平照片的報紙給她看。

「那次是隔了一年之久才又去外子住的地方，當時我就想，哎呀，這傢伙老毛病又發作了。」

三天前，周子這麼說。

實際上，波江和大廚第一次發生關係是去年入秋時的事，周子的直覺可說雖不中亦不遠。

「三年多前差點鬧到離婚，只是顧慮到遼一，心想要是外子哪天能改頭換面就好，我才自己帶著遼一回娘家。也因為這樣，就算他偶爾會去糸魚川看我們，我還是盡量不來金澤找他。只是那次久違地去了一趟，屋裡明顯有女人的影子，換句話說，那個人到最後還是一點都沒變。」

問題是既然周子這麼想，今後又打算怎麼辦呢？三天前沒有時間談得這麼深入，也沒能問她為什麼要去找波江。

「遼一的復健有成效了嗎？」

鐵平吞下口中的壽司，裝作不經意想起似的提出這個問題。

「畢竟是天生的毛病，與其說改善，不如說是為了不繼續惡化才開始採用運動療法。」

上次看到遼一時，鐵平注意到他走路時，左腳稍微會在地上拖。

看到那一幕的瞬間，鐵平想起的自然是藤木遊星。

仔細一問才知道，遼一也和遊星一樣，天生股關節就有問題。

---

9. 東京灣昔日稱江戶灣，江戶前指的是來自東京灣的水產。

鐵平和文靜乖巧的遼一只說了兩三句話，心裡就已經在想，無論如何都要把這孩子的爸爸還給他。

同時，如果波江明知遼一左腳有問題還執意無情地搶走大廚，鐵平也打算將這件事阻止到底。

「兩年前的九月開始去上越市的運動教室上課，上小學後稍微能跑步了，連指導復健的老師都很訝異。上次還跟我說『說不定有希望』。」

「說不定有希望？」

餐點陸續上桌，鐵平一邊聽周子說明，一邊將她那一份的盤子放在她面前。

「再加點紅鰈和金目鯛，然後點個虎河魨味噌湯如何？」

說著，鐵平又追加了壽司和湯。周子一邊津津有味吃著一邊說：

「復健老師說，就算無法完全痊癒，或許可以改善到猛然一看看不出來的程度。」

「這樣啊，太好了呢？」

「是啊。」

周子用力點頭。

接下來三十分鐘，兩人埋頭清空盤子裡的食物。

「話說回來，這間店的壽司真的好好吃喔。」

吃完七盤、十四貫壽司後，周子放下筷子這麼說。

「要不要再加點？」

「雖然想吃，但實在太飽了。」

她重新拿一個茶杯，放入茶包泡好交給鐵平，再幫自己也泡一杯。

「您也會和外子來這間店用餐嗎？」

「怎麼可能。」

鐵平苦笑著說：

「大廚不吃迴轉壽司的吧？」

「沒這回事，下次請務必邀他一起來，他一定很高興。」

周子說。

「那人還在當學徒時，每天不是吃泡麵就是便利商店便當呢？固然是因為當時沒錢，說到底，他對自己吃的東西本來就不怎麼講究。」

她又這麼補充說明。

「對自己吃的東西不講究？」

「是啊，他在意的只有吃進客人嘴裡的東西，年輕時經常把這句話掛在嘴上喔。別看他那樣，身為一個廚師倒是才華出眾。」

「確實如此。」

喝口茶，周子注視著鐵平。

「他也常說，覺得自己和加能先生有某種特殊緣份。」

「大廚這麼說？」

周子點點頭。

「難得那人會說這種話……他對身邊的人向來漠不關心，只要有一把菜刀在手，其他什麼都無所謂。」

「大廚只是不擅長表達感情而已啦。」

「話是這麼說，對女人還不是表現得挺積極的？」

這次輪到周子露出苦笑。

「他的情況與其說是積極不如說是消極。只要有人引誘，他就把持不住自己，搖搖擺擺跟著人家走。」

聽到這裡，周子沉默了一會兒。

「我第一次在木蓮看到大廚時也嚇了一大跳呢？」

鐵平刻意改變話題。

「在那之前，你們就在犀川旁認識了對吧？」

「是啊，擦身而過好幾次後，不知不覺聊了起來。」

不清楚周子知道多少，鐵平只能先含混帶過。

「我聽外子說，起初是他在遛狗，結果那隻狗拚命想找加能先生玩。」

看來她知道得很詳細。

初次遇見大廚，是鐵平造訪「木蓮」的兩星期前。那時還是二月中旬的嚴冬時期，有天早上天氣難得放晴，青空萬里無雲。很想去看看幾天前下的雪在朝日下融化的模樣，鐵平就穿上厚厚的外套前往河原散步。差不多是早上七點吧，犀川沿岸的散步道上還沒什麼人，只見對面走來一個高瘦頎長，只穿戴薄外套和圍巾，連手套都沒戴的男人。正當佩服地心想「不愧是當地居民」時，那人手上牽的狗忽然朝鐵平腳邊跑來。

這時鐵平才注意到，那隻狗原來是隻褐毛柴犬，仔細一看，和以前那隻阿醒還有點像。無論是體型或溫和的表情，都讓他想起遙遠記憶中那隻親人的狗兒。腦中逐漸浮現阿醒的身影，更是覺得眼前這隻柴犬愈看愈像牠。

柴犬瘋狂搖尾巴，還吐出舌頭，只用兩條後腿站著，前腿不斷扒抓鐵平的大腿。鐵平一蹲下來，牠就興奮地把整個身體撲上來。

「阿最、阿最。」

男人拉扯牽繩，那隻叫「阿最」的柴犬卻不願離開鐵平。

「真是不好意思。」

不知所措的男人輕聲道歉。

「沒關係，我一點也不介意。」

鐵平這麼回答。不一會兒，柴犬總算鎮定了些，從鐵平身上跳下來後，乾脆一屁股坐在草地上。

「這隻狗叫阿最啊？是母的嗎？」

「對。」

看鐵平繼續蹲著，男人也在他身旁蹲下來，兩人中間隔著阿最。

「我第一次看到這孩子這樣，平常不是一隻親人的狗啊。」

「您每天都會帶牠出來遛遛嗎？」

「有時候啦，其實這不是我的狗。」

「是這樣喔？」

「對啊，應該說是我朋友的狗吧。」

阿最一臉悠哉的樣子，看起來就像在聽鐵平和男人對話。鐵平伸出手，摸摸阿最的頭，牠就舒服地瞇起眼睛。

「幾十年前了吧，我也認識一隻跟這孩子很像的狗。不過，那隻狗也不是我養的就是了。」

「這樣啊。」

「那隻狗叫阿醒，雖然是隻混種狗，外表看起來就像阿最這種柴犬。」

「叫阿醒嗎？豈不是跟阿最正好相反。」

男人說著，輕聲笑了起來。鐵平不解地望向他。

「不好意思，是我沒說清楚。阿『最』的『最』其實是醉鬼的醉，這名字是飼主取的。」

「清醒和酒醉啊，確實是正好相反。」

鐵平也笑了。

那時做夢都想不到，阿醉竟然是波江養的狗。但也因此，前往「木蓮」拜訪，在她介紹下看到大廚時，鐵平除了感到自己與大廚之間不可思議的緣份外，也豁然想通為什麼「阿醉」會叫這名字了。

「仔細想想，會幫老闆娘遛狗就是一件奇怪的事了，更何況是一大清早。不過，當初聽他那麼說時，我還真的一點都沒想到是那回事。」

周子帶著一臉可笑的表情這麼說。

「這倒是真的。」

鐵平雖然這麼回答，自己卻是早在波江將大廚介紹給他的當下，就已察覺那兩人的關係了。看到老闆娘口中的學長竟然是鐵平時，大廚也覺悟到兩人的關係肯定瞬間被看穿。

「櫛木太太。」

鐵平重新坐正，凝視周子那雙大眼睛。

「穰一先生心裡其實是想馬上辭掉工作，回到妳和遼一身邊的。只是他內心還有所不安，擔心事情變成這樣之後，你們兩位是否還願意接受他回頭。」

周子不發一語。

「所以我在想，能不能請太太您親自去接他呢？這麼一來，他也能放心回家了。」

鐵平直截了當地切入正題。

眼前的周子曾親自找波江對質，目的顯然是想一方面牽制情敵，一方面給丈夫一個警告。這麼看來，她必然不是真心想要離婚。

「『木蓮』那個老闆娘是我死去好友的妹妹，但是老實說，這女人骨子裡壞得可怕。妳先生和她在一起一定不會幸福，唯獨這件事我敢斷言。所以，這次能否就想成拯救快要掉入陷阱的他，就算不情願也請妳跑這一趟好嗎？」

這番話，令周子聽得瞪大眼睛。

波江到鐵平家破口大罵「別多管閒事」時，鐵平曾對她提出多年來的疑惑。

在鐵工廠廢屋裡，從背後襲擊高松宅磨之際，頭上被蓋了毛毯，吃了鐵平好幾鐵棍的狀態下，宅磨一邊哀號一邊這麼喊：

「小波，妳在哪裡？快去找人來幫忙！小波！救救我！小波！」

不顧一切揮棍毆打的當下，鐵平腦中一片空白，直到從犯案現場逃離，朝井之頭公園全力飛奔時，才忽然想起宅磨這麼喊叫的事。

「小波。」

宅磨的聲音在腦中迴盪，鐵平心中漸漸起了疑念。

為什麼宅磨會用「小波」這麼親暱的方式稱呼波江？還是在那種有生命危險的狀況下？

回頭仔細一想，教人起疑的還不只這一點。

鐵平在田徑隊社辦裡對波江提出襲擊高松宅磨的計畫時，她在說完「好，就這麼做」之後，立刻又說：

「地點不要在井之頭公園，改成公園前面味澤鐵工廠的廢屋比較好。」

更改地點原是波江的提議。

「改成廢屋的話，白天不會有人注意到，是最適合約那傢伙出來見面的地方。」

「可是，約在那種地方見面，他不會覺得奇怪嗎？萬一引起他戒備怎麼辦？」

鐵平這麼一問，波江就拍著胸脯保證：

「沒問題的，我會跟他約在車站前碰面，然後再帶他往鐵工廠走。」

波江這麼說。

「這樣真的會順利嗎？」

「我絕對做得到。」

當時波江說得斬釘截鐵，也一如她所說的，真的將高松宅磨帶到味澤鐵工廠的廢屋裡了。

要是他們兩人在那之前從未單獨見面，波江是怎麼把宅磨帶到廢屋的？站在宅磨的立場，始終對他不理不睬的女生忽然主動聯絡，還說要約在車站前碰面，碰了面之後又突然要將他帶往廢屋。宅磨這個人腦筋動得那麼快，猜疑心和警戒心又比一般人重，他難道不會發現其中有詐嗎？

另外，波江直接點名要去「味澤鐵工廠的廢屋」，這事要說不自然也很不自然。雖然廢屋就在井之頭公園附近，但早在十幾年前就封閉了。就算是住在附近的居民，能一下就想到這地方的人並不多。

「小波。」

腦中一再重播高松宅磨求助的聲音。

——難道波江和宅磨早就瞞著遊星交往了？

鐵平冒出這個念頭。

如果不是這樣的話，宅磨怎會稱呼她「小波」，還屁顛顛地跟著她到廢屋去。

反過來想，假使兩人早有男女關係，還曾一起去過那間鐵工廠廢屋好幾次的話，無論是宅磨用如此親暱的方式稱呼波江，或是波江一下就想到可以利用廢屋襲擊的事，就都說得通了。

——高松寄的那些情書應該是障眼法吧。

事件發生不久後，鐵平做出了推測。高松和波江應該早就祕密交往，但又害怕事情被哥哥遊星發現，於是高松故意寄那些要求和波江交往的書信給遊星。以高松那個人的個性，也很可能只是覺得這樣捉弄人很有趣。

沒想到途中鐵平忽然介入此事，高松或許將這解讀為波江的背叛。聽到鐵平說是波江找他商量的那番話，一時未經深思的高松因此對她懷恨在心。

至於波江，則是無法原諒高松弄傷了愛犬阿醒吧。所以鐵平一提出襲擊計畫，她才會立即答應合作。

事發後，縱使警方一再盤問，波江絕不吐露任何事實，原因大概就出在背後這些錯綜複雜的關係。另一方面，高松在平常與波江偷偷幽會的地方遭不明人士襲擊，肯定會懷疑起波江與凶手聯手的可能性。只是，就算他隱約猜到鐵平是凶手，一旦將這個猜測說出口，無論是他和波江交往過的事，還是利用高松家書生與狼犬襲擊波江的事，都很可能因此攤在陽光下。這是高松最害怕的事。

對波江提出長年來的懷疑時，波江瞬間變了臉色。不過，她很快就對鐵平的推理一笑置之。

「學長，你是怎麼了？怎麼可能有那種事。」

不只如此，還反過來憤憤不平地抱怨鐵平。

然而，仔細觀察她的種種反應，鐵平可以肯定波江絕非清白。

在鐵平那麼問了之後，周子沉默將近一分鐘之久，只是不斷注視著他。最後，睜大的雙眼慢慢恢復原狀，和鐵平一樣端正坐姿說道：

「我明白了。這次就聽加能先生的，我會去接外子回家。」

她以堅定的口吻這麼說。

9

大概因為是假日，來全日空王冠廣場飯店送行時，大廳擠滿了人。

時間是上午十一點半。

周子說得在十二點前搭上「白鷹號」，時間不多了。

從金澤到新潟，最方便的搭法是先搭新幹線到上越妙高，從那裡換往新潟的特集列車「白雪號」。這麼一來，轉乘順利的話只要三個多小時就可抵達新潟車站。昨晚鐵平查了網路，知道大概是這樣。

約定的時間是十一點半，周子他們已經站在大廳櫃台旁，正朝入口這邊看過來。

一看到鐵平，一家三口揮了揮手。鐵平也立刻發現，小跑步朝他們接近。

遼一站在父母中間，身材嬌小的他露出大大笑容。這是第二次和他見面，感覺和上次完全不一樣，整個人開朗許多。

鐵平暗自慶幸自己「多管了這個閒事」。

聽說大廚是上週向波江提出辭職意願的。

「請讓我做到這個月底就好。」

聽他這麼一說，波江的回應是：

「下禮拜你就可以不用來了。」

從周子那邊聽到這件事時，鐵平心想，真像是波江會說的話。

那天和鐵平一起吃完迴轉壽司後，周子立刻聯絡大廚，隔天就和他見面談過，順利說服他辭職回家。

接下來周子的動作非常迅速。大廚向波江表達辭意那星期，她已經從糸魚川的老家搬出來，住進在新潟新租的公寓了。講禮數的她，以上每件事都一一向鐵平報告。

「總不能帶外子回糸魚川娘家住。」

她這麼說。

「可是這樣搬出去，不會又打壞妳和令尊令堂的關係嗎？」

鐵平問。

站在以為女兒離婚離定了的周子雙親立場，聽到兩人事到如今又要復合，難道不會失去耐性嗎？

「這倒是不會。家父現在把希望都放在遼一身上，老實說，我們夫妻想怎麼做他都無所謂吧。其實，為了遼一著想，我父母好像原本就不希望我離婚，現在這樣做，他們反而很贊成。」

「把希望都放在遼一身上？」

鐵平不明白這句話的意思。

「是啊，遼一說他長大之後想跟外公一樣當醫生，家父完全把這話當真，從此就改變了態度。最近還常說，在遼一成為獨當一面的醫生之前，得好好守住家裡的診所，對工作忽然來勁了……」

「原來是這麼回事啊。」

「遼一很會念書，或許因為自己腳不好，所以才說將來想當醫生。不過，這應該是他的真心話，家父大概也感受到他的真心了。」

周子認真地說。

「但是，這麼急著搬回新潟，你們接下來的生活怎麼辦？大廚應該還沒找到下一份工作吧？」

「總會有辦法的，雖然我還瞞著外子，其實家父給了我一筆金額不小的退休金。」

「退休金？」

「對，這三年多來，我一直在家父的醫院幫忙，所以他說要給我退休金。再說，我想外子很快就會找到工作的，畢竟那個人不拿菜刀就活不下去。」

「或許真是如此。」

鐵平也同意這一點，想起大廚曾說「當廚師學徒時從來不覺得辛苦，不管師父和前輩怎麼罵我都不當一回事」。

走近一看，大廚剃了個大平頭。

自從十月中在菊助喝過那次之後，兩人就沒碰過面了。今天是國定假日「勤勞感謝日」，也就是十一月二十三日，這表示那已經是一個多月前的事。最後一次通電話也已經是波江跑來找鐵平那晚的三天後。那天之後，所有關於大廚的動向，鐵平都是聽周子說的，而她從沒提過大廚剃大平頭的事。

「看來清爽不少嘛。」

鐵平一開口就是這句話，一邊打量大廚的大平頭。

「因為我想從頭來過。」

大廚露出豁然開朗的表情。

臉頰消瘦了一些，為他原本的熟男魅力增添一絲滄桑。鐵平暗自嘆氣，這下子不管去哪，女人都放不下他了。

站在大廚身邊的周子低下頭。

「真的承蒙加能先生太多照顧，不知道該如何向您道謝才好。」

大廚住的公寓昨天全部清空，昨晚一家三口住進王冠廣場飯店，享受不受打擾的家族時光，再搭今天中午的電車離開金澤。

「那我十一點半到飯店大廳吧，最後讓我送送你們。」

昨天在電話裡這麼對周子說。

「我本來打算改天再和外子一起登門拜訪加能先生，好好向您辭別的。」

她這麼說。

「請別這麼大費周章。」

鐵平婉拒了，並約好今天到飯店來送別。

「加能兄，您的大恩我這輩子都不會忘記。」

連大廚都一臉嚴肅，和周子一起低下頭。

鐵平從外套內側口袋取出事前準備的白色信封，裡面裝了十萬元。

「一點小意思，就當餞別的心意。」

說著遞上信封。

「我們怎麼能收，該送禮道謝的明明是我們才對。」

周子往後退，雙手在胸前用力揮。

「沒有多少錢，不用這麼客氣啦。」

鐵平繼續遞出信封，周子朝身旁的大廚望去。

「加能兄，您的大恩我這輩子都不會忘記。」

大廚說了跟剛才一樣的話，雙手接過信封。

「那我就收下了，真的非常感謝。」

大廚低下頭，將手上的信封交給周子。周子也恭敬地接過信封，再次向鐵平低頭致意。

「總之，你們一家三口一定要好好相處喔。」

「是。」

大廚以清亮的聲音回應。

「加能先生也請一定要來新潟走走。」

一旁的周子加上這句。

「好啊，等大廚下次工作的地方確定了，我就去露個臉。」

鐵平點點頭。

「其實我們在討論，差不多可以開一間自己的店了。」

大廚忽然這麼說。

「畢竟放這人自己一個在外面準沒好事。」

周子笑著說明。

「那很好啊，有大廚這樣的手藝，開店或許是最好的選擇。」

「等店開了，請讓我們第一個招待加能先生。」

聽著這番話，鐵平忽然明白周子為何要搬到新潟住了。

她從父親那裡拿到那筆「金額不小」的「退休金」，簡單來說就是日後開店的創業基金吧。或者應該說，她奪回大廚的最後王牌，正是讓他「開一間自己的店」。周子提到糸魚川的雙親時說「現在這樣做，他們反而很贊成」，指的當然就是這件事。這麼一想，一切就都說得通了。

明明已分居了三年多，周子臉上的笑容卻儼然是與丈夫相依多年的妻子才有的表情。看到這樣的她，鐵平不禁心想，不只波江，女人都是魔物。

從妻子身邊奪走大廚，再把「木蓮」交給他，並和他組織家庭，這大概是波江原本打的如意算盤。為了與她應戰，周子以「自己的店」為武器，成功奪回丈夫。

想到這裡，鐵平發現夏代也對自己採取了一樣的戰術。

隱瞞龐大遺產多年的事曝光後，她毫不遲疑放棄加諸己身多年的禁忌，將一億鉅款交給鐵平。

站著聊了差不多五分鐘，站在父母中間的遼一說：

「媽媽，我想上廁所。」

於是鐵平也趁機向大廚和周子道別。

「看看電車時間也快到了，我就先告辭吧。」

「加能兄，真的非常感謝您。」

大廚再次低頭道謝。

「那就先這樣啦，好好保重，開了店要聯絡我喔。」

說完，鐵平轉身離去。

10

風很冷，天空卻很晴朗。雖然氣象預報說下午會下雯，現在看這情形，傍晚之前應該都不用擔心。

離開全日空王冠廣場飯店，鐵平決定走路回片町。

今天事先請了假，不用回店裡也沒關係。不過，已經正式決定開二號店了，即使回家也有不少文件待處理。最近就算不是假日，鐵平也愈來愈少待在店裡。店裡的生意只要交給表店長和已成為正式員工的水野小姐就一點問題都沒有。

鐵平專注做經營決策方面的工作，對今後的「頭巾壽司」絕對是有利無弊。

眼看金澤車站就出現在左前方，鐵平選擇不走正面通往近江町的目拔通，改成右轉朝「六枚」十字路口前進。

在「六枚」左轉繼續走一會兒，彎進右手邊的窄巷，穿過有一座大寺廟和許多小商店的老舊建築群，再穿過市立圖書館所在的玉川公園，最後走出公園接上澪澪通，這就是鐵平最鍾意的散步路線。

沿著澪澪通往前，一路走到香林坊交叉口。

這個時段鞍月用水的水量很大，從人煙稀少的道路走過時，總能聽見令人心曠神怡的清澈流水聲。這條自四百年前至今未曾改變的道路，似乎是古時站在防衛金澤城的角度，特意設計成彎彎曲曲的形狀。現在，兩旁沿著道路曲線開了不少時尚服飾店和家具店，中間夾雜日式、西式和中式等各種餐飲店。不管往來過幾次，沿路景觀還是教人百看不厭。

鐵平一邊欣賞左右兩側店鋪櫥窗裡的陳設，一邊慢慢往前走。走著走著，感覺得出身體已暖和起來。陽光雖然不是太強，但因為沒有風，所以也不冷。

難得天氣這麼好，直接走回翼大樓太可惜了，於是決定繞個遠路。

在東急廣場前左轉，再從東急飯店入口與日本銀行金澤分行中間的斜坡走上去，從「日銀前」交叉口出來。交叉口對面是包括大和百貨在內的複合式商業設施「香林坊ATRIO」，這裡算是金澤的中心地，今天又適逢假日，ATRIO前擠滿來購物和排隊等公車的人。

過了馬路，鑽過丸子般一團一團的人群，鐵平好不容易進入ATRIO。直接穿過這棟建築是最快的捷徑。從建築後門離開，眼前就是「石川四高紀念公園」。

和犀川散步道、澪澪通並列，「四高公園」也是鐵平喜歡的地方之一。梅雨季剛過的時候，犀川從一大早就暴露在強烈陽光下，到處都有成群的蚊子飛舞，不太適合散步。所以夏天時，鐵平散步日課的地點不是澪澪通就是「四高公園」一帶。

今天天氣實在太好，公園裡人也很多。

話雖如此，這種程度的人群和東京或福岡比起來還算少。廣闊的公園內，頂多就是不時有人走過，還不到擁擠的地步。設置於園內各處的長椅也還有很多空位。

位於金澤市中心，徒步就能走到金澤城公園、兼六園及二十一世紀美術館等觀光勝地的「四高公園」平日通常沒什麼人，有時整個上午連人影都不見。

相對地，從春季到秋季，每逢週末或例假日都會有各種活動在園內舉行，鄰接公園的「椎木綠地」上也會搭起一排一排各種顏色的棚子，吸引許多市民和觀光客前來湊熱鬧。

鐵平穿過馬路，走進公園。

右側的建築物是舊制四高公園過去的紅磚校舍，現在獲指定為國家級重要文化古蹟，改名為「石川四高紀念文化交流館」。館內設有四高紀念館和近代文學館，不只外觀保留昔日風貌，內部也維持當年的陳設，一走入其中就能充分感受明治到昭和年代的懷舊氣氛。

走向設置在一棵大杉樹下的長椅。鐵平直到上個月還常坐在這裡吃充當中飯的麵包或便當。

一坐上長椅，沐浴在陽光下的身體立刻又暖和了些。雖然四周沒有擋風的東西，目前依然平靜無風。

環顧四周，欣賞周遭景色。

美麗的紅葉差不多快掉光了。明明沒有風，紅色的楓香樹葉仍靜靜飄落。百萬石通和仙石通上黃紅繽紛的樹葉也減少許多。

隔著金澤城石牆與森林望過去，前方是一片萬里無雲的蔚藍天空。

雷鳴頻繁的季節，難得看到這種宛如盛夏的無垠晴空。

幾隻烏鴉飛過天空。

鐵平坐在長椅上，高舉雙臂用力伸展身體。盡情深吸一口氣，再將積蓄腹內的空氣緩緩吐出。

來回深呼吸了好幾次。

大廚提離職後，波江什麼也沒說。

只是鐵平知道，今後自己再也不會去「木蓮」了。和波江這麼多年的恩怨，大概就以這次大廚的事做了斷……

就某種意義而言，波江和高松宅磨是同一種人。

所以她才會瞞著哥哥遊星和鐵平偷偷和宅磨交往，宅磨大概也是從她身上嗅到同類的味道才會迷上她的吧。就另一層意義來說，與波江聯手偷襲宅磨的鐵平，和他們也是同性質的人。

鐵平認為宅磨知道襲擊他的人是誰，但他一定以為那是出自波江的唆使。不過，他並未對任何人提起這件事。畢竟當年就算鐵平被逮捕，未成年人犯案不會入監服刑，過陣子說不定還會再次向他報復。再者，鐵平如果真的被捕，宅磨命令高松家書生襲擊波江的事也會露餡，這是他最害怕的事。

就宅磨看來，自己和波江，還有鐵平——就算發生了那種造成自己半身不遂的事件，充其量也不過是「同路人的內鬥」。

正因如此，他才對此事隻字不提。鐵平總覺得自己內心也有相同想法，而波江一定也和兩人有同樣的默契。

剛才聽大廚說，「木蓮」的新大廚好像很快就找到了。據說是原本在奧能登某旅館當料理長的人，手藝值得信賴，大廚也很放心。看到他那張好好先生的臉，鐵平不由得再度慶幸，勸他和波江分手真是做對了。

大廚只是個普通男人，要是真和波江那種女人在一起，肯定很快就會被她吃乾抹淨，只能任憑擺佈。

鐵平抬起頭，凝視蔚藍的天空。

兩隻烏鴉看似愉悅地飛過青空。

將自己放逐金澤還不到十個月，出乎意料順利的事業固然值得慶幸，不得不承認人際關係還是略顯薄弱。當初決定來金澤，波江也是原因之一，如今與她卻已是絕緣狀態，和其他人奇妙的小緣份也轉眼消失。例如和大廚的緣份，又或者與山下的緣份皆是如此。

到了這把年紀，或許不可能再與誰建立深入的人際關係了吧。至少，一個像夏代那樣的伴侶，或是像美嘉及耕平那樣的存在，事到如今已不可再得。人與人之間的關係終究得靠長時間的培養，沒有誰與誰能在一朝一夕之間建立深厚關係。除了少數特殊狀況，倉促結下的緣往往說散就散。這是人世常情，和所謂「一期一會」又是兩回事。

優雅盤旋上空的兩隻烏鴉同時降落地面。

牠們落在距鐵平坐的長椅十幾公尺外的草地上，輕輕搖頭晃腦，鳥喙在地上戳啊戳。這兩隻烏鴉肯定是一對。

鐵平凝神定睛觀察烏鴉。

這應該是巨嘴鴉。

前幾天讀的《北國新聞》報導說，金澤城公園及附近共有超過七千隻烏鴉棲息。這麼說來，確實常在傍晚時分看到大群烏鴉飛往金澤城公園森林，原來是回巢啊。

不負父親後之「烏鴉博士」的稱號，鐵平也很喜歡烏鴉。

關於烏鴉，鐵平有個不可思議的回憶。

父親過世那天，當時住的墨田區公宅陽台上來了一隻烏鴉。那天是星期天，時間剛過正午不久，聽到響亮的一聲「嘎」，往陽台望去，一隻體型巨大的烏鴉就停在欄杆上看自己。鐵平從未看過這麼大的烏鴉。

那巨大的烏鴉與鐵平四目交接後，再次發出響亮的一聲「嘎」，站在欄杆上文風不動了好一會兒。

大約五分鐘後吧，電話鈴響，烏鴉也飛走了。

是母親從三鷹家裡打來的電話，說她外出購物回到家，就看到父親倒在書房，已經沒呼吸了。安撫慌了手腳的母親，要她先叫救護車將父親送到附近的綜合醫院。只是，送上救護車那刻父親已經回天乏術。死因是心肌梗塞。

那隻大烏鴉是來通知鐵平父親過世的事嗎？

為了對一輩子獻給烏鴉研究的父親致敬，巨鴉代表全體烏鴉送訃聞來給他的獨生子鐵平嗎？

父親死時六十五歲。

直到最後的最後，鐵平都無法理解他的想法。如果有人問「令尊是怎樣的人」，鐵平一定也無法回答。

「一個完全無法理解的人。」這或許是最適切的答案。

親子之間的關係，意外的或許就是這麼回事。美嘉和耕平大概也一點都不明白鐵平是怎樣的人吧。小孩不是透過看著父母身影來理解父母，而是在自己身上找到父母的影子，藉此來理解父母。無論願不願意，都會從血緣中發現自己與父親或母親相似的地方。簡單來說，親子關係就是這麼一回事。

只是以鐵平的狀況，他總覺得幾乎不曾感受到自己身上有來自父親俊之的血緣，反而在父親的弟弟，也就是孝之叔叔身上發現更多性格相通之處，而堂哥尚之則比自己更像俊之。學者氣質的尚之怎麼看也不像個經營者，或許更適合朝學術路線發展。

父親這輩子經濟狀況都不好，但他對此從來就不在乎。無論是祖父昇平白手起家創建的加能產業，還是祖父留下的財產，父親對那些東西是一點興趣都沒有。儘管早就放棄繼承，也從沒看他為這件事後悔過。就這點來說，和那個偏執父親結婚的母親美奈代也一樣。

繼承祖父留下的東西，就代表要像叔父孝之那樣繼承整個加能產業。父親深知自己不適合站在經營者的立場，也無法負起全體員工生計的重責大任。母親大概也難以想像丈夫成為經營者是什麼模樣吧？

這樣的父母，竟然願意讓早已斷絕往來的昇平為獨生子命名「鐵平」，想想真是非常不可思議的事。

孝之叔叔只要一和鐵平獨處，就會把這句話掛在嘴上：

「總有一天你會懂的。」

他總是一再這麼說。

——祖父把他名字裡的一個字分給我時，父親和祖父之間到底有過什麼樣的對話？

鐵平偶爾會陷入這樣的疑惑，也曾想過祖父生前或許對孝之叔叔說過當時的狀況。

兩隻烏鴉在草地上踱了一會兒步，又再次騰空飛去。幾乎是同時展翅。

烏鴉的世界是一夫一妻制，成為夫妻的烏鴉會共同守護地盤，養育後代。有一個說法是，烏鴉一旦配對，終其一生都會守著這唯一的伴侶。

目光跟隨那兩隻盤旋高空，時而前後交錯飛舞，看似情感和睦的烏鴉，鐵平心想。

——夏代現在不知怎麼樣了？

11

二號店已決定於明年二月三日星期六開幕。

地點離金澤車站西口走路約十分鐘，在一間新開的便利商店旁，是一棟原本租給外帶便當店的平房式簡易建築。還附一個和便利商店共用的寬敞停車場。

地理位置雖稱不上最佳，但正好位於西口出來的幹線道「欅大通」旁，不少企業的金澤分店或北陸總店都開在附近，離三年前從近江町市場旁搬過來的北國銀行總行也不遠，再加上店面租金便宜，於是決定開在這裡。

最重要的目的是，想藉由這間二號店為「頭巾壽司」開拓從金澤車站到金澤港之間的西部銷售範圍。

從車站西口到港口這塊不小的地區，除了持續開發商業建設外，也一直積極提升住宅區的水準。不只購物中心與餐飲店，各種零售店鋪更是陸續林立，各式各樣商店及設施分佈各處，正好將十五年從市中心廣坂遷移至此的石川縣廳舍圍在中間。

開店日期的二月三日是節分之日。

在節分這天吃惠方捲，原是發祥於大阪的習俗，近年來也成了北陸居民的習慣。因此，對「頭巾壽司」

而言，沒有比這天更好的開幕日了。

當天將準備數百條可當惠方捲食用的特製粗捲壽司，所有來店消費的客人皆免費贈送一條。

按照預定計畫，水野小姐將接下二號店店長的職務。

進入十二月後，她就開始著手新開店的各項準備。包括面試新的打工店員、指導新進人員待客技巧，持續學習海苔捲壽司的製作方式等等，忙得連一天假都無法休。

片町店由表小姐和鐵平繼續經營，話雖如此，隨著二號店的開幕，鐵平同時忙於「頭巾壽司」轉型為股份有限公司的準備工作，已經很難像過去那樣整天顧店了。就這點而言，確實增加了表小姐的負擔。

等正式成為股份有限公司後，表小姐和水野小姐都能分得相應的股份。

表小姐將持股百分之二十，水野小姐則是百分之五，剩下的百分之七十五由鐵平持有。不過，鐵平的打算是，自己手頭這些股份將在日後全數轉移給第三人。

儘管換算成金額並不高，持有自己公司的股份仍具特殊意義。看到自己的名字以董事身分與董事長鐵平並列於組織規章上，對表小姐和水野小姐來說，無疑產生很大的激勵作用。

正式決定成立二號店及轉型為股份有限公司後，她們比過去更積極投入「頭巾壽司」的營運工作。

另一方面，尋找更多值得信賴的人才加入員工行列，也是「頭巾壽司」的當務之急。

雖然不能說是因為鐵平原本看中的山下被他搶走的緣故，上個月，鐵平跟喜多嶋老闆商量了這件事。拜託他另外介紹優秀的人材。

那時，喜多嶋老闆立刻提起一個青年的名字。

他叫五十嵐蒼汰，今年三十二歲。原本是X-PULIRE的美髮師，一直工作到幾年前才離職。

「五十嵐不但是優秀的美髮造型師，最重要的是頭腦很聰明，感覺就是個祕密武器。我將他帶在身邊默默栽培了幾年，結果四年前，他忽然跑來說要辭去店裡的工作。說是想在三十歲前出國看看，所以想辭職去環遊世界。我聽了當然很吃驚啊，也花了好一番工夫慰留，不過他意志很堅定，最後還是拗不過他。這個五十嵐今年夏天剛回金澤，我在跟山下開口前，其實是先拜託他回店裡工作的。他和山下一樣，都是可以讓我放心將X-PULIRE交出去的對象。沒想到，五十嵐說他不想重回美容業界，一口回絕了我。但是，若是完全不同領域的工作，他或許會很有興趣喔，雖然還不確定接下來的動向，只要加能先生有這個意思，我可以去幫你問問他。這男人的能力絕對不輸山下，這點我可以保證。」

既然喜多嶋老闆都這麼說了，鐵平也沒有拒絕的理由。立刻拜託他幫忙進行這件事。幾天後，接到喜多嶋老闆的回覆。

「跟五十嵐提了那件事，他顯得很有興趣。只是他人目前正在騎摩托車環遊日本，年底才回金澤。不然我直接跟他說，等他回來就介紹加能先生給他好嗎？」

喜多嶋老闆還說，五十嵐蒼汰對加入「頭巾壽司」興致勃勃的原因是：

「環遊世界後深深體認到還是米飯好吃，我最喜歡吃米飯了。」

似乎是這麼回事。

「好的，那麼年底就安排他和表小姐、水野小姐還有我們，五個人一起吃頓飯吧。」

鐵平二話不說贊成了喜多嶋老闆的提議。

雖然還未見面，但鐵平已有預感，只要這個叫五十嵐蒼汰的青年加入「頭巾壽司」的行列，生意一定會更加興隆。這時鐵平還產生了一個念頭。將來，他想將自己的部分股權轉讓給實際上已退出X-PULIRE經營層的喜多嶋老闆。

在拜託喜多嶋老闆幫忙找人時，或許早有一半打的是這主意了。

為什麼會有這種想法，自己也完全想不通。

成為股份公司後，「頭巾壽司」才正要踏出擴大事業版圖的第一步。除了找尋優秀的店經理候選人外，公司也需要已有經營實績的前輩先達以顧問的立場參與經營——這或許是最合理的原因。就這點來說，喜多嶋老闆也是最適合的人。

話雖如此，才剛成立的公司就要借助第三者的力量來擴大——這種手法乍看之下沒有問題，仔細想想卻也可以說是沒有自信的表現。

——自己心中是否有著無論如何都無法對「頭巾壽司」認真的部分？

鐵平不斷如此自問自答。

12

十二月五日，星期二。

鐵平睡過中午，一醒來就立刻準備外出。

這天是睽違三週的休假日。也是處理堆積如山家務雜事的重要日子。

首先把大量衣物裝進紙袋，搬到車上。最近經常得跑市公所、銀行或和會計師見面，穿西裝和大衣的機會也多。雖然臨時買了幾套輪著穿，就因為都太常穿了，髒汙愈來愈明顯。襯衫也是一穿髒就買新的回來換，一轉眼家裡多了好多髒衣服。

就算不是這樣，他也忙得沒時間跑洗衣店。

將四個大紙袋堆進後車廂，發動車子前往丸榮元菊店。鐵平平常送洗的洗衣店就在丸榮隔壁。

從上個月下旬開始，天氣更加嚴寒。

靠山的地區下起了雪，金澤市內的溫泉街湯涌一帶似乎也積了不少雪。市中心雖然還沒下雪，但一直持續著冬季特有的西高東低氣壓，尤其早晚溫差特別大。

今天雖是晴天，踏出戶外一步，呼出的氣息還是立刻變雪白。午間新聞說下週會更冷。

把車停在丸榮寬敞的停車場，手提四個紙袋走進洗衣店。

量實在太大，光填單就花了超過十分鐘。付完一萬多的洗衣費走出店外時，正好下午一點半。

接著回家用洗衣機洗其他衣物，還打算久違地來個大掃除。年底到明年初這段期間的工作會有多忙已可預見，現在只要一有時間，最好就先用來把私事處理好。

出門前沒吃也沒喝，肚子開始餓了。在丸榮買點什麼回家吧。

飲食方面還是一樣，不管輪晚班還是早班，晚餐都盡可能自己煮來吃。鐵平煮的東西不出那幾樣，不是烏龍麵就是義大利麵、拉麵或一人份火鍋。頂多再吃一份生菜豆腐沙拉或喝蔬果汁。若是遇到特別忙的日子，就連上述麵食也只能依賴冷凍食品。

年輕時不太講究吃的，現在不過是恢復單身時代的飲食生活，對鐵平來說不算什麼。只是，跟與夏代一起生活時相比，現在的飲食內容太貧瘠了，營養不夠均衡。自己也隱約有感覺，都快五十五歲的人了，繼續這樣生活下去，總有一天身體會出問題。

寬敞的丸榮店內充滿購物人潮。這間超市人總是很多。

這裡有種類豐富的現成家常菜和便當，蔬菜水果、魚類肉類也都很新鮮，再加上便宜的價格，會受民眾歡迎也是可想而知的事。

「今日冷凍食品全面七折！」

門口掛著寫有這行字的布條。

鐵平立刻朝冷凍食品專區走去。家裡儲存的冷凍食品差不多要見底了。

不愧是特賣日，大型冷凍冰櫃前聚集了一大群人。尤其是冷凍家常菜附近更是擠得教人不想過去。相較之下，鐵平想買的麵類食品區還算空。

把冷凍烏龍麵、蕎麥麵、義大利麵、拉麵等常買的品項放進推車上的籃子。鐵平很愛吃長崎炒麵，上次碰巧在這間超市發現有賣，長崎炒麵就成為家中的常備食品之一了。上次來買時怎麼找也找不到，大概是缺貨。今天一看冷凍櫃裡放了滿滿一排，立刻拿起五包放進籃中。

中午就吃長崎炒麵配飯糰吧——一邊這麼想，一邊推著推車前進，冷凍麵食區的旁邊是冷凍炒飯和冷凍焗烤食品專區。

冷凍炒飯也是鐵平常吃的品項，家裡的存貨沒斷過。

看著櫃中陳列的熟悉品牌時，忽然在角落發現意想不到的商品。

只有一小堆，不起眼地放在冷凍櫃最裡面那排架上。

商品映入眼簾的瞬間，腦中浮現的是加能產業總公司大樓二樓寬敞的員工餐廳。接著是青島雄太的臉、峰里愛美的臉、總務部長金崎的臉……就這麼陸陸續續想起公司裡其他人的臉孔。

在這些人的臉孔中，夾雜著一個頭戴白色廚師帽的瘦男人，他是長年擔任員工餐廳料理長的島袋主廚。

島袋主廚原本在天神一家老牌中餐館掌廚，叔父孝之是那間店的常客，費了一番工夫說服他來掌管加能產業的員工餐廳。不愧是叔父看上的好手藝，島袋主廚的員工餐每一樣都好吃極了。其中尤以中式炒飯和中華丼更是絕品，只要當天菜單裡有這兩樣中的任一樣，幾乎半數員工都會點來吃，非常受歡迎。

而現在放在眼前冷凍櫃裡的，就是幾乎不輸島袋主廚自豪炒飯的冷凍炒飯。

鐵平伸手拿下紅色包裝的炒飯，確認品牌。

沒錯，正是城島食品的「香噴噴蝦仁炒飯」。

這不是只能網購的商品嗎？為什麼會放在這裡？

翻過包裝袋仔細一看，製造銷售商「城島食品」的地址就在加賀市。既然是地方生產的商品，難怪店頭也有鋪貨啊……

在青島雄太推薦下上網訂購時，怎麼想像得到日後自己竟住到北陸來，當然也就不會注意製造商的地址了。

鐵平從籃子裡拿出三包冷凍長崎炒麵放回冰櫃，再拿下三包「香噴噴蝦仁炒飯」。

——對了，也買點醃漬白菜回去吧。

吃冷凍炒飯時配灑上大量味素、麻油和醬油的醃漬白菜是鐵平最愛的吃法。

結完帳，雙手提著裝滿冷凍食品的超市購物袋回車上。將袋子放在副駕駛座，發動引擎。這時，外套口袋裡的手機響了。

抽出手機往螢幕一看，是個陌生的號碼。

因為也可能是銀行或會計師事務所的人打來的，鐵平毫不猶豫按下通話鍵。

「好久不見。」一個有點低沉的聲音。

到底是誰？

「我是加能產業的菅原。」

出乎意料的名字迸入耳中。

13

回到家，立刻決定用「香噴噴蝦仁炒飯」和醃漬白菜當午餐。

泡一杯加賀棒茶，享用以平底鍋加熱的熱騰騰炒飯。

品嚐著和島袋主廚做的員工餐廳炒飯同樣的美味。

就在意外找到這「香噴噴蝦仁炒飯」，久違想起從前公司的人們時，接到了來自菅原的電話。

他說自己已經抵達金澤，務必希望今天或明天能安排時間見面。

鐵平之所以一口答應，是因為在那之前才剛想起前公司的人和島袋主廚的緣故。若說這是巧合，未免也太巧了。

話說回來，這種時候菅原專程到金澤來做什麼？

他說鐵平在這裡的事是聽金崎部長說的，大概是夏代告訴金崎的吧……

他的目的究竟是什麼？

加能產業現在的狀況如何？

難道菅原本身發生了很大的改變？比方說，被川俣派系的人解除了董事職務？可是，從他在電話裡說「我是加能產業的菅原」這點看來，總覺得應該不是這樣。

他想和自己見面，為的應該還是與公司相關的事吧？

久山工廠那起爆炸火災事故發生至今已將近十一個月，事故調查委員會的最終報告早該結束，應該也已向相關政府機關提出報告了才是。最後川俣常董真的當上調查對策委員長了嗎？事故原因真的按照那派人馬的算計，全部歸咎於設備老化，完全不去追究人為疏失的一面嗎？

若叔叔預守靈那天菅原說的沒錯，社長尚之早已成為川俣手中的傀儡。這麼一來，那起事故帶來的教訓可能完全被忽略，新設備也已按照當初川俣等人的計畫展開了也說不定。

事故發生前，新的氯乙烯單體產線建設計畫就已伴隨相當大的財務風險，更何況後來發生那麼嚴重的事故，就算川俣手段再強悍，想著手建設新產線應該不是一件容易的事。假設強行推動計畫，加能產業的財務基礎很可能一口氣崩盤，陷入無力償付債務的危機。在公司失去財務信用的狀態下，想從股市或金融機構籌措安全的資金更是不可能的任務。

這麼一想，就算是川俣派系的人馬，想擋下公司內以菅原為首的所有「有識者」反對聲浪，肯定也相當困難。

停下手中的湯匙，驚訝地發現自己竟在不知不覺之間思索起加能產業未來的走向。

——不行、不行，那些都已經和我毫無關係了。

加能產業會走上何種末路與自己無關。無論菅原想來商量什麼事，即使自己和經營家族有血緣關係，事到如今，鐵平也已無法滿足菅原的任何要求，就算做得到，他也絲毫不想再為那間公司或加能家做任何事。

——頂多只能陪菅原聊聊，聽聽他的抱怨了吧……

鐵平決定不再想前公司的事，難得眼前有一盤美味的炒飯，還是專心享受這滋味吧。

午餐後，按照預定計畫進行了大掃除，還洗了兩次衣服。

傍晚六點結束所有工作。和菅原約定的時間是七點，鐵平趕緊淋浴，換好衣服走出家門。

和菅原約定碰面的地方，是上次和櫛木周子見面時去的「來吃壽司吧！」金澤高柳店。雖說迴轉壽司店不接受預約，反正平日晚上也不可能客滿。

七點不到五分時抵達店內，沒在等候區看到菅原的身影。這男人向來嚴謹多禮，一定早就到了，很可能已經入座。鐵平向上前接待的店員說「我跟人約在這」，店員立刻為他帶位。

不出所料，菅原已經獨自坐在裡面的小包廂上。一看到鐵平，他便輕輕揮手示意。鐵平也一邊點頭一邊走向他。

鐵平脫鞋時，菅原立刻就要從設計成凹炕的座位上站起來。

「好久不見，您請坐著就好。」

鐵平伸手制止他起身，自己趕緊踏上小包廂，再把鞋子放整齊。

半站半蹲的菅原順著鐵平的意思坐回位子上。

鐵平坐對面的位子，望向菅原。覺得他好像瘦削了些，除此之外和之前沒什麼兩樣。菅原也凝視著鐵平。

「加能先生，好久不見。看到您這麼有精神真是太好了。」

「剛才接到電話真是把我嚇了一跳呢？而且您還說已經到金澤了，簡直是雙重驚嚇。」

「非常抱歉，不但突然找上門來，還耽誤了您今晚的寶貴時間，真是不好意思。」

「別這麼說，我今天正好不用當班，您來得正是時候。我搬來這裡之後的新工作，休假日不是週末。」

鐵平這麼說。

「我知道，您開了一間海苔捲壽司店對吧？現在可是金澤大受好評的店呢？」

沒想到菅原會這麼說。

「您怎麼會知道？」

鐵平驚訝反問。

「來拜訪您之前，我已經把相關報導和網路報導都看過一遍了。」

「刊登採訪報導的應該是地方新聞吧，難道網路上的全國新聞也刊登了我們店的消息嗎？」

「我有請人幫了點小忙啦。財務總部裡有很熟金澤的人。您開的店是叫『頭巾壽司』吧，我還聽說已經預計明年要開二號店了？」

「真厲害，不愧是菅原先生。」

鐵平笑了。

「倒也沒這麼厲害。」

菅原露出淡淡笑容。

下午菅原打電話來時什麼也沒說，但從剛才的內容聽來，他這趟來金澤，果然就是專程為了與鐵平見面。

接下來好一段時間幾乎都是鐵平說話。先是說明「頭巾壽司」開店的前後過程，接著提到包括這間「來吃壽司吧！」在內的金澤迴轉壽司特徵。

「其實繼海苔捲壽司後，再來我還想開迴轉壽司店。」

鐵平說。

「這樣啊。」

菅原露出若有深意的表情。

「話是這麼說，但不是開在北陸。我在想，把這麼棒的經營手法引進不靠海的內陸縣市一定很有意思。比方說長野或群馬。」

這並不是空口說白話，只要「頭巾壽司」順利擴大經營，鐵平確實認真想過，總有一天可以進軍迴轉壽司業界。當然，到時候也會在迴轉壽司店內提供「頭巾壽司」的海苔捲。

一邊交談，一邊像上次和周子來時那樣，用桌上的觸控板陸續點菜。今晚不只吃壽司，還加點了酒類和下酒菜。首先兩人各點一瓶「加賀鳶」純米大吟釀的300毫升瓶。

用送上桌的冷酒乾杯，再各自取用送來的壽司。

「哎呀，這間店確實驚人。無論是美味程度或點餐系統都顛覆了過去迴轉壽司給人的印象。」

菅原發出佩服的讚嘆。

「是不是？就連吃慣美味海產的博多人，吃到這裡的壽司也很震撼吧？」

「確實如您所說。」

喝幾口冷酒，菅原繼續品嚐美味的壽司。陸續上菜的綜合炸天婦羅、鯛魚蜜柑冷盤和酥炸虎河魨等菜餚擺了滿桌。

早有耳聞菅原酒量在公司內是數一數二的好，喝起加賀鳶就像喝白開水似的一杯接一杯。一如傳聞，他喝了這麼多仍面不改色。300毫升的酒瓶轉瞬即空，又再叫了一瓶一樣的。

打開第二瓶酒時，鐵平感覺得出菅原要進入正題了。

只見他慢慢給自己斟了酒，放下酒瓶後卻不去碰酒杯，雙眼直盯著鐵平。

「其實，我今天是代替過世的孝之會長來見您的，加能先生。」

他以沉重的口吻這麼說。

14

——代替過世的叔叔？

菅原出乎意料的一句話，令鐵平一時之間不知所措。

這是什麼意思？

「社長那邊有來跟加能先生說什麼嗎？」

菅原這麼說。

「社長那邊？」

這句話也教人一頭霧水，鐵平不禁反問。

「關於會長遺囑的事。」

「遺囑？」

聽到這裡，不得不歪頭投降。鐵平從未接到尚之這方面的聯絡。

「果然如此嗎……」

菅原兀自露出恍然大悟的神情。

「其實是這樣的，會長生前寫有遺囑，也有留下憑證。」

這是鐵平第一次聽到叔父留有遺囑的事，不過，以他那種身分地位的人，會留下遺囑也是極為理所當然的事。

而那究竟又和自己有什麼關係呢？

「在下被指定為遺囑的執行人。」

「是。」

也只能點頭了。

「我從會長那裡得知這件事，是在會長過世前兩天。」

「這樣啊……」

未經深思地答腔後，忽然冒出一個疑問。

「過世前兩天？」

叔叔過世於今年一月二十日晚上。

「十點多。差不多三天前心臟就開始虛弱了，醫生也說這次可能很危險。只是我們沒想到他會走得這麼快……」

隔天中午尚之的妻子圭子聯絡自己時是這麼說的。按照她的說法，叔叔從五年前第二次腦梗塞發作昏迷後，直到過世再也沒有醒來。

「外子受了很大打擊，不過他也說，公公沒清醒過來看到公司現在這樣就走了，也算一件好事。」

預守靈那天，圭子確實這麼說過。

這麼說來，菅原怎麼可能在叔叔過世兩天前「從會長那裡得知」自己被指定為遺囑執行人的事。

「您說從叔叔那裡得知，這是怎麼回事？」

鐵平不得不先確認這一點。

是另外有人代替叔叔傳達了遺願嗎？

「會長在過世前三天恢復清醒，我接到京子夫人聯絡，隔天就趕到醫院了。」

「怎麼會！」

這太教人難以置信。

「是真的。」

「那這件事，社長他們也知道嗎？」

半信半疑地提出質疑。

「當然知道。」

菅原一臉嚴肅地點頭。

「會長一恢復意識就和尚之社長等家人們見面。聽說，正是因為見了他們之後反而不安，所以才叫我過去。」

「反而不安？」

「聽說會長問了一些公司的事，社長卻左支右絀，答不出個所以然。」

「這麼說來，叔叔不但意識清醒，連身為經營者的判斷力也完全恢復了嗎？」

「正是如此。」

愈聽愈覺得難以置信。一個昏迷了五年的人忽然醒來，還一口氣重拾原本的思考判斷能力，這種事真的有可能發生嗎？

更何況，叔叔在那三天後就過世了。

「我能理解加能先生的懷疑，就連我親眼目睹會長一如往昔的英姿時，當下的感覺也很不真實。」

若說菅原特地跑來金澤，只為了來開玩笑或瞎扯這種事，那更是比叔叔的清醒教人難以置信。

「見到會長後，我將加能產業的現狀一五一十告訴他。包括那起爆炸火災事故。」

「這樣啊……」

鐵平什麼也無法回應。菅原的話到現在聽起來還是那麼虛幻不實。

「我也說了加能先生被迫成為冗員的事，會長深深嘆了一口氣說『我就知道會這樣』。」

叔叔在腦梗塞昏倒前，曾對尚之宣稱要讓鐵平接任社長。尚之正是因此遷怒鐵平並將他降職。只是，菅原應該不知道這些內情，既然如此，會說出叔叔嘆氣表示「我就知道會這樣」，正好證明菅原所言為真。

「會長還說了件不可思議的事。」

說到這裡，菅原才伸手拿起杯子，一口喝乾。放下杯子，重新斟滿。鐵平也跟著舉起杯子，一飲而盡。

「會長說『我正要過三途之川時，看到父親大人站在岸邊對我說「你還有事沒做完，先回去一趟，把事情解決了再回來」，就這樣把我趕回來了。』他還笑著跟我說『所以現在跟你講完這些，我就要趕回三途之川去了』。」

這時他口中的「父親大人」指的應該是鐵平的祖父昇平。

加能產業的創辦人，把自己名字裡的一個字分給鐵平的人。

菅原的語氣一如往常輕描淡寫，鐵平看著他，想起預守靈那晚遇到他的事。兩人在叔叔屋子客廳裡用烏龍茶給叔叔敬酒，交談了一番後，菅原毫不留戀地起身。

「您要回去了嗎？」

當鐵平這麼一問，他就說：「是啊，剛才已經好好向會長道別了。」

「加能兄，我想不久的將來一定還有找您商量事情的機會，到時就請多多幫忙了。」

說完，他深深彎腰一鞠躬。當時他口中的「到時」，或許就是現在了。

「會長說，遺囑正本由法務局公證所保管，副本由立定遺囑時在場見證的藤堂律師帶回保管。此外，會長也告訴我遺囑中指定我為執行人的事，要我在他過世後找藤堂律師討論，將忠實執行遺囑的任務交託給我。」

「原來是這樣。」

藤堂律師指的應該是叔叔自大學起的好友，目前在天神經營一間大型律師事務所的藤堂光一先生。

「這樣啊。」

「是。會長另外還吩咐我一件事。這也是我遲至今日才來拜訪加能先生的原因。」

鐵平實在無法從菅原的話中掌握重點。看來他說的並非虛假，但就算叔叔過世前真的曾恢復一時意識，他的遺囑和自己又有什麼關係呢？

「他吩咐的是什麼事？」

默不吭聲也很尷尬，鐵平只得先提出問題，好讓菅原繼續說下去。

「他說，希望我在他過世後，選擇適當的時機再公佈遺囑。聽我說了加能產業的現況，知道公司現在處於那樣的狀況後，會長認為必須看準尚之和川俣的動向再公佈遺囑比較好。當然，他也要我在公佈前先請藤堂律師告知遺囑內容的概要，然後便將公佈遺囑的時間點全權交給我判斷了。會長還當場在病房裡打電話給藤堂律師，請他先將遺囑內容告訴我。」

「原來是這樣啊……」

「如果您覺得可疑，也可以現在直接向藤堂律師確認。藤堂律師說他今天會一直在事務所待到很晚。」

菅原的表情非常認真。

「不，沒有這個必要。」

鐵平急忙在胸前揮了揮手。

「那麼，那份遺囑和我有什麼關聯嗎？」

這次菅原會來，目的當然與遺囑有關。鐵平心想，一定是遺囑中某部分提及了自己，而菅原是來轉達那內容的吧。

「從今天算起二十天前，也就是十一月十五日那天，我已經將會長遺囑的存在告知社長了。當然，告知時不只我一個人，也請藤堂律師到場見證。那時社長已經開始辦理遺產繼承手續，對於從會長那裡繼承的遺產用途，大致上應該已經有了想法。因此，我才判斷是該公佈遺囑的時候了。」

「是。」

菅原的表情愈發嚴肅，鐵平也只能注視著他。

「加能先生您應該也很清楚，加能產業發行的股票有七成由創辦家族的加能家持有。其中，過世的會長持有這七成的一半，也就是總股份的百分之三十五，剩下百分之三十五中的百分之三十由尚之社長持有，百分之五則由會長的長女元美女士持有。」

「對。」

這些事鐵平當然很清楚。

「根據會長的遺囑，會長持有的百分之三十五股權中，百分之二十將交由加能先生繼承，剩下的百分之十五於賣出後，將得到的現金捐贈給會長事先指定的複數社福機構及團體組織。至於會長本人名下的其他存款、有價證券及不動產，則依照法律規定，按比例分配給京子夫人及長男尚之先生、長女元美小姐繼承。」

叔叔持有的加能產業百分之三十五股份中，百分之二十將由自己繼承——鐵平不由得懷疑耳朵。不只如此，剩下的股份也不交給長子尚之，而是捐贈出去。

「這到底是怎麼回事？」

完全沒料到會聽見這樣的內容，鐵平內心除了意外還是意外。

從菅原口中聽到叔叔留下了遺囑時，鐵平心想「難道」時，腦裡浮現的預測頂多是叔叔在遺囑中指定自己接任加能產業社長。

只是，就算遺囑真的這麼寫，鐵平也不打算再回那間公司，更何況即使是來自擁有代表權的已故會長遺囑，鐵平也不認為現任社長尚之會接受。

做夢也想不到，叔叔的遺囑竟然是將自己持有的一半以上公司股權轉讓給鐵平。若按照遺囑接受叔叔留下的加能產業股份，鐵平將在一夜之間成為僅次於社長尚之的大股東。

「去見清醒過來的會長時，他告訴我，要將超過半數股份留給加能先生這件事，其實是來自創辦人昇平社長留給會長的遺言。會長還說，這件事是在令尊俊之先生承諾放棄加能家財產時，昇平社長對俊之先生提出的交換條件。起初俊之先生也很猶豫，經過一番思考之後才接受了昇平社長的提案。」

菅原這番話更是令鐵平難以置信。

「您說的是真的嗎？」

那樣的父親竟然會答應祖父這種提議，實在教人意想不到。父親生前更是從未對此提過隻字片語。

「是的。會長說的很確定，我想應該是事實無誤。會長在病房裡也很清楚地告訴我，他認為這麼做對加能產業最好。」

「可是……」

事情太過驚人的發展，使鐵平無言以對。

「包括京子夫人和尚之社長在內，加能家的人們對這份遺囑的存在皆不知情，聽了內容也都十分驚訝。可是，我遵守已故會長的指示，並根據自己對情勢的判斷，決定在半個月前公佈這份遺囑，其實有非這麼做不可的原因。」

「原因？」

「沒錯。」

菅原用力點頭。

15

十二月十七日，星期天。

以金澤十二月的降雪量來說，這天下了睽違十二年的大雪。積雪超過三十公分，就算以整個冬天的雪量來看，其實也有五年沒積這麼多雪了。

「頭巾壽司」所在的豎町商店街整條路都被雪掩沒，店員們一大早就忙著在門口剷雪。鐵平也以生硬的動作跟著大家一起剷雪。不過到了中午，因為雪實在下得太大，當然也就完全沒客人上門。下午三點遂決定提早打烊，讓工讀生們早點回家。

鐵平傳了LINE給今天沒當班的表小姐。

「今天雪下得這麼大，要把約定時間提早一點嗎？還是乾脆改天？」

內容是這麼寫的。

三十分鐘後。

「說的也是。那場地不變，時間就提早到七點好嗎？」

收到這樣的回覆。

原本為了配合鐵平的下班時間，約定的時間是九點。地點在西茶屋街上一間叫「櫻桃」的咖啡酒吧。表小姐指定要去這間店，鐵平上網一查，才知道這間店的「櫻桃」讀成「YUSURA」。「櫻桃」所在的這棟町屋建築以前開的是壽司店，幾年前改裝成咖啡店，名氣還不小。

西茶屋街與總是擠滿觀光客的東茶屋街不同，因為規模較小，氣氛也比較悠閒。從片町走過去只要十五分鐘左右的距離，鐵平也曾用走的去過幾次，就當順便散步。

印象中也看過「櫻桃」這間店的招牌。雖然今天突然下起大雪，只是走到西茶屋街的話，就算在雪地上行走也沒太大問題。

打烊後先回三樓自己的住處，奮力處理最近愈來愈多的文書工作。不經意朝牆上時鐘一看時，竟然已經六點半了，鐵平趕緊關掉電腦，穿上羽絨外套，再戴上手套和毛帽，將全身包得密密實實，套上雨鞋後走出家門。幸好雪差不多在日落時就停了。

一踏出家門，戶外呈現一片銀白世界。

儘管沒有風，空氣卻冰冷得像要結凍。在路燈照耀下，口中呼出的白煙清晰可見。

走在不習慣的雪地上，小心翼翼地踩穩腳步，緩緩前進。

仰望天空，月亮和星星都不見蹤影，只有扁平的黑暗像緊緊貼住似的覆蓋整個天空。

金澤的冬天就是連續不斷的打雷下雨刮風與嚴寒。相形之下，只是大量積雪的山區感覺起來還比較乾脆。沒完沒了的冰雨、半夜的雷聲、一轉眼就融化的雨雪和冰雹，還有連雨傘都能吹跑的冷冽強風——持續待在這種氣候下幾個月，任誰心情都會消沉吧。

出生成長的東京是整年下來以晴天居多的大都會，生活了十年的博多也是氣候人情都溫暖的熱情城市。

——住在北方的城市，說不定困在雪裡哪都不去還比較輕鬆……

不過，這裡的雪富含水分，總是一轉眼就融化了。只要明天或後天不繼續下雪，眼前這高達三十公分的積雪大概三天後就形影無蹤了。

想到令人憂鬱的冬季要一直持續到三月底，內心不免浮現一絲不安。

五天前，表小姐來問鐵平：「下個星期天可以耽誤您一點時間嗎？」

「可以啊，怎麼了？」

鐵平問。

「關於三號店的事，有些事想跟您商量。」

「這當然好，不如也找水野小姐一起，三人聊一聊吧。」

鐵平如此提議。

「暫時只有我跟老闆兩人談比較好，再說，下個星期天水野小姐不是值晚班嗎？」

她是這麼回應的。

開三號店是臨時決定的事，還沒有機會好好和表小姐及水野小姐深入談過。由於幾乎是鐵平擅自下的判斷，他也一直很想聽聽兩人的意見。

提議開三號店的人，是開二號店時在融資上提供不少協助的北國銀行負責窗口。差不多十天前他聯絡了鐵平，說是「有件事想跟您商量」。鐵平很快就和他見了面。

「是這樣的，原本預定要進駐明年四月野野市市[10]新開幕購物中心的某廠商取消進駐計畫了。那間廠商是

10. 日本石川縣野野市市。

原訂要開在美食街裡的海鮮丼專賣店，位置就在美食街正中間，可以說是最好的位置。現在購物中心的營運公司很困擾，問我能不能介紹適合的廠商進駐。我一提起『頭巾壽司』，他們都說如果鼎鼎大名的『頭巾壽司』能進駐就太感恩了。當然啦，如果您願意進駐的話，不但到時會將貴店打造為美食街的重點店鋪，店租價格也會盡量滿足您的要求，總之對方的配合度非常高。所以，雖然順序好像倒過來了，能不能請加能老闆考慮看看呢？這就是我今天來找您商量的原因。」

那位窗口還帶來購物中心詳細的內部資料，說如果鐵平願意考慮的話，會立刻介紹購物中心的人前來洽談。

二月才剛開二號店，兩個月後就開三號店似乎過於倉促，但在讀了北國銀行融資窗口留下的資料後，鐵平漸漸開始覺得這似乎是個不錯的主意。

這間即將開在野野市市的購物中心已受到媒體大肆報導，在地方上蔚為話題。當中不少來自東京及大阪的進駐廠商都是「首次進軍北陸」，再加上野野市市本就是金澤急速成長中的衛星都市，鐵平早就認為那裡對「頭巾壽司」而言是值得進軍的商圈之一。

「雖然還未正式定案……」

從窗口這麼說著私下給的資料看來，對方開出的店租也是低於行情的便宜。

隔天立刻與購物中心的窗口見面商談，當天就對表小姐和水野小姐提這件事了。她們兩人都沒有太大反對，再隔一天鐵平就透過北國銀行窗口向購物中心轉達了進駐的意願。

確認腳下積雪的道路，小心翼翼往前走，內心揣測起表小姐想跟自己談的是什麼事。

這次開店的地方是美食街，和總店及二號店的規格將有一定程度的差異。

菜單、定價和整間店的概念，或許都該引進一番新氣象。表小姐今天或許是想針對這些提出各種新點子。開店至今，她的努力令人刮目相看。總店業績之所以不斷提高，可以說靠的完全是表小姐的細心周到和努力，以及完美重現的老牌「頭巾壽司」美味。

掀開「櫻桃」的門簾時，身體已經冷到骨子裡了。

一踏入店內，溫暖的空氣立刻包圍全身。鐵平脫下毛帽，和手套一起塞進羽絨外套口袋。將外套交給上前迎接的女店員，告知「有預約，訂位的是一位表小姐」後，店員馬上露出微笑說「表小姐已經到了」，一邊抱著鐵平的外套，一邊為他帶位。

看看手錶，時間才剛過七點。

在店員帶領下來到一張桌子旁，發現表小姐身邊坐著另一個出乎意料的人。

看到鐵平，對方立刻站起來。

「老闆，好久不見。」

是山下久志。他穿著剪裁良好的厚外套，頭髮修得很短，看上去比從前多了幾分精明能幹的印象。

話說回來，山下為什麼會在這裡？

腦中瞬間以為表小姐「想商量的事」是指那回事，仔細一想就推翻這個念頭了。因為表小姐說的是「關於三號店的事」。

從他們兩人散發的氛圍看來，也不像是來「報告婚訊」的。

三人到齊後，山下喊來服務生，手腳俐落地點了葡萄酒和下酒點心。他的這種地方還是和以前一樣。

用送上來的濕巾擦手。

「話說今天的雪下得還真嚇人，每年都像這樣嗎？」

鐵平問。

「很久沒下這種大雪嘍。」

山下回答，表小姐也點頭表示贊同。

「可是，上次我看新聞說，去年的降雪量只有歷年平均的兩成左右，這麼說來，今年下的應該跟往年差不多吧。」

鐵平滿懷期待地說。

「沒有喔，金澤往年從市中心到沿海地帶幾乎都不積雪的。」

山下卻給了令人失望的答案。

「但我看兼六園和車站前都仔細掛上了雪吊啊，長町的武家宅邸也掛了薦掛[11]。」

「哎呀，其實到現在還保留雪吊和薦掛，比較大的意義在於傳承傳統技術啦。」

這次山下的回應，更是直接戳破鐵平的幻想。

「是這樣喔？」

「是啊，我們小時候市區就已經不太積雪了。」

表小姐完全同意山下的意見。

冰涼的白葡萄酒送上桌，三人先舉杯互敬，再聊了一會兒金澤的季節風情和山下的近況。

「對了，老闆。」

喝光第一杯葡萄酒，表小姐終於準備進入正題。

「關於三號店的事，我認為這次先放棄比較好。」

預料之外的話語，令鐵平瞠目結舌。

「放棄是什麼意思？」

「老闆那時不也說覺得太倉促了嗎？那天之後我一直在思考，總覺得時機還太早，現在還不是開三號店的時候。」

「可是都已經跟對方說OK了啊，我不是也跟妳們說了嗎？」

「是沒錯，但我想現在應該還來得及取消。」

「問題是……」

表小姐說話時雙眸直視鐵平，她身旁的山下不發一語，面不改色地聽著。看來表小姐已經先跟他說過了。今天他大概是被搬來當救兵的吧。

這麼看來，表小姐的意志必然相當堅定。

帶著一點意外的心情，鐵平輪番看了看兩人。

「表小姐認為時機還太早的原因是什麼？」

---

11. 土牆的擋雪設備，與雪吊同為金澤冬季特有的景象。

再怎麼說，「頭巾壽司」的資金還是百分之百來自老闆鐵平。縱然二月轉型股份有限公司後，表小姐將持有百分之二十的股份，這個事實還是不會有任何改變。換句話說，開不開三號店，決定權完全在鐵平手上。

然而，鐵平絕對不可能無視共同創辦一號店的表小姐意願，在她不認同的情況下強行開設三號店。追根究柢，如果沒有她，「頭巾壽司」的「傳統技術」就無法獲得傳承。

「因為我認為繼續這樣展店下去，將無法守住『頭巾壽司』的味道。」

表小姐說得斬釘截鐵。

「味道？」

「對，老闆不是說，三號店的店長要請小亞擔任嗎？」

「嗯。」

表小姐口中的「小亞」，是今年十月新來打工的辻田亞子。她是「捲手」的新王牌，現在已經能和表小姐及水野小姐輪流進廚房捲壽司了。她捲出的海苔捲壽司水準不輸表小姐與水野小姐，才來不久就成為總店不可或缺的人力。決定要開三號店時，鐵平心想，店長人選非這位「小亞」莫屬了。這件事他也已告知表小姐和水野小姐。當然，到時候就會以正式員工的身分聘用她。

辻田亞子小姐今年二十三歲未婚，短期大學畢業後曾先進入老牌和菓子店工作，後來才來「頭巾壽司」應徵計時人員。進來後，她和表小姐及水野小姐也馬上就打成一片，鐵平說想請她擔任三號店店長時，表小姐和水野小姐看起來也都沒太大意見。

「可是，上次我舉出辻田小姐的名字時，表小姐不也同意了嗎？」

「上次聽老闆那麼說時，我是覺得如果讓亞子去做的話，她應該勉強做得好。只是後來仔細再想，又覺得她還不行。」

「這話怎麼說？」

「小亞確實手很巧，也很有希望成為實力堅強的『捲手』。可是老實說，就我看來，連水野小姐捲的海苔捲壽司都還只是勉強及格，那就更別說小亞了。她捲的海苔捲壽司還未達到『頭巾壽司』真正的水準。退一百步說，就算小亞本身捲出來的海苔捲是及格的，當她當上店長後，她懂得如何把訣竅傳授給打工的孩子們嗎？我認為還沒辦法。這麼一想，三號店賣出的商品就只是跟『頭巾壽司』的商品很像但本質不同的東西。如此一來，豈不是沒能守住對我們而言最重要的東西——『頭巾壽司』的味道嗎？」

開店後不久鐵平就發現了一件事。表小姐擁有不輸她外婆美雪女士的敏銳味覺。

光是在一杯水裡滴進一滴蘇打汽水，她的舌頭都能嚐出那杯水微妙的味道變化。

最近，每次員工們慶功聚餐時，她都會表演這項驚人的味覺絕活來炒熱氣氛。

比方說夏天舉辦消暑宴時，大家準備了六杯水，在表小姐看不到的地方選一杯加入一滴三矢牌蘇打汽水，再請她用舌頭嚐出加了汽水的是哪一杯。當時，她只是淺嚐了幾杯，還不用把六杯都喝完就指出正確答案了。

更厲害的還在後面。其實另有一杯水中加了一滴日本酒，表小姐在絲毫不知情的狀況下問：

「是不是有誰在這杯裡加了日本酒？」

大家還來不及揭曉謎底，就被她自己準確戳破了。

名符其實地把大家嚇得咋舌。

既然這樣的表小姐說「會守不住店裡的味道」，鐵平自然無從反駁。

16

九點多，鐵平離開「櫻桃」。

表小姐和山下說要再喝一下，他就先告辭了。

雪已歇止，風也停了。感覺比來時不冷，或許因為喝了幾杯葡萄酒的關係。不經意抬頭，看見星光閃爍。雖說星星的數量不多，明天應該會是個晴天吧。若是那樣的話，眼前這片雪景到了明天也將消失無蹤。

又要開始一段除了冷以外什麼都沒有的日子了。

鐵平緩緩向前邁步，在天上找尋月亮的蹤影。見薄雲之間似有淡淡微光，他便停下腳步，凝神細看那璀璨的光芒。

西茶屋街上一片沉靜，路上沒有半個人影。

老實說，鐵平分辨不出水野小姐捲的海苔捲壽司和辻田小姐捲的味道有什麼不一樣。別說拿她們兩人相比了，就連表小姐捲的海苔捲壽司和辻田小姐捲的味道有什麼不一樣也分不出來。

「就我看來，連水野小姐捲的海苔捲壽司都還只是勉強及格。」

即使表小姐這麼說，鐵平也只能說「是喔」。

然而，既然表小姐都這麼說了，還斷言把三號店交給辻田小姐會「守不住頭巾壽司的味道」，鐵平除了放棄展店之外，也沒有第二條路可走。

「這樣的話，我明天就聯絡對方，告訴他們四月進駐購物中心的事有困難。」

聽完表小姐的說明，鐵平立刻做出決斷。

雲間的月光轉眼又被遮蔽，鐵平再次邁步。

每踏出一步，腳下都會傳來清爽的沙沙雪聲。

——「頭巾壽司」果然不是我的店，而是表小姐的店……

今晚像是再次被提醒了這個事實。

同席的山下從頭到尾貫徹旁觀者的身分，只是默默聆聽鐵平和表小姐交談的內容，連一句話也沒有插口。不過，正因他完全贊同表小姐的意見，所以才在一旁擔任沉默的援軍吧。

聽到鐵平答應放棄展店時，他和表小姐同樣露出鬆了一口氣的表情，由此可見一斑。

——怎麼說呢，就算了吧……

口中呼出的白色氣息，伴隨這句喃喃自語飄散。

得出結論後，鐵平讓表小姐暢所欲言了一番。他想順便趁這次機會，確定她對「頭巾壽司」未來的成長有哪些規畫。

表小姐的想法是，暫時不要勉強拓展分店，先在小規模的生意上站穩腳步。

「我認為還是應該重視現在的菜單內容，就算繼續做下去，這間店的定義充其量只是延續『美雪奶奶的頭巾壽司』。這麼一想，開太多分店就不是好事。所以，如果老闆您想擴大事業規模，或許另外推出一個有別於『頭巾壽司』的品牌比較好。」

表小姐這麼說。

「推出別的品牌？」

鐵平試著詢問。

「對，可能是和『頭巾壽司』一樣專做外帶，但是不同種類的店。」

她這麼說。

「那會是什麼種類？」

「我也不知道啊，比方說選一種食材，專賣用這種食材做的家常菜，是不是也滿有意思的？」

「只用一種食材嗎？」

「對，像是豆腐之類的。」

「豆腐？」

「是啊。豆腐、油豆腐或炸蔬菜豆包之類的，從街坊豆腐店會賣的食材裡選一樣來製作各種料理，這樣的專賣店您覺得如何？外頭到處都有賣家常菜的店，但這種『限定食材』的店倒是意外少見呢？」

「原來如此。」

「豆腐是健康食材的代表，其實很受一般大眾歡迎。我覺得賣豆腐製品的店應該做得起來，當然，這只是我自己的想像而已啦。」

對於表小姐提出的點子，山下立刻表示贊同：

「專賣豆腐家常菜的店，說不定意外行得通喔。比方說從人氣豆腐店進食材來入菜，光這樣就是一個賣點了。要是讓我來做的話，就要把它包裝成『頭巾』的系列品牌。」

他這麼說。

「『頭巾』的系列品牌？」

表小姐問。

「像是取個『頭巾豆腐篇』之類的店名，然後開在『頭巾壽司』附近試水溫啊。」

「什麼篇？」

「篇就是『前篇後篇』的篇，意思是『頭巾壽司篇』的續集。」

「聽起來很有意思耶。」

表小姐露出「你果然懂我」的表情。

在一旁聽他們你一言我一語的討論，再想到自己頂多只想得出「去外縣市開迴轉壽司店」的點子，不由得有種被遠遠拋下的感覺。

——說到底，我只不過是個金主，而且這筆最重要的創業資金還不是自己的錢。真要說的話，當初跟拿著夏代給的一億元捲款潛逃沒兩樣。

當初開店後曾苦惱了鐵平一陣子的問題，如今再次浮現。

這才想起，山下也聽說了五十嵐蒼汰的事。

前幾天喜多嶋老闆聯絡鐵平，說和五十嵐約好年底的十二月二十八日星期四面談。到時候也計畫請表小姐和水野小姐一同列席。

「聽說明年開始，五十嵐也要加入『頭巾壽司』了？」

大概是從喜多嶋老闆那裡聽說的吧，山下也知道這事了。

「你認識他？」

說了年底面談的事後，鐵平這麼問。

「當然啊，他可是X-PULIRE的王牌設計師。」

「是個怎樣的人？」

聽鐵平這麼一問，山下露出難以言喻的表情說：「這個嘛……」

「五十嵐雖然才華出眾，個性卻很難搞。」

他是這麼說的。

花了二十分鐘走回翼大樓，鐵平一回到家就燒水洗澡。即使沒吹到冷風，在雪道上慢慢走了一會兒，身體還是冷透了。

提高設定溫度，連脖子都泡進浴缸裡。

侵入體內的寒氣絲絲滲出體表，彷彿感覺得到那些寒氣正漸漸在熱水中消融。

鐵平閉起眼睛，反覆深呼吸。

——接下來該如何是好……

對於取消開三號店的事，鐵平本身並沒有太大抗拒，畢竟他也認為決定得太倉促。雖然對居中協調的北國銀行融資窗口有點過意不去，只要好好說明狀況的改變，對方肯定也能理解。事情並未嚴重到留下影響日後合作的疙瘩，和購物中心營運公司的關係也是一樣。

進駐美食街的店鋪廠商換來換去是常有的事，只要誠懇告知下次若有機會，還是會積極考慮合作就好。

問題是眼前，接下來該怎麼做。

——徹頭徹尾屬於表小姐的「頭巾壽司」，自己究竟該繼續掌舵經營下去嗎？

說得更清楚一點，當初開店時便存在的問題，現在依然是個大問題。

和加能產業的菅原伸一見面至今，已又過了十幾天。

叔父留下的遺囑指定要將相當於加能產業發行股份中的兩成留給鐵平。上個月才得知這份遺囑存在的社長尚之與加能家族除了震驚之外，似乎也表達了不服之意。按照菅原的說法，尚之透過代理人向遺產執行人菅原及見證人藤堂律師提出將檢驗遺囑真偽的通知文件。

「其實那是一份具備公正憑證的遺囑，根本沒有爭論真假的餘地。明知如此還發出這種通知，其實只是想多爭取一些時間而已。我猜反正又是川俁之流慫恿社長這麼做的吧。」

一如鐵平猜測，現在加能產業的大權似乎已落入常董川俁善治郎手中。社長尚之不過是在川俁提出的方針上蓋章同意的有名無實存在，無權對人事決策置喙。

「到了明年改選期，我大概會被逐出公司吧。這樣說很不中聽，但到時候就沒有人能阻止川俁了。加能產業將就此瓦解。」

菅原淡淡地陳述事實。

他之所以選擇在上個月對尚之等人公佈遺囑，還有一個驚人的原因。

「川俣建議三精化學併購加能產業。這件事我大概春天就聽到謠言了，只是董事會上完全沒有提及相關議題，我也只能暗中窺伺他的動向。後來發現傳聞似乎是真的，川俣和三精化學之間已正式展開併購談判。我這邊獲得具體消息是上個月初的事，那時我便判斷，是時候公佈會長的遺囑了。」

三精化學是國內規模最大的化學製造商。川俣常董找上三精化學出資併購加能產業，目的是當加能產業成為三精化學的子公司後，得以推動他籌謀已久的氯乙烯單體新產線建設。

「他的說法是，如果不建設新產線，加能產業只有死路一條。倒不如成為三精集團的旗下企業，至少還能保住公司一條命。」

「公司情況真的這麼危急了嗎？」

鐵平忍不住問。

才不到一年的時間，加能產業的業績怎麼會惡化到這個地步？

「根本沒有這回事。不得不承認爆炸火災意外後，產品銷量確實一直無法提升。但以公司目前的財務狀況來看，還是很有靠自己重振的本錢。簡單來說，川俣是不惜使出一切手段也要促成氯乙烯單體新產線的建設。眼中只看得到這個目的的他，把目的和手段的先後順序搞反了。他現在做的事，就是名符其實的本末倒置。」

菅原身為財務總部長，公司的財務現狀他肯定最清楚。既然如此菅原這麼說，川俣的企圖對加能產業而言就是背叛，如果企業是一個國家，他就是個賣國賊。

「社長都沒說什麼嗎？」

就算是尚之，也不可能眼睜睜看別人把祖父白手起家創辦的加能產業賣給三精化學吧？

「社長好像覺得成為三精旗下企業也不錯。公司裡謠傳他跟川俣談好，只要能保留加能產業的名字，其他事全權交給川俣決定。」

「怎麼能這樣……」

菅原這番話，聽得鐵平無言以對。

「社長原先的計畫，是以繼承遺產的形式拿到會長持有的全部股份。為此，他去跟母親京子夫人及妹妹元美小姐說，除了加能產業的股票之外，他願意讓出會長大部分的遺產，只要她們讓他繼承加能產業的股權。京子夫人當然沒有意見，元美小姐則因擔心公司現狀，尚未同意這個提案。社長打的主意是，除了自己持有股份外，只要再加上會長持有的股份，手上的持股就會超過加能產業所有股份的百分之六十五，如此一來，他無論名實都是加能產業的主人了。社長打算到這個階段再接受川俣的建議，將一半持股賣給三精化學，讓加能產業成為三精集團旗下的一員。另一方面，三精那邊早就跟川俣談妥，先從社長手上取得一半股權，再盡可能買下客戶和金融機構持有的剩下那百分之三十股權，只要最終三精握有超過百分之五十的股份，就能使加能產業完全成為三精的子公司。為了達到這個最終目的，川俣已經偕同三精的企業收購專員前往拜訪各股東和金融機構。前幾天，三精的人甚至找上持股百分之五的元美小姐。」

「照這樣聽起來，根本就是川俣和三精化學在聯手奪取公司嘛。」

「您說的沒錯。一旦大量股權落入三精手中，社長恐怕會被拱為有名無實的會長，讓川俣就任加能產業社長。到那時候，加能產業就完蛋了。」

即使是大股東，一旦實權遭人奪走，社長總有一天會被逐出公司。鐵平心想，到了那個地步，「加能產業」的名字當然也只有消失一途。

問題是，這麼顯而易見的下場，尚之難道看不見？

對菅原提出這個疑問，他的答案是：

「三精提出的併購條件很好，社長大概因此被沖昏頭了。」

「三精的事，公司裡的人都知道了嗎？」

「是的，在我對加能家公佈遺囑時，也馬上在董事會上提出這件事。」

那天，菅原理所當然地這麼說。

看來，一場「川俣常董派」對「菅原董事派」的戰爭，已在加能產業內部全面開戰。

「社長聽到原本以為會落入自己手中的半數以上股權將由加能先生繼承，立刻就慌了手腳。川俣也一樣。若至少有百分之二十的股權握在加能先生手上，無論是川俣還是社長都無法輕易將加能產業賣給三精化學。這對他們來說，無疑是半途殺出程咬金的嚴重事態。」

菅原忠實遵守叔叔臨終前「看準尚之和川俣的動向再公佈遺囑」的指示，精準判斷川俣和尚之打算把公司賣給三精化學的事不只是謠言，在適當時機拔出這把名為遺囑的傳家寶刀。

經過這番說明之後，菅原強烈懇求鐵平重回加能產業。

「這也是已故會長的遺願。只要加能先生重回公司，以大股東的立場協助尚之社長，兩人同心協力經營的話，今後公司一定會更加壯大。即使按照遺囑將百分之十五的股份賣掉捐給社福團體，整個加能家族還是握有百分之五十五的股權，做為創業家族的事實也絲毫不受影響。只要加能一家人能好好坐下來，針對加能產業的未來談一談，一定能得出最正確的結論。」

簡單來說，菅原是代替完全失去經營熱情的尚之請求鐵平，無論以社長立場也好，以常董立場也好，希望鐵平能掌握經營實權，重整公司體制。

現在鐵平有了僅次於尚之的大股東資格，菅原就能說服社長尚之和其他加能家族的人接受這個做法。

「元美小姐強烈希望加能先生您能重回公司擔任經營者，我想京子夫人一定也不反對。」

菅原似乎一直和元美保持聯絡。

對於是否重回加能產業，鐵平並未給菅原一個明確的答案。

話雖如此，仔細聽完公司現狀後，自己確實也很猶豫。尤其是對尚之和川俣聯手企圖將公司賣給三精化學這件事，已經不只是無言以對，甚至產生了一股類似憤怒的情緒。

這麼一想，鐵平就不能貿然推辭叔叔留給自己的加能產業股權。一旦自己放棄繼承，事情就將完全按照尚之和川俣籌謀的方向進行。這也是菅原無論如何不能棄守的底線。

只是，若問早已遠離公司的自己是否願意二話不說接下叔叔遺留的股權，鐵平對於坐上大股東位置這件事又不是那麼有興致。

最重要的是，菅原說的話裡有一個很大的疑點。

菅原說，叔叔將自己手頭的過半股權讓給鐵平並非出於自身判斷，只是執行祖父昇平的遺願。按照他們的說法，那是父親俊之在放棄繼承時祖父提出的交換條件，而父親在經過一番思考後決定接受。

鐵平認為叔父確實在恢復清醒隔天，將菅原叫到病床邊說了這些話。到這邊的陳述應該是事實無誤。

然而，問題出在這番話的內容是否值得信任。

就算祖父過世前真的託付了叔父這件事，鐵平仍不相信父親和祖父之間真有過這樣的協議，那幾乎是不可能的事。

最大的根據是父親俊之的為人。

以俊之那樣的個性，怎麼可能一邊自己提出放棄繼承，一邊還為長男確保將來繼承加能產業財產的權益。父親絕對不是會操弄這種苟且手段的人。

別的不說，倘若父親真的與祖父做出這樣的協定，就算沒有留下遺囑，至少也該口頭告知自己這件事。終其一生從事學者研究工作的父親不太可能犯下這種單純失誤。

「關於叔叔的遺囑，暫時請給我一點時間，我需要審慎考慮。決定怎麼做之後，我會再聯繫您。當然，我保證不會把叔叔留下的股權賣或讓給社長和川俣陣營，這點您可以放心。」

如此說完，和菅原道別後的那幾天，鐵平不斷思考為何叔叔孝之要留下那樣的遺囑。最後，他得出了一個自認雖不中亦不遠的推論。

簡言之，叔叔是自己做出將本身持股留給鐵平的判斷，而非遵守祖父昇平的遺願。這應該是他自己決定的事，和祖父無關。之所以編造祖父和父親之間有那種協定，充其量只是為了說服鐵平繼承這些股份罷了。

一直以來，身為次子的孝之便對將長男屏除在外，只有自己一人繼承加能家全部財產一事背負著罪惡感。正因如此，聽到鐵平被前一家公司裁員時，他才會立刻邀請鐵平進入加能產業任職，一路走來始終對鐵平多所關照。

每次兩人一獨處，叔父總會馬上將話題轉移到希望鐵平未來能和尚之協力振興公司的事，也每次都會順勢強調鐵平是唯一從祖父名字中分到一個字的人，一而再、再而三地說「總有一天你會懂那代表什麼」。這一切的一切都是他佈的局，為的是讓鐵平在他死後願意接下那些股份。

為什麼加能產業的創辦人昇平只把「昇平」這名字中的一個字給了哥哥的兒子鐵平，或許一直苦思箇中原因的人不是別人，正是孝之自己。說得厚顏無恥一些，當實際上看到鐵平在自己手下工作的成績之後，孝之也不得不深深認同昇平身為經營者的直覺。

因為不管怎麼看，和親生兒子尚之比起來，姪子鐵平都更適合做一個經營者。

17

在地下鐵「馬出九大醫院前」下車，鐵平走向七號出口。和其他幾個乘客一起穿過長長的地下通道，走到有階梯和兩部電梯的廳堂處。兩部電梯中一部比較大，由於正上方就是九州大學醫院的東門，或許是為了方便輪椅使用者搭乘而設置的。

此時正好較小那部電梯下來了，鐵平便和其他人一起搭上去。

從福岡機場出發，先搭機場線轉箱崎線，再轉搭地下鐵，不到二十分鐘就抵達這裡了。雖說福岡機場離市區本來就比較近，即使扣掉這一點，有地下鐵可搭還是很方便。

冬季嚴寒的金澤既沒有地下鐵也沒有地下街，做為北陸最大都市，這點實在教人無法恭維。

在實際上搬過去之前，鐵平也不知道金澤竟然沒有區政也沒有地下鐵。不然至少也該像廣島一樣有四通八達的路面電車吧，但是連這也沒有。金澤市民移動時一般搭公車，再就是自己開車了。除了公車與自家用車之外缺乏大規模交通工具，使得金澤市區停車場一位難求。最近鐵平開始認為，這或許是造成中央市容翻新困難及大規模都市更新不易推動的原因。

除了鐵平，從同一部電梯裡走出來的人都進了九大醫院的東門。時間已過下午一點，這些人應該不是病患，大概是在醫院工作或來探病的人吧。鐵平背對東門，朝眼前道路的右側走去。

路旁沒有正式的人行道，汽車就從身邊呼嘯而過。緊挨著九大醫學院的高聳圍牆走了約莫兩百公尺，來到正門。

等正門旁的號誌燈轉綠，過了馬路後，對向車道旁就鋪有正式的人行道了。站在人行道上拿出智慧型手機，打開Google Map。

設定前往的會合地點就在附近。放大地圖仔細確認路線後，鐵平才將手機收回褲子口袋，再次往前走。距離目的地應該不到五分鐘路程。

新年過後，在來自北極的零下四十度巨大冷氣團影響下，整座日本列島籠罩在一波嚴峻的寒流中。金澤連日氣溫都在零下，昨天一月八號是成人之日，身穿禮服的新成人們在飄雪的冷風中打哆嗦的模樣，紛紛出現在各家地方電視台的新聞節目中。

睽違十一個月的博多也很冷。

話雖如此，不同於北陸冷到骨子裡的嚴寒，福岡雖然也冷，本質上和北陸那種彷彿纏繞在手腳上甩也甩不脫的冷還是不一樣。

無法形容得很清楚，但這裡的冷給人一種「漏洞較大」的感覺。相較之下，在今天早上下著小雪的小松機場接觸到的那種冷，則是彷彿天羅地網緊緊纏繞，讓人想逃也無處可逃的寒冷。

鐵平很快就找到青島雄太指定要去的店了。

下方有地下鐵駛過的幹線道路旁，和中洲一樣開滿了各種店鋪。從差不多中央位置的兩間店鋪中間直穿過去，就能再走到另一條正對福岡縣廳的大馬路。從這裡繼續往前走三十公尺，前方出現一間門口豎著紅色「長濱拉麵」旗子的店面。

那一定就是青島說他學生時代常去的拉麵店「小龍亭」了。看看手錶，時間是下午一點二十五分。約定的時間是一點半，來得不早也不晚。

接到青島太太美穗的來信，是去年底十二月二十八日的事。

當天中午結束和五十嵐蒼汰的午餐面試，與表小姐及水野小姐一起回翼大樓時，不經意朝信箱裡一看，發現裡面有一封厚厚的信。翻到信封背面，寄件人名「青島美穗」映入眼簾時，一時之間還不確定這是誰。因為寄件人的地址寫著「福岡市東區貝塚」。美穗夫人應該和青島一起去了加拿大，怎麼會寫這麼一封信來呢？

讀完那封長信，鐵平更是大吃一驚。

原來，青島去年二月底從加能產業離職後，根本沒有去多倫多生技公司工作，現在仍在福岡生活。

天外飛來一筆的事實令鐵平震驚的同時，讀完信後心情更是低落。

據美穗夫人來信所說，青島出院後身體並未完全康復，雖曾去了一趟加拿大和多倫多生技的人面談，最後還是放棄在那邊工作的事。

最大的原因出在劇烈頭痛。

青島在飛往加拿大的機艙中開始頭痛，面談前雖然吃了市售的止痛藥，與多倫多生技的人面談當下，除了強忍疼痛之外幾乎無法做任何事。面談隔天實在無法再忍受，拜託邀他前往加拿大工作的學長帶去當地醫院看診，住了三天醫院才能勉強搭機返國。不料就在回程飛機上，劇烈頭痛再次襲擊了他，抵達福岡機場時已氣若游絲。連家都沒回便直奔濟倫會中央醫院，接受爆炸事故時的主治醫師診療。

然而，在濟倫會中央醫院完全查不出頭痛的原因。

只領了大量鎮定劑和止痛藥就回家的青島，接下來的日子每天都在與頭痛搏鬥。

這種狀態下，當然無法去加拿大工作，難得的工作機會也只能婉拒。

美穗在這封詳細說明青島目前狀況的信末如此寫道：

〈偶爾狀況好的日子，外子經常對我提起加能先生。從加能太太那裡得知您的離職，又從前同事口中聽聞您遠離家人前往金澤的事，他總是懊悔萬分地說「都是我害了總部長」。與此同時，他也老是把「早知道會變成這樣，不如一直在總部長底下工作」掛在嘴上。

頭痛始終無法痊癒，只能靠止痛藥勉強撐過一天又一天，就算是再樂觀的人，這幾個月下來，外子的情緒也愈來愈憂鬱，有時甚至無法好好照顧女兒。我曾勸他「去一趟金澤見見加能先生吧」，但是別說搭飛機，現在的他連搭長途列車的信心都沒有，總是用「等身體狀況好一點再說吧」搪塞。

只與您有過幾面之緣的我說這種話實在很不好意思，也知道這樣太麻煩您了。但是若您方便的話，請主動聯絡外子一次好嗎？我也知道遠道而來必有諸多不便，若是無法親自見面，至少請您打個電話給他，無論對他或對我而言，都沒有比這更感恩的事。

請您理解，也衷心期盼獲得您的回應。〉

她是這麼寫的。

鐵平想了又想，決定寄一張賀年明信片給青島。上面寫著年後會回一趟福岡辦事，問他如果有時間的話要不要碰個面。對美穗寄信來的事自然是絕口不提，只說自己也是聽前同事說了才知道青島還在福岡。

收到賀年明信片的隔天，青島立刻打了電話給鐵平，用高興到不能再高興的語氣說「我當然很想跟您見面」。電話裡，青島也稍微說明了頭痛的細節。

青島說他上個月開始看九州大學醫院的頭痛門診。現在一星期只出門一次，就是去看這個門診。於是鐵平提議「既然這樣，那天我們就在九大醫院附近吃個飯吧？」青島原本表現出客氣推辭的態度，然而，聽到他說出「真的可以厚臉皮接受您的好意嗎？」這句話時，鐵平立刻察覺，對目前的青島而言，就算只是出門一下也會造成很大的負擔。

「總部長，您有想吃什麼嗎？」

青島問。

「那當然是博多拉麵哇。」

鐵平夾雜好久沒說的博多腔這麼回答。

「是喔——」

青島好像很驚訝，還問「真的只要吃博多拉麵就好了嗎？」鐵平再次強調「那當然呀」。

「這樣的話，附近有間我從大學時代就常去的超好吃拉麵店，就去那邊如何？」

那時他說的就是這間「小龍亭」。

不出所料，豎著旗幟的那間店正是「小龍亭」。店內入口處的牆上釘著「博多名產 長濱拉麵小龍亭」的紅色招牌，立在腳邊的黑板以手寫方式寫著四百六十元起跳的拉麵等菜單。

一來到店旁，豬骨湯頭的香味頓時撲鼻。

拉開嵌著玻璃的拉門走進去。

青島坐在內側一張四人座桌旁，面朝門口。一看到鐵平就慢慢起身。

他個子高，一站起來就令原本寬敞的店內突然顯得狹窄。

「好久不見了。」

青島恭謹地低頭寒暄。

「我才是太久沒聯絡你。」

一邊回應，鐵平一邊在他對面的位子上坐下。

店裡只有其他幾個坐在ㄈ字形櫃台邊的年輕客人，有穿西裝的，也有人穿工作服。其他四張桌子都空著，大概因為午餐時間已過，大部分客人都離開了吧。

一位看上去已年過七十的老婦嘴上招呼「歡迎光臨」，端著裝了水的杯子過來。櫃台裡還有另一個也是看似將近古稀之齡的老婦人，正在碗公裡裝拉麵湯。那湯香氣濃郁，一進店裡就直搗鼻腔。

只今天早上在機場吃了個三明治的鐵平飢腸轆轆。

「太好了，你看起來精神還不錯。」

喝口水，鐵平這麼說。

聽聞青島已為頭痛所苦超過十個月，原本擔心他會否憔悴得不成人形，沒想到外表倒是沒多大改變。上次看到他是在病房裡穿睡衣的模樣，比起來今天的臉色反而比較健康。

「不好意思，讓您擔心了。」

「不不不，我才抱歉都沒關心你，最近才知道這件事。因為我一直以為你早就到加拿大去了。」

「說來真的很慚愧。」

青島露出苦笑。

老婦人遞上菜單，問要點什麼。鐵平這才急忙研究菜單。

「請給我大碗拉麵，麵條要偏硬的。」

他這麼說。

「大碗拉麵一碗，麵條偏硬。」

老婦人朝櫃台這麼一喊就走開了。

「你不吃嗎？」

鐵平問青島。

「不、我在這間店固定點大碗木耳拉麵加溏心蛋。」

青島這麼回答，臉上還留有一絲苦笑。

「總部長不來顆溏心蛋嗎？」

「溏心蛋啊，好像不錯。」

青島朝廚房裡那位老婦人說：

「清子阿姨，大碗拉麵也要一顆溏心蛋。」

沒想到，那位老婦人毫無反應。

「她沒聽到嗎？」

鐵平小聲問。

「她有聽到啦。」

青島再度苦笑。

「我從大學到研究所時代，幾乎每兩天就會來這裡吃一次，出社會之後也至少一星期來一次。所以阿姨們都當我是空氣。」

「是這樣喔。」

不到十分鐘，拉麵就上桌了。果然如青島所說，不但有他的「大碗木耳拉麵加溏心蛋」，鐵平的大碗拉麵裡也確實加了一顆蛋。

吸一口麵，鐵平立刻發出滿足的嘆息。

「怎麼樣？」

青島問。

「不開玩笑，真是久聞不如一嘗的絕品拉麵。」

美味不輸彥左的「大久保」拉麵。

「是吧？」

青島露出自豪的笑容，這才動起自己的筷子。

接下來好一會兒，彼此都不說話，只是專心吃自己的麵。吃到一半時，青島用夾子夾了一堆桌上圓壺裡的辣醃菜加入麵裡。

「總部長，這裡的辣醃菜也是絕品美味。」

他這麼說。

看他吃著熱呼呼的拉麵，紅潤的臉色看起來一點也不像病人。

兩人很快就吃完了麵，平常很少把湯喝完的鐵平今天喝得一滴也不剩。

鐵平認為金澤是「美食殿堂」，唯獨拉麵還是無法勝過博多。金澤也有很多豚骨拉麵，但不管去哪都吃不到這麼好吃的。

老婦人收走鐵平和青島的碗公，另外兩個比他們先來的客人也離開了，店裡只剩下鐵平和青島。

這時，青島口中的「清子阿姨」從櫃台裡走出來，端上綠茶和放有羊羹的盤子。只見她什麼也不說，把東西放在桌上就走。青島也沒道謝。

看來剛才青島說的沒錯，他在這間店裡確實「被當成空氣」。

「你食欲不錯嘛，頭痛的症狀好多了嗎？」

說著，鐵平啜飲熱茶。感覺得出綠茶將口中殘餘的油脂洗得一乾二淨。

眼前的青島，比美穗信中寫的狀態好很多。

「其實是這樣的，這一星期左右頭幾乎不太痛了，真是不可思議。」

青島說。

「剛才跟頭痛門診的醫生講了這件事，他也想不通為什麼。」

「這樣啊。」

「如我日前在電話裡跟您報告的，不管是在原本去的濟倫會醫院，還是在轉診過來的九大醫院，都幫我做了精密檢查，但也都找不出原因。所以，實在不明白為什麼那麼嚴重的頭痛會忽然減輕。」

「頭痛會不會是那起事故的後遺症？」

「醫生說應該無關。我自己也覺得那起事故和這次的頭痛沒有關係。」

「是喔。」

青島老實地點頭。

「那你還想得到其他原因嗎？」

「完全想不到。」

「之前的電話裡你說，第一次受劇烈頭痛襲擊，是在去加拿大的飛機裡？」

「是。」

「這麼說來，原因可能和飛機有關囉。」

青島歪了歪頭。

「那之前我也出國過好幾次，不是沒有搭乘長途飛機的經驗，但從來不曾那樣頭痛。當然，去加拿大那次是爆炸意外發生後我第一次搭飛機，說不定是那場意外引發身體某種特殊改變造成頭痛，確實有這個可能。只是，就我自己的感覺來說，總覺得不是那樣。」

「這樣的話，原因到底會是什麼呢？」

「真的是一點也想不通。」

話雖如此，青島卻一副欲言又止的樣子。鐵平刻意不說話，等他自己繼續說下去。

「老實說，我是有想過一個假設。再加上上星期和總部長通過電話後，頭就忽然像騙人似的不痛了，這讓我再次感到那個假設可能沒錯……」

沉默了一會兒，青島才開始說。

「說到底，都是因為我還沒為那起爆炸火災事故負起責任。」

沒想到他竟然會這麼說。

「負起責任？」

鐵平不由得反問。

「對。」

青島用力點頭。

「當初因為女兒生病和美穗出現育兒焦慮的問題，我騙公司自己得了憂鬱症，好藉此調離久山工廠。休假一段時間後回到公司，分發到總部長手下工作。整件事以結果來看，就是發生了那起嚴重意外。假設我沒有裝病，始終留在久山工廠負責維修氯乙烯單體產線，說不定就不會發生那起意外了。畢竟，最熟悉那條產線設備的人就是我。

這麼一想，我就覺得自己責任重大。然而，我不但沒有為事故負責，直到最後都對公司說謊，還以一副職災被害人的模樣離職，一心只顧自己去加拿大新創企業展開新工作。在前往加拿大的飛機上，激烈的頭痛之所以找上我，大概是我給這樣的自己舉了紅牌吧。就像在對自己說『喂，你打算當縮頭烏龜到什麼時候，難道還想繼續逃避嗎』。還有，直到最近都因為頭痛的緣故無法去找工作，卻在接到總部長聯絡後頭就忽然不痛了，或許是自己內心明白，現在是該為那起意外負起責任的時候了。」

青島說這番話時，眼神再認真也不過。

但是，鐵平實在無法同意他說的話。

沒錯，如果有他持續在久山工廠維修氯乙烯單體產線，或許真能防範那起事故於未然。但是，無論有任何藉口，只因少了一個維修工程師就發生那種大型事故的公司，顯然有風險管理上的問題。毫無疑問，那起事故必須由公司負起責任，絕對不是一介維修工程師的錯。更何況青島早在事故發生前就停職休假，後來也經過正規人事異動手續轉調到鐵平帶領的部門。在他停職那段期間，工廠早就該安排取代他的人手了才對。

事故發生當天，青島從頭到尾都在現場，比任何人更盡一切努力想防止意外發生。意外發生後，他更遭逢了成為唯一受害者的悲劇。

怎能把「過失責任」推到這樣的人身上。

倒不如說，青島這種持續過度自責的態度，正顯示他處於精神焦慮的狀態。一邊聽著他說，鐵平一邊認為這種精神焦慮才是引發青島頭痛的真正原因。

「青島，我認為你想太多了。」

喝一口涼掉的綠茶，放下茶杯後，鐵平凝視青島的眼睛。

「再怎麼說，你都只是那起意外事故的被害人，我認為你連一公釐都沒有站在加害的一方。」

接著，鐵平懇切地對青島說明自己這麼想的原因。

18

聽著鐵平的話，青島低頭思考了一會兒。等鐵平告一段落，他才抬起頭。

「總部長的意思我非常明白，可是實際狀況就是找不到我頭痛不止的病因。您說的沒錯，事故的責任不能只歸結到我個人身上，公司的安全方針與管理體制有所缺失也是不爭的事實。然而就算那樣，如果我沒有假藉憂鬱症離開久山工廠，那起事故很可能得以防患於未然。雖然這是結果論，但我說的謊確實引發公司創業以來最大的事故，這個事實無可逃避，儘管您說我不必感到責任，但說這話的總部長您會辭職，不也因為認為自己必須負起部下受傷的責任嗎？我聽金崎部長說您是因為這樣才辭職的。既然如此，現在總部長您對我說的話，不也可以套用到您自己身上嗎？」

青島堅定的視線給了鐵平幾分壓力。

姑且不論青島要不要「負起責任」，鐵平也認為青島頭痛症狀的忽然減輕，和此次約定過完年見面一事之間，可能真有某種程度的關聯。

「雖然對你這麼說很不好意思，但我離職不完全是為了你。」

只好先這麼解釋。

「這我當然很清楚啊，像總部長您這麼優秀的人卻在公司裡受到那種待遇，公司裡的大家都認為很不合理。」

「這麼說是過譽了啦。」

鐵平苦笑。

「可是這次得知總部長要回來，大家真的都很高興啊。年底，久違地和同屆進公司的前同事們聚餐，大家都鬆了一口氣，說這下公司終於可以重振了。」

不料，接下來青島卻說出這麼奇怪的話。

「總部長要回來」？這是什麼意思？不明白他為何這麼說。

「你說我要回來？這究竟是……？」

這次輪到青島露出疑惑的表情。

「您不是要重回公司擔任董事嗎？」

「回加能產業？」

青島大大點頭。

「不是嗎？您這次回福岡不就是為了這件事嗎？」

那張娃娃臉上的眼睛瞪得又圓又大。

「我完全沒說過這種話啊。」

聽鐵平一口否認，青島驚訝得說不出話。

「那種事是誰說的？」

青島錯愕得愣住了，鐵平只得自己提問。

「什麼誰？全公司裡都在傳這件事……」

「全公司？」

「對。去年底我和前同事見面時，他們說根據已故會長留下的遺囑，總部長您將成為公司大股東，並以董事身分復職，所以大家都好高興呢？」

「這是哪來的傳聞啊。」

「聽說總部長您將繼承加能產業的兩成股份。上個月，會長指定的遺囑執行人菅原董事在公司內網上公佈了會長的遺囑，大家都知道這件事了。」

「你說什麼！」

這次輪到鐵平大驚失色。

19

已經按了電梯按鈕，電梯卻遲遲不下來。

鐵平不得已只好爬樓梯。

一階一階踩在水泥階梯上，內心想的是，今天早上夏代也從這裡下樓去工作了吧。

因為是設在屋外的階梯，直接承受冷風吹拂。牆壁髒汙，扶手滿是鐵鏽。明明走了多年，隔這麼久再看到它，才發現原來已如此老舊。

站在公寓正門外抬頭仰望整棟建築時，心頭也一陣衝擊，原來這棟房子這麼老舊滄桑啊。

儘管離開這裡還不到一年，鐵平深切體認到，夏代的日常生活距離自己已是那麼遙遠。

今天的寒冷與陰鬱天色或許更加強了這樣的感受……

因為是平日，夏代應該出門工作了。

為了保險起見，走出地下鐵時還先打了電話回家，確定已切換成電話答錄機。剛才也特地繞到公寓後面的停車場，確認家裡那輛銀色速霸陸Levorg沒有停在裡面。

起初決定回福岡和青島見面時，並沒打算這麼做。

連想都沒想過要像這樣闖空門似的趁夏代不在時回來。

甚至在已經抵達離家最近的地下鐵站「東比惠」時。

——這麼做是不是太無聊了？

還這樣問了自己好幾次。

只是，下車那一瞬間就下定了決心。

或許可以說是剛才見到的青島雄太，促使自己做出這種衝動行為的吧。

當鐵平告訴他自己並不打算回加能產業時，青島顯得非常失望。

「太遺憾了。」

他不斷這麼說，彷彿除此之外說不出別的話。看到他這副模樣，鐵平才察覺他是多麼期盼今天與自己重逢。

青島本身一定是想重回加能產業，再次跟著鐵平工作。因為他希望透過這種方式，為那起爆炸火災意外「負起責任」。

他肯定一心認定唯有這樣才能克服眼前這不明原因的頭痛。

聊了一個多小時，兩人一起離開「小龍亭」，走到「馬出九大醫院前」車站。鐵平擔心就這樣道別的話，今晚青島恐怕又將開始承受劇烈頭痛所苦。

不忍心事情演變成那樣，在青島即將搭乘的貝塚方向電車快要開進月台前。

「剛才我雖然那樣說，不過聽了你的話之後，我會再次考慮是否回加能產業的事。不管怎麼說，我打算繼承叔叔留給我的股份。因為要是放棄繼承，豈不等於認同社長和川俣的企圖嗎？如果最後我決定回公司，希望你也務必和我一起回去。當然，公司這邊絕對會充分配合你的身體狀況，暫時以治療為優先也沒關係。所以，到時候就要多麻煩你了喔。」

鐵平這麼說。

「真的嗎？」

走向車站這一路上始終垂頭喪氣的青島聽了這句話，表情立刻為之一變。

「那我知道了，接下來我會跟以前的同事保持聯絡，收集公司現在的現況，有任何消息就寫信到您給我那張名片上的信箱。」

青島臉上恢復了一絲活力。

走出「小龍亭」前，鐵平給了青島「頭巾壽司」的名片。上面除了店的地址和電話號碼外，也有鐵平個人的電子郵件信箱。

「也好，那就拜託你了。」

說完，目送青島搭上正好駛進月台的電車。

接下來，鐵平站在對向月台等了五分鐘左右，等的是開往中洲川端的電車。今天住的旅館在博多車站附近，已經預約好了。跟青島說自己「有事」回福岡，其實那只是為了跟他碰面的藉口。

現在還不到三點。

思考接下來要做什麼時，心中的怒氣漸漸高漲。

反覆回想青島說的話，憤憤不平的情緒逐漸升溫，最後終於演變為憤怒。

青島是一月十二日那起爆炸火災事故中唯一身負重傷的人，他現在不但為頭痛所苦，還不斷自責沒能防範事故發生。

相較之下，最該對意外負起責任的常董川俣及社長尚之卻滿心只有私人利益，尤其是川俣，對事故不僅不做任何反省，還企圖興建新的氯乙烯單體生產設備。為了達成這利己的目的，不惜把整個公司賣給業界規模最大的三精化學。

真的要讓這種天理不容的人得逞嗎？

鐵平腦中浮現的不只川俣善治郎，還有高松宅磨及木內正胤，甚至是藤木波江的臉。

——難道要讓那種人在這世界上為所欲為嗎？

這念頭非常強烈。

上個月菅原對全體員工公佈了叔叔的遺囑，毋庸置疑的，這表示加能產業內部已進入緊急事態，川俣和菅原即將正式展開對決。但是，那天之後菅原一直沒有主動聯繫鐵平。

他一定是相信鐵平說的「暫時請給我一點時間，我需要審慎考慮。決定怎麼做之後，我會再聯繫您」，信守承諾的他，一定仍在等待鐵平回覆。

和青島見面的事，在鐵平心中掀起巨大的變化。

決定回家看看狀況也是出於這個緣故。

萬一最後決定重回加能產業，最棘手的問題就是自己和夏代的關係。「頭巾壽司」的未來和加能產業當前的經營狀況當然也是需要思考的事項，比那更令鐵平煩惱的終究是今後如何面對夏代和其他家人。

如果要重回福岡這塊土地，自己該如何跟他們相處？

沒有仔細想清楚這一點，就無論如何也無法重回加能產業。

20

走到四樓，站在熟悉的門前，一股懷念之情油然而生。

拿出背包裡的鑰匙前先按了門鈴，一如預料的沒人應門。

時間已過下午三點。這個時段車不在停車場，家裡又沒人，十之八九夏代是去上班了。光是能確認這點都好。

打從五月收到她那封信至今，從未再接到她隻字片語。

也曾擔心她是否身體出了問題導致無法聯絡——不過那樣的話，至少美嘉或耕平也會捎來訊息吧。只是，小小的擔憂始終不曾消失過。

拿出鑰匙，打開門鎖。

轉動不知轉過幾千次的圓形門把，將門拉開。

匆匆入內，反手拴上門鎖。

家的樣子和記憶中一模一樣。鞋櫃和鞋櫃上的擺設品、拖鞋架和高起的玄關上鋪的地墊都沒有改變。進入屋內那一刻，撲鼻而來的家的味道也和以前一樣。

還不用脫下鞋子進屋，由此就能推測夏代和孩子們平安無恙。

帶著鬆了一口氣的心情，鐵平走入屋內。

不能待太久，一方面是不想留下自己曾經回來過的痕跡，另一方面是不確定夏代什麼時候回來。

這裡明明是自己的家，卻也已經不是自己的家了……

每間房間都維持得跟原本一樣。

客廳牆上還掛著去年生協送的月曆，夏代大概仍在那間便當工廠工作吧。

不過，邊櫃上放的相框裡換了新的照片。

原本一張是身穿正式和服的美嘉成人式的相片，一張是大學開學典禮上身穿西裝的耕平相片，兩張相片都被換掉了。

耕平那張換成他和真由微笑合照的室內照片，地點拍得不太清楚，看來不是耕平在鹿兒島的公寓，也不是福岡這個家。說不定耕平和真由搬新家了。

特地拿起來看的是裝了美嘉照片的相框。

裡面換成一張三人合照。

除了夏代、美嘉，兩人中間還有另一個人。應該說是一個孩子，包在嬰兒包巾裡，由美嘉抱在懷中。

起初為了不留下指紋，只用手指挾著相框邊緣拿，不知不覺手指用力握住相框，湊到眼前細看。

定睛凝視那個嬰兒的臉，應該是出生後不久拍的吧。眼睛雖然已經睜開，看上去頂多只有兩、三個月大。從五官分辨不出性別，但從身上的淡粉紅色包巾推測，應該是個女孩兒。

——這就是我的外孫女嗎……

感覺還不太真實。只是有一股至今未曾體驗的奇妙情感，從內心深處不斷滲出。

最令鐵平意外的是美嘉。她以依偎著夏代的姿勢坐在椅子上，懷中抱著自己的孩子，臉上是鐵平從未看過的穩重笑容。

鐵平將相框平放在邊櫃上，從口袋裡拿出智慧型手機。鏡頭對準照片拍了幾張。因為來自陽台的光線造成反光的緣故，更換不同角度拍攝了好幾張，最後點出所有照片選出一張沒有反光的，再把其他張都刪除。

「好嘍。」

嘴上發出聲音。

隔著落地窗眺望陽台上的盆栽，植物們看起來都受著良好照料。

走出客廳，走向玄關。

心想，差不多該撤退了。已經待了將近十分鐘。

忽然起心動念，又進了玄關旁的洗臉台和浴室瞧了瞧。

洗臉台沒有改變，倒是浴室整個翻新。打開電燈，拉開浴室門一看，包括浴缸在內全部換新了。

——只有浴室……大概是為外孫女翻修的吧……

新年前後那段時間美嘉他們一定會回娘家，耕平和真由說不定也會回來。總不能讓嬰兒用那個無法順利調節溫度的熱水器洗澡。

關上浴室的門和電燈，鐵平重回玄關。

——就算沒有我，夏代他們還是生活得很好。

一邊確認客廳和兩側房間的門有沒有關好，鐵平一邊這麼想。

帶著一億元存摺離家時，感覺的是放下了肩頭的重擔。現在像這樣確認即使自己不在，夏代和孩子們仍如常生活，鐵平的感覺更像擺脫附身的邪靈，湧現一股安心感。

無論是答應菅原和青島的要求重回福岡，還是繼續留在金澤擴大經營「頭巾壽司」，不管自己選擇走上哪條路，和夏代他們的生活都已毫不相關。夏代他們的人生和自己的人生，已經不需要再勉強扯上關係。

——我只要過自己想過的生活就好。

鐵平這麼說服自己。

21

和青島雄太見面，在福岡住了一晚，鐵平便搭隔天早上的飛機回金澤了。

小松機場到香林坊這段路搭的是利木津巴士，在香林坊下車時已經開始下雪，隨著天色愈晚，雪下得愈大。

這天是一月十日，金澤下了據說睽違七年的大雪。

這場雪連續下了四天，市中心最大的積雪量超過六十公分。

到了十二日星期五，有些中小學校甚至被迫停課。雪就是大到這種程度。

受到大雪影響，預計二月三日開幕的二號店準備工作大幅延遲。因此，不只水野小姐，鐵平也得全面投入新店的準備工作。

在這樣的情形下，總店只好交給表小姐和剛成為「頭巾壽司」正職員工的五十嵐蒼汰兩人負責。正好可以讓五十嵐迅速熟悉店務，說來也是個好機會。

關於聘用五十嵐的事，表小姐從年底的午餐面試後就非常贊成。按照她的說法，看一眼就知道是他了。

「我向在X-PULIRE工作過的人打聽，人家說五十嵐先生工作能力雖強，但個性很差，講話很難聽，這是真的嗎？」

才面對面坐下來不久，表小姐就對當事人拋出這種問題，聽得鐵平內心偷捏一把冷汗。

然而，五十嵐的回答無懈可擊。

「老實說，那時候的我真的是那樣。大概這幾年繞著圓圓的地球到處跑，自己也磨得圓滑了些。只是，如果哪天我又不小心說了難聽話，請直接提出指摘不要客氣。因為這種事當事人往往很難察覺。」

和想像的不同，這個叫五十嵐的青年有一雙成熟穩重的眼睛。

或許正如他自己所說，環遊世界旅行幾年下來，個性變得和在X-PULIRE工作時不同了。

最重要的一點，過完年後，「頭巾壽司」的氣氛和之前完全不一樣。

在那之前，包括工讀生在內，店內員工全部都是女性，只有老闆鐵平一個男人。五十嵐這位青年加入工作行列之後，店裡的氛圍明顯活潑許多。

不愧過去是個優秀的美髮師，五十嵐很懂得與女孩子相處。看到他輕鬆自在與工讀生女孩們交談的樣子，鐵平不由得再次讚嘆將五十嵐推薦給「頭巾壽司」的喜多嶋老闆慧眼獨具。

在忙於二號店開幕準備的生活中，鐵平自己的心情也漸漸踏實了。

最大的原因，應該在於和青島見面那天順便去了夏代的家。

知道夏代和孩子們也好好地過著自己的生活，鐵平領悟到自己只能累積屬於自己的日常。

更可以確定的是，自己累積「日常」的地方不是福岡，而是金澤這塊土地。

即使還不多，透過「頭巾壽司」認識的夥伴也增加了。

和他們一起努力朝二號店邁進，讓鐵平明白自己絕對無法說脫離就脫離，那種不負責任的事他做不到。

——只能拿出真心來拚了。

這樣的心情一天比一天強烈。

青島開始定期寄電子郵件給鐵平。

他不但向從前的同事一一打聽消息，還會基於搜集來的情報做出自己獨到的分析。透過他寄來的信件內容，鐵平得以掌握加能產業大致上的現況。

三精化學企圖併購的事在十一月浮上檯面，已故會長的遺囑也在十二月對全體員工公開。這兩件事在公司內造成嚴重的輿論反彈，使得社長尚之和常董川俣暫時必須放棄將公司賣給三精化學的計畫。

川俣的下一個目標是今年六月拱尚之坐上會長位置，自己則取代他成為社長。青島的信中也提到，如今已是川俣手中傀儡的尚之似乎接受了這個形同架空自己的人事案。

從和鐵平見面那天起，青島的頭痛就痊癒了。

鐵平在給青島的回信中告訴他，已經請菅原董事安排青島重回加能產業復職，要他等待菅原的聯絡。隨後立刻收到青島致謝的回信。

鐵平的持股和堂妹元美的持股加起來佔全公司股份的百分之二十五。只要掌握這些股權，就算尚之和川俣企圖解除菅原的董事職務，鐵平和元美也有辦法阻止。

從福岡回金澤幾天後，鐵平寄了一封電郵給菅原，信中表示自己願意繼承孝之叔父的股份，除了拜託菅原辦理相關手續外，也告訴他如果有任何萬一，自己將不惜行使股東權力阻止。同一封信中也提到請菅原協助青島復職的事。

菅原只回了簡單的「那麼這邊會立刻進行手續。青島的事也請放心交給我吧。」

雖然內容稍嫌冷淡，總之加能產業暫時解除成為三精化學子公司的危機，就算川俣六月真的當上社長，有了鐵平和元美做後盾，菅原也能放心繼續與川俣對抗。鐵平推測現在他大概是終於鬆了一口氣。

一月三十一日，星期四。

三天後新店就要開張，正當鐵平和水野小姐一起指導工讀生及計時人員待客方式時，手機忽然響了。

時間正好是兩點。

看到號碼是從總店打來的，鐵平走到稍遠處才按下通話鍵。今天總店有表小姐和五十嵐坐鎮，有這兩人在時幾乎很少接到總店打來的電話，不免有些擔心，難道發生什麼嚴重事態了嗎？

將電話放在耳邊，應了聲「喂」。

「老闆……」

電話那頭傳來表小姐有點不知所措的聲音，加深了鐵平不祥的預感。

「怎麼了？」

「是這樣的，夫人來了……」

起初根本聽不懂這句話的意思。

「什麼夫人？」

誰的夫人？

瞬間閃過腦海的是喜多嶋老闆的妻子杏美小姐。

「老闆夫人。她剛才來了，我說老闆在新店那邊，她就說『很抱歉，能不能請妳打個電話給他』，還說因為如果她自己打的話，你就不會接……」

老闆夫人？聽到這四個字還是一頭霧水。

「老闆夫人……妳是說我老婆？」

這麼反問。

「對。」

表小姐的聲音更加不知所措。

「那個人的名字是叫夏代嗎？」

突如其來的驚人事態，令鐵平完全亂了手腳。

只聽見表小姐在電話那頭問對方：「太太，請問您的名字是夏代嗎？」

「是的，我叫加能夏代。」

那聲音分外鮮明地在耳邊響起。

這時，鐵平好不容易才理解了現實。

毫無疑問，那是夏代的聲音。

22

請表小姐將夏代帶到二樓辦公室後，鐵平繼續回去指導工讀生。

大約花了一小時，和水野小姐一起教打工的女孩們「打招呼」、「包裝」、「收銀」的要領。離開新店時，時針剛過三點。

這麼做是為了爭取時間，集中注意力在其他事情上，好讓混亂的大腦稍微恢復正常。

話說回來，夏代為何突然跑來？

也想過是不是家裡出了什麼事。但是，明明不久前才剛確認她和孩子們都過著風平浪靜的日常生活啊。

決定要開二號店及轉型股份有限公司後，鐵平就把翼大樓的二樓也租下來了。去年底接到房東大野先生聯絡，說原本租二樓當倉庫的附近那間服飾店退租了，從今年開始二樓就會空下來，問「頭巾壽司」要不要租來用。

一如往常，房東提出的房租還是低於行情的便宜。

鐵平當然立刻接受這猶如及時雨的提議，一過完年就請矢代建築事務所的飯塚他們過來，將二樓空間做了簡單的內部裝潢。

如此一來，「頭巾壽司」完成了總店的樓上是總公司，總公司樓上是老闆自宅的絕佳配置。

二樓不只是辦公室，還兼放員工置物櫃，也設計了一小塊員工休息區。辦公區放了鐵平、表小姐、水野小姐和五十嵐的辦公桌。另外還規畫了一個會客區。

一月中結束裝潢，鐵平立刻就把原本佔用三樓一間房間的各種文件資料與備用品搬下二樓，此後都在二樓辦公。

將車停進一樓車庫，在上二樓前先繞到前面店頭看看。

走到廚房裡正在捲海苔捲壽司的表小姐身邊。

「剛才謝謝妳了。」

這麼一說，表小姐停下手邊工作抬起頭。

「我只端了茶上去而已喔。」

看她傻眼的表情，似乎是嫌鐵平回來得太慢。

她大概知道鐵平從福岡遷居金澤的原由，也知道鐵平夫妻關係破裂，他正在考慮離婚的事。

「對方不先聯絡就跑來，讓她等一下也不會遭天譴啦。」

鐵平強裝平靜地嘀咕。

「太太很漂亮耶，她走進來的時候，我還以為來了個女明星。」

表小姐沒察覺鐵平的虛張聲勢，聽她說話的語氣，像是在說「太太怎麼跟你原本形容的不一樣」。

「總之，你讓人家等太久了，趕快上去吧，老闆。」

她只丟下這句，視線再次回到手邊，又開始捲起海苔捲壽司。

走出店外，從車庫旁邊的室內階梯走上去。翼大樓沒有電梯。

站在辦公室門外，鐵平做了一個深呼吸。

一想到夏代就在這扇門的另一端，不由得緊張起來。

沒有敲門，直接轉動門把。白天辦公室門多半不上鎖，最近不是鐵平就是五十嵐留守辦公室，所以也沒必要鎖。

門後方是個迷你廚房，再過去才是辦公室。休息區和置物櫃在更裡面。二樓不像三樓還有一個小陽台，室內空間比較大。

會客區設在這七坪半大辦公室的窗邊。因為沒有用隔板隔開，一眼就能看到夏代坐在靠裡面的雙人沙發上。

聽見開門聲，她也正朝這邊轉頭，兩人四目相接。

「嗨。」

擠出笑容，鐵平向她走去。夏代作勢起身，臉上也露出尷尬的微笑。

「到底什麼事？為什麼突然跑來？」

說著，自己在靠外側的沙發上坐下。配合鐵平坐下的時機，夏代也回到原本坐的沙發上。桌上有一個茶杯，但她似乎連碰都沒碰過。

暖氣開得很強，屋內一點也不冷。

她穿了很多年的喀什米爾毛大衣整齊折疊在一旁，此外就是一個也很眼熟的手提包。

「超過一年沒看到你，覺得好像有點等不下去了。」

夏代聳聳肩這麼說。

不說多餘廢話，一上來就直搗核心話題，這確實很有她的風格。

「我的答案已經寫在六月寄出那封信裡了。」

鐵平正襟危坐，以堅定的語氣回答。

五月收到夏代那封長信，一個多月後鐵平也回覆了一封長信。裡面清楚寫明自己完全不打算重修舊好。

「就知道你會這麼說。」

夏代回答。

最後一次見面是去年一月六日，就是夏代拿出一億元那個夜晚。正如她所說，彼此已經超過一年沒見面了。最後一次聽到聲音則是夏代打電話來說美嘉從醫院逃跑那天，算算也是將近一年前的事。

「你看起來比以前結實不少，很有精神。」

「來這邊之後瘦了一點。」

一年下來鐵平瘦了四公斤。話雖如此，腹部還是有一大圈贅肉。

倒是夏代幾乎沒變。

站在她面前，發現自己沒有想像中的懷念或感傷。這件事令鐵平頗感意外。

不過，他也察覺這只是證明自己連一點都沒有忘記夏代罷了。

牽手多年的老婆，不會只因為一年多沒見就感到懷念或遺忘，這說起來或許也是理所當然的事。

「你那封信讓我大受打擊。」

夏代說。

「可是，我想或許隨時間流逝你的心情也會改變，所以一直在等。」

「我的心情完全沒有改變喔。」

「我想也是。」

夏代輕聲嘆氣。

「就是因為這麼想，所以才來找你。」

「為了什麼？」

鐵平問了不該問的話。

「當然是為了來接你回家啊，這還用問嗎？」

夏代露出淡淡笑容這麼說。

「就算妳這麼說，我也不會回去。」

鐵平低聲嘀咕，直視夏代那雙大眼。這時才初次感到某種懷念的情緒。仔細一看，她好像老了點。

「我在信裡也寫了，這麼多年來我們夠努力了。美嘉和耕平都已經長大，而我和妳都還年輕。我來金澤後找到新的工作，也在這裡建立了新的人際關係。相信妳的人生也能踏出新的一步。今後我們的關係僅只是美嘉和耕平的父親與母親，這樣就好了，再也沒有同住一個屋簷下的必要。」

夏代表情不為所動，側耳傾聽鐵平說的話。隔了一會兒。

「可以問你一件事就好嗎？」

她這麼說。

「要是我早點把遺產的事告訴你，我們是不是還能一直在一起？」

「我想應該是吧。」

「真的嗎？」

「關於這點，我那封信裡不是也寫了嗎？夫妻和情侶不一樣，不能只靠愛情，必須靠信賴支撐彼此的關係，否則無法相守幾十年。比起相愛，我認為夫妻更需要的是互信。可是，我和妳之間已經失去互信關係了。事到如今這已是無法顛覆的事實。倘若過去妳能對我坦白遺產的事，就算我們過的還是一模一樣的人生，那也會是完全不一樣的人生。我是這麼想的。」

「我的人生打從一開始就把那筆遺產當作不存在，在被你知道之前真的是真心這麼想著活過來的。這點你應該也很清楚才對？」

「問題是妳對我隱瞞了木內那件事。就像妳自己信裡寫的，那時妳就應該把真相告訴我。」

「關於這件事，我知道不管怎麼賠罪都不夠。但我太害怕了，所以才無法說出真相。」

「我和妳的婚姻生活，或許就在妳投資木內公司時開始走向終點，而在妳交給我一億元時完全結束。就算是夫妻，說起來也不過就是其中一方死去時便結束的一紙合約。只要把我們的情況想成合約到期日提早來臨就好。即使如此，就像我剛才也說過的，在這段婚姻中我們真的都很努力了。」

「換句話說，你的心情一點也沒變。」

「是啊。」

「那我們要就此道再見了嗎？」

「以『夫妻』的身分來說是這樣沒錯。」

「不再是夫妻的話，我和你之間就沒有其他意義可言。畢竟彼此只是沒有血緣關係的陌生人。」

「是啊。孩子們都成年了，就這樣也無妨吧。我對這段婚姻已經沒有任何遺憾。」

「或許你說的沒錯。這一年來，我也不是沒有過這種感覺。」

對話平穩地進行。原本想像再次面對夏代時將無法冷靜，現實卻不同於想像，令鐵平暗自吃驚。這或許也是一年的歲月帶來的效果。

無論表情或語氣，夏代都顯得很冷靜。既沒有眼眶泛淚，也沒有慷慨激昂。

彼此只是淡淡陳述如平行線般沒有交集的心情——就是這種感覺。

「但是，我還是想和你重修舊好。現在你也已經知道遺產的事，投資木內公司的原因我也說明了，我對你不再有任何祕密。今後也絕對不會再說謊或隱瞞任何事，所以求求你，再給我一次機會。」

夏代以真摯的神情這麼說。

鐵平只能沉默。

仔細回想半年前寄給她的信件內容，確定自己還是難以再和她復合。即使像這樣面對面，心情還是跟當時一樣。

同時，雖然因為失去對夏代的信任而拋棄了那個家，與其說現在的鐵平仍無法原諒她的不誠實，倒不如說來到金澤後重新建立的人生帶給他更大的責任感。

一如剛才所說，和夏代的夫妻關係在將美嘉及耕平兩個孩子拉拔成人時任務徹底結束。就鐵平看來，一對結束育兒任務的夫妻繼續生活到死別的理由，一方面當然是不願失去熟悉的親密關係，但最大原因還是在於對其中一方經濟無法獨立的考量，或基於「怕麻煩」的惰性才不選擇分手吧。

以自己和夏代的情形來說，丈夫這邊已經找到生活的新天地，也順利展開新事業，妻子這邊擁有的莫大財產則是與女兒和兒子深刻的親情羈絆。

既然如此，何妨就以「兒女的獨立」做為明確分水嶺，彼此各自邁向新的人生。仔細想想，這種說法應該毫無任何不自然或不合理之處。

——說到底，我只是在死前發現「夫妻的真相」罷了……

鐵平無言凝視夏代美麗的臉龐。

腦中想著這些事，不知為何浮現櫛木穰一的臉。

「自己都覺得厭煩啊，從小我就沒有腳踏實地的感覺。或者可以說是不踏實吧。懷抱著這種感覺，不知不覺就活到這把年紀了。」

如此嘟噥的大廚，在唸咒般反覆低喃了幾次「Déraciné」後，臉上忽然現出某種恍然大悟的表情。

「那麼……」

夏代的聲音將鐵平拉了回來。

腦海中大廚的臉頓時換成了夏代。

「那，能不能至少讓我好好向你道別。」

她這麼說。

「好好道別？」

「對，至少可以做到這個吧。畢竟你一年前可是一句話都沒說就默默消失了。」

夏代擺出捲土重來的表情這麼說。

23

蜷成一團的身體鑽進自己懷抱。長髮正好掠過下巴附近。熟悉的香味。雙臂緊緊擁抱那團溫暖，心情輕飄飄地浮在半空中。

遺忘許久的美妙感覺。

一旦找回，才發現這熟悉的感覺多麼令人懷念。

將那光滑柔嫩的肢體抱在懷中，半夢半醒了好一會兒。

然後，鐵平慢慢睜開眼睛。

打開視野的同時，現實也毫不含糊地恢復生氣。

現在幾點了？

歪過頭朝嵌在床頭櫃上的電子鐘望去。

正好早上六點。

從夏代的裸體下輕抽出手臂，分開交纏的腿，鐵平從寬敞的大床上下來。

去年第一次來金澤時，自己就在這飯店住了四天。當時鐵平訂的是兩張單人床的雙人房，這次夏代訂的則是一張雙人床的雙人房。昨晚一進這房間，看到這張大床時，就知道這大概是她計畫中的事了。不過，鐵平並未因此感到不快。

所謂「好好道別」或許指的就是這檔事。昨晚一起在「菊助」用餐，喝著美酒時，鐵平自己也逐漸產生一樣的念頭。

「唯獨今晚別丟下我一個人。」

因此，走出「菊助」後，當夏代如此輕聲低喃，鐵平也順理成章點了頭。

在潺潺通上的葡萄酒吧各喝了一杯白酒，兩人一起回到夏代已寄放行李的全日空王冠廣場飯店，辦理入住手續時，差不多是昨晚十點多。

簡單沖了一個澡，穿著浴袍坐在窗邊椅子上。

夏代還睡得很沉。睡得對聲音毫無反應這點也一如往常，尤其是激情過後的早晨，幾乎沒什麼事吵得醒她。

將窗簾拉開一半，俯瞰微光中略顯昏暗的金澤站前風景。

今天起就是二月了。

從大寒到立春是一年中最冷的時期，今天早晨氣溫似乎也很低。雪吊的繩索在強風中晃盪，雪片在凍成灰色的景色裡翩翩飛舞。

鐵平換好衣服時，夏代才總算睜開眼睛。

「你要回去了嗎？」

她含糊不清地問。

「對啊，去開車過來。外面好像很冷。」

昨晚答應夏代，今天會送她去機場。

「那我在你回來前準備好。」

夏代還是睡眼惺忪。

「知道了。」

走到門前時，背後又傳來聲音。

「一起吃早餐喔。」

這才想起她最愛吃飯店的早餐了。

「了解。」

說完，鐵平走出房間。

把車停在站前停車場，回到飯店房間時八點多，夏代已經準備好了。

下到一樓，走進寬敞的開放式自助餐廳，這裡是供應飯店早餐的地方。

桌上擺滿各種以加賀、能登食材為中心的菜餚。

想起一年前在這裡看到「能登產梯田越光米」時，還曾忍不住心想「哎呀，真想讓夏代也吃吃看」。

夏代人現在就在這裡，真是不可思議。

看她心情愉悅得幾乎要哼起歌來，四處穿梭餐點區間，把各種菜都往盤子裡夾了一點。

還添了白飯和味噌湯，看來今天早上吃的是日式早餐。

兩人面對面坐下。

「真難得，妳竟然拿了白飯和味噌湯。」

按照慣例吃日式早餐的鐵平說。

「被你這麼一說，對耶。」

夏代這麼回應。

「大概是因為昨天晚上沒吃到飯吧。」

接著又這麼補充。

昨晚在「菊助」，最後兩人合吃了一碗收尾的勾芡滑蛋烏龍麵。

夏代細嚼慢嚥，一口一口仔細品嚐。

「果然跟鐵平哥一起吃的東西最好吃了。」

看著眼前的她，想起昨晚她也說了這句話好多次。

——我們真能就此分手嗎？

腦中忽然浮現疑問。

昨天和今天久違地共度之後，鐵平深深感到與夏代共度的時間還是那麼自然。彷彿中間沒有長達一年的空白，兩人之間的時間極其自然地流逝。昨夜的激情也是如此。

——不只是分手，是好好道別。

鐵平這麼說服自己。

夫妻的分手雖然也可以說是「解除婚姻生活」，恐怕最難克服的問題不是「解除婚姻」，而是「解除生活」。結束「婚姻」這件事意外簡單，但要結束長年攜手共度的熟悉「生活」則沒有那麼容易。很多夫妻在「離婚」前先選擇「分居」，一定就是因為這樣。若彼此無法各自展開「新生活」，就不可能真的「離婚」。

花了一小時吃完這頓「最後的早餐」，兩人步出餐廳。

站在飯店玄關往外看，剛才的小雪變成了雨，而且下得還不小。

「我去開車過來。」

鐵平向門僮借了一把傘，獨自走向停車場。

黑色賓士一開到上車處，夏代就露出驚訝的表情走上前來。鐵平下車幫她把行李箱搬進後車廂，再打開副駕駛座車門。

「很厲害嘛。」

坐上位子後夏代這麼說。

「還可以啦。」

連看到二手賓士都這麼驚訝的她，其實是個擁有四十八億資產的大富豪。

鐵平打開導航。

「走一般道路好不好？」夏代說。

「來的時候搭了利木津巴士，都沒好好看到風景。」

利木津巴士走的是北陸自動車道，確實不太能看到周圍景色。

「會多花三十分鐘左右喔，可以嗎？」

雖然夏代說她還沒買回程機票，保險起見還是確認一下。

「完全沒問題。」

「那就慢慢來吧。」

冰雨再次轉成雪。雪刷刷地下。

「可以欣賞到北陸雪景嘍。」

夏代把頭湊向擋風玻璃，發出陶醉的聲音。

24

一邊開車，一邊說了關於「頭巾壽司」的大小事。

昨晚鐵平幾乎負責聽，沒怎麼提起自己的事。

美嘉和耕平的狀況大概都了解了。

和偷偷回家看到換新照的相框時猜測的一樣，耕平和真由搬進了鹿兒島市內另一棟公寓。

「雖然不太新，但好像比之前的公寓寬敞很多。」

夏代這麼說。她也還沒去看過兩人新居的樣子。

真由目前一邊上齒科技工專門學校一邊打工。耕平因為還在讀基礎科目，所以也接了好幾個家教，兩人都很努力存錢。

「妳有寄錢去嗎？」鐵平問。

「有，和從前一樣的金額。不過，那邊應該也有寄給真由。」

夏代說的「那邊」，指的是尚之他們吧。

至於美嘉，她丈夫的父母似乎給予相當大的經濟支援。說是丈夫，畢竟還只是個醫學院學生，接受父母援助也是不得已的事。

「我們家有給嗎？」

不小心說出「我們家」，鐵平在心裡搔了搔頭。

「我有拿一筆錢給美嘉。」

「多少？」

「五百萬。抱歉，擅自動用了你的退休金。」

夏代忽然深深低下頭，把鐵平嚇了一跳。退休金的實領總額好像是一千萬。

到最後，夏代幾乎沒碰她領給自己的那一億元。這麼聽起來，這一年來只靠自己的工作收入和存款過著捉襟見肘的生活。

忽然之間少了鐵平那份收入，她現在的生活過得應該比以前更拮据。

美嘉生下的女兒叫「實」，是孩子的爺爺取的名字。

「這名字不錯啊。」

鐵平一聽就這麼想，也把感想說出口。

「我也覺得是個好名字。」

本城實——確實是個好名字。

副駕駛座上的夏代專注聆聽鐵平說話，不時答腔幾句，偶爾提出的問題也都切中要點，看來事前做過不少調查。

雖說鐵平現在的住址只要看戶籍謄本就知道，光靠這樣就能找到翼大樓，走進一樓店面請店員表小姐幫忙找人，說來還是不可思議。換句話說，她肯定早就知道鐵平是「頭巾壽司」的老闆了。

「對了，我開店的事妳聽誰說的？」

握著方向盤，提出昨天沒問出口的問題。

「是聽菅原先生說的喔。」

從夏代口中聽到出乎意料的名字。

「菅原？妳是說財務總部長菅原？」

「對啊。」

「為什麼？」

夏代應該不認識菅原才對。

「去年十一月底，菅原先生來過。」

「來哪裡？」

「我們家啊。」

愈聽愈奇怪了。

「為何？」

「來通知我孝之叔叔遺囑的事。他說你將繼承孝之叔叔留下的一部分股票，還說很快就會來金澤找你。當時他跟我說了不少事。」

「原來是這樣……」

「他說見到你之後會拜託你回加能產業復職，所以如果你有跟我討論到這件事，要我也幫忙勸你回去。」

「是喔——」

前往小松途中，雪下得愈來愈大。北陸特有的大片潮濕的雪夾雜乾燥的細雪打在擋風玻璃上，發出啪沙啪沙的聲音。

「你不回加能產業了嗎？」

夏代以若無其事的口吻問。

「是啊。」

鐵平面朝前方，做出一副不感興趣的樣子點頭。

「尚之精神狀態出了問題，聽真由說，那起事故對他打擊太大，後來又失去父親，他已經自顧不暇，根本沒辦法治理公司。最後又得知孝之叔叔把股票留給你的事，陷入完全無法思考的狀態。」

「叔叔的股份我會繼承，也已經這樣跟菅原先生說了。剩下的就看留在公司的人怎麼想辦法。那不是我該出面解決的事。」

「可是，除了你還有誰能重振那間公司？」

「不是還有菅原先生在？」

「但是，最大的問題是尚之現在成為川俣手中的傀儡不是嗎？菅原先生很苦惱，說靠他一個人的力量無法整合公司所有人。」

夏代什麼時候對公司的事這麼清楚了。

「只能走一步算一步了啊，我也有我自己的事業。」

說著，鐵平腦中浮現五十嵐蒼汰、推薦他給自己的喜多嶋老闆，以及表小姐和水野小姐等人的身影。

老實說，關於「頭巾壽司」的將來，只要鐵平將手頭多數持股轉讓給喜多嶋老闆，今後一定能繼續順利發展。讓喜多嶋老闆來經營的話，創造出HACCHI&MAKKI這兩個角色的X-PULIRE山下當然也會參與「頭巾壽司」的事業。

「鐵平哥真的覺得這樣就好？」

「為何這麼問？」

不知該如何回答，鐵平以反問代替答案。

「因為加能產業是鐵平哥你的爺爺創辦的公司，孝之叔叔又是在你最艱困的時候伸出援手的恩人啊。就算尚之排擠你，我聽說孝之叔叔原本是想讓你當上社長的吧？更何況他還在遺囑中說要把公司的股票留給你。我覺得這表示他臨終前是想把公司的將來寄託在你手中。」

「事到如今寄託給我也沒用了。要不是怕菅原先生會被趕出公司，就連那些股票我本來也不想收下。再說，我的持股只有百分之二十，公司最大的股東依然是社長尚之。只有尚之重新振作起來才能守住這間公司，沒有其他辦法了。接下來這半年，菅原先生一定要拚了命往這方向去做才行。」

「我認為尚之要能完全振作，需要更長的時間才夠。」

夏代說中重點了。從以前到現在，她總是能說出重點。

兩人接下來沉默好半晌。外面的雪下得更加激烈，即使只是開在一般車道上，也快要看不清楚前方車輛了。

「這樣下去飛機應該不會飛了吧。」

夏代低聲嘟噥。

「我看是沒問題，氣象預報也沒說會下大雪。」

然而，又過了一會兒，雪下得愈來愈大。

「不如找個地方喝杯茶？等雪小一點再上路比較好。」

「好哇。」

再往前開五分鐘左右，看到一間大型休息站，鐵平把車開了進去，找了靠近門口的停車位，兩人也沒撐傘就直接衝進店內。

即使如此，下個不停的大雪還是把夏代和鐵平的身體染成雪白。幫彼此拍掉身上的雪花時，夏代興奮得笑鬧起來。

在這種天候之中，店內客人自然不多。上前迎接的店員帶兩人到靠窗的大桌，窗外是一片雪白。

這時才剛過十點不久。

夏代點了熱可可，鐵平點了咖啡。

等飲料送上桌，喘口氣後，鐵平從外套內袋裡拿出事先準備好的東西。原本打算在機場告別時交給她，想想還是改成現在給。看現在的天氣，飛機很有可能真的不飛。

把那東西放在夏代面前。

「很抱歉，這麼晚才還妳。」

夏代定睛凝視眼前的東西。

「開那間店時，從裡面挪用了開店資金，不過之前已經將金額填補回去了。拜這一億元之賜，我才能在金澤東山再起，真的非常感謝，謝謝妳。」

從福岡回來後，立刻就把存摺裡的金額補滿一億。這是考慮到萬一自己決定回加能產業的話，第一件事就是得把這筆錢還給夏代。

夏代抬起頭看了鐵平一會兒，才把這本三菱東京ＵＦＪ的存摺和印章拿起來。

「說的也是，你已經不需要這筆錢了。」

接著，她把這兩樣東西放進手提包。

「店裡的生意也很興隆嘛。」

還不忘補上這句。

她的反應令鐵平有些困惑。原本以為按她的性格，就算遞上存摺和印章，她也不會這麼輕易收下。

夏代若無其事地拿起桌上的杯子，喝了一口熱可可。

把杯子放回杯碟上，再次望向鐵平。

美麗的臉龐似乎瞬間閃過一絲笑容。

「其實，我也有東西要給你看。」

她再次把剛才放了存摺和印章的手提包拉到手邊，從中取出一個看似信封的東西。

雙手拿著信封舉到胸前。

「我希望你成為加能產業的社長。」

雙眼直視鐵平，夏代這麼說。

「不只菅原先生和元美，京子嬸嬸和圭子也都這麼希望。寄檢驗遺囑真偽通知書給菅原先生和藤堂律師的是川俣，這是他自作主張的行為，尚之根本被他蒙在鼓裡。我聽圭子跟元美說的。」

夏代竟然連這種事都知道。鐵平不由得目瞪口呆。

「所以鐵平哥，雖然我也覺得你新開的店非常棒，但這次請看在我們幾個人的份上，請你回加能產業當社長吧。拜託了。」

夏代手持信封低下頭。

為什麼她會說出這種話，鐵平實在想不通。

菅原到底說了什麼重話拜託她？就算是這樣，菅原也不該用這種方式利用夏代，只能說是搞錯方向了吧。

「剛才我也說過，那是不可能的事。那間公司的最大股東至今仍是社長尚之，無論家人再怎麼勸他，我也不認為他會願意接受我復職。」

縱然已陷入這種狀況，尚之對鐵平的恨意只可能增加，不可能減少。檢驗遺囑真偽通知書的事也是，沒有代表權的川俁要怎麼在不經尚之同意下自作主張寄那種東西給菅原？怎麼想都不可能。更別說尚之正是打算和川俁將加能產業賣給三精化學的人。

「關於這個啊，現在情況已經不同了喔。」

夏代先是如此低喃，然後將手中的信封遞給鐵平。

「請你看看裡面的文件。」

她這麼說。

鐵平在一頭霧水的狀況下照夏代說的接過信封，從沒有封死的信封裡取出文件。

只有一張薄薄的紙。將折成三折的這張紙攤開，裡面以直書形式寫著：

股東名冊記載事項證明書

致 加能夏代 女士

依您申請，謹發行此證明書，證明您持有敝公司普通股票1410000股，並列名股東名冊無誤。

謹記

姓名或名稱　加能夏代

地址　福岡縣福岡市博多區比惠東町3-8-402

持股數　1410000股

股票種類　普通股

股票取得日期　平成30年1月15日

茲證明 以上事項已記載於本公司股東名冊。

平成30年1月15日

福岡縣福岡市東區箱崎北2-1-1

加能產業股份公司

董事長 加能尚之

看完這份文件，鐵平倒抽了一口氣。

首先，光是一百四十一萬股的數字就夠驚人了。

沒記錯的話，加能產業發行的股票數大約三百五十萬股。這麼說來，一百四十一萬股就佔了其中的百分之四十。

再者，雖然不確定目前股價如何，就算業績再差，加能產業的股票一股應該也還有個兩千元左右的價值。

假設用兩千元計算，一百四十一萬股的時價總額大約是三十億元。

換句話說，這一紙文件證明了一件驚人事實——夏代花了三十億元買下加能產業四成股票，現在的她已是超越尚之的最大股東。

——剛才那句「現在情況已經不同」，指的就是這個意思啊……

鐵平把證明文件翻來覆去重讀了好幾次。

「我可能又要被你罵了，但就像投資多倫多生技公司時一樣，我決定拿阿姨的遺產換成加能產業的股票。我向菅原先生坦白了遺產的事，先是買下孝之叔叔的其他股票，再買下元美手中的持股。接下來，我又拜託兵藤・中野律師事務所的中野律師，請他買下市面上的散股。中野律師是專精企業法務的律師。當然，這次也和投資多倫多生技那次一樣，我個人完全不經手這些股票買賣，也不打算把股票賣掉換成現金。」

夏代的聲音聽起來好遙遠。

「可是啊，既然都成為最大股東了，我當然希望加能產業能重新振作起來，永續經營一間對社會和員工有所貢獻的好公司。」

鐵平痛切地想，又被擺了一道。

「問題是，我自己沒有資格也沒有能力或見識經營加能產業。所以呢，今天我身為最大股東，只能來拜託鐵平哥了。請你回福岡以社長的身分重振加能產業吧。」

就像那天一樣。

那年年底的最後一個工作天，在中餐館裡吃了只有兩個人的忘年會聚餐後，直到過完年都沒有接到夏代任何聯絡。明明已經把家裡的地址和電話都告訴她了，心想至少新年期間總該接到一次聯絡，夏代卻是音訊全無，使鐵平陷入希望落空的錯愕。

沒想到，假期結束開始上班十天左右，一月中旬的某個早晨，竟然看到夏代在自己住的赤羽那間公寓搭電梯。「加能先生，早安，終於見到面了」。聽到她這句話時，鐵平好一會兒都說不出話來。

這次也完全一樣。

突然搬到赤羽公寓的那個夏代，再次出現眼前。

——我果然拿這個人沒轍。

鐵平只能在心中如此嘀咕。

PLP0073

一億元的分手費

作　　者—白石一文
譯　　者—邱香凝
編　　輯—黃煜智
校　　對—魏秋綢
行　　銷—王小樨
封面設計—莊謹銘
內頁排版—綠貝殼資訊有限公司

總 編 輯—胡金倫
董 事 長—趙政岷
出 版 者—時報文化出版企業股份有限公司
108019 台北市和平西路三段二四〇號七樓
發行專線—（〇二）二三〇六六八四二
讀者服務專線—〇八〇〇二三一七〇五
（〇二）二三〇四七一〇三
讀者服務傳真—（〇二）二三〇四六八五八
郵撥—一九三四四七二四時報文化出版公司
信箱—一〇八九九臺北華江橋郵局第九九信箱

時報悅讀網—http://www.readingtimes.com.tw
思潮線臉書—https://www.facebook.com/trendage
法律顧問—理律法律事務所　陳長文律師、李念祖律師
印　　刷—勁達印刷有限公司
初版一刷—二〇二〇年三月二十七日
定　　價—新台幣五二〇元
（缺頁或破損的書，請寄回更換）

時報文化出版公司成立於一九七五年，
並於一九九九年股票上櫃公開發行，於二〇〇八年脫離中時集團非屬旺中，
以「尊重智慧與創意的文化事業」為信念。

一億元的分手費／白石一文著；邱香凝譯. -- 初版.
-- 臺北市：時報文化，2020.03
512 面；14.8×21 公分
譯自：一億円のさようなら

ISBN 978-957-13-8096-4（平裝）

861.57　　109001140

ICHIOKUEN NO SAYONARA
by KAZUFUMI SHIRAISHI

Originally published in Japan by TOKUMA SHOTEN PUBLISHING CO.,LTD.
Traditional Chinese translation rights arranged with TranNet KK through AMANN CO., LTD.

ISBN 978-957-13-8096-4
Printed in Taiwan